新知文库 19

XINZHI

**Private Myths:
Dreams and Dreaming**

PRIVATE MYTHS : DREAMS AND DREAMING
by ANTHONY STEVENS
Copyright © 1995 by Anthony Stevens

This edition arranged with ROGERS, COLERIDGE & WHITE LED (RCW)
through Big Apple Agency, Inc., Labuan, Malaysia.
Simplified Chinese edition copyright:
2019 SDX JOINT PUBLISHING CO.LTD.

All rights reserved.

私密的神话

梦之解析

[英]安东尼·史蒂文斯 著　薛绚 译

生活·讀書·新知 三联书店

Simplified Chinese Copyright © 2009 by SDX Joint Publishing Company.
All Rights Reserved.

本作品中文简体版权由生活·读书·新知三联书店所有。
未经许可,不得翻印。

图书在版编目(CIP)数据

私密的神话:梦之解析/(英)史蒂文斯著;薛绚译.
—北京:生活·读书·新知三联书店,2009.7 (2021.4重印)
(新知文库)
ISBN 978 – 7 – 108 – 03132 – 7

Ⅰ.私… Ⅱ.①史…②薛… Ⅲ.梦 – 精神分析
Ⅳ.B845.1

中国版本图书馆CIP数据核字(2009)第 025700 号

责任编辑	刘蓉林
装帧设计	陆智昌 鲁明静 康 健
责任印制	董 欢
出版发行	生活·讀書·新知 三联书店
	(北京市东城区美术馆东街 22 号)
邮 编	100010
图 字	01-2020-4880
经 销	新华书店
印 刷	北京隆昌伟业印刷有限公司
版 次	2009 年 7 月北京第 1 版
	2021 年 4 月北京第 3 次印刷
开 本	635 毫米×965 毫米 1/16 印张 21.25
字 数	260 千字
印 数	10,001 – 13,000 册
定 价	32.00 元

神话是公众的梦,梦是私密的神话。

——约瑟夫·坎贝尔

目 录

1　第一章　诗的机器

8　第二章　从吉尔伽美什到弗洛伊德
　　梦的理论　原始社会　古早的文明　古典梦学
　　预卜未来的梦　宗教意味的梦　孵梦与疗病
　　早期的梦研究　早期教会先贤　潜意识

34　第三章　弗洛伊德，荣格，后继者
　　自由联想　梦的本质与效用　梦的运作
　　给伊玛注射的梦　评判弗洛伊德　荣格的探索
　　海关稽查与武士　诠释　评估弗洛伊德与荣格
　　后续发展　阿德勒与斯塔科尔　罗伊
　　霍尔　弗伦希与埃丽卡·弗洛姆　乌尔曼
　　皮尔斯　博斯　里克罗夫特　希尔曼　结论

80　第四章　梦科学
　　做梦状态　梦的生物学　梦过即忘
　　原型在大脑的地位优先　原型是梦境的要角
　　两种基本的原型模式：笑容与皱眉
　　幼儿期的原型梦境　原型与神经系统科学
　　记得现在：巴特利特与艾德曼　从梦到意识　结论

109　**第五章　意识与潜意识，个人的与集体的**
　　原型假说之兴起　原型与生物学
　　与原型论并行的类似观念
　　心理学的"量子论"　生命的原型阶段
　　原型的集结作用　发现综合情结
　　从原型到情结："出头的典范"
　　原型，情结，梦　做梦的目的：个体化与意识

137　**第六章　梦的运作**
　　心灵二元论：梦与语言　梦与诗：梦之形成
　　梦与故事　梦与记忆　梦与游戏
　　梦与心理疾病　魔法，仪式，转化

167　**第七章　象征**
　　活的与死的象征符号　象征的由来
　　原型的象征符号　原型的蛇

180　**第八章　梦与心理治疗**
　　心理防御　说梦，听梦　情结与转化
　　个人的神话　客观与主观的心灵　阴影
　　人格面具　相反性情结　"本我"
　　移情与反移情　意识的道德规范

215　**第九章　实行梦的运作**
　　记忆与记录　联想与放大　解读　想象的仪式

231　**第十章　常见的梦**
　　争胜与享乐　焦虑梦与梦魇　儿童的梦
　　诊断与预后　从高处跌落与飞行　梦见风景

　　　　清明梦　预示未来的梦　性欲的梦

260　**第十一章　梦与创造力**

274　**第十二章　名人的梦**
　　　　希特勒的幻象与梦　笛卡儿的"大梦"

297　**第十三章　梦与意识之艺术**
　　　　伊卡洛斯之坠落　起与落　自然的心智
　　　　生命存在的巨链　意识的本质　灵魂究竟怎么了？
　　　　造灵魂　追求完整　神圣的根状茎

323　**第十四章　科学与灵魂**
　　　　梦生态学

第一章

诗的机器

> 大多数人至死不曾发挥自己的能力。他们生时带来万贯财富,却一贫如洗过完一生。
>
> ——奥尔雷奇(A. R. Orage)

我策划本书进入最后阶段之际,做了一个梦。梦中有卡罗勒斯·奥德菲尔德(Carolus Oldfield)、约翰·鲍尔比(John Bowlby,1907—1990),以及一个穿着白外套的男子(我当他是研究科学的人或实验室的技师),三人正指着一件仪器在争论。那仪器看起来像是脑电图仪(EEG),因为仪器上有电极头,可以接在受检测者的头皮上,还有电线连接着记录笔,在滚筒转出来的纸上,画着有尖锐起伏的记录曲线。但是卡罗勒斯说那是一架"诗的机器"。隔壁房间有位年轻的女子在唱歌,我受歌曲的纯朴之美感动而醒来。这梦是什么意思?这些人为什么在我即将提笔写书之前在我梦中出现?梦中的人又为什么说脑电图仪是诗的机器？读者也许很想知道梦中的这几位是何许人也。

卡罗勒斯·奥德菲尔德是我于1950年代先后就读的两所大学——瑞丁（Reading）和牛津——的心理学系教授。他是位亲切而对学生倾囊相授的好老师，我懂得用科学方法研究心理现象，大多来自他的教诲。我修毕医学课程后，他又鼓励我根据在雅典梅特拉婴儿中心研究婴儿依恋行为的结果作博士论文，并且请约翰·鲍尔比指导我，鲍尔比同意了。

当时我是初出茅庐的心理分析师，这样的安排是天赐的良机。鲍尔比先前发表了母亲与子女情感联系的研究，不但广受国际推崇，而且促成了心理分析理论的变革。我能适时受教于他这样的良师，何其有幸。他最令我景仰的是将心理分析带入生物科学主流，实现了弗洛伊德（Sigmund Freud）的心愿。可惜响应热烈的分析师不多，一般人仍是言必称祖师爷的神圣经典——虽然它已威信大减。结果是，心理分析一直带着宗派色彩，不像一门科学。

我拥护荣格（Carl Jung）学说的立场虽然与鲍尔比的不同——他是受克莱因（Melanie Klein，1882—1960）学说熏陶的，我将荣格的理论与他的"依恋理论"（Attachment Theory）相连，并且与动物行为学（ethology）并论，却获得他的支持。我于1982年发表第一本探讨这个议题的书《原型：本我的自然史》（*Archetype：A Natural History of the Self*），也得到他的热切回应。这都是令我铭记于心的。

我回想梦的内容，明白这是因写书的准备作业引起的。这梦要表达什么讯息呢？我觉得它在提醒我谨记奥德菲尔德和鲍尔比象征的科学传统，同时又告诉我，梦的创造者是一位诗人。隔壁房间的年轻女子乃是荣格派任何男性分析师的常在伴侣，是他的安尼玛（anima），他的女性情结，为他在潜意识沟通中斡旋。她是站在爱欲（Eros）、音乐、诗、生活那一边。荣格曾说："安尼玛乃是生命的原型。"她唱的歌是要点出卡罗勒斯给我的讯息。

穿白外套的男子在我梦中忙着操作"诗的机器",以保持记录正确。过去四十年中,以科学方法研究梦很倚重脑电图仪,第四章会再谈到。脑电图仪记录提供了极重要的资讯。可惜的是,有关解读梦的著作都不大重视这些研究记录。以梦为题的科学研究书籍大都把焦点放在神经生理学上,很少提及心理层面,而且往往认为心理因素无关紧要。这种短视的看法如今已不可取了。

解梦学(oneirology)发展至今,再要把梦当作纯粹心理学或神经生理学的现象来讨论,都是行不通的。显然梦既是心理现象,也是神经生理学的现象。我们必须往整合心理学及神经学两方面既有知识的路上走,才对梦的研究有益。**梦原是心理的活动过程,而我希望证实,梦的起源与人类这个物种的进化历史之相关,不逊于与个人经历之关系。**

正当心理分析欠稳固的科学基础招致各方批评的时候,我们刻意用系统化方法研究梦,格外具有意义。近年来弗洛伊德的科学威望暴跌,染有浓厚弗洛伊德色彩的各派心理治疗法都遭受严重打击。因此,对我们这些为心理治疗的前途着想的人而言,当务之急即是将假设构架为可测试的型态,说明我们的实际做法,以便世人公开评估其合理性。同时我们也应切记,会做梦的大脑不只是负责"处理资讯"的一个电化学系统而已,就算它是一部机器,也是一部"诗的机器"——卡罗勒斯对我梦中那部脑电图仪的说法,这样才是对科学有益的。心理治疗和梦的解析都是——也永远会是——艺术成分甚于科学的,我们把研究工作放在可检证的立足点上之后,没有必要舍弃个人的治学宗旨与长久经验培养的洞察力、同情心与见识。

自我走入心理学的专业生涯以来,一直怀有的抱负是:为成就条理清晰的人类本性的学说贡献一份力量。在鲍尔比的影响之下,我渐渐明白，必须用比较的方法，将深层心理学（depth psychology）、演化生物学、社会科学、人类学的数据资料汇整，才可能规划出这样的理论。梦的比较研究是达成这目标的根本要件，因为，**梦使我们与人类自古以来的关怀产生直接的联系**——这一点也是我希望能证实的。如今，心理学、分析方法、动物行为学、神经科学的研究发现都已经相当进步，可以综合其成果，开启解梦学史上可能是最令人振奋且具有创意的时代。

20世纪后五十年的各项发展之中，动物行为学的革命和脑电图的研究，使我们对于梦的本质及功能的理解彻底改观。这种改变也大大有助于肯定荣格在本世纪提出的临床直观：人类血源的根本相通，不但从身体和基因可以明显看出，而且流露于我们的神话、梦境、精神病症、工艺品。从儿童的游戏和语言能力，从各个文化中的人们都喜爱的故事和叙事诗歌，从人人随时感觉需要做的仪式行为、歌唱、吟诵、舞蹈，都明显可见人类发展所依凭的基本结构——荣格称之为"集体潜意识的原型"。**人类学、精神病学、神经医学、深层心理学，都能导引我们领悟这深层的原型真实如何影响个人的现实面**。荣格称这深层的真实为"两百万岁的本我"，认为它必然蕴含在我们做的每件事、说的每句话、转起的每个意念之中。这个从远古留存下来的元素，在我们做梦时最为活跃。神经系统科学的研究也证实，梦使我们与大脑中最古老的结构相连。**我们每天夜晚进入一个神话的疆域，一个原始的迷宫，那儿居住着我们先祖的鬼魂和众神祇，我们从那儿撷取人类的古老智慧**。梦中的鬼神往往以现代的相貌出现，我们的梦拿这些人物编排新的神话，其实那只是改穿时装的人类旧神话。这个原始的本我正是人类演化遗产的体现，也是梦的根本生命力。

我梦中的人有两位（卡罗勒斯和约翰）是我认得的导师型人物，是荣格所说的"智慧老人"的化身。第三个人——穿白实验衣的男子——又代表什么呢？我思索了一阵才明白，他是代表现代的"英雄"人物，一位纯科学的研究者，一心一意要用实验方法或以可复制可证明的数据为依据的逻辑演绎的方法来开拓新知。在梦中遇见不认识的人，可以想象自己和他对话。我和他交谈后发现，这位科学家认为梦是无聊的猜谜游戏，都是可以用神经化学解释的。我告诉他，他之所以这么想，是因为他从不把自己的梦当作真实的心理活动看待过，没法亲自领会它。只要他肯和自己的梦密切联系，很快就会发现梦的意义有多么丰富。他却没好气地回答说：他不会把时间浪费在这种事上。

　　从事梦的神经生理学研究，却否认梦的心理学意义，这样的人还不在少数。他们就好像只关心电视机科技，却对播出节目不感兴趣的工程技士。一般不是专门研究梦的人，大概不至于对梦不屑一顾，但有许多人会把梦当作电视机——摆在房间一角开着，却不注意看它，对于播出节目的内容听而不闻、视而不见。他们既不清楚节目内容，也就懒得花时间去留意，心态和我梦中那位科学家一样。但这无异于暴殄天物，因为梦也是一种资源，弃之不用只会造成自己的损失。**梦带我们走进人类经验的深层，可以促进身心健康发展，也能使我们更敏锐地自觉活着的意义。**梦不是只有受过高度专业训练的分析师才能懂的神秘现象。我要在本书中证明，只要是真心想学的人，都能学会这样一门艺术，善用梦的功能。

　　因为做梦的状态对于人类各式各样创造活动都有助益，本书的探讨范围自然相当广泛。第二、三章从史书最早的梦境记载讲起，逐步讨论各种理论之形成与演变，以及从狩猎采集时期直至现代的各种解梦方法。第四章检讨梦的科学研究，按弗洛伊德和荣格的心理分析理论、麦克莱恩（Paul MacLean）的大脑三体（triune brain）的神经学论点、埃德尔曼（Cerald Edelman）的记忆与意识的"神经系统达尔文主义"主张等进行析论。第五章概述荣格的原型概念和情结概念,并且就生物学观点检视它们如何影响梦之形成。

梦的实际形成过程将于第六章讨论,dream work（梦的运作）将与其他创造能力——如语言、诗歌、说故事、记忆、游戏、症候形成、法术、仪式——一并比较对照。第七章专论象征符号,分析人类编造涵义丰富的种种意象的那份天才。第八章讲述心理分析疗法如何利用梦的运作,第九章提供个人如何运作自己的梦的详细方法。第十章分析的各种梦,是心理分析实务工作中常见的典型。第十一章审视梦对于艺术和科学的非凡贡献,第十二章细述梦如何能够改变历史的发展方向。最后,分别从人类存续（第十三章）和灵魂安顿（第十四章）的角度,探讨梦对于个人意识发展的影响。

我知道我把书的范围定得这么广,可能被指为不自量力。但我认为写这样一本书的时机已经成熟,所以不惜冒险一试。因为梦对我们每个人都有重要意义,对于人类文明的未来也同样重要,所以,我希望这本书能让知识圈内和圈外人同样感到兴趣——让科学研究者懂得释梦的原理,让从事心理分析实务的人了解梦科学的研究发现,也让每个对于梦的课题有兴趣却大感不解的人有一个方便取得这方面资讯的渠道。

我写这本书的宗旨,是要教读者认识梦的语言和句法,练习用直觉领会梦,慢慢懂得从这蕴藏丰富的沟通中感受讯息的意义。提供历史的、诠释的、科学的资讯也是本书的重要任务,但仍以辅助完成宗旨为目的。

将一个梦做完整的分析,需要时间和篇幅。书中引证的许多例子当然很简单扼要,但是,我会花较大的篇幅来分析某些重要类型的梦,一般论梦的书都应该详细讨论它们,以便读者明了这些"灵魂档案"之中丰富无比的意义和来龙去脉。如果要真正领悟做梦的本我那份不可思议的微妙精巧，除了仔细讨论每个梦的样本，把它们放在个人的、文化的、原型的脉络里来看，别无他法。为了便于解说，我选了在心理分析与文化史中扮演同样重要角色的例子：弗洛伊德的"给伊玛注射的梦"（第三章），荣格梦到海关稽查员（第三章）、杀死齐格飞（第五章），以及希特勒梦到被活埋（第十二章），笛卡儿的绝妙好梦（第十二章）。

这些例子可取的优点是：都是知名人士做的梦，而做梦的人都已不在人世。如果拿还活着的人的梦公开解析，恐怕有揭人隐私和违反职业道德之虞。梦是再私密不过的事，本书叙述的一般实例，全部将当事人的身份伪装，而且都是在当事人完全知晓且同意的条件下采用的。但看见自己的梦印成白纸黑字，毕竟是令人不安的经验。因此，我诚挚感激允许我这么做的诸位，如果没有他们的配合，这本书是绝对写不成的。

此外，我大胆遵循弗洛伊德和荣格的先例，适时用我自己的梦为例，以便阐明要点。写书谈梦的过程中一定会有梦，而且梦会与书相关，甚至非常切合书的内容。我把这些梦纳入，不是为了满足自我标榜的欲望，而是为了证明：**意识的自我一旦面临力有不逮的艰巨任务，潜意识确实会跳出来助一臂之力。**

第二章

从吉尔伽美什到弗洛伊德

<blockquote>
城墙高耸的乌鲁克之王，
更改了不可更改的道路，
滥用并篡改了常例。

——吉尔伽美什史诗
</blockquote>

人类似乎从懂得使用文字之初就开始记录梦了。公元2世纪时，罗马占卜者阿特米德洛斯（Artemidorus）走遍文明世界，为的是收集他的巨著《梦之解析》（*Oneirocritica*）所需的材料。他在亚述国王亚述巴尼拔（Ashurbanipal，公元前7世纪）建于尼尼微（Nineveh）的图书馆之中也找到了梦的记录，是刻在泥字板上的。如今考古学家已知这些泥字板约为公元前3000年之物，甚至可能更早。亚述巴尼拔图书馆遗迹于19世纪中叶出土，其中有许多记录梦的文献，包括描述乌鲁克（Uruk）国王吉尔伽美什（Gilgamesh）事迹的巴比伦史诗片断。另外，在苏美尔文化的智慧之神纳布（Nabu）的神殿废墟也出土了一

批泥字板，同样是用楔形文字刻写的。两组资料经过仔细拼组解译之后，显示吉尔伽美什在史诗开始的章节中正愈趋自负，而且为噩梦所苦。他去请教自己的母亲宁桑（Ninsun），母亲便把噩梦的含义告诉了他：有一个势力不亚于他的人将要走入他的生命。吉尔伽美什想要压服此人，故必须苦苦挣扎，结果却会失败，因为此人和吉尔伽美什注定要成为知交，两人将合力成就大业。

这是史书上的第一则解梦记录，以预言的形态呈现，以后许多解梦记载也是与预言分不开的。按我们后世的人看来，噩梦表示吉尔伽美什有心为自己的狂妄行为作一番补偿。宁桑是旁观者清，知道儿子已被权势冲昏了头。他在搜刮财富，迫使人民不停地修筑更大更高的壁垒，而且有计划地染指境内所有的处女。梦的预言实现之时，他的新伙伴安奇度（Enkidu）到来，也带来使吉尔伽美什脱胎换骨的希望。这位安奇度是"野蛮人"，悠游于大自然的怀抱，他和森林中的动物一同长大，把自己当作是动物之一。他代表人类初始的自我，吉尔伽美什膨胀的自我需要这样一个人来约束。因为吉尔伽美什已经抛弃了狩猎采集者自古以来的那份谦逊，一心只想扩大自己的权势，不惜破坏原有的秩序，"更改了不可更改的道路，滥用并篡改了常例"。

从吉尔伽美什的梦和他后来与安奇度的关系可以看出，这是至今仍未停止的自我文明意识与"野蛮人"的冲突，荣格称这种"野蛮人"为"我们每个人内在都有的两百万岁的人"。正如宁桑给吉尔伽美什忠告，荣格告诉我们，人人必须制服自我中的这个孔武有力的人，使他（或她）甘愿与我们协力同心，才可能成就使生命有价值的事。荣格这样写道："我和病人一起应付我们每个人内在都有的这个两百万岁的人。归根结蒂，我们的困难大多源于与我们的本能——我们内在储存的这个古老而未被遗忘的智慧——断了联系。我们该往哪儿去与这老人联系呢？在梦里。"

人类学所知的每个群体社会都有其解释梦的理论与方法。这都是在人类进化史的哪些阶段开始形成，我们不得而知，只知道一定是很久以前，比人类历史曙光初现之时还早得多。自吉尔伽美什求教宁桑以后，人类累积了大量解释梦的文献，不但证明人类对于梦的好奇兴趣从未稍减，也显示从古到今解释梦的方式是相当连贯的。

梦的理论

没有理论的事实是哑子。

——海克爵士（Lord Hayek）

理论取向大致可分为三种：

1. 梦是超自然的力量——如神祇或恶魔——引起的，做梦的人应当明白梦是神鬼给的讯息。神祇引起的梦是"好"梦，要指点我们行事的方向；恶魔引起的是"恶"梦，是来伤害我们的。释梦者的任务是要分辨梦的善恶与"真"或"假"。有趣的是，西方文化中的幼童至今依然相信梦是来自"外界"或上帝，要等到受了教导以后才会改观。

2. 梦是睡眠中灵魂出窍的实有经历。这种遨游很重要，却有潜在的危险，对做梦者的命运会有深远影响。人在梦中可以做或看见平时做不到、看不见的事，危险的是，如果梦未结束人就醒过来，灵魂可能来不及回家，以致做梦者神智错乱。释梦者可以发挥的作用是：明白灵魂经历了些什么，必要时得找到游荡的灵魂使之复位。西方文化虽然早已推翻这种论点，现在仍有人表示梦中有"出窍"的经验：有的人还会遇上灵魂无法"回"到身体里的问题，也有人觉得是灵魂不想回去。

3. 梦是自然现象，是睡眠时的正常心智活动。赞同这个论点的人对于梦是否有意义或能否加以解读，却意见不一。

以上三者的前二者都有极久远而神圣化的起源。第三者只在两种文化中被人们接受，而且为期不长：一是公元前300—前100年间的古希腊时期，一是19世纪的西方社会。即便民俗文化一向重视梦，尤其重视其中与巫术相涉的意涵，西方知识分子自古罗马时代就与一般民众的这种看法保持距离。18、19世纪的学界人士开始以严肃态度研究"野蛮人"之际，几乎都以不屑的眼光看待这些文化普遍存在的做梦、解梦风俗。这种鄙视的态度在某些科门中持续到现在，但弗洛伊德学说的影响激起人们重新从民族志的角度审视原始解梦学，这种现象在20世纪前半期在美国尤盛。然而，由于一般习惯将观察结果硬套入精神分析的公式或划入刻板典型，难免造成扭曲。

到了1950年代，梦的民族志研究变成"文化与人格"研究的一部分。正好遇上弗洛伊德的影响力式微，跨越文化的比较研究也走下坡，细究个别文化的局部问题渐渐占了上风。因此，20世纪大半时期的民族志的论述呼应环境决定论和教条式的行为主义，变得比以前僵化，在社会科学界当中，能幸免的少之又少。

要在一章之内详细叙述自原始时代到19世纪末的维也纳的解梦学，是不可能的。所以我只选几个探讨梦的关键性论点进入主流历史的时刻，按年代顺序逐一讨论。

原始社会

从古到今，寰宇之内，人心思维莫不相同。

——J. S. 林肯（J. S. Lincoln）

人类学家基于其学科底线，向来强调文化有差异性，却也承认解释梦的行为是一种"文化的共相"。甚至最坚决的文化相对论者也不否认，每个曾被研究过的群体社会中都自有一套梦的民俗、一套详梦术，以及利用梦来从事占卜的方法。

梦是灵魂在夜晚出游、鬼魂来访引起的，诸如此类的想法也普遍存在于各个文化中。凡是尚未发展出文字的社会，都相信梦具有重要意义，并且特别尊重做梦内容丰富的人和懂得解梦的人。**人类学家也都相信，梦对于所有原始社会中的文化安定与革新都具有正面作用。**J. S. 林肯在其影响深远的著作《梦在原始社会中的地位》(*The Dream in Primitive Society*，1935）指出，原始社会的梦与当代西方人解释梦的原则是相通的。

总括人类学的研究结果，梦大致可以分成四种基本模式：1. "大"梦，具有重要文化意涵；2. 预言梦，预卜将要发生的事或预先发出警戒；3. 医疗梦，有助于治病；4. "小"梦，只与做梦者个人相关。

原始社会虽然相信每个梦都有意义，却最重视"大"的一型。这种强有力的梦，林肯称之为"文化模式梦"，另一位人类学家马利诺夫斯基（B. K. Malinowski，1884—1942）谓之"官式梦"。荣格认为这类梦是人类集体潜意识的一种原型式的表达，通常会连带有主观的（甚或无法抵挡的）敬畏、恐惧、迷惑之感。神学家奥托（Rudolf Otto，1869—1937）用畏服神圣（numinous）形容这种感觉，而这也正是真正的宗教经验的精髓。神秘而超乎理解的梦之所以广受尊崇，不只是因为梦的本身有强大冲击力，也因为人们可以借此窥知神灵的智慧与指引。巫师必须靠这种梦获得疗病、预卜未来、招魂等能力。开始担当某种特殊身份或职权之前，人们也会祈求这类梦降临。例如北美洲印第安部落的青年战士或巫师，在正式获得此种身份之前都会有"探求灵象之旅"。相形之下，现代研究者和心理分析师钻研的那些梦，在原始社会看来却是无关紧要而不必理会的。

许多不同的文化竟然都有大量原型式的梦，多少令我们吃惊，因为西方社会极少有这种梦，而且多予以误解。**人类社会从原始状态逐步发展成为游牧的、农耕的、都市聚居早期的，以至现代都市化的形态，原型式的梦似乎也在数量上和影响力上逐步衰微，反倒是私人的"小"梦后来居上。**荣格于1920年代中期造访了肯亚的厄尔贡尼族人（Elgonyi）之后，才体认到此一事实。一位厄尔贡尼巫医与他的一席谈话，是他永志不忘的。巫医说：以前族人个个重视"大"梦，生活中的重要决定都要听从梦的指点。他对荣格哀叹说：如今大梦对族人已经没有用了，因为统治全世界的白人是无所不知的。

为什么原型梦的经验独钟狩猎采集维生的族群？原因可能在于他们与神祇接近，他们心中常以鬼灵为念，他们在一切自然现象中都看见魂灵的活力。我们许多人在童稚时期也怀着与他们一样的宇宙观（甚至高度都市化的社会也难免），我们会把自己想象成鸟、兽、风、火、大地、水。浪漫主义的诗人们将这种倾向延续到成年期，并且将境界提升成为"自然神秘主义"的层次。此外，儿童也往往相信梦是真实的经验，以为梦中的情景确实发生了。若不是父母告诉我们，睡觉时那些遭遇和醒时的种种幻想"不过是梦"，我们童年的倾向和想法一定会持续到成年以后。只要把文明的虚饰外表撕去，我们每个人的原始面目就会露出来。

古早的文明

> 女神伊施塔尔在每个人的梦中显现，说道："我要在亚述巴尼拔的前面行进，他是我创立的王。"
>
> ——*亚述巴尼拔军中的士兵*

从最早的古文明中可以看出，原初的梦理论及实际做法的主要发展包括：1.将解梦纳入制度化的宗教信仰；2.按疗病的需要，到特别建构好 temeni 的（神圣地界）之中进行孵梦；3.将梦的形态及其解读刻写在泥字板和莎草纸上；4.判别"好"梦、"恶"梦与解释梦境意义的方法逐渐发展完全。

最古老的梦的记录是亚述帝国和巴比伦帝国的梦书。这些书存放在巴比伦国王亚述巴尼拔的尼尼微图书馆内，其中不少流露着忧惧，恐怕恶魔和亡魂带来的梦是不祥之兆。巴比伦人建起梦之女神玛姆（Mamu）的神殿，举行向神的赎罪仪式，就是为了趋吉避凶。当时人们重视梦，最主要的原因似乎是：梦可以提供对人们有益的预警。有些释梦记录现在看来是古怪可笑的，很有弗洛伊德所说的"胡乱分析"的味道。有些却合情合理，例如，梦到喝水象征长寿，梦到喝酒意示短命，颇有道出酒精中毒伤身的先见之明。又如，梦到在飞是预警可能有灾祸临头——此乃骄者必败的象征，希腊神话中的伊卡罗斯（Icarus）的下场，也是足堪引以为鉴的类似故事（见第十三章）。

古埃及人也认为梦是一种预警，却相信梦是直接从神祇而来，不是恶魔或鬼魂造成的。做梦的人若要避开灾祸，必须以苦行自惩，或向神祇献祭，但诸神也有义务答复做梦者的疑问。埃及人认为，含恶意的梦虽然也有，但大体上梦都是表现善意的。埃及人也是已知的古文明之中最早实行孵梦（dream incubation）以诱发与某个特定问题或需求——如生病疗病——相关的梦。

埃及的梦神塞拉匹斯（Serapis）有多座神殿建于埃及各地，最著名的一座于公元前 3000 年左右建于孟斐斯（Memphis）。最古老的埃及释梦文献是现存大英博物馆的彻斯特比提莎草纸记录（Chester Beatty papyrus）。这批文献大约是公元前 1350 年的记录，来自上埃及的底比斯（Thebes），记述的梦约有二百个，有些梦发生的年代还更早。其中的释梦模式十分值得注意,因为,弗洛伊德说的三原则(即澄清视觉或文字上的双关含义、查明隐含的联想、使用对照方法)已在此被先一步提出,可以把梦解释成与表面看来相反的意思,例如,生病的人梦到死则表示他将痊愈。

古埃及和其他古文化之中的解梦者都特别提及梦有双关含义。但双关的释义只在梦发生的那个时代讲得通,后世的人看来却莫名其妙。即便如此,这种例子却在解梦大全的册子中一再出现。例如,彻斯特比提莎草纸文献中记载,梦到自己的臀部裸露象征双亲即将丧亡。后世人如果不晓得古埃及语的"臀部"和"孤儿"字形很相像,就会觉得这是风马牛不相及的解释法。诸如此类按当时通行的双关语意解释的记录,由于事过境迁,后世看来既武断又荒诞。至于那些历久不衰的双关解释将在后文评论。

本来巴比伦、波斯、埃及、希腊各有不同的解梦传统,却因旅行、征战、贸易的传布之功,许多想法普遍通行于近东和中东各地。例如,埃及人因有崇拜疗病神伊姆贺特普(Imhotep)的信仰,而有很完备的孵梦的做法。这套方法被希腊人承袭下来,用在祭祀医药神阿斯克勒庇俄斯(Asklepios)的仪式里。孵梦很可能并不是埃及人首创的,因为埃及人很擅长移植其他更古老且较不繁复的文化。古代中国也有十分详尽的解梦、孵梦传统,一定也有向其他社会文化借用的成分。

近东、中东地区的民族相信梦是神鬼等外在力量引起的,远东地区民族却承袭远古的想法,认为梦源自内在,是做梦者的灵魂游荡引起的。古代中国人相信灵魂可分为"魄"与"魂"两种。魄是"物质性的",依附在形体上,人死后便消灭;魂具有灵性,每晚于人入睡的时候出窍,肉体死的那一刻,魂便离去。中国人也深信不可把正在做梦的人叫醒,因为此时魂没回来,失了魂的人会精神错乱,是十分危险的。这种观念存在于许多原始文化中，1960年代又再度风行，按实验结果（现今普遍无人采信），受试者每次在睡眠达到快速眼动周期（REM）的时候被叫醒，就会产生幻觉、糊里糊涂，变得妄想多疑。

中国人相信，魂离了身体不但会导致做梦、疯癫，也会引起幻视、恍惚、昏厥。离魂者可以与阴界相通，能理解神谕。由于离魂状态是极受重视的经验，所以中国人也会像埃及人、希腊人那样，刻意酝酿诱导梦的发生。

不分任何文化或种族的人群，为了掌握梦令人又敬又怕的力量，都诉诸分类辨识的方法。最基本的分类法是对照差异，因此梦可以分好坏、真伪、神圣或邪魔、大或小。以印度为例，按《吠陀经》（*Vedas*，约为公元前15—前13世纪的著作）的分类原则，梦因其预卜未来的功能而分为吉梦、凶梦两种。古印度最详尽的释梦观念记载于《阿闼婆吠陀》（*Atharva Veda*，即《禳灾明论》）。书中说，一连串夜梦之中的最后一个对做梦者的意义最重大，排在愈后面的梦愈有可能成真。此外，梦的内容与做梦者的脾性也有关系。这一点我可以凭临床经验予以肯定，沮丧的人确实会有沮丧的梦，躁狂的人易有躁狂的梦。但我也得声明，这与荣格的补偿理论（神志清醒时若有什么不平衡，会在梦中求得平衡）是不符合的。

按《阿闼婆吠陀》，梦是从不同层次的意识状态之间的界限产生的。论灵魂自我的印度古奥义书《婆里阿多摩诃·优波尼沙昙》（*Brihadaranyaka-Upanishad*）指出，灵魂主要有两种状态，一在阳世，一在幽冥。另有一种是介乎两者之间的，即睡眠状态。特别重要的一点是，灵魂若处于中间的这个状态，就能对阴阳两种状态一目了然，"阳世的这个与冥界的那个"都看得见。依照荣格的看法，梦的内容乃是做梦者清醒时经历的事（阳世）与人类集体潜意识的原型活动程式（幽冥）的互动结果，与印度古籍所说的正相仿。古印度人认为，清醒状态不及睡梦"真实"，因为睡时可以同时领会阴阳两界的知识与经验。最高境界是睡眠而无梦的状态，此时做梦者与幽冥世界协调一致，不受俗世烦恼牵系，与时间和空间之无限合一。东方古文化往往有诱导人进入恍惚状态的一套方法（瑜伽即是一例），就是为了要引发这种至乐至福状态。

吠陀哲学（Vedanta）主张，精神恍惚、做梦、遐想出神都是介于意识与潜意识之间的界限状态，这种见解在西方心理学发展上要等到 20 世纪才臻于成熟。按荣格的研究，积极的想象行为会以醒梦（waking dream）的形态出现。醒梦是在未入睡的情况下产生的似做梦的状态，类似服食迷幻药物后的情形，处于醒梦状态的人既可观察自己有意识的思想和行为，同时也能感受意象、幻想，以及意识清醒时通常无法感受的情绪。

古典梦学

> "诸位，"谨慎的佩涅洛佩（Penelope）说道，"梦是令人难堪而困惑之物：在梦中所见的并非事事得成真。那些虚幻的景象由两扇门来到我们眼前，一是兽角的门，一是象牙的门。从象牙来的以永无实现之日的虚假承诺欺骗我们；从磨亮的兽角之间出来的那些却告诉做梦者真正会发生之事。"
>
> ——《奥德赛》(*The Odyssey*)

古希腊人对于生活的每一层面都有极精密的思考，梦当然也不例外，这是积数百年的经验而成的。在荷马（Homer，公元前 9—前 8 世纪）的时代，希腊人更深信梦是有神圣来源的，并且一心追求辨识梦的真假的方法。按荷马的分辨法，真的梦从"兽角之门"而来，假的梦从"象牙门"而来。这种辨识依据的是希腊的一个双关语。在古希腊人看来，梦的虚实是攸关生死的大事，错把假梦当真是会招致祸殃的。如波斯国王薛西斯（Xerxes，约公元前519—前465）按梦中所见向希腊军发动攻击，以为必获胜利，结果却惨败。

史书记载的最早主张用理性方法解释梦的是赫拉克利特（Heraclitus，公元前450—前375）。按他的研究，睡眠中的人非但不是在与神祇相通，反而是处在他个人特有的世界之中。赫氏认为，做梦是伴随睡眠的头脑而来的普通现象，其重要性不及意识清醒时与他人共享的经验。赫拉克利特在公元前400年提出的这个观点，是目前西方社会大多数教育程度较高的人赞同的。

影响现代西方人对梦看法的希腊先贤，还有医学之父希波克拉底（Hippocrates，公元前460—前377），以及哲学宗师亚里士多德（Aristotle，公元前384—前322）和柏拉图（Plato，公元前426—前348/7）。希波克拉底的关注重点与亚述人和埃及人相同，在于梦有预卜未来的功能。但他也试图将这种功能作科学性的应用，借梦来诊断即将发作的疾病。这种梦叫作"前驱症状的"（prodromal）梦（源自希腊文prodromos，意指"跑在前面的"），在病人和医生都未觉察异状之前，已经发生的心理或生理疾病征候可能以象征方式出现在梦里。这种可能性至今仍引起广泛注意。按希波克拉底所说，梦到泉水或河流显示可能即将出现泌尿生殖系统的问题，如果梦到淹水或洪灾，表示做梦者可能需要放血。

希波克拉底也特别重视占星术与梦的内容之相关性，这个观点与中国古代不谋而合。东西方的先贤为什么会把天体运转和人的梦境扯到一起？首先我们必须想到，那是没有钟表、罗盘、手提式六分仪、可靠的地图、气象预测的时代，不论航海、穿越平原或沙漠、计算一天内的时间、划分季节、决定播种与采收时间等，都只能靠自己观察天象。所以人们不但相信天体变化会影响梦境，而且认为日月星辰具有使人做梦的威力。此外，古希腊人相信生活处处受制于诸神，要说梦境也受诸神影响并不为过。因此，希波克拉底虽然强调梦有医疗上的含义，却也承认某些梦是神启的。

亚里士多德对于梦与天象的渊源和梦的神启说一律否认。因为，畜牲也会做梦，难道也与天象和神意有关吗？这是极为重要的见解，许多梦的理论因而被贬为无稽之谈——包括弗洛伊德所说的梦是性欲望被压抑所致。亚里士多德在《论梦》、《论睡与醒》、《论睡眠中的预言》三部著作中述及理论的大纲，其与现代论点之接近是前无古人、后无来者的。他同意希波克拉底所持的梦反映健康变化的看法，因为外界引起的一切知觉会在入睡时减少或隔绝，所以主体的知觉必然会格外突显。他并且指出，梦中意象会延续到睡醒的状态，成为意识清醒的思考起点，所以做过梦以后的行为会受梦的影响。一般人误以为梦预卜梦醒后的行为，其实是人们自己在将梦中的意象付诸实现。

亚里士多德的哲学论述对于西方文明之影响至深至久，他论梦的著述却被忽视了两千多年。他最不寻常的见识之一是，比荣格早两千年发现人类有集体潜意识。他（荣格亦然）从观察中发现，精神病患者无中生有的幻觉、一般人的幻想错觉、梦与幻想的内容，都有相同之处，由此可见这些是有共同起源的。

柏拉图的观念也是具有显著现代性的。他的诸多构想之中当以直接启迪弗洛伊德的最为重要。柏拉图认为，由于我们入睡后不再用理性克制激情，梦中的自己往往做出一些清醒时会觉得丢脸的事。"心术不正者的实际作为，有德行者梦之足矣"（弗洛伊德在1900年发表的《梦之解析》[The Interpretation of Dreams] 之中就引用了这句话)。情欲、愤怒、渎神的行为都会在睡时的幻想中变成主观的事实,在梦中得以宣泄。**柏拉图认为:"我们每个人——甚至最善良的人——内在都存有肆无忌惮的野兽本性,它会在我们入睡时探出头来。"**我们从这句话中窥见的概念,后来被弗洛伊德和荣格发扬光大成为"原我"(Id)和"阴影"(Shadow)。弗洛伊德所说的压抑机制(repression),也由这一句话表露无遗。

预卜未来的梦

> 我的妻子凯尔弗妮亚不放我出去。
> 昨天晚上她梦见我的雕像,
> 仿佛一座有一百个喷水孔的喷泉
> 浑身流着鲜血;许多壮健的罗马人
> 欢欢喜喜地都来,把他们的手浸在血里。
> 她以为这个梦是不祥之兆,
> 所以跪着求我今天不要出去。
>
> ——莎士比亚(William Shakespeare)
> 《裘力斯·恺撒》(Julius Caesar)

即便亚里士多德和柏拉图都驳斥梦预卜未来之说,这种观点还是屹立不衰,罗马人尤其深信不疑,而且将一些著名的事例记诸文献。恺撒(公元前100—前44)不理会凯尔弗妮亚的预警之梦,结果遇刺身亡,继任的奥古斯都(Augustus,公元前63—14)却因相信友人的恶兆之梦而躲过一劫。所以奥古斯都肯定梦的预卜功能,下令凡是梦到有关罗马全民之事者,必须到公共广场来宣布梦的内容。至于他自己,更是对梦的指示百依百顺而从无疑议。按史家苏维托尼乌斯（Suetonius Tranquillus）在《列王史传》(Lives of the Caesars，公元 2 世纪出版）之中记载，奥古斯都曾经不顾出丑之虞到罗马各处乞求施舍，只因有梦预示他会这么做。

最常见的预警梦是预示做梦者或做梦者认识的人死在眼前。有关这种梦证实无误的记载，从古到今一直都有。1701 年故世的法国演员尚梅莱（Champmeslé）的事例是广为人知的。按记载，他死前两天梦到已经亡故的母亲和妻子召唤他同行。尚梅莱确信这是自己死在眼前的预兆，便齐聚了全部的友人，付了丧礼弥撒的费用，自己参加了弥撒礼，典礼结束后步出教堂便一命呜呼了。这种情形很可能是他的潜意识已经暗示自己患了末期绝症。

有些事例却不能循这个方式解释。例如，凯尔弗妮亚在恺撒遇刺的前夕梦到布鲁图（Brutus）行刺。又如，林肯总统（Abraham Lincoln，1809—1865）遇刺前几天告诉夫人，他梦到白宫里有一口棺木，四周有士兵守卫，他问死的人是谁，得到的回答是："是总统，被刺客杀害了。"另一个不能用希波克拉底的"前驱症状"解释的梦，是奥地利大公斐迪南（Franz Ferdinand）的老师拉尼主教（Joseph Lanyi）的预兆梦。就在斐迪南 1914 年 6 月在塞拉耶弗遇刺的前一天，拉尼梦见大公被刺，醒来后心中甚是不安，就把梦境写下来，并且画出梦中情景的素描图，又试图及早通知大公预防。结果斐迪南未能收到警告的讯息，拉尼便特地为大公举行一台弥撒。随即获知梦中的预言已然成真。

这些事例曾经震撼较易相信的古人，我们这一代人的想象又何尝不受其冲击？《不知名的访客》(The Unknown Guest) 之中，记载了比利时诗人梅特林克（Henri de Maeterlinck，1862—1949）的一段话："**每件发生的事，不论过去的、现在的、未来的，不论在空间的哪一点，此刻都存在于某个地方，在一个永恒的当下之中。因为它们**

存在，我们就可能在某些状态中感受可以使我们见识未来的那些事，见识我们走过时光的路程中尚未到达的那一段。……按理论，每个梦都是这永恒当下的某些情景或事端的部分意识，这些事可能是过去的，现在的，或未来的。"邓恩（J. W. Dunne）于 1927 年发表的《时间实验》(*An Experiment with Time*)之中表达了类似的观感，荣格则提出"同步性"（synchronicity）的理论来解释这种现象。

亚里士多德的解释基本上是比较切实的。他认为，未来的行为会先在梦中出现，因为梦中冒出来的意念会左右醒后的行动。况且，睡觉时会做很多梦，有一两个梦与后来发生的事相似也就不足为奇。这个论点确实有理。预兆梦就如同凭祈祷治病的做法，只要有一次灵验，就可以抵消另外一千次的不灵验。西塞罗（Cicero，公元前 106—前 43）赞同亚氏的主张，在《论占卜术》(*On Divination*)之中说了以下的话："一个人整天瞄准一个目标，怎会不中的？我们每晚都要睡觉，不被我们梦到的事少之又少；那么，梦到的事偶或真正发生，还值得奇怪吗？"

宗教意味的梦

> 我若说，我的床必安慰我，我的榻必解释我的苦情；你就用梦惊骇我，用异象恐吓我，甚至我宁肯噎死，宁肯死亡，胜似留我这一身的骨头。
>
> ——《约伯记》七：12—15

一个理性主义者听到有关预兆梦的传言，难免会怀疑做梦的人没说老实话。至于根本不愿相信这种梦的人，有再多"证明无误的实例"也不能使他信服。古来的基督教徒、穆斯林（伊斯兰教徒）、犹太教徒似乎毋需为这类疑问烦恼。这三大宗教的经文，以及佛教和印度教的典籍之中，处处可见梦境与灵象的记载，因为梦是公认最可能显示神意的人类经验。基督教《圣经》之中提及梦的篇章不下七十处。公元前600—前200年间写成的巴比伦《塔木德经》（*Talmud*，记载犹太教义与律法），有四篇是完全在讨论梦的。《古兰经》的内容也有很大一部分是穆罕默德在梦中获得的神启。《圣经》的新旧约都有许多预兆梦的记载。例如，玛利亚和约瑟决定逃往埃及便是因为得到三个梦的启示：第一个是三博士在梦中被主指示不要回去见希律王；第二个是天使向约瑟显现，要圣家族逃往埃及；第三个是天使向约瑟显现，告知希律王已死，可以安返以色列。

古代犹太的学者多以精于释梦闻名。每当法老王有了不寻常的梦，就会找这些博学之士来解释其中的含意。《创世记》之中约瑟为法老王解的七个丰年与七个荒年的梦，便是最著名的例子。又如《但以理书》所载，但以理为巴比伦王尼布甲尼撒解释梦兆——尼布甲尼撒即将精神崩溃，措辞之伶俐显见犹太人的圆梦术已经发展得相当精湛。《塔木德经》之中最为人熟知的解梦者是律法师希斯达（Rabbi Hisda），他曾说："有梦而不解释，就如同收到信而不展读。"他晓得梦有警示功能，也有改造作用。他认为，令人不安的梦比愉悦的梦来得重要，因为，梦引起的忧虑能促使我们防止不好的梦成真，能激励我们改过向善。另一位著名的解梦者是律法师比兹拿（Rabbi Bizna），他认为，一个梦或一个梦中意象可能包含多个意义层次。有一回，他把一个梦境讲给耶路撒冷的十二位解梦者听，结果每个人的解释都不同。他语带挖苦地说，这些人的解释全都对。弗洛伊德将一个梦境包含多重意义的现象称为"凝缩作用"（condensation），比兹拿有此一观点，足见其先知先觉。

伊斯兰信仰的解梦者更是多不胜数，而且方法比犹太人的更有系统,也许是因为穆罕默德当初就非常重视梦所致。他惯常要追随者一一重述各自的梦,并且把他认为有重要含义的梦加以解释。做梦者一定要完全照实重述梦的内容,而且必须醒来立刻就讲,析梦者提供建议时也必须斟酌做梦者的性格特质。

孵梦与疗病

> (盖伦)在睡眠中两度被告知,要切开食指与拇指间的动脉,并且照着做了,他便解脱了每天不断困扰他的疼痛——在肝脏与膈部相接的那个部位。
>
> ——盖伦(Claudius Galenus,129—199)

古希腊时代笃信疗病之神阿斯克勒庇俄斯,是梦的医疗功能最发达的时期。当时希腊全境有三百多座阿斯克勒庇俄斯神庙,都修建在环山临海、有树林和神圣河川的美丽所在。来拜庙的信徒都必须遵循疗病的仪式和求梦的过程。有病缠身的人或乘船或骑骡,长途跋涉来到神庙,首先要洁净身子,脱掉衣服,用神水洗浴,饮神水,换上干净的袍子。然后在坛前献祭膜拜,再进入 abaton(诸神逗留的圣所)——这儿通常是有群蛇盘踞的。病者在这儿服下安眠药剂,等着入睡。早期是躺卧地上入睡,后来改为躺在长榻上——算是后来心理分析师问病和临床医疗检查用的长榻的前辈。阿斯克勒庇俄斯通常会在病者梦中显现,赐予疗病讯息,这讯息本身可能就有药到病除的效果。梦中讯息不必加以圆解,因为有梦的经验就足以使人痊愈。

这套行事惯例能有裨益,是毋庸置疑的。在祭祀埃及疗病神伊姆贺特普和阿斯克勒庇俄斯的神庙中,仪式、建筑形态、声音、气味,以及神圣的氛围，对于病者得梦的内容大有影响，乃是不言自明的道理。从事梦之研究的现代人在实验室里埋首钻研，却往往缺少这一层认知。

神启的梦存在于每个社会之中，但显示的意象必然与各个社会的文化理念和共同信仰有关。例如，虔诚的天主教徒不大可能梦到印度湿婆神（Shiva），哈西德教派（Hasidism）的犹太教徒也不至于梦到圣母玛利亚显现。古埃及人会梦到伊姆贺特普，希腊人会梦到阿斯克勒庇俄斯，基督教徒会梦到天使，正如相信弗洛伊德学说的病人较易有弗洛伊德式的梦，赞成荣格主张的人较易有荣格式的梦。**不仅是刻意酝酿的梦会受暗示和文化因素影响，所有的梦皆然**。人类社会自古以来就晓得梦有一定的功能。但要等到古罗马时代，才有人投注毕生心力有系统地研究梦。

早期的梦研究

> 一名男子梦见他如蛇蜕皮一般从自己的肉体溜出来，翌日他便死了。是他的魂将要离开躯体，所以给他这种异象。
>
> ——阿特米德洛斯

专心一志研究梦的第一人是阿特米德洛斯。他以多年时间走遍意大利、希腊、近东地区，在图书馆和疗病中心作实地调查，访问解梦者，收购古老的手稿和莎草纸文献，熟悉了当时已知的与梦相关的所有知识和信仰，才终于写成《梦之解析》。

他处理个别解梦案例的态度也是井井有条的，不妨说是"合乎科学精神"的。首先，他必须把梦知道得一清二楚。然后，必须确认六个基本因素：他称之为 natura（梦中发生的事对于做梦者而言是否自然的事），lex（是否逾矩），consuetudo（是否惯常），tempus（做梦的时期正有什么事情发生），ars（做梦者的职业），nomen（做梦者的名字）。他以这些事实为根据，用类似一千七百年后的弗洛伊德的方式，先研究梦的每个部分、每个意象、每个联想，再提出整个梦的释义。

他作的解释往往受当时盛行的迷信影响（如梦到蛇的人会病上很长一段时间；梦到大壶的人能享长寿；水手梦到头发被剃乃是将要发生船难的前兆），所以我们看来会觉得怪异。但他也一再重申，查阅标准解梦书册并不是可取的方法。因为象征意义会随时代而变，也因文化背景和个人条件而各异。他认为，做梦者个人的条件十分重要，双关含义也是不得不细究的。阿特米德洛斯以经验观察为原则的研究方法，也是有史以来的首创。他曾表示，由于研究过三千多个梦的案例，自己对梦的理解才有不断的进步。

阿特米德洛斯堪称是弗洛伊德和荣格的先驱。他不但以严肃的态度审慎思索每一个梦，并且特别重视联想——梦中意象激起的有意识的念头可能含有重要意义——的原则。在弗洛伊德看来，联想行为乃是有效释梦的关键。不同的是，弗洛伊德费尽心思要触发的是做梦者的联想，阿特米德洛斯注重的却是梦中意象如何引动解梦者的联想。荣格则是两者并重，加以引申发挥，后文将评论。此外，阿特米德洛斯把梦分为两类：insomnium 是从目前的身心状况产生的梦，与日常生活的活动及经验相关；somnium 则必有深层的寓意或神话的含义，可以预卜未来。这种区分与尚未使用文字的社会所说的"大"梦和"小"梦之别是类似的，与荣格划分个人、超个人与集体意味的梦的观点也明显相仿。

在释梦的领域中，阿特米德洛斯俨然是介于古代与近代之间的重要人物。他提出的主张虽然颇多失于天真之处，在力行经验观察方法、采用弹性的释梦观点、确立梦的基本模式与普遍可见的象征等方面，他都是首开先例者。弗洛伊德将自己的巨著按阿特米德洛斯的代表作命名为《梦之解析》，乃是要表达自己受惠于先贤之意。

早期教会先贤

> 口渴者在梦中似乎置身泉水中央，饥饿者在梦中似乎在盛宴席上，活力旺盛的年轻人梦中则会有与其强烈情欲相似的幻想。
> —— 圣格列高利（Gregory of Nyssa，330—395）

早期教会人士讨论梦的著述较少创见，大多是古希腊罗马哲学家、医学家已经提出过的论点。只有四位人士例外，即特土良（Tertullian，160？—230？）、圣奥古斯丁（St. Augustine，354—430）、圣格列高利，以及昔兰尼主教西内修斯（Synesius of Cyrene，约370—413）。

特土良约于公元203年完成《灵魂专论》（*Treatise on the Soul*），书中将梦说成一种自我局限的死亡经验，梦中灵魂出窍，正如肉体生命终止时灵魂会离去。按他的说法："灵魂嫌恶这并非其固有的憩所，故而从不安宁。"现代梦学研究中仍有类似灵魂永不安宁的概念，例如，荣格就曾说，我们整个清醒的生命之中"持续不断在意识临界点之下做着梦"。但是，特土良认为梦不是灵魂的产物，而是来自上帝、魔鬼或大自然的。灵魂就如同在圆形剧场或竞技场外的旁观者，只能眼看着梦中的事情发生，却无力介入。这个意见如今也颇有人赞同，因为这显示梦不受做梦者的意愿或企图左右，具有自发的自我创造能力。用荣格的话来讲就是："我不是做梦，我是被梦。"

圣奥古斯丁是最先觉察心灵有潜意识状态的人士之一。他曾坦白承认:"我抓不住自己的全部。"这很令他烦恼,因为他恐怕上帝会怪罪他做梦的内容,而梦的内容如何却由不得他。

想法与古典论述最接近且最能与现代心理分析理论相通的,是圣格列高利。他主张,梦是可用纯粹心理学方法解释的自然现象。站在基督宗教信徒的立场,他同意上帝能以预言梦启示特别配得神启的人,但这种梦是神迹式的讯息传递,并不是一般听说的做梦。他在专著《论人之创造》(*On the Making of Man*,公元380年完成)之中指出,因为睡眠时人的知觉和思维能力都休止了,所以会做梦,并且因而做出荒诞的梦。他认为,梦的内容如何,要视日间活动的记忆与做梦时的生理状况而定。就这一点而言,他相当接近弗洛伊德所说的梦是愿望实现(wish fulfilment),因为他相信绝大多数的梦是因情欲引发,而力量最强的情欲就是性欲。情欲是人类"兽性"的流露,人必须以理性智能时时克制情欲,才不致堕入罪恶。可叹的是,理性智能在睡眠时不再警醒,情欲才有机可乘。这套理论明显可与弗洛伊德相互呼应。

西内修斯的著述大约与圣格列高利同时。他将人的精神自我作了有趣的区分:心智(mind)与灵魂(soul),并且以想象(fantasy)为两者互通消息的工具。心智在意识清明的状态下面对既有的事实,灵魂关注的是将要发生的事,灵魂以想象为手段,把它所知即将发生的事表现给意识。按荣格的见解,梦和想象会揭示新的个性结构,把导引人格更趋成熟的意图透露给意识知道。这与西内修斯的论点也是不谋而合。

潜 意 识

启开灵魂有意识生命本质的钥匙,藏在潜意识的领域之中。……灵魂科学的第一件任务即是：说明人的心灵如何能够进入这种深处。

——卡尔，古斯塔夫·卡鲁斯
(Carl Gustav Carus，1789—1869)

潜意识并不如一些宣传弗洛伊德学说的人士所说，是弗洛伊德"发现"的，而是在17—19世纪之间不时浮现的一种假说。古埃及人和印度教信徒虽然早已知道人可以体验不同程度的意识（如阳世与幽冥的不同层次），圣奥古斯丁也曾为管不住自己做梦的内容而烦恼，最先确切陈述潜在不可知意识的人却是莱布尼茨（Gottfried von Leibniz，1646—1716）。他将潜在意识的活动和血液循环相比，它在维持我们有意识的生活，我们却不觉得它存在，"正如住在磨坊旁的人浑然不觉它的噪音"（原载《人类悟性新论》[New Essays Concerning Human Understanding]）。有人认为这个概念的起源更早，最初提出的应是英国的新柏拉图主义者诺里斯（John Norris，1632—1704），因为他曾说：**压在我们心头的意念之多，远远超出我们可能理会或了解的范围。**"

从这个起点开始，以后这个假说便逐渐形成规模。最初引起一般广泛注意是在德国浪漫主义兴起，与谢林（Friedrich Wilhelm von Schelling，1775—1854）提出"自然哲学"的时期。怀特（E. E. Whyte）的《弗洛伊德以前的潜意识》(The Unconscious Before Freud，1979)与艾伦伯格（Henri Ellenberger）的《发现潜意识》(The Discovery of the Unconscious，1970)，都记载了潜意识理论的发展过程。按怀特与艾伦伯格的研究，将潜意识活动与梦相连的第一人是物理学家利希滕贝格（G. C. Lichtenberg，1742—1799）。他会细心探究自己的梦，是因为发现梦中浮现出沉睡在灵魂中的奇妙意念。18

世纪将结束之际,潜意识乃是自然本性流露——因而是一切想象与创造的神秘源头,成为普遍盛行的观念。诗人席勒(Friedrich Schiller,1759—1805)不但认为"诗从潜意识出发",而且主张用一种自由联想的方法来解放被理性批判钳制的创造力。歌德(Johann Wolfgan von Goethe,1749—1832)把想象力形容为"纯净的本性",并宣称举世闻名的《少年维特的烦恼》(*Du Leiden des Jungen Werther*)是他在"几近潜意识的状态"下写成的。诸如此类言论出现的时候,正当浪漫主义的全盛期。

谢林的自然哲学(此乃浪漫主义的旁系发展)主张:大自然与心灵是二而一的:"**自然是看得见的心灵,心灵是看不见的自然。**"意识和物质是从同一个起源——宇宙灵魂——衍生的。人与大自然之间不可或缺的联系乃是潜意识,我们若虔诚注意潜意识,就能使自己变成"普世心智"(All-Sinn)的渠道,这普世心智会在文学、疯癫状态、神秘狂喜经验、神话、梦境之中显露其本来面目。后来荣格建构集体潜意识的假设,曾经倚重谢林的哲学观,并且用到浪漫主义哲学的另一个概念——原始现象(Urphäanomene)。堪称是自然哲学教父的歌德相信,世间一切植物都是从一种"原始植物"(Urpflanze)形变而来的。荣格的原型理论和谢尔德雷克(Rupert Sheldrake)的成形共鸣(morphogenic resonance)的概念背后,都有原始现象的影子可循。另一种原始现象是"雌雄同体"——人类本质上是双性的。19世纪晚期的弗利斯(Wilhelm Fliess)和弗洛伊德都采纳了这个观念,荣格提出的阿尼玛原型和阿尼姆斯(animus)原型也与雌雄同体的观念有渊源。

弗洛伊德和荣格的梦理论的另一个更明确的先驱者是舒伯特(Gotthilf Heinrich von Schubert,1780—1860)所著的《梦的象征意义》(*The Symbolism of Dreams*)。舒伯特在书中将梦的图画语言与清醒生活的文字语言作比较，认为梦的语言是"象形的"，可以把许多含义装在一个意象里（即是弗洛伊德所说的梦的运作的一项主要功能——"凝缩作用"）。梦采用的语言是普世共通的象征符号语言，是古往今来全世界通用的，荣格所谓集体潜意识产生的原型象征，显然与此一脉相承。舒伯特相信，夜晚入梦时可能会看见尚未成真的未来，但由于人格中被压抑、被忽略的部分会在睡觉时浮出，所以不道德的、邪恶的梦很多。这个观点又与弗洛伊德的雷同。

影响荣格最深的 19 世纪著述者当属卡鲁斯。他在作品《心灵》（*Psyche*）之中将心理学定义为"研究灵魂从潜意识到意识清醒状态之发展的科学"，将潜意识形容为不懈怠的（因为它不像有意识的思维般需要定时休息），基本上是健康的（因为它充满"自然的疗病能力"），而且具备其固有的智慧。**卡鲁斯认为，我们凭借潜意识而能维持与宇宙万物相通。他还相信，潜意识能发挥相对于意识的一种补偿功用**。这个论点后来被荣格发扬光大成为梦理论的基本概念。

另一个观念源头被弗洛伊德和荣格采用而加以发展的，是尼采（Friedrich Nietzsche，1844—1900）的哲学思想。尼采认为，潜意识不但是情欲和本能盘踞的所在，也是个人生命阶段性发展的协调中心。由于梦是个人与集体生命事件的预先展演，所以梦对于个人进化有举足轻重的影响。至于尼采所说的人类行为基本动机是追求权势，后来被阿德勒（Alfred Adler，1870—1937）搬到自创的个体心理学（individual psychology）系统中详加论述。他用这个名称使自己的系统有别于荣格的分析精神学和弗洛伊德的精神分析。而他与弗洛伊德交恶，正是因为坚持尼采所说的追求权势的首要意义在于其补偿作用。

弗洛伊德和荣格各有不同的心理动力学说，但来源都可以追溯到尼采：心智能量可以被约束，可以被压抑，可以从驱动力甲转移到驱动力乙，可以从本能形态升华为精神层次。尼采称这种本能能量为das Es。弗洛伊德听了他那位作风特异的朋友果代克（Georg Groddeck）的建议，借用了尼采这个术语，并且在其作品的英文版中译为 the Id（原我）。弗洛伊德自己将它形容为"满满一大锅沸腾的兴奋激动"。

心理能量的概念最初是由维也纳医生梅斯梅尔（Franz Anton Mesmer, 1734—1815）提出。他曾经利用他所谓的"动物磁力"（也就是我们现在所说的催眠术）治疗各种不同的神经性疾病，成绩斐然，因而同时招来赞誉和骂名。据他说，他是以牛顿物理学为依据（其实他根本误解了牛顿的学说），确知动物磁力是一种充斥宇宙各处的物理"流质"。病人体内的动物磁力或与他体外周遭的动物磁力平衡，身体就能健康；体内外的动物磁力若失衡，就会生病。梅斯梅尔相信，他自己和他选用的助理们能够把"微妙的流质"储存在自己体内，并且能把磁力输给患病者以使其磁力恢复平衡。这套观念与波利尼西亚人（Polynesians）所说的 mana 颇多相似之处。Mana 也是一种宇宙能量，可储存于人、物件、地方之内，具有神奇效用。

19世纪提倡催眠术的著名人士还有沙尔科（Jean-Martin Charcot, 1825—1893）与其弟子雅内（Pierre Janet, 1859—1947），两人研究的成果乃是20世纪梦理论发展不可或缺的基础。弗洛伊德曾于1885年间跟随沙尔科一同作研究，荣格则于1902—1903年的冬季接受雅内指导了一学期。这对法籍神经学家师徒以确凿的实验证据证明，人的潜意识的意念和情绪具有很强的影响力，可以左右被催眠的受试者的行为。二人曾在巴黎的"萨维里埃疗养院"（Salpêtrière Hospital）当众作了示范，先诱发被催眠病人的歇斯底里症状（麻痹、眼盲、耳聋等），再用催眠暗示法将症状消除。沙、雅二人对于多重人格的案例特别感兴趣。他们认为，从整体人格分裂出去的片断如果各自随潜意识而发展，就会出现多重人格的现象。

弗洛伊德未与沙尔科相遇之前，一直是从事临床神经医学的，受了沙氏影响以后才转入心理动力学研究。1886年返回维也纳，便与布罗伊尔（Joseph Breuer，1842—1925）合开了诊所。布罗伊尔以运用他所谓的"精神宣泄"（abreaction）医治病人而闻名。方法是：将病人催眠，鼓励病人吐露引起病症的创伤经验，把与这些被遗忘（存在潜意识中）的伤痛有关的强烈情绪发泄出来。弗洛伊德相当佩服布罗伊尔的治疗成果，认为心理分析方法之创立应该归因于布罗伊尔医治一位名叫安娜（Anna O.）的病人的过程。由于布罗伊尔能使她回忆起当初导致歇斯底里症状的特定情况，她的一大堆歇斯底里症状便逐一消失了。例如，安娜本来有无法吞咽食物的症状，经她向布罗伊尔"宣泄"狗舔她杯中的水令她恶心的感觉之后，症状显然消失了。

弗洛伊德在维也纳开业之初，潜意识在心理动力研究中的重要地位已经相当稳固。然而，弗洛伊德以前的学者都认为潜意识只是与意识对应的一种状态，弗洛伊德却渐渐发觉，潜意识其实就是心灵的根本基石。一切心理现象，小至无意中失言，大至最复杂的精神病症，都是意识界限以下的活动引起的。梦的内容与梦的形成尤其是由潜意识主宰的。由于他认为释梦是"理解心智潜意识活动的捷径"，所以转而研究梦，将整个1890年代的时间都投注在这个课题上。

第三章

弗洛伊德，荣格，后继者

理论是真正的魔鬼。

——荣格

1895年7月24日清早，弗洛伊德做了一个梦，即是心理学史上著名的"给伊玛注射的梦"。当时他与家人暂居维也纳市郊的游览胜地，醒后思索这个梦，突然发现这是"隐秘愿望之实现"。这次豁然启迪使他确信，自己已经找到开启潜在心智之门的钥匙。他后来曾说："这种顿悟是毕生难得的。"数千年来释梦者苦思的梦的谜语，被他在这一刻解开了。弗洛伊德非常确定自己的发现具有重开新纪元的重要性，认为后世必会在他当时暂居的别墅外面立一座大理石碑，上刻："弗洛伊德博士于1895年7月24日在此发现梦之秘密。"

他便在这个坚定信念的支持下，撰写了他的力作《梦之解析》。这部于1899年完成的著作，支配了整个20世纪的梦理论发展。弗洛伊德的卷首开场白充满洋洋得意的自信："我将在以下篇章中证实，确有使解梦成为可能的心理学技巧。只要用了这套方法，每个梦的心理结构就会露出来。这种结构都有含义，可以嵌入醒时心理活动中可以切入的某一点。"这个有神效的技巧，是弗洛伊德跟布罗伊尔学来的，也就是布氏治疗安娜大获成功（弗洛伊德认为是大获成功）所用的方法，弗洛伊德称之为"自由联想"（free association）。由于安娜患有多种恐惧症，布罗伊尔教她放任思绪重拾与每个恐惧症相关的记忆，不但理解了她的各种症状的原因，还可借此除掉这些症状。如今我们都知道，事实并非如此，这个案例的治疗结果与理想相去甚远。弗洛伊德当时却未气馁，不但采用布罗伊尔的方法，还称赞这种方法对于释梦有极大助益。

自由联想

梦中事物的含义，在于它能让我们想起什么。

—— 弗洛伊德

只要懂得诀窍，要进行自由联想并不困难。只需把思绪惯常受的约束解掉，任它随便游走，不论转出来的念头有多么淫秽、荒谬、无聊，都不予以制止或摒除。为了取得释梦必须依据的事实，应该以梦中每个意象依次作自由联想，直到相关意念形成了一个网络，这个网络可以与做梦者当下的处境相连，也能与他过往的记忆衔接。弗洛伊德认为，能把这些讯息汇到一处，就可以找出梦的含义。

由于梦的内容不会立即与我们醒时自知的状况相符，梦醒时的第一个反应往往是大惑不解（可能会自问："好怪的梦！我怎会梦到这种事？"）。其实，欲知梦的含义，必须把梦醒与梦中的两种生活状况连接起来。弗洛伊德既知自由联想有此妙用，就一举废掉了梦的辞典。**按他看来，我们解读梦码所需的唯一的一部辞典不在书架上，却在我们的脑袋里。有了自由联想，巫师和占卜者便无用武之地，梦的解析也变成科学化的过程。**

弗洛伊德的这套方法与当时科学家所遵循的全然背道而驰。这些人士都把梦——以及精神病患者的幻觉和错觉——看作是人为的无意义的玩意儿。弗洛伊德曾经心焦地说："学问专精的人总欠缺好奇心。"而他和荣格终其一生都得和这种扼杀生机的立场相抗衡。

梦的本质与效用

每个梦的意义都是一次愿望实现。

—— 弗洛伊德

弗洛伊德虽然将书名定为《梦之解析》，真正用在讨论释梦上的篇幅却不如探讨梦的本质与梦的形态占用的篇幅多。基于先后在巴黎和维也纳与沙尔科和布罗伊尔一同研究的经验，他相信，精神病的症状之所以发生，是因为病人为保护自己不受难堪折磨而设计了心理防御。他凭直觉判断，梦的产生必然是同样的道理。人出于自我防卫之心，不让可能有害或危险的感觉和过往经验留在意识的领域里。病人内在有某种他不自知的机制，把令他不安的感觉存在潜意识里，也就是把这些感觉压抑下去。弗洛伊德把这种压抑作用力称为 censor（原意为"审查者"），后来又称之为"超我"（superego）。被压抑的感觉并不就此消失，却会形成蕴藏在潜意识内的强悍力量，能够改以症状的姿态出现——或跑进梦里，蒙混过审查。

弗洛伊德专注于"伊玛"梦的同时，上述的见解愈来愈确定，加上他与布罗伊尔共事的经验，终于作成梦的推论：**梦本质上是人把被禁止**

的愿望在幻觉中实现。由于这个愿望是审查者认为有害的或不当的，在梦中就会以伪装的象征形态出现。既怕上战场又怕被讥为胆怯的士兵，可能突然产生腿瘫痪的症状，这是他的潜意识在应对痛苦难堪的情绪。同理，心中想要与已婚女秘书性交的男主管，可能梦到自己把女秘书的档案柜抽屉拉出又推进去，却不损及自己的品德，也不会睡不安稳。

潜意识审查者的警觉程度，不容许被禁止的愿望明目张胆在做梦的意识中浮现，却查不出作了伪装的不当愿望。做梦机制（弗洛伊德称之为"梦的运作"）能借巧妙的伪装骗过"审查者"，让不当的愿望在梦中以象征符号的模样表露。换言之，梦中的象征符号都是化成梦码的讯息。而释梦做的乃是解码的工作，自由联想即是解码的方法。

为什么非用这自由联想的猜谜游戏不可？弗洛伊德的回答很简单：因为这使做梦的人可以继续睡下去。他曾说："所有的梦都可以说是为了方便而做的梦。因为梦可使睡眠延长而不会醒。梦是睡眠的'守护者'，不是搅扰者。"**被禁止的愿望构成梦的隐性内容：梦的运作把隐性内容转化为不至惊扰自我也不会吵醒梦者的显性内容。**

梦的运作

> 缺乏压缩、扭曲、戏剧化的梦，尤其是缺乏了愿望实现的梦，实在当不起梦的名。
>
> ——*弗洛伊德*

梦的运作会用多种技巧来伪装隐性的内容，弗洛伊德将这些技巧称为置换（displacement，把可能令人不安的意念转换成相关却不至引起不安的意象），压缩（condensation，把多个意念合为一个），象征化（symbolization，用模糊中立的意象代表隐含令人不安因素的——通常是与性有关的——意念），以及表象作用（representation，把梦中的思想化为视觉影像）。弗洛伊德认为，梦的内容往往怪异或不合理，都可以由此得到解释。因为真正的含义作了伪装，梦才会怪异荒谬，这也证明"审查者"确实存在。隐性的念头要在梦中出现，当然必须先转化成为影像，或变成"可以用形象呈现的事物"。他进而指出，这种转化过程是：梦中形象呈现的一个难题，类似报纸插画家要为一篇重要政治报道作图而面临的难题。但这种转换是一举三得的，既可诉诸视觉，又有凝缩效果，而且躲过了审查。

弗洛伊德举过许多相关的实例，其一是用连环画面呈现的一名法国保姆的梦（其实此梦的动机似乎较偏向不理会令人不安的刺激，并非伪装某种被禁止的愿望）。

第一个画面呈现的刺激应该使做梦者惊醒：小男孩感觉尿急，要求帮忙解决。梦中的人并不在卧室里，而是在户外散步。第二个画面中，保姆已经把小男孩带到街角去排尿，她可以接着睡了。可是，要吵醒她的刺激仍在，而且比先前还强。小男孩发觉保姆不理会他，就愈哭愈大声。他愈是非要叫醒保姆不可，保姆梦中愈觉得根本没事，不必醒来。同时梦却把这渐强的刺激转换成规模逐步扩大的象征，排尿小男孩造成的水流愈来愈大，在第四张图中已经可以浮起独木舟，进而浮起渡船、帆船，终至可以航行轮船。"画家巧妙地呈现了顽固困意与耗不完的刺激之间的搏斗"。

《梦》书后来的再版中，弗洛伊德引用了西尔贝雷（Herbert Silberer）的思想转变为画面的实验（1909）来作说明。"假如他在自己疲惫想睡的时候让自己去做思考工作，结果往往是他要想的念头不知去向，只有一幅画面在那儿，而他也看得出来那是替代思想的画面。"例如，西尔贝雷在又累又困的情况下专心想着要修改一篇文章中不通顺的段落，结果却看见自己在刨平一块木头的画面。

图一　法国保姆的梦

梦中若有一句含义重要的话，也会特别令弗洛伊德感兴趣。例如，亚历山大大帝（Alexander the Great）率军包围推罗城（Tyre，希腊文作 Tyros）期间，围城耗时很久，令亚历山大不安。这时他梦到人形而生有羊角羊尾的萨蒂（satyr，希腊文作 satyros）在他的盾牌上跳舞。军中谋士阿里斯坦德（Aristander）将 satyros 分解成为两个字（Sa Tyros，意指"推罗属你"），便力劝亚历山大攻占推罗城。每种文字各有自己一套梦的语言，不同语言的梦不可能互译相通，这个论点是弗洛伊德赞成的。也因此故，他要废除许多梦辞典式的诠释。

按弗洛伊德所说，梦的显性内容来自两种记忆的残余：一是日间的，一是童年的。但记忆会被扭曲，这一点比记忆和愿望化为影像的过程还重要。他曾说："我的梦理论的要旨在于推论梦规避审查机制的扭曲作用。""梦会以某种形态呈现，可归因于梦的置换与梦的压缩这两大要素的活动。"前面那个男主管在梦中推拉秘书档案柜抽屉的例子，无疑都有置换和压缩的作用在内。此外，抽屉（drawers，另一解释为"内裤"）的双关含意；归档（filing，另一字义为"用锉刀锉"）令人联想到象征性交的有规律的上下动作，都压缩了与性相关的意思。弗洛伊德说："梦的内容的每个成分竟都是'多因素决定的'（overdetermined）——在梦的意念中一再呈现。"

这些技巧究竟是否如弗洛伊德所说，是与审查者斗智的手法？弗洛伊德一心要把自己的梦理论和神经病学理论融会贯通，所以并不多想扭曲和压缩有可能是梦的正常语法——可能是做梦时大脑的正常运作方式，和象征表达与图像化一样。按荣格的看法，显性内容很可能就是梦的原貌，根本没有什么"隐性内容"，那只是梦引起的一套有意识的联想。"隐性内容"也许仅仅是弗洛伊德学说中自我建构出来的知性上层结构，在弗洛伊德式"诠释"的过程中添加于"显性内容"之上。姑不论他的理论正确与否，我们可以先用他所说的揭开"梦之秘密"的这个梦来检测他的理论。

给伊玛注射的梦

"假如你还会痛,那就只能怪你自己了。"

——弗洛伊德

伊玛（Irma）是位年轻的寡妇,也是与弗洛伊德一家相熟的朋友。弗洛伊德于 1895 年初夏为她作了心理分析,但只有部分成效。"病人的歇斯底里的焦虑解除了,但其身体症状并未完全消失。"为使她的治疗以成功收场,弗洛伊德"建议了一个办法,病人似乎不愿接受"。医病双方的意见既不一致,他便中止治疗,先去度暑期休假。

然后,一位弗洛伊德称为"奥托"（Otto）的同事兼朋友来访。奥托前不久才与伊玛和她家人在乡下待了一阵。弗洛伊德问起伊玛的健康状况,奥托答道:"她好些了,但不是很健康。"弗洛伊德听出奥托的语气含有埋怨的意思,心中很是不安,花了整晚时间写下伊玛的病史,要呈交维也纳心理学界的重量级人物"M 博士",为自己的做法辩解。给伊玛注射的梦便于当晚发生。

梦中的伊玛是宴会的宾客之一,弗洛伊德把她拉到一旁,责怪她不肯接受他建议的"办法",又说:"假如你还会痛,那就只能怪你自己了。"她答:"你哪里知道我现在喉咙、胃、小腹有多痛,痛得气都喘不过来。"弗洛伊德一听不妙,就帮她检查了一番,恐怕自己先前没检查出来她有什么器官上的毛病。果然,他发现"显然按鼻甲骨形状生成的突出的拳曲组织上有大片灰白色的痂"。他便请了 M 博士来,奥托和另一位叫作利奥波德（Leopold）的朋友兼同事也来了。M 博士诊断是发生感染了,四人一致认定感染的原因是:不久前,伊玛感到不适，奥托很不明智地给她注射了一剂三甲胺，"也许注射针筒不清洁"。

弗洛伊德顿时明白这个梦是什么事情引起的。"奥托告诉我伊玛的近况，我又写病史到深夜，所以即便入睡了，这两件事仍是盘踞我心理的活动。"但他不懂梦的内容是什么意思，于是非常仔细地记下梦中每个部分与自己的关联。这段记录在后来付印出版的书中占了十二页的篇幅。"我渐渐发觉，有一个意图是在梦中实现的，这意图一定是我做这个梦的动机。睡前发生的一些事引起我的某些愿望，梦便把它们实现了。……梦的结论是，伊玛疼痛不止的责任不在我，而在奥托。奥托说伊玛未完全康复的言语令我不悦，做梦使我有机会报复，让他受指摘。梦指出伊玛的病况有别的原因——提出了一系列原因，解除了我的责任。"

他把这些原因一一写下来："伊玛的疼痛不能怪我，因为是她先前不肯接受我建议的办法，她是咎由自取。伊玛的疼痛与我不相干，因为那是器官的毛病，不是可用心理治疗治愈的。伊玛的疼痛极有可能是新寡状况引起的……这是我无能为力的。伊玛的疼痛起于奥托欠谨慎地给她注射了不适当的药——要是我，绝不可能这么做。伊玛的疼痛是用不清洁的针筒注射引起的……"

弗洛伊德的结论是："梦呈现了我希望成为事实的情势。'所以其内容是愿望之实现，其动机是一个愿望'。"（以上双引号部分是弗洛伊德在原书中特别用斜体字的一段。）所以，"梦的秘密"在于梦表述愿望之实现，梦的性质则可借自由联想而定。

一向强调性冲动影响神经症状与梦境的弗洛伊德，对于伊玛之梦隐含性愿望的部分着墨极少，颇令人感到意外。他只提及奥托注射的那一剂三甲胺，在书中记录了与柏林的生物学家兼鼻喉科专家弗里斯的一段谈话。弗里斯是弗洛伊德撰书发表前几年相交甚笃的朋友，他认为三甲胺是性的新陈代谢产物，并且"指出鼻甲骨和女性性器官的明显相关是有科学根据的"。弗洛伊德也想到伊玛是位年轻的寡妇，"我若要为自己治疗她失败找借口，当然以诉诸她丧夫的事实（她有性欲上的挫折）最为方便。"

弗洛伊德在书中却忘了提，他做这个梦的同时，妻子正再度怀孕，家中又要多一个待哺的人口，使他在顾虑自己事业、名声之余还要为财源发愁。他也没谈伊玛对他的移情（transference，将她在过往生活中曾经投注于优势人物——如她父亲——的强烈感情不知不觉转移到弗洛伊德身上）。伊玛是否因为移情没有下文，因为想与他关系更亲密的愿望不能实现，才不肯接受弗洛伊德要把她的病彻底解决的"办法"？弗洛伊德是否对她有"性"趣？他在书中解释梦中伊玛全身衣着整齐接受检查的原因："说实话，我此时并不想进得更深入。"这似乎显露出他潜意识想要克制这种感情的迹象。或许是他想占有伊玛身体的欲望和禁止这种非分之想的道德标准发生冲突，也可能是想要圆满结束治疗的心愿与不愿丧失定期与伊玛接触的意念发生冲突，所以做了这个梦。

弗洛伊德没提这些事，也未细究奥托给伊玛注射包含的明显性象征（德文"注射筒"与"射出液体"同义），针头不干净而导致鼻甲骨（性器官）感染结痂也可解释为交媾导致性病。弗洛伊德是否嫉妒奥托和伊玛在乡间共度时光？他暗示奥托犯的错比不小心害病人感染还严重，是否潜意识在向他报复？

弗洛伊德和弗里斯的往来书信于 1985 年出版后，这个梦发生的背景也终于真相大白。原来伊玛是个综合的人物，是弗洛伊德的潜意识创造出来的，根据的真实人物是安娜·利希坦姆（Anna Lichtheim）和艾玛·埃克施泰因（Emma Eckstein），这两位年轻的寡妇都是他的病人，也都与他的家人相识。1895 年，弗里斯应弗洛伊德要求为艾玛动手术，因为她的鼻子疼痛不止又有带血的分泌物。起初弗洛伊德诊断这些是身心失调的症状，说她是为他"相思成病"。后来症状持续不消，他恐怕自己没看出她生理上的病因，才请弗里斯来检查。没必要动手术却动了手术，已经不该，更糟的是弗里斯做事马虎，把一块纱布垫放在病人鼻腔里没取出来。两星期后，艾玛的鼻子大量出血，才请另一位外科医生把纱布垫取出。如果不是这位医生技术高明，艾玛也许难以保命。这显而易见是一次失职行为，弗洛伊德在书中却刻意把它遮盖过去了。

即便弗洛伊德在书中不厌其详地分析，他的诠释引发的问题反而比解决的多。就他那个时代的环境而论，他在某些事上三缄其口是不难理解的。他坦承"对于揭示个人心理许多私密事实，自然会有所迟疑"，却可能使他用大胆方法释梦的效果打折扣。他承认自己对伊玛之事不愿"进入更深"，但辩称："谁若感觉忍不住要急急谴责我的缄默，我请他亲自去做比我还坦白的实验。就目前而言，这一点新知识的成果已令我感到满意了。"因此，他阐述解析的梦大多与他的专业生涯有关，牵涉他的性欲生活甚少。

评判弗洛伊德

> 我们不可被起初的否认误导。我们若坚守自己的推断，必可凭强调自己信念之不可动摇性而克服一切抗拒。
>
> —— *弗洛伊德*

弗洛伊德的梦理论可信与否，要看他提出的六点基本主张能否验证为真：

1. 一切梦都是愿望之实现。

2.一切梦都是被压抑的愿望的扭曲呈现。

3.一切被压抑的愿望都始于婴儿期，且多属性方面的。

4.梦的显性内容必与当日睡前发生的事有关，也必与童年的记忆和愿望有关。

5.象征符号是性的意念、冲突、愿望作了伪装的表象。

6.梦的功用是维持睡眠不醒。

这些主张都确实无误吗？我们凭足够证据可以相当有把握地回答：说得这么绝对就不正确。每当弗洛伊德要讲理论，总是改不掉武断和一概而论的毛病。他提出的许多说法都有这种倾向，往往令读者左右为难。例如："梦的起因一定可在当日睡前发生的事件中找到。"（一定吗？那预兆未来的梦又该怎么说？）"我们的梦理论认为，来自婴儿时期的愿望乃是梦之形成的绝对必要动力。"（绝对必要吗？不会有其他的驱动力了吗？）梦是"婴儿期景况的替代品，这景况因转换为最近的经验而有所更改。"（也许偶尔如此，但不宜以偏概全。）"每个梦的显性内容都与最近的经验有关联，其隐性内容则与最古老的经验有关联。"（每个梦吗？那么，梦到未来该怎么说？梦到自己从未见过的风景又如何讲？"古老经验"是指谁而言，个人抑或全人类？）"梦是睡眠的守护者。"（以外没有别的作用了吗？）"没有任何一组意念是不能表呈有关性的事实与愿望的，此种说法相当中肯。"（任何？有可能，但不会这么绝对。）诸如此类的例子还多得很。

弗洛伊德撰写《梦之解析》时，已经料到自己的理论会引来什么样的反驳，也找到了先发制人的法子——但不是每次都得逞。例如，他断言一切梦都是愿望的实现，料到读者会质疑这个说法在梦魇、焦虑梦等令人不快的夜晚经验上没法讲通，所以他辩称：令人不快的经验只从显性内容而来，如果分析隐性内容，就一定能发现有愿望在其中。因为愿望表达的是被禁止的冲动，如果潜意识的压抑力无法将它完全压抑或伪装，它就会引起恐惧，把做梦者惊醒。至于弗洛伊德说多数的梦是因性的欲望而起，又如何能与大多数梦的内容不涉及性的事实相符？简单得很，审查者会打理好，隐性的性愿望借置换、压缩、象征化会变成表面上无关乎性的形式。

弗洛伊德这个人的麻烦处——这是荣格吃足了亏才发现的——是，你若跟他争论，永远没有你赢的份。假如你说：并非所有的梦都如你所说的那样扭曲，并非所有的梦都是愿望实现，并非所有的象征符号都来自性。按弗洛伊德的观点，你很明显犯了"抗拒"（resistance）的毛病，因为你觉得事实对你构成威胁或引起你的反感，所以主动采取规避、压抑、否认的方式应对。

遇上病人做梦与理论不符的情形，也是最能显示弗洛伊德永远站在"理"字上的时刻。例如，有一次，他才告诉一位女病人梦是愿望实现，她第二天就说梦到和婆婆一同旅行到乡间某处，要在那儿度过假期。"我觉得她激烈反对和婆婆一同度夏的主张，而且她已在几天前订了很远一处游览胜地的房间，所以躲过了与婆婆到附近度假的一劫。现在她的梦却把自己期望中的对策取消了：这岂不是与我所说梦是愿望实现的理论最尖锐的反证吗？一看即知这个梦该如何解。这个梦证明我错了。因为她的愿望是我说得不对，她的梦中就实现了这个愿望。"

这只是弗洛伊德要两头占上风的许多例子之一。别人若不赞同他的意见，他不会反省可能是自己不对。他必须是对的，才能保住自尊和学识上的安全感，所以把诸如此类的质疑或意见不符全都归为病人的"抗拒"心理。

弗洛伊德说："病人如果处在抗拒我的状态，这种梦在治疗过程中出现乃是常事。我初次向病人解释梦是愿望实现的理论之后，几乎都会挑起这么一个梦。其实我该料到本书的某些读者也会有同样的梦：他们为了实现我可能错了的愿望，不惜在梦中让他们自己的愿望受挫。"他并且加了一个附注说："过去几年中，曾听过我演讲的人一再告诉我类似的'反愿望梦'发生的事例，都是在初次听到我的梦'出于愿望'的理论之后的反应。"如果按荣格理论的观点看，这种梦乃是本我在反抗那些不必要的人为压制，以便自然地本色流露，后文将有评论。

有时候他说得当然对，但他不可能永远是对的。但他的个性慑人，加上这种个性鼓励的移情作用，迫得病人不得不遵从他的理论。假如病人"抗拒"他的解释，他便以中止治疗为威胁。《梦》之中详述过这样的一个案例。"本来很可以诊断为精神官能症（一切问题便可迎刃而解），偏偏病人极力否认性的经历，而没有这病史我就不可能确认有精神官能症。……几天后我通知病人对他帮不上忙了，建议他另请高明。令我大感惊讶的是，他听了此话立即向我道歉，说先前没对我说实话。他说那是因为他不好意思讲，接着就说出与我所料完全不差的性方面的病因，我若没有这个依据，绝不可能确认他患了精神官能症。"这段记述令人想到中世纪的宗教法庭，读来不禁觉得这名病人倒霉，他完全按弗洛伊德的要求招供了，只求弗洛伊德同意继续治疗他。弗洛伊德却不会往这方面想。而且，他解析自己的梦时态度也一样专断，伊玛受的对待和其他"抗拒"他的病人的遭遇并没有两样。她不接受他的建议，他就说："假如你还会痛，那就只能怪你自己了。"他还用不怀好意的警语概括这种近似极权主义的态度："精神分析本来就该是多疑的。它的守则之一是：凡打断分析进程者都是一种抗拒。"弗洛伊德此一梦——精神分析史上至关重要的一个梦——正表露了他为证明自己有理而不惜牺牲他人的决心。

对于与他意见不符的工作同事，弗洛伊德也采取完全相同的态度。他致荣格的一封信中写道："你本来是跟我很接近的，不要偏离得太远，因为这可能迟早要挑起你我相斗。"并且提醒荣格："对付摆出抗拒态度的同僚，我赞成采用与对待相同情况下的病人一模一样的方法。"

这种不容异议的脾气，不但对弗洛伊德的同事和病人有害无益，也妨害了梦科学的整体发展。他说理的气势，加上他慑人的个性，使这新的实验传统还没成形就夭折了。事实是，弗洛伊德深爱自己的理论，对于自己的性理论似乎信奉到了狂热地步，这是荣格与他交往之初就发现的："我们谈到这个方面，他的语气变得急切，脸上露出奇怪的、十分激动的表情。"**弗洛伊德是无神论者，却把性的概念看得近似宗教。荣格觉得，他似乎在否认上帝之余要让性取代上帝的地位。**

两人的友谊始于 1907 年，当时荣格就觉得弗洛伊德重视性欲可能过了头。但是，每当他表示自己在这方面持保留态度，弗洛伊德就说这是因为他经验不足，不容许他再多说。碰了钉子的荣格于是学会少开口为妙。这时他的年龄才三十出头，弗洛伊德已经五十多岁了，他对这位前辈是相当敬畏的。他于晚年撰写的《回忆·梦·省思》（*Memories，Dreams，Reflections*，1963）之中回想这段注定造成影响的交情："在弗洛伊德人格特质的影响下，我竭尽所能抛开自己的判断，压抑自己的批评意见。这是与他共事的先决条件。我还叮嘱自己：'弗洛伊德远比你有智慧，有经验。目前你必须只管听他讲，跟他学。'后来我竟梦到他是奥地利皇室一名乖戾的官员，是个已经不在其位却阴魂不散的海关稽查，连我自己都大吃一惊。"

荣格的海关稽查梦是他理解梦之含义的关键，影响不亚于弗洛伊德的"给伊玛注射的梦"。但我们先不细究这个梦，先从他与弗洛伊德交往期间的观念演变谈起。

荣格的探索

我没有梦的理论。

——荣格

弗洛伊德和荣格维持友谊关系的六年（1907—1913）之中，对于潜意识作用的重要地位（包括精神病症之产生与治疗方面、梦之形成方面），两人意见完全一致。至于意见不合的方面，就荣格敢表达的范围而言，除了弗洛伊德把首要地位给了性，还包括人类进化起源影响潜意识结构到多大程度，以及梦境如何反映潜意识的这种结构。荣格未与弗洛伊德相识之前，曾在苏黎世的布尔戈兹里医院（Burghölzli）与布洛伊勒（Eugen Bleuler，1857—1939，"精神分裂"病名的创始人）共事，职位仅次于布洛伊勒，在精神病与心理学界都已享有国际性的知名度。荣格与他以前或以后大多数精神病医生不同的是，他确实会聆听精神病患者说的话。有一项发现特别引起他的注意：不同的精神病患者会有相似的妄想与幻觉，而且，全世界各个民族的神话和童话故事内容都有类似之处。**荣格因而相信，心智和大脑之中一定存在某种普世一同的结构，所有人类的经验与行为都从这个结构的基础形成。他创出"集体潜意识"来形容这种人类共通的基础层，以便与弗洛伊德精神分析学说纯粹个人的潜意识有所区别。**弗洛伊德虽然同意某些"原始古老的残余"会在梦中流露，却认为这不值得重视，因为吾人的精神配备大多是个人在成长过程中后天获得的。荣格却认为，一切使人类有别于其他动物的心理特征都是先天的。这些典型为人类特有的属性，他称之为"原始意象"（primordial images），后来又称为"原型"。

在荣格看来，原型是人类生存的一切惯常现象的基础。这种固有的结构能够引发、控制、中介人类共同的行为特征与典型经验。人们不分阶级、信仰、种族、地域、历史时代，只要时机相符，都会被原型引发类似的念头、意象、感受。

1909年夏天，荣格和弗洛伊德一同到美国马萨诸塞州的克拉克大学（Clark University）履行演讲之约。这时候，上述的概念在荣格的梦中印证了。

梦中，荣格在一栋老房子的楼上，这儿家具装潢俱全，墙上挂着绘画精品。这竟是他的房子，令他惊叹："真不赖！"但他随即想到，楼下不知是什么样子，便走下去看。这儿的一切都老旧多了。家具都是中世纪式的，东西都是暗色的。他想道："我可真的要到处看看。"他仔细看了地板，是石板铺成的。他发现有一块石板上有一拉环，他用力拉这环，石板就被拉起来了，下面有一道窄窄的石阶通往深处。他走下石阶，进入一个从岩石上挖出来的低矮的穴里。穴内有骨头和破陶具四散在尘土中，这是某个原始文化的残留物。他还发现两个人头骷髅，显然是很久以前之物，而且已经残破不全。然后，他便醒了。

荣格把这个梦讲给弗洛伊德听，弗洛伊德只对一件事感兴趣：骷髅头是谁？他要荣格说出这两个头骨是谁的，因为他觉得荣格显然存有要这两个人死的愿望。荣格觉得骷髅头是谁并不重要，但仍按往常的习惯，未把自己的想法说出来。并且顺着弗洛伊德的意思说了两个人的名字，以免他再追问。荣格私下仔细思索这个梦之后，豁然明白梦中房子的表象是什么了：那是心灵的意象。楼上的房间代表他意识的人格，楼下代表个人的潜意识，深入地下的那一层是集体无意识。他在那儿发现了自己内在的原始人的世界。在荣格看来，骷髅头与死的愿望无关——那是人类的先祖，吾人共同的心灵遗产是从他们而来的。

影响弗洛伊德和荣格的关系极大的另一个梦，是弗洛伊德的梦。荣格要进行诠释，但弗洛伊德却不肯把内容交代清楚。荣格再要追问，弗洛伊德多疑地看着他说："我不能冒这个动摇权威的险。"荣格在《回忆·梦·省思》书中表示，那一刻，弗洛伊德的权威消失殆尽。"这句话烙入我的记忆；这句话也预示我们的交情要终止了。弗洛伊德把个人权威置于真理之上。"

从这两个人的为人处世态度可以看出，确实会走到绝交这一步。荣格所知的生命目的乃是发挥个人潜能，固守自己认知的真理，做一个当之无愧的全面发展的人。这也就是他后来所说的个体化（individuation）。他必须走自己的路，才能不违背自己的本心。至于弗洛伊德，因为相信自己的理论之正确到了绝对的地步，所以不容许别人有异议，偏偏他这种态度常易招引异议。

荣格和弗洛伊德的不同心理典型（荣格内向，弗洛伊德外向），在不同的文化、知识、宗教背景中成长，也反映在两人互异的理论定位上。荣格来自乡下的基督教家庭，与情绪沮丧而有时心不在焉的母亲的关系上缺乏安全感，个性十分内向，沉浸在神学与浪漫的理想主义之中。弗洛伊德生于都市的犹太家庭，自幼便被年轻貌美的母亲宠爱，个性外向，接受进步式的教育（以课程适应学生的兴趣、能力），自然而然投入科学领域。这些差异同样表现在两人做的梦与释梦的理论上，也在意料之中。

大体而论，弗洛伊德的梦比较片断而零碎，荣格的梦较常出现连贯的象征符号和明显的叙事结构。弗洛伊德的梦经常必须利用周详复杂的联想才能解释出其中含义，荣格的梦循寓言和神话的架构便可找出含义。此外，弗洛伊德的审查者——潜意识压抑力——在他清醒时与睡眠中几乎全年无休，以致他未让读者知道他想在专业领域坐第一把交椅的强烈野心——可能连他自己也被瞒过，并且谨慎地遮掩了自己的性欲望。谈到与他被维也纳大学聘为教授相关的一个梦，弗洛伊德在开场白之中说："我不是个有野心的人。"看过他的传记的人必然知道，这是严重欠缺自知之明的一句话。

荣格从自己较有连贯性的梦看出故事结构，他认为大多数人记忆清楚的梦都显然有这种结构。弗洛伊德却因自己的梦比较片断，只要其中有故事的流畅性可循，就归因于他所谓的"次级阐述"（secondary elaboration）——醒来之后个人自我对于梦的内容造成的条理化与合理化的影响。

荣格发现，梦的固有内容和希腊悲剧的形式结构有明显的相似之处。他将之分为四阶段：

1. 提示说明（exposition），表明事发的地点，有时也表明时间，以及剧中人物；2. 情节展开（development），情况趋于复杂，且一定会产生紧绷张力，因为不知下一步会发生什么事；3. 高潮（culmination）或突变（peripeteia），发生左右大局的事或情势骤然大变；4. 缓解（lysis），梦的运作的结局或后果。

他的海关稽查梦是在与弗洛伊德绝交前不久发生的，这个梦也合乎这种四阶段模式。

海关稽查与武士

正午钟响的那一刻起便是往下坠了。

——荣格

"我在瑞士和奥地利边界的高山地区。天近傍晚，我看见一个年长的男子，身穿奥地利帝国海关人员的制服（阶段一：说明）。他从我身边走过，有些佝偻，全然没理会我。他的表情怨愤的成分多，忧郁与烦恼的成分少（阶段二：展开）。还有别人在场，有人告诉我，这老人并不是真正活着，那只是多年前死掉的一个海关人员的鬼魂（阶段三：突变）。'他是那种死了还不肯安分的人。'（缓解）"

梦到了此处并未结束，荣格发现自己又到了另一个地方，类似的故事结构再度出现。这回他在一个城市里：

"是瑞士西北部的巴塞尔市（Basel，荣格于1895—1901年在巴塞尔大学习医），这儿却又是个意大利城，有点像意大利北部的贝加莫市。是在夏季，炙热的太阳当空，把一切照得发亮（说明）。人群不断向我走来，我晓得商店都要关门，人们要回家吃午饭了（展开）。其中有一个人是身穿全副盔甲的武士，他踏上引向我的一道台阶。他戴的头盔是护颈的轻盔，有露出眼睛的挖缝，下面穿锁子甲。锁子甲外面罩着白色的及膝束腰袍，前胸后背各织有一个大的红十字架（突变）。……我自问这奇怪幻影显现的意义何在，然后就好像有人回答了——其实并没有人在那儿说话：'不错，这是定时显现的幻影。这武士总在12点到1点之间在这儿显现，很久（我猜大概有几百年）以来就是这样，大家都知道的。'（缓解）"

诠　　释

我的整个生命都在追寻那尚未知晓的。

——荣格

荣格探讨梦不是从诠释着手，而是以"放大"（amplification）为起点，即进入梦的氛围，确定梦的情境与意象和象征符号的细节，以便将梦的这个经验本身放大。梦对意识的冲击也可增强。

荣格对于象征符号的看法，与弗洛伊德大不相同。由于荣格认为每个象征符号的内涵都多于我们所能说得出来的，所以不可"简化"为其起源，而必须放在原型的脉络里来检视其含义。我们不但不可把梦拆成一连串知识性资讯，还该迂回绕过象征符号，让它们显出意识的不同切面。个人的联想必须列入考量，但不能只凭这一点就完全掌握梦的用意。

荣格的两段梦最初给人的整体印象是其气氛和意象。海关稽查是忧怨的、鬼一般的，中古时代打扮的武士是奇特的、超现实的，两者迥然不同。梦开始的地点在瑞士和奥地利的边界，必有特殊含义，海关职员的衣着、外表、态度也一定有其含义。他为什么不该在那儿，为什么死了还不安分？这应该早已死去的武士为什么会走在现代城市的街上？海关职员是衰老的、过了时的，武士却充满了原型意象的抖擞冲力。

按荣格的心理治疗，通常会分三个阶段来探讨梦。首先要确定梦如何与做梦者的生活衔接，以便理解其中纯属个人性质的含义。其次，由于梦必然与其发生的环境背景和时间有关，所以必须画出其文化架构。末了，由于梦的最深层将我们与人类古老的经验相连，所以要探索原型内容必须从人类生命全面着手。

实际进行之时很难将这三阶段区隔分明，因为经验中个人的、文化背景的、原型的成分，以及从三种成分中理解的意义，一定是不断在互动的。不过，为求清楚明白，我们仍将循三个标题来讨论这个梦，并且容许三者必不可免的重叠。

个人脉络 荣格使用联想是简单扼要的，他不赞成弗洛伊德那样无限地使用自由联想，认为联想应该不出梦象的范围，才对释梦有助益。在他看来，弗洛伊德式的自由联想把做梦者带得离梦很远，结果只是一再导引做梦者回到童年的情结，达不到释梦的目标。

荣格说,"海关"令他立刻想到检查制度,"边界"则令他联想到意识与潜意识的分界,以及分隔他的看法与弗洛伊德看法的界限。

至于这武士,荣格说:"不难想象我的感觉。在一个现代化城市正午熙来攘往的人群中,突然看见一个十字军武士迎面走来。尤其怪的是,旁边走的人似乎没有一个看见他……就如同他对所有人都是隐形的,只除了我之外。……即便在梦中,我仍晓得这武士是 12 世纪的人。那是炼金术兴起的时期,也是寻找圣杯(Holy Grail)的行动开始的时期。自我十五岁时初读圣杯的故事,这些故事对我就有了极重要的意义。我隐约觉得,圣杯故事的背后还有重大的秘密藏着。因此,梦里变出圣杯骑士的世界,在我看来是相当自然的事。因为,圣杯骑士的世界就是我的世界,却与弗洛伊德的世界几乎沾不上边。我的整个生命都在追寻仍未被知晓却可能赋予庸碌的生命一些意义的东西。"

文化脉络 两个 states(国家,状态)之间的公认分隔线即是边界。是国家分界也罢,是心境(state of mind)的分野也罢,从逻辑的观点来看差别不大。有一点不可轻忽:弗洛伊德的国籍是奥地利,荣格的是瑞士;而弗洛伊德扮起公务员的 imperial(帝国的,专横的)角色,在两国的边境上巡查。要越过边界的人携带的东西都得接受检查,行李箱要打开检查有无违禁品,护照签证是否合格也得验明,负责这一切检查的人即是海关人员。这些是否在指涉心理分析(意识与潜意识的分界线)?弗洛伊德是居统御地位的分析师,因疑心做梦者心怀颠覆的、令他起反感的念头而恼火不快。荣格当然会往这方面想。但他不明白,为什么会梦到弗洛伊德是海关稽查死而不散的阴魂?"我对他真的怀有他曾暗示的那种死亡愿望吗?"他认为不然,因为他没理由希望弗洛伊德死。他倒认为这个梦对于他有意敬重弗洛伊德的心态具有补偿及纠正作用,此时他也发觉这样一味敬重并不适当。梦建议他与弗洛伊德相处应该拿出比较批判的、坚定的态度。

第二段梦之中的地点又是巴塞尔，又像意大利城市，可能与同为巴塞尔出身的布克哈特（Jakob Burckhardt，1893 — 1973，文艺复兴历史家）的治学有关，布氏认为巴塞尔的文化与文艺复兴时代的意大利有渊源。那个时代的意大利是但丁（Dante）和彼特拉克（Petrarch）的世界，是爱、艺术、人文精神再生的世界。时间是烈日当空的正午，人们却鱼贯回家，使人想起人生的中年危机。荣格说："正午钟响的那一刻起便是往下坠了。往下坠意指上午曾抱持的理想与价值观的逆转。"生命的前一半耗在"获取与花费"上，现在店铺关门，这个阶段也结束了。未来的指望是什么？答案显示在武士这不寻常的形象上。他不是未来的人，而是来自过去的原型人物，是笃信基督教的君子，是具备骑士精神的战士。他属于 12 世纪，亦即炼金术与圣杯传奇兴起的时代。

原型脉络　梦中意义最重大的原型意象是容器（圣杯）、武士/战士、十字架。这些意象又可联想到年迈将死的国王、疗伤者、巫师/魔法师。

按古老传奇，圣杯是耶稣在最后晚餐中使用过的容器，后来亚利马太的约瑟（Joseph of Arimathea）又用它来盛钉十字架的救世主的宝血。因此圣杯是基督教世界里最宝贵的一件物品。不过，神奇容器的主题远比基督教信仰还古老。弗洛伊德一定同意，圣杯或容器是一种女性的象征，是孕育生命奇迹的子宫。容器或鼎也是中国古代术士炼丹的最重要物件，12 世纪时传到欧洲北部。诺斯替教派信徒（Gnostics，荣格自认与他们的想法很接近）相信，太初的诸神之一将一个巨缸赐给人类为礼物，这是混拌用的容器，追求心灵净化的人在其中受浸。后来，中古时期的神秘主义者用容器代表灵魂，等候上帝的恩典不断注入。

借由凯尔特民族（Celt）的神话人物梅林（Merlin，魔法师兼神巫），圣杯的传奇又和亚瑟王（King Arthur）的圆桌骑士故事串到一起。梅林原是魔鬼和无邪童贞女交合所生之子，所以成为与耶稣抗衡的反面势力。年少时期的梅林曾经主持一场二龙之战，其后果导致旧国王弗替格（Vertigier）下台，改由乌特王（King Uter）登位。梅林把圣杯的秘密告诉乌特，指示他建立"第三桌席"。第一桌席是耶稣最后晚餐之桌；第二桌席是亚利马太的约瑟存放圣杯之桌，是方形的；乌特的这个桌子必须是圆的。由方化圆正是曼陀罗构形的本质，象征达致圆满，自我之完全实现。按荣格的思想架构来看，追求圣杯可以理解为"个体化"永无止境的追寻。

荣格对于圣杯传奇的兴趣终生不减。少年时代就读了马罗礼（Thomas Malory，？—1471，著有《亚瑟王之死》全套传奇）和傅华萨（Jean Froissart，1337—1407，记述中古晚期战事武功）的作品，音乐则最爱瓦格纳（Richard Wagner）的歌剧《帕西法尔》（*Parsifal*）。就释梦的课题而言，除容器（圣杯）之外，最值得注意的一点就是老迈生病的国王——安佛塔斯（Amfortas，圣杯的看守者）——的主题。安佛塔斯和希腊神话的喀戎（Chiron）一样，身负不能愈合的伤口；尤其有意思的是，伤处在大腿或生殖器附近。安佛塔斯的伤是性的伤口，他的困扰是性的问题。他想卸下国王的职权，让帕西法尔接班，类似弗洛伊德要立荣格为"王储"与"皇子兼继承人"，把权位传给荣格。但老王必须等帕西法尔先问起圣杯才能传位。

荣格本人并没有把安佛塔斯和弗洛伊德联想在一起，他联想的是自己的父亲，一位丧失信心的乡下牧师。他在荣格生命中占据的地位后来让给了弗洛伊德。"我记忆中的父亲是负了安佛塔斯之伤的受苦者，一个伤口愈合不了的'渔人国王'（fisher King），这是基督徒受的苦，炼金术士想要炼万灵丹治疗的就是这个伤痛。我，一个傻而无言的帕西法尔（帕西法尔亦被称为"圣洁的傻瓜"），少年时代曾目睹他痛苦，我却和帕西法尔一样，说不出话，只有模糊的感觉。"

弗洛伊德也和"渔人国王"差不多，荣格面对他时差不多和帕西法尔一样有口难言，始终没能把侍奉性之神的问题向他提出来。两人的交往终于断绝的原因也在此。

独行的十字军武士是基督教的精兵，战场是他的目的地，打仗是他不能自主选择的注定命运。这个意象也是荣格一生的写照，但他是在实现作为一个人的命运，不是基督徒的命运。他晚年曾这样写道："一个人若比别人知道的多，他就变得孤独了。我内在有着daimon（精神，神灵，命运，神性）……我无力压制它。……我一旦到达了什么地方绝不能停。我得赶紧继续，追上我心中所见的。与我同时期的人看不见我所见的，所以只见一个傻子在向前赶。……我可以对人产生极浓厚的兴趣，但只要我一看透他们的内里，吸引魔力就消失了。我这样得罪了许多人。一个有创造力的人几乎无力控制自己的生命。他没有自由。他被他的 daimon 俘虏牵制。……这种身不由己的境况是我的大不幸。我时常觉得自己好像在战场上对人说：'我的好伙伴，你倒下了，但我必须往前走。'"

读者应知道，荣格提倡的分析梦的方式并不简易。必须具有相当渊博的学识和领悟象征符号的禀赋的人，才能够胜任这种推理过程。例如海关稽查的梦，其主要讯息可以说是："甩开弗洛伊德，只管走你自己的路。"但分析过程要复杂得多。

武士、圣杯、梅林的世界不是弗洛伊德的世界，而是荣格的天地。现代社会之所以出现问题，精神官能症之产生，未必肇因于性的压抑，而是因为"心灵迷失了"，懵懂不知神圣的意义为何。弗洛伊德拼命往一个主要本能——性——之中寻找神圣性，结果只能使我们的文化困境更难堪。骑士的理想乃是欧洲精神最高贵的一种表现，却被忽视了。骑士的神圣探险堕落成为我们这后基督教文明的"荒原"。

这个主题也在荣格的另一个梦中出现。梦中他发现自己四周都是墨洛温王朝（Merovingian，486—751）时代的石棺。他走过一些8世纪死去的人体，来到一些12世纪的古墓前，他停下来看"一具穿着锁子甲的十字军战士的尸体，他躺着，双手紧握，身形像是木雕的。"荣格看了他很久，以为他确实是死的。但他左手有一根手指突然轻轻动了。

在他的潜意识里，这武士还活着，指给他一条离开过去的路，离开行将就木的弗洛伊德——乖戾的海关职员——的身形。这个未来与过去（十字军战士前胸与后背都有红十字架）却有着基督教的完整与救赎的象征特色，是与上帝合一的状态。他必须像这武士一样勇往直前，他的作为被庸碌的大众忽视，只有他自己的"内在亮光"和他聚集在自己"圆桌"上的少数几个情投意合的人支持他。

评估弗洛伊德与荣格

> 哲学批判教我明白，每种心理学——包括我自己的——都有主观自白的特征。
>
> ——荣格

荣格和弗洛伊德的梦理论大致都是推论性质的，且有很深的主观色彩，充满两人各自的心理特性与专业上的野心。荣格比较能坦然承认这一点。在他于1929年发表的一篇文章中，他描述自己与弗洛伊德的争论，说了上面这句话，并表示："**即便是在处理来自经验或观察的数据资料之时，我也必然是在讲自己。**"

就研究心理动力的态度而言，荣格当然是比较倾向经验主义的。他曾说："我不知道梦是如何发生的。我也不确知我这样处理梦是否称得上是一种'方法'。"不过这种谦虚的流露并不至于遏止他驳斥弗洛伊德梦理论的基本原则，并且以自己的主张代之。

事实上，弗洛伊德的大多数假设后来都站不住脚，荣格的却能经得起时间的考验。例如，已有充足证据显示，所有哺乳类动物都会做梦，人类的婴儿在出生以前与以后的大部分时间花在快速眼动的做梦睡眠上，这似乎可以推翻做梦是表达被压抑的愿望之说，或做梦的主要功能是保持睡眠不醒的说法。荣格的主张就比较合理了，他认为，梦是心灵的自然产物，具有一些平衡内部或自我调节的功用，并且遵守生理的规律而促进适应，以配合个人的判断、成长、生存之要求。

按弗洛伊德从动物学和神经医学、神经化学着眼的观点看来，荣格的假设竟然比他自己的更能与晚近研究发现相符，乃是意料之外的。弗洛伊德于1876—1882年间在布鲁克（Ernst Brücke，1819—1892）设在维也纳的生理研究所工作，对布氏佩服得五体投地。布鲁克认为，一切维持生命的现象最终都可简化为物理与化学原理，因此可以确定"心灵"、"生命力"、"灵魂"之类的用语根本是没有必要的。这种训示对弗洛伊德影响至深，所以他始终不改决定论（determinism）的立场，深信一切心理现象——不论是思想、梦、意象、幻想——必然可以按因果律完全凭先前发生过的事解释明白。

弗洛伊德之所以坚守他的性理论，是因为他认定性是身与心之间唯一的关系纽带。布鲁克实验室的调教也使他相信，精神官能病症（以及梦）终将有生理上的原因可循，他在《科学心理学之方案》（*Project for a Scientific Psychology*）之中就表达了这种看法。他于

1908年4月写给荣格的信中说："我们在性的推论过程中找到不可或缺的生物体上的依据，从事医学的人若没有这种依据，在心理探索之中只会觉得局促不安。"

这种立论很狡黠。因为性不仅是人类传种不可或缺的，按达尔文（Charles Darwin，1809—1882）的学说，以性为准的择优汰劣也是人类进化的首要因素。所以，弗洛伊德的性理论可以给精神分析找到稳固的生物基础。我们现在觉得他的视角显然太窄，他当时却不会有同感。因为那时动物行为学尚未问世，动物学只限于观察被捕获的动物，看不到野生状况下发挥的潜在本能，弗洛伊德当然无从见识动物行为模式之多样。关在笼里的动物缺乏足够空间与竞争对手，自然不会有争领域和主导地位的冲突，饱食终日的动物除了从事当时所谓的"自渎"打发时间之外，也没别的事可做了。此外，弗洛伊德夸大了性欲的重要性，也是因为19世纪中产阶级确实存在着性压抑。我们这一代在这方面的压抑少得多，这与弗洛伊德思想对西方文化的影响也不无关系。

弗洛伊德当初放弃生理学的研究工作，是为了想多赚些钱，以便与玛莎·贝尔奈斯（Martha Bernays）成婚。他本来无意行医，是迫不得已。前文也说过，他的原始动机是要达成阿德勒那样学识上卓越地位的目标。按他这种性格，一旦行医也必须开辟一片只有他能称霸的天地。与沙尔科和布罗伊尔共事的经验给了他灵感，才把心理学的概念嫁接到布鲁克教导的生理学原理上。待他设计精神分析的理论和技巧，自然难免会往生物学上找依据。后人时常引用他对荣格说的这一段话："我的好荣格，答应我绝不离弃性理论。那是一切的最根本。我们得把它变成教条，成为牢不可破的堡垒，晓得吗？"做梦、精神官能症状、性变态、开玩笑、不小心说溜嘴，都以这么一个"必不可少的生物体的基础为因"（也就是以性欲为因）。

弗洛伊德相信，心理层面的基本生活需求即是：经由彻底释放一切紧绷压抑，达到宁静的状态。他后来称之为涅槃原则。按此，一个不被梦困扰的健康人是个有亲密关系和固定满足性生活的异性恋者，能借重复的性高潮释放性压力，享有反复出现的无压力涅槃状态。可以支持这个说法的客观证据甚少，可反驳它的客观证据倒很多。但由于弗洛伊德深谙语言艺术、锲而不舍、说服力特强，后来的心理动力理念几乎都逃不出他的影响势力。

霍布森（J. Allen Hobson）曾在《做梦的脑》(The Dreaming Brain, 1988)之中指出："弗洛伊德的重要心理学概念的种子几乎全部是从1890年的神经生物学土壤长出来的，他的梦理论更是不在话下。"由于弗洛伊德认为中枢神经系统基本上是被动的组织，只对外界来的刺激有反应，不能自行产生能量或讯息，所以在这方面提出的假设都大有问题。近五十年来的研究已证实，神经系统能够自我调节抑制与促进的功能。我们现在也知道，快速眼动睡眠与做梦乃是中枢神经系统的自发活动，与外界环境的刺激无关。

弗洛伊德虽然深受布鲁克影响，后来还是决定切断自己的梦理论和神经系统科学的关系，因此也不发表《科学心理学之方案》了。这是因为他晓得神经生物学还在发展初期，不宜当作建立另一套心理学的基础。另一个原因是，他希望突显自己理论的原创性，且不至于被神经系统科学研究日后的任何革命性发展拖累。不过，他所说的压抑的性欲会在梦的内容中、精神官能症状上、变态的性行为、不小心说溜嘴的言语中抒发，仍是以当年在布鲁克的实验室所学为本，而布鲁克的这些学说如今已被推翻了。

由于心理动力理论是以创论者已过时的先验假设为基础，精神分析学既不接受科学的核实，便陷入停滞状态。在此同时，神经生物学和梦的研究都有快速进展，抛下精神分析在孤立的自我陶醉中式微。

梦的理论必须兼顾神经系统科学和心理学,使彼此的发现能相互比较整合,否则很难站住脚。

相形之下,荣格的理论因为比较接近现代观点(大脑自循其设定的生物性、社会性目标运作),所以也比较能承受批判。当代梦的研究因而与荣格的立场一致,反对梦的显性内容代表被禁止愿望的说法,同意梦是不受个人愿望意图牵制之自然现象的说法。一如荣格所写的:"梦是从潜意识心灵自发的无偏私的产物,在意志的控制范围之外。梦是纯粹的自然;让我们看见未经虚饰的、本来的真实,所以足堪还给我们一个合乎人性本质的心态,因我们的意识思维已经迷失得太远,走进一条死路。"他又说:"梦不会欺蒙,不会撒谎,不作曲解也不伪装。……梦必然是为了表达自我不知且不懂的事。"梦是"用象征符号自然画成的自我肖像,画的是潜意识中的实况。"

弗洛伊德所谓的显性内容,荣格认为那不过是在表达梦的晦暗不明,"其实这只显示我们的理解不足"。**我们的梦需要解释,不是因为梦是伪装,而是因为梦的含义是用图像的"语言"构成的,我们得把影像转变成文字,才能作推断**。有些梦可能表现做梦者的愿望或恐惧,这一点荣格也同意,但他确信大多数的梦关系的范围更广:"梦可能包含不可避免的真相、哲学观感、错觉、狂妄幻想、回忆、计划、期望、莫名其妙的经验、心电感应的领悟,以及其他出人意表的事。"

此外,梦有重要补偿功能,可以平衡有意识的心理状态造成的偏颇或紧绷,荣格认为这对于心灵整体的健康是有益的。补偿作用的观点与他所说的均衡心神作用的概念也是连贯的。按他的看法,人的精神存在是一个能够自我调节的系统,随时在维持相反倾向之间的平衡,同时也在追求成长与开发。心理的自我调节系统和身体的一样,有维持平稳的功能。凡有过度的现象发生,补偿作用立刻予以平衡,人的身心才能保持正常。就这层意义而论，心理行为确实在遵守着补偿的基本法则。意识与潜意识之间的关系也是补偿性质的。所以**荣格说："梦对于扩增意识所知有重要助益"，"梦若发挥不了这种助益，是因为未被好好解释明白"，"梦总是强调另一面，以求维持心理平衡"**。

从某个角度看，荣格的补偿理论可以算是弗洛伊德愿望实现论的延伸，因为两种理论都假定梦打通了意识界到潜意识之路。不同的是，**弗洛伊德认为梦瞒过潜意识的审查，使压抑的内容以伪装模样进入意识。荣格却认为，借梦汲取潜意识内涵，有益人格之完整发展。**

弗洛伊德从发掘原因或还原的观点看梦的内容，溯因到婴儿期的本能。荣格却赞成用建设性的、前瞻的方法找出梦境的导向。所以，荣格认为，梦是一种催促力，导引心灵实现生命之整体目的。

此外，弗洛伊德毫无异议地接受拉马克（Jean-Baptiste Lamarck，1744—1829）的生物学理论，又认为梦与精神官能症状产生相关，因而否定梦对于人格发展可能具有创造、治疗、目的等导向。这些论点对精神分析的发展甚是不利，也是荣格无法苟同的。当代梦的研究更已将这些论点挤到界外了，如霍布森就认为梦是："前进甚于后退的；正面甚于负面的；创造甚于毁灭的。总而言之，是健康成分多于神经质的。"而这也是荣格在1912年就确定的立场。

经过一百年的研究与实际体验之后，再回顾弗洛伊德的学说，自然很容易指出他的缺点。但我们也别忘了，弗洛伊德的伟大成就对于20世纪文化的影响有多么深重。荣格能够发展出更符合现代科学的全套释梦系统，也是因为充分吸收了弗洛伊德的学说，以此为基础建立自己的分析心理学。我们称赞荣格借梦与想象开启潜意识无尽资源的大功劳之时，也该注意他正站在弗洛伊德这位巨人的肩膀上。

后续发展

"我在跟踪你。"

"我什么也没看见。"

"我跟踪你的时候你本来就该看不见我。"

——神探福尔摩斯（Sherlock Holmes）

后弗洛伊德与后荣格的研究发展过程中产生了不少人才，其著述多能将两位前辈学说的某些论点加强、补充，或扩而大之。别人的评选或许与我的不同，而我认为最重要的包括阿德勒、斯塔科尔（Wilhelm Stekel，1868—1940）、罗伊（Samuel Lowy）、霍尔（Calvin S. Hall，1909—1985）、弗伦希（Thomas French）、埃丽卡·弗洛姆（Erich Fromm，1909—2003）、乌尔曼（Montague Ullman，1916—2008）、皮尔斯（Fritz Perls，1893—1970）、博斯（Medard Boss，1903—1990）、里克罗夫特（Charles Rycroft，1914—1998）、希尔曼（James Hillman）。

碍于篇幅有限，我只能针对本书涉及的论点大略讨论一下以上各位的相关见解。

阿德勒与斯塔科尔

梦是人生的彩排演出。

——阿德勒

阿德勒比弗洛伊德小十四岁，和斯塔科尔同属最早投入弗洛伊德的维也纳圈子之内者。从 1902 年起，至 1911 年被弗洛伊德以"异端"的理论驱逐，阿德勒一直积极推动精神分析。弗洛伊德在赶走他之后曾写信告诉荣格："我从现在起要更留心不能让异端邪说在《中央学刊》（*Zentralblatt*，阿德勒和斯塔科尔合编的精神分析期刊）上占太多空间。"其实在此以前，阿、斯二人已经令弗洛伊德焦虑恼怒有一阵子了。他于 1910 年 11 月 25 日写给荣格的信上说："和阿德勒与斯塔科尔生气令我情绪低落，这两个人很不好相处。你是认得斯塔科尔的，他正在发作躁狂，打乱了我所有的比较细致的感觉，逼得我不知如何是好。……阿德勒为人正派，十分聪敏，但他是个妄想狂，在《中央学刊》上太强调他那些别人几乎看不懂的理论，读者必然一头雾水。他凡事都要抢先，给每件事取新的名称，抱怨我的光芒淹没了他，硬给我冠以阻止后辈发展的老顽固的可厌头衔。他俩私下对我也是无礼的，我情愿摆脱他们。……把《中央学刊》跟他们一起轰出去也好。"为弗洛伊德写传的琼斯（Ernest Jones）对于阿德勒也有同感："他显然极有野心，经常为争取自己意见的优先地位和别人吵架。"

阿德勒的精神病学生涯认准了一个基本情节（basic plot，参阅第六章"梦与故事"一节）："从赤贫到发达的故事"。在他眼中，人生就是为补偿自卑感而奋斗的过程，自卑感是童年产生的，等达到优越地位之后才得抵偿。有人把这种阿德勒式的解读比为与尼采的"权势欲望"相似，但阿德勒的论点并不认为权势是首要的驱策力，只当它是追求优越的补偿心理的一种表现。个人采用的特有努力方式，阿德勒称之为此人的"生活作风"。

从阿德勒的著述可以明显看出，他对于社会行为与人际关系的兴趣之浓甚于对梦的研究，他也从未发表过详论梦的作品。大体而言，他的主张是：梦可加强生活作风，并协助做梦者朝着追求优越的目标努力。"个人追求成就的目标在梦中与清醒生活中是一样的,但梦以更强的力量驱策他向目标走。……在梦中,我们会制造能激起感觉与情绪的画面,我们需要这些感觉和情绪来解决做梦时面对的难题,方式必须配合我们特有的生活作风。"

"自我在梦的幻境中获取力量来解决迫在眼前的难题,这却是他的社会影响力无力解决的问题。……寻求解决包含'向目标前进'与个人心理的'目的地',这与弗洛伊德说的意识倒退(regression)以及实现婴儿期愿望形成对比。它朝向进化的上行趋势,表现每个人如何设想自己要走的路,显示他对自己本性和生命的本质与意义有何评价。"(以上二段摘自 H. & L. Ansbacher 著《阿德勒的个人心理学》[*The Individual Psychology of Alfred Adler*,1956]。)

斯塔科尔也反对弗洛伊德的因果决定论观点,赞成阿德勒的目的论观点。"梦必然以探索未来为目的,教我们明白自己的人生态度以及生活的方式与目标。"

阿、斯二人虽没有建立堪称为梦理论的一套连贯的说法,但二人的见解——吾人在梦中撷取潜意识的资源以利适应眼前与未来之情势——有其道理。

罗　伊

把我们有意识的思想忽略的部分补上。

——*罗伊*

从某些方面看,罗伊的观点与荣格和阿德勒相通之处较多,与弗洛伊德雷同的较少。他认为心灵是一个自我调节的系统,梦则是维持"心理情感平衡状态"不可或缺的。他相信梦的记忆的"感情回响"对于人格有重振元气的效用,因为这可弥补意识能力的不足,使做梦者可为即将发生的事况预作准备。

"当我们不愿看清某些真正的困难、某些险恶的障碍,却刻意把它们从意识思绪中驱除,这种真实就会在我们的梦中出现,这也许不仅仅是一种规劝或警告,而是潜意识自我在发挥应对问题效能的迹象,它在针对这问题动员整合思考过程,在为迎接或抵挡将要发生之事自作准备,在形成'抗体',把我们有意识的思想忽略的部分补上——那是因为应付不了才忽略的。然后,困难如果真的发生,心理、神经系统、人格不会毫无准备,也不会没有心理的'抗毒素'。"(摘自罗伊著《释梦的基本原理》[*Foundations of Dream Interpretation*,1942]。)

我们做过梦后虽然多半都忘掉了,这却不会抵消梦对心理的影响,因为梦在睡眠中是有意识的经验。只要我们在做梦,潜意识交给梦中的自我处置的状况就是有意识的。醒来之后我们才会不屑理会做梦的那个意识:"为什么要假定梦的世界和真实世界与务实思考相比相关?事实可能正好相反。梦的世界是另外的一个世界。"他认为,梦的经验的意识在于梦的本身,如果醒来后的意识能记得它,那是意外的收获,是'附带利润',因为这可使心理冲击加强。

罗伊主张,过去和未来借梦的象征符号的浓缩作用而综合。这种综合能产生有疗效的后果,可促进整个心灵的统一与平衡:"借由梦之形成,过往的细末枝节不断进入意识。……梦形成中的这种联系的功能又因象征符号之形成得到充分加强。……因此,梦之形成不但促使各个单一枝节相关联,也使过往经验的整个'聚合状态'相关联。这且不言。通过做梦过程存在的恒常性与持续性,还可产生与梦连贯性的关联。这对于呈现内聚而统一的整体心理生活大有助益。"(出处同上)

罗伊对于释梦方法的最主要贡献在美学与实用方面，而不在理论方面。他强调，用直觉领悟梦的含义比用逻辑思考好，分析师应该"把自己带入梦中发生的事，……让自己的心灵感受梦的整体意象"，从而"将文字化了的梦象转换到'活的脉络'之中"。他把这神秘奇妙的过程比为"一道看似单色的阳光，透过三棱镜而分解成为其本来所有的不同色彩成分"的状态。

重要的是，做梦者和释梦者必须同样体验到梦的感情的、认知的冲击，才可发挥其补偿功能，从而丰富自我意识。

霍　　尔

人类心灵的共通常数。

——霍尔

在促进梦的流行病学知识方面贡献最大的一位即是霍尔。1950年代与1960年代大部分时间，霍尔和诺德比（Vernon J. Nordby）在收集世界各地的大量受试者的梦，并进行分类。霍、诺二人虽然称自己的研究未受弗洛伊德假设的影响，这种影响却明显可见。例如，如果梦到被有大牙齿的掠食动物追赶，他俩就解释为阉割焦虑的梦，并不考虑人类物种发展史上曾有猛兽恐惧的可能性。有一个被他们列为阉割梦的例子，其实表达了野外、捕食、逃生的原型。做梦者是年轻男子："我梦见自己在一大片旷野中，有各种各类张大嘴露出利齿的巨大野兽在追我。我往左右两边奔逃。这些大野兽后来把我困住了。他们要把我劈死吃掉。我醒过来。"

霍尔和诺德比根据二人研究的五万多个梦推断，有些典型的主题会一再出现。所谓主题，是指相同的基本情节或事件。"个人的梦系列会有这种情形,一群人的整组的梦也是如此。我们称之为典型的梦(typical dreams)。这种梦是几乎每个做梦的人都有的,但个人和群体都有出现频率上的差异。"(以上两段摘自霍尔与诺德比合著《个人与其梦》[*The Individual and His Dreams*,1972]。)

霍尔渐渐不能接受弗洛伊德的隐性、显性梦境之别,认为梦是透明而无伪装的。他发现,把做梦者整个系列的梦放在一起看,更容易看出单个梦的含义。这两个观点都与荣格的相似。他在《梦的含义》(*The Meaning of Dreams*,1966)之中说:"我们相信梦有象征符号,象征符号有其必要功用,但不是用于伪装。我们相信梦的象征符号要表达某些意思,不是要隐瞒。"他又说:"梦中会有象征符号,原因与诗有修辞比喻、日常生活有俚语的道理相同。人想尽量用客观的言语把意思表达清楚。……想用最适切的外衣妆点他脑中的意念。……基于这些原因,睡眠的语言要用象征符号。"

由于弗洛伊德对于"隐性梦思想"的兴趣比较浓,显性梦境便大受冷落,多亏霍尔之功才恢复了其应有的地位。但霍尔对于梦的心理学的主要贡献是,证实某些象征符号会在不同文化语言背景的人的梦中一再出现。人们能以赞同的态度看荣格的原型理论,霍尔也居功不小。

弗伦希与埃丽卡·弗洛姆

人际关系永远是重要的事。

—— 福斯特(E. M. Forster,1879—1970)

弗伦希和埃丽卡·弗洛姆于1964年发表二人合著的《梦解析》(*Dream Interpretations*),书中将梦的理论作了修改,以配合人际关系方面的解析要则。二弗的主要臆断是：梦的首要功能在于探讨并解决做梦者生活中的人际关系困境。家人相处或工作环境中最近发生的冲突，可能唤起做梦者以往曾经面对过的类似难题的记忆。这些相关的记忆构成做梦者的"历史背景"。显性梦境因"认知结构"而产生，而认知结构是由历史背景、焦点冲突或难题、做梦者当下的处境三者之间的关联网络形成的。按二人的观点，解释梦的目的在于使认知结构成为有意识的，以便协助做梦者有效解决真实生活中的人际关系问题。此种探讨方式影响极为深远。

乌　尔　曼

也许我们做梦的意识首要关注的是人类之生存，次要才是个人。

——乌尔曼

阿瑟林斯基（Eugene Aserinsky）和克莱特曼（Nathaniel Kleitman）于1953年发现快速眼动睡眠与做梦有关之后，乌尔曼即是首先由此获得灵感的梦理论研究者之一。他选了弗洛伊德的两项假说，却把它们整个颠倒过来：1. 梦的功用不是维持睡眠不醒，而是加强警觉；2. 梦非但不会删改真相，而且能够把真相表达得比意识的自我表达得更率直。"梦表达感情的暗示乃是直接且微妙的线索，指出与棘手情势有关的客观事实。其实在梦中自欺比清醒时还要难。这是因为做梦者必须把令他苦恼的困境或险恶作深度的——彻底且兼顾历史与遗传渊源的——解释。"（摘自乌尔曼所撰《生活作风与生理学：评阿德勒的梦观点》[*Life Style and Physiology: A Comment on Adler's View of Dreams*, 1962]。）

乌尔曼认为："梦境值得注意，因为做梦者会用象征或隐喻方式表现眼前困境与过去经验某一层面之间的关联，而这过去的经验与做梦者面对的问题有关，是纵观个人历史各面之后选出来的。梦表述问题与问题引发的健康的、自卫的反应，比意识清醒时所能想到的还详尽。"（出处同上）泰勒（Jeremy Taylor）也曾在其论述中引用乌尔曼如下的一段话："睡着时，我们身为人类物种的一分子而专注于我们相互关联的事实。就这一层意识而言，我们可以说梦是关乎人类相互关联性的。……这种推断果真属实，梦的重要性将大为改观。梦在我们的文化中将占有比它现在所居的更优先的地位。"

乌尔曼肯定梦有生物适应性的功能，并且正视神经生理学方面的相关证据。就这两点而言，他超过了弗伦希和埃丽卡·弗洛姆，以及当时其他的梦理论。

皮 尔 斯

> 每个人、每株植物、每只动物只有一个与生俱来的目标——实现它既有的自我。
>
> ——皮尔斯

皮尔斯是完形（Gestalt）派心理治疗法的创始人，但一般称许他的论点的原创性却有些言过其实。他对梦理论的主要贡献是：主张把一个梦里的所有特征和象征符号都当作做梦者个人心理的直接表达。有人称赞这是彻底摆脱了弗洛伊德的本能说和还原观点，其实这不过是把荣格已经说过的主体释梦技巧换个方式再讲一遍。他提出的自我实现概念，也是从荣格和马斯洛（Abraham Maslow，1908—1970）那儿借来的。

皮尔斯当之无愧的功劳是，借角色扮演的方式把梦中显现的部分人格带入清明的意识。例如，你梦到自己开着一再熄火的老爷车爬坡，此时后座有个女人在自言自语说着挑毛病的话。按皮尔斯的做法，会让你说出你的想法，不但要说出前座开车者的感想，也要说出后座女子的感想，因为两个人都是你的不同面向。你扮演了这两个角色之后，可以更看清两种角色如何影响你的生活。这又是用荣格的"积极想象"改编而成，但许多受试者会觉得皮尔斯的改编用起来更便利。做梦者经常实行角色扮演，不但可以了解自己的梦的含义，同时也省下了咨询心理分析师的费用。

博　斯

> 我有重要证据显示，梦中遭遇的事情、动物、人们，绝对属于做梦者活动生存的关系模式。这种相属性甚是密切，以致做梦者生活在关系之中，以这种关系存在。
>
> ——博斯

博斯是存在主义者，在梦理论方面并没有多少创见。其主要影响在于心理分析师听取与研究梦内容所持的态度方面。他和荣格一样注重心灵经验——包括梦——的根本真实性，并且主张把梦当作经验本体的基本事实来探讨，主动参与梦境比解析还重要。赞同博斯这个论点的人虽然甚少，这却可以纠正把释梦当作知性习题演算的态度。以梦进行的治疗若要发挥效果，就必须使做梦者"拥有"其梦，把梦当作心理真相的鲜活层面来体验。这些论点是荣格早已说得一清二楚的，但博斯也拓广了其流通范围。

里克罗夫特

梦之无邪。

——里克罗夫特

曾有一些弗洛伊德学派出身的精神分析研究者认为大师的梦理论有缺点，并试图予以修正。例如，艾里克松（Erik Erikson）曾帮忙恢复显性梦境的地位，按阿德勒的先例而强调显性梦境会反映做梦者的生活作风，因为那是"个人自我特有时空的反射，是他防卫、妥协、实现成就的参照架构"。埃里克·弗洛姆（Erich Fromm，1900—1980）主张梦的象征意义具有创造功能，他用近似荣格的术语称之为被遗忘的普世语言："我认为象征的语言是人人必学的外国语。懂了这套语言，我们便能接触到智慧与神话的意义最重大的源头，并且触及我们各自人格的深层。它导引我们了解的经验层次是人类特有的，因为这在内容与作风上是属于全人类共有的。"（以上摘自弗洛姆所著《被遗忘的语言》[*The Forgotten Language*，1951]）。

在我看来，解除弗洛伊德梦理论紧箍咒的最大功臣应是里克罗夫特。他以哲学家朗格（Suzanne Langer，1895—1985）为典范，立论的起点是："诉诸象征符号是自然的心态，不是为隐瞒含义而设计的防卫手段。"他在《梦之无邪》（*The Innocence of Dreams*，1979）之中将梦定义为"想象力在睡眠期间的活动"，"想象力这种功能使我们记得已经发生的是什么，能设想将要发生的是什么，能想象可能或绝不可能发生的又是什么，能利用一组事物表述另一件事——即使用隐喻。"

里克罗夫特与弗洛伊德学说的其他创新派人士一样，接受了荣格的影响。他相信，梦显示"某种心理本质之存在，这存在体之在意个人的整个生命幅度与命运，甚于意识的自我之关注日常可能发生的事。由于自我不愿承认其自我概念可能是不完整而误导的，也使这心理本质经常陷入茫然"。（出处同上）

按里克罗夫特的观点，梦因"欠缺熟悉性"而是无邪的。梦不关心一般公认的范畴，也不会被含自我意识的意愿污染。**梦是"自己的一部分传给另一部分的隐喻讯息，通常是从较广阔的本我传至意识的自我"**。释梦这门艺术其实就是要用隐喻来思考：端看"解释者有没有直觉的本事从看似相异的事物上找出相同处"。里克罗夫特论述的要旨是："若能不把梦看作互不相连的现象或事件，而当它是做梦者整个想象结构的短暂一瞥来看待——他的所有记忆、期盼、愿望、恐惧都编组在其中，自可更清楚地了解梦境。"（出处同上）

这样的观点完全合乎现代神经系统科学在这方面的理解，也证实精明的心理学见解可以与"硬科学"的证据整合，以便更完整而正确地掌握梦的研究，也免得两边各自摸索互不相涉的理论。

希 尔 曼

可否请你称这世界为"造灵魂的幽谷"。

——济慈（John Keats，1795—1821）

里克罗夫特的梦无邪论（自然发生、没有伪装、不被意志污染）是自从 1920 年代就盛行于荣格学派之中的，而对于无拘无束之想象最推崇有加的一位就是希尔曼。他于 1975 年发表的《重新幻想心理学》（*Re-Visioning Psychology*）之中说，梦提供心灵的真实范本，"因为梦呈现离了生活的灵魂，虽然反映生活，却往往不关切做梦的这个人的生活。它们主要的关切似乎不在生活而在想象。"

希尔曼套用列维·斯特劳斯（Claude Levi-Strauss，1908— ）的"生食与熟食"幻想（生的是纯天然，熟的是人与文化使然的），认为梦不是纯的自然，而是造就的自然。梦消化了白天的点点滴滴（即弗洛伊德所说的"日常琐事的残余"），再转化成为意象。这是将白昼世界打破与同化的过程："梦的运作利用想象模式——象征化、浓缩、仿古——把生活事务煮熟成为心灵物质。梦的运作把物料从生活中取出，把它们变成灵魂，同时每晚用新的原料喂饱灵魂。"梦的运作（即弗洛伊德说的 Traumarbeit）是想象脱离自我干预，"即便最喑哑的梦也能以它的艺术、它的参照幅度、它幻想之悠游、它对细节的选择令我们愕然。"（以上摘自希尔曼著《梦与幽冥世界》[*The Dream and the Underworld*，1979]。）

"制造灵魂"（soul-making）是希尔曼向浪漫主义诗人们借来的用语。济慈曾在写给弟弟的信中说："可否请你称这世界为'制造灵魂的幽谷'，然后你就会发现世界的用处。……"希尔曼由此找到了哲学的视角："**人的经历是为了制造灵魂而漫游世界幽谷之旅。我们的生活是心理的，生活的目的即是造就心灵，找到生活与灵魂之间的联系。**"为达此目的，在梦中放任想象是必需的。"梦的运作的综合烹煮行动……集合了异类的材料，调制成新的东西。这些梦的东西我们称为象征符号。"（出处同上）

梦是厨师，烹调灵魂维持生存必需的滋养品。不论我们用什么方式析梦，这个厨艺依然故我。"解析还没开始，梦已经在把白昼的残余消化成为灵魂本质，把个人的行为和互动关系放进梦的幻想，已经在摆弄意识与其白昼世界。……**我们自己就是梦的素材。**"

阅读希尔曼的著作是件乐事。不幸的是，他是个道不同不相为谋的心理学极端主义者，对于其他"唯物论"的梦研究一概不理。他绝不接受梦是"大脑分泌的附带现象幻想"之说。梦乃是"灵魂自成一格的发明,是原生的意象"。他这样褒灵魂贬大脑的立场使自己陷入自己咬自己的处境:梦是造灵魂不可或缺的,灵魂也是造梦不可或缺的。希尔曼为他这简直难以辩护的立场辩道:"深度心理学的传统是守在家里,一边进行一边建立自己的领域。"他认为弗洛伊德和荣格"为了他们的基本假设而毅然弃绝了解剖学、生物学、自然科学、神学"。此话并不确实,他举的前三"学"也未因而被弃绝。弗洛伊德决定守在家里是因为别无更好的法子,因为(前文说过)神经生理学尚未进步到可以帮他推展"科学的心理学方案"的程度。荣格承认"心灵的生物本能端子的'心灵红外线'"是极为重要的,"它会渐渐转移到生命体的生理机能之中,融入其化学与物理条件。"荣格将原型的这个生物性端子比为行为的习惯学模式,并且归入"科学心理学分内之事"。

与其守在家里,我倒赞成抛开心理学的狭隘地域观和知识上的陌生环境恐惧症,以便走入西方心理学传统以外的古今文化,深入人类大脑的最古老区域。唯有如此,我们探索梦的视角才能够同时包纳既有的原型倾向和未来发展的契机。

结　论

　　思考累了要休息的那一刻,我们就称之为结论。
　　　　　　　　　　　　　——**布洛赫**(Arthur Bloch)

自古罗马时代以来,理性而有学识的人士对于梦是不屑一顾的,这个态度在 20 世纪中已彻底改观。继阿特米德洛斯之后,终于再度有人愿意有系统而彻底地研究梦,而且相信梦有助于增进生命意义与人生幸福。这主要归因于弗洛伊德的文化分量和《梦之解析》的知识成就。荣格与其他人士能够深入探讨梦之谜，也要归功于弗洛伊德立论绝对明确，在理论立场上也绝不妥协；这虽然阻碍了用科学方法研究梦，却使从事心理分析的其他人士有了可供参考与反驳的丰富资料。

受惠于弗洛伊德研究发现最多的，反而是不属弗洛伊德派的人，这也许相当讽刺。弗洛伊德及他的一些追随者的确曾经试图修正原始的梦理论，而且可能（按他们自己看来）也修正成功了；非弗洛伊德派的人士却认为改动不多。前文说过，非弗洛伊德派已经转向重视梦的显性内容以及自我改编显性内容的工作。但是，显性内容与隐性内容的区别仍在，梦有实现愿望的功能之说也依然盛行。至于主张修正的人士宣称对于自我心理学与客体关系理论（object relations theory）感兴趣（多为欧洲人士），已经引起美国的传统弗洛伊德派分析家激烈反对。

早在1937年间，夏普（Ella Freeman Sharpe）就发现，精神分析的钟摆正摆到离开释梦的位置，弗兰德斯（Sarah Flanders）则于1993年指出，钟摆至今尚未摆回来。转移兴趣的人士相信，潜意识的幻想会借生活中的每个活动流露（不只是梦，也包括症状、言语、表情、手势），所以，当代弗洛伊德派分析的焦点偏向做梦的人，而不以梦为焦点。

当代荣格派分析的局面却很不一样。焦点仍放在梦与梦对做梦者的含义上（但仍有一些荣格学派人士——尤其是"发展学派"者——受了新弗洛伊德派的影响）。弗洛伊德派分析若仍注重梦，也多半是因为"在心理分析过程中，分析师与病人之间实务上的客体关系可由此揭示"。梦当然可能反映这种互动，但如果把释梦的要点只限在这个意义上，就是罔顾梦的大部分丰富内涵了。弗洛伊德派人士会对梦有此种程度的忽视，显见是弗洛伊德的理论未能解释梦，不是梦本身无义可解。

虽有传统论点的局限和激烈争议，好在前途还是光明的。快速眼动睡眠之发现，神经系统科学技术之运用，百年来分析经验的累积，以及生物学观点被采纳，都有助于我们掌握人类从来未曾有的时机，来深入理解梦的含义与重要性。

第四章

梦科学

> 我猜想，天地间的事物比任何哲学梦想的——或可能梦想的——还要多。
> ——霍尔丹（J. B. S. Haldane, 1892—1964）

近代生理学创始人米勒（Johannes Müller, 1802—1858）的四位优秀弟子，于1845年签署了著名的"反生机论公约"。此举对他们的恩师打击不小。因为米勒既是生机论者也是自然哲学家，后半生常有严重的沮丧，这纸"公约"可能是把他逼上死路的原因之一（据传他是自杀身亡的）。他和一般生机论者一样，相信一切活的有机体都被一种不能受科学检验的生命力驱动。他的弟子断然否定这种想法，这纸公约也正式展开了生理学研究快速进步的时代，后来导致梦科学的建立。

类似米勒师徒冲突的事件在理念发展的过程中是司空见惯的，报人都德（Leon Daudet, 1867—1942）特别造了一个字 invidia（反目相忌）来指这种状况。人类似乎自古就有结党对立的倾向，因而形成圈内人与圈外人壁垒分明的典型群体编组方式。某人一旦加入一个团体，这个团体就成了圈内人团体（in-group），其他类似团体全都变成圈外人团体（out-group），此乃必然的事实。圈内人团体可激发忠诚与依附感，圈外人团体却会引起敌意和猜疑。国与国交战，政党互斗，科学的、艺术的、宗教的、心理分析学的竞争对手相忌，都是这种倾向的表现，梦的科学研究方面也难免俗。

　　自从亚里士多德驳斥梦乃神赐兆头之说，释梦学界便冲突不断。继生机论与唯物论交战之后，近代以来的论战还有心灵论（mentalism）与副现象论（epiphenomenalism）、先天论（nativism）与经验论（empiricism）、行为主义（behaviourism）与精神分析之争。弗洛伊德派与荣格派之敌对，只是将问题激化而分党派的人性倾向的又一实例。打得最久也最坚决的一场战争中，一边主张梦是有含义的心理沟通行为，一边认为梦只是大脑新陈代谢产生的无用废物。艺术家、作家、诗人、精神分析家大多属于前一派，行为主义的心理学家、神经系统科学研究者、睡眠实验研究者则多属后一派。我在本书开始叙述的梦中那位穿白外衣的男子就代表这后一派。弗洛伊德在《梦之解析》中是这样说的："做梦曾被比作'全然不懂音乐的人在钢琴键上胡乱游荡的十指'……这种比喻正可表达各门精确科学的代表人物通常对于梦所持的看法。按此，梦是根本不可能解释出意思来的。不会弹琴的人的十指怎可能奏出曲子来呢？"

　　这种唯物的、反心理学的立场一直持续到如今，现在又有电脑模拟人脑的论点助威。1977年间，霍布森与哈佛大学同僚麦卡利（Robert McCarley）提出一个纯粹神经生理学式的梦理论，叫作"活性化综合"假说。这个理论主张，人进入快速眼动睡眠阶段后，脑干里的"梦状态促发器"的开关"被打开"，用随意综合的错误资讯不断轰击前脑，所以会做梦。梦是脑皮质要把这些胡乱塞来的东西弄出头绪的结果。换言之，"脑皮质要把脑干传来的嘈杂讯号弄成起码有些许连贯的意象，是在做费力不讨好的事。……因此，在做梦的睡眠状态中的大脑被比为电脑用关键字搜寻自己的说辞。"在他俩看来，梦基本上只是睡眠的中枢神经系统之中自动电位活动的无意义且无规则的伴随物。至于梦有没有意思可解，则是转移注意中心的话题。

另一个与电脑类比的论点，是英国心理学家艾文斯（Christopher Evans）提出的。他在《夜之景：我们如何以及为何有梦》（*Landscape of the Night：How and Why We Dream*，1983）之中说，梦代表"人脑电脑"的"离线"时间，利用这时间处理白天收集的资讯，并为迎接明天而更新程序。

1983年，克里克（Francis Crick）和米奇森（Graeme Mitchison）提出了梦的"逆向学习"理论。按此论，做梦只是一种把多余资讯倒掉的手段，"要把寄生成分除掉，这些成分是因大脑皮质被大脑增生或经验导致改造的扰动而产生的。"克、米二人认为，快速眼动睡眠期间发生的是"一种起作用的过程，可以算是学习行为的相反。我们称之为'逆向学习'或'忘掉已学得的'。换言之，我们为了要遗忘而做梦"。

克、米二氏的假说曾经广受各界重视，其实这已不是多么惊人的创见。早在1880年代就有罗伯特（Robert）提出梦是"躯体的一种排泄过程"之说。他认为"无法做梦的人迟早会精神错乱，因为一大堆未完成、未处理清楚的思绪和虚浮的印象会在他脑中累积，将他绊住，遏止那些应当消化成为完整记忆一部分的意念"。弗洛伊德却认为，这种观点把梦贬到"心智的清道夫"的卑下地位。

反生机论公约签署者之中的两位——布鲁克和黑尔姆霍尔茨（Hermann von Helmholtz，1821—1894）——是坚定不移的经验论者，认为生理学在梦的解释上比一切心理学考量都来得重要。前文说过，布鲁克的影响曾经促使弗洛伊德写了《科学心理学之方案》一书，但弗洛伊德后来还是摒弃了这个论点，赞同全然以释义定位的梦心理学。问题的症结是，**各派论者太忠于自家的理论，太敌视支持别家理论的人，以致忘了大家都是在黑暗中摸象的半盲人，以为摸到了整只象，其实只摸到象鼻、象腿、象尾。弗洛伊德摸到的显然是象的生殖器官。**

远比黑暗中摸索可取的是全面性的探讨，让意义解析与科学实验相辅相成。当代从事梦研究最精辟的人士之一——霍布森——就体认到这一点。他原本是从纯粹生理学的立场出发的，后来才接受了梦不无心理学意义的观点。他在《做梦的脑》之中说："我与弗洛伊德意见不同的是，我认为梦既不隐瞒也不是被删改的，而是可以一目了然的，是未经改编的。梦揭示明显有含义的、未作伪装的，而且多半具冲突性的主题，值得做梦者（以及帮忙解析者）注意。我的立场附和荣格的想法——梦有清晰可懂的含义，我也铲除显性梦境与隐性梦境的区隔。

霍布森在书中提及马来西亚原住民塞诺（Senoi）族人有每天晨起讨论梦内容的习俗，并且以梦为当前事务与行为的指引。"我和塞诺人一样，认为做梦暗示我内在正有什么状况，并且把梦提供的资料用在日常的自我评量上。"荣格与弗洛伊德分道扬镳之后，正是以此作为每日的功课。

另一位重要的研究者是克莱特曼的弟子德门特（William C. Dement），他也逐渐肯定梦有丰富的含义，而且具有很强的改造功用。拉伯奇（Stephen LaBerge）所著的《清明梦》（*Lucid Dreaming*, 1985）之中述及德门特的梦证实了这种观点：

几年前我是烟瘾极大的人——一天要抽两包。有一天，我做了一个非常清楚而逼真的梦，梦中我得了不能开刀的肺癌。我还清楚记得，就像是昨天的情景，我看着 X 光片里我胸部的不祥阴影，知道癌已经蔓延到整个右肺。接下来的检查中，一位同事发现我的腋下和腹股沟的淋巴结都有癌细胞转移的情形，这也是同样清楚的。想到自己来日无多，再也看不到儿女长大，我感觉莫可名状的悲痛，我当初晓得抽烟会致癌的时候若肯戒烟，这一切都不会发生了。梦醒时的那阵惊讶、欣喜、释然，是我永远不会忘怀的。我觉得自己是死而复生了。当然，这次经验足以使我立刻决定戒烟。这个梦预期问题发生，并且用梦独有的方式把问题解决了。

只有梦能让我们经历未来要面对的抉择——如同真的一般，从而提供依据这个讯息而有的极为明智的动机。

由这个例子可以看出，梦既可激发做梦者作出明智之举，也可矫正自我意识中潜在自毁的心态，发挥治疗功能。如果还要说这只是"活性化综合"或"逆向学习"，不但站不住脚，而且是污蔑。此外，只以神经医学为依据的理论也无法交代梦如何形成、梦为何持续存在、梦的生物心理学功能又是什么。

做梦状态

我们是造音乐的人
我们也是有梦的做梦者，
飘荡经过孤独的乘风破浪者，
坐在荒凉的溪畔；

> 失去世界的人和舍弃世界的人，
> 苍白的月光照着他们：
> 而我们似乎永远是
> 世界的推动者与摇撼者。
>
> ——奥肖内西（Arthur O'Shaughnessy，1844—1881）

20世纪的梦研究的关键点，是阿瑟林斯基与克莱特曼于1953年发现快速眼动睡眠与做梦有关。两人发表研究结果竟然引起大骚动，看来颇奇怪，因为这根本不是独到的发现。自从人类远祖开始与狗一同生活以来，有多少人曾经作成这种推断，读者只能自己揣摩了。可以确定的是，古罗马诗人卢克莱修（Lucretius，公元前94—前55）在公元前44年就作成了。他于作品《论事物常情》(*De Rerum Natura*)之中描述在壁炉旁睡着的狗儿的腿在抽动，他推断这狗梦到在追兔子。到了17世纪，丰塔纳（Lucia Fontana）又发现，各种动物都会在熟睡之时间或转动眼睛，她认为这种转动与做梦有关。达尔文在《人类世系》(*The Descent of Man*)之中写道："由于狗、猫、马，以及所有高等动物，甚至鸟类，都有鲜活的梦，这可以从它们的动作与发出的声音看出来，我们也就不得不承认它们是具有某种想象能力的。"

学院里的纯粹主义者坚决认为，我们不可能知道动物是否会做梦，也不会知道动物梦些什么。如果按动物快速眼动睡眠时的行为推断它们的确在做梦，却是相当合理的。凡是受过学院心理学调教的人，都学会在面对动物有无意识悟性的问题之时亮出奥卡姆剃刀（Occam's razor，为求科学上之俭省，把无事实根据的假说一剃而光）。但如此一来，人类心理学就与整个动物界分离了，科学家也可以凭"它们和我们不一样"的理由堂而皇之拿动物作些骇人听闻的实验。

亨特（Harry T. Hunt）在《梦之多样》（*The Multiplicity of Dreams*，1989）之中说得极妙："我们必须注意这个立论能省则省的窘境：畜牲的脑皮质在活动，有外表看来压抑的整组连串行为，有扫视的眼球动作，我们却说这并不表示它们正在感受什么经验。只要养过猫狗的人都曾发现，它们在睡眠中会抽搐、呻吟，有性欲的、攻击的、食欲的行为，以及看似在走或跑的足掌动作。能省则省的说法是：它们在做梦。"

从动物的推断到人类只有一步之差，《忧郁之剖析》（*The Anatomy of Melancholy*）的作者伯顿（Robert Burton，1577—1640）早已跨过这一步了。他曾说："正如狗会梦见兔子，人也会梦见入睡之前所思之事。"进而睿智地指出："梦非上帝所赐，乃我们自造。"拉丁古谚有云："狗梦面包，渔人梦鱼。"（Canis panem somniat, piscator pisces.）可见克、阿二人的发现已不算创新，为何会在研究界掀起大骚动？因为这项发现开启了一个新的探讨领域，此后可以借仪器客观地研究身与心、意识与潜意识、物种发展与个体发育之间的关系了。

利用脑电图仪可以证实的另一项说法，是印度教描述的三种心智状态：清醒、做梦的睡眠、无梦的睡眠（般若）。如今已经确知，快速眼动睡眠期间可观察到大脑皮质产生的低电压不同步的电活动模式，并且伴随有相配合的快速眼球运动，某些细小肌肉群会有断续的活动，腿、背、颈的反重力大肌肉会失去弹性。此时的脉搏和呼吸都不规则，阴茎会勃起（弗洛伊德派由此得到鼓舞），血压、大脑温度、新陈代谢率都会提升。此时若将受试者叫醒，百分之七十至九十的受试者会承认曾经做梦。

快速眼动睡眠的时段大约每九十分钟出现一次，每次持续约五至四十分钟，这种周而复始的规则出现显示，做梦并不受外来影响的左右。利用外界刺激诱发快速眼动睡眠的实验也以失败收场。这与弗洛伊德所说梦境是做梦者意念自主设计的论点是可以相容的。

典型的夜晚睡眠 开始是似醒非醒的状态，持续数分钟，会有很清楚的零碎意象和片断剧情出现。接下来的就是 NREM（非快速眼动）的睡眠，这段时间的脑电图仪记录显示低频率大幅度的起伏，眼球却是静止的。

非快速眼动睡眠持续大约九十分钟。然后就进入快速眼动睡眠阶段，脑电图仪的记录出现不规则的频率，幅度也变低，与观察醒着的人的记录很相似。第一段快速眼动睡眠通常会持续大约十分钟。第二、三段的时间会渐增，而其间的非快速眼动睡眠时间也会缩短。最后一段快速眼动睡眠约有二十至三十分钟之久，通常随后就会醒来。我们醒后会记得的梦，大概都是在这最后一段时间里做的。总计快速眼动睡眠大约占了整晚睡眠的百分之二十五。以一个七十五岁的人来算，至少已经做过五万个小时的梦了，也就是做过两千天或六年的梦，这个活动的分量可不能算小。

起初的研究显示，人们只在快速眼动睡眠阶段中做梦，受试者若在非快速眼动睡眠的时段被叫醒，都说自己没有做梦。然而，福克斯（David Foulkes）于 1960 年发表的博士论文引起了相当大的疑问。按福克斯的实验，在两种睡眠阶段中都把受试者叫醒，但不问他们是否做了梦，而是问醒前脑中有什么意念在活动。非快速眼动睡眠中被叫醒的受试者，脑中有动念的占百分之二十至六十不等。因此福克斯认为，既然在快速眼动睡眠以外的时间也有这么大量的意念活动，就不可能在做梦与快速眼动睡眠之间画上等号。

但是，如果将两种睡眠醒来后的受试者叙述的状况比较，就会发现有性质上的差异。非快速眼动的不如快速眼动的叙述那么"似梦"，非快速眼动的经验比较像日常转的念头，内容千篇一律，极少有类似感情用事、错觉的意念,也没有快速眼动经验中典型的那种幻想式的剧情。假如夜间睡眠的整个过程中的确都有心理的活动在进行,其中大部分时间只是在思索,不是在做梦。大体上,证据显示人的头脑没有完全休止的时候。这个结论与传统观念认定的睡眠是南辕北辙的,也不符合弗洛伊德所说的梦守护睡眠不断的论点。

梦的生物学

> 心灵的进化层次在梦里比在意识清楚的脑中还容易辨识明白。在梦里,心灵用意象说话,流露从本性最原始层发源的本能。
>
> —— 荣格

假如睡眠和做梦没有极重要的生物性功能可执行,这两件事可就是自然界最笨的安排,无谓浪费的时间最多。睡眠中的动物不能防御掠食者的袭击,不能觅食,不能繁衍后代,不能保护自己的领域和子女。可是,生物界经历一亿三千万年的进化改变之后,极多的物种依旧保留睡眠与做梦的习惯。

每个二十四小时的时段里,所有的动物都会有活动与休息的昼夜节律。有些动物——如猫头鹰、蝙蝠、啮齿动物——是昼伏夜出的,有些动物——如人类、猩猩、狗——则是白昼活动夜晚休止的。睡眠的生物学上的好处是:可保存体力,静止不动的状态也迫使动物待在安全的巢、地洞、家之中,不会遭到危险。

大约一亿八千万年前,温血的哺乳动物从冷血的爬虫动物祖先演化出来,那时便有非快速眼动睡眠了。快速眼动睡眠的演化却要等到五千万年以后。这时候的哺乳动物还是单孔目动物,和爬虫类、鸟类一样，以产卵的方式繁殖。哺乳动物开始胎生的时候，快速眼动睡眠才登上进化舞台。安静的非快速眼动睡眠和活跃做梦的睡眠，为什么都巧遇重要的进化发展呢？

比较合理的原因是：爬虫类和哺乳类动物的新陈代谢需求不同，胎生动物的幼崽成长也较慢。爬虫类是冷血的，可以轻易从阳光取得能量。夜晚这个能量来源消失，也是爬虫类特别不易抵御袭击的时候。反观温血的哺乳类，因为已有维持体温恒定的本领，比较不受气候和昼夜变化的影响。但为了维持体温，哺乳动物必须从食物中摄取能量，把新陈代谢的锅炉烧得热热的。因此故，保存能量的有效方法——包括长时间的睡眠——显然成为哺乳类动物适应生存竞争的重要机制。

做梦的睡眠的功用又在哪里呢？我们还是得从胎生动物的幼崽着眼。鸟儿和蜥蜴破蛋壳而出的那一刻都已发育得相当完全，胎生动物出生后却要度过一段相当长的学习成长期（大脑的发展尤其慢），才能够独立求生。一般认为，快速眼动睡眠有助于婴儿脑部发育，能启动中枢神经运转，使婴儿开始懂得依恋母亲、探索环境、游戏。

有这么多种类的动物会有快速眼动睡眠，此种睡眠在上亿年的进化中未被淘汰，可知其对于哺乳类动物的生存必有极重要的意义。基于这个推论，研究哺乳动物睡眠的人士都以发现梦的含义、目的、功用为目标。

动物的梦　既有过去四十多年的研究证据在，除了最狂热的人类中心行为论者，不会有人想要否认动物会做梦的事实。我们可能晓得动物梦些什么吗？可能的。分别观察健全动物与利用外科手术破坏其机能的动物的快速眼动睡眠行为，并且按完全清醒的动物做出求生必须行动时的脑电图仪记录推断，都已获得证据。提出相关证据的人是里昂大学的茹韦（Michel Jouvet）和洛克菲勒大学的温森（Jonathan

Winson)。

茹韦的两项重要观察发现是：1. 梦从大脑中具有古老生物演进史背景的部分产生的活动而爆发；2. 负责抑制睡眠者行动的大脑中枢部位的功能若被阻断，睡着的动物和人都会以实际行动把梦的内容表演出来。例如，做梦的猫（其抑制行动的下行神经纤维已被切除）会起身去"追踪"它幻想中的猎物，"猛扑"过去"杀死"猎物，再把猎物"吃掉"。

温森的研究以快速眼动睡眠与记忆的关系为主。已经找到的储存记忆的神经中枢是一个叫作"海马回"的边缘系统，以及此系统与大脑新皮质相连的部位。洛杉矶加州大学（UCLA）的格林（John D. Green）和阿尔杜伊尼（Arnaldo A. Arduini）于1954年间的实验发现，兔子的海马回每秒有六个周期规则讯号的记录。他们称此种讯号为 θ 节奏。

再用清醒状态的其他动物——包括鼩鼱、鼹鼠、老鼠、猫——作观察实验，发现这些动物在做出攸关生存的行为时也有 θ 节奏。如猫的捕食行为、兔子被捕猎的行为、老鼠的探索行为，都与 θ 节奏有关联。而这些行为正好都与这些动物的存亡大有关系。以挨饿的老鼠为例，一定先把周遭环境查看一遍，才会安顿下来吃放在它面前的食物。

1969年间，西安大略大学的范德沃夫（Case H. Vanderwolf）终于发现，他所研究的所有动物都会在做一个行为之时出现海马回的 θ 节奏，这个行为即是快速眼动睡眠。

因此可以确知，做梦、记忆储存、攸关存亡的行为都与 θ 节奏有关。温森因而作成一项非常重要的结论："θ 节奏显示一种神经中枢的作用，对某种动物生存极重要的资讯（是在白昼时收集的）借这个作用过程于快速眼动睡眠期间再收纳到记忆之中。"

由于温森将观察所见解释得合情合理，得到的反应很热烈。大家普遍同意，动物可能在借做梦更新其求生策略，在梦中把过去形成且试验过的策略套用到现在的经验上。动物在睡眠中做这件事，因为只有睡觉时可以把外界的干扰搁下而专心从事这个要紧的活动——就好像银行放下铁卷门以后行员才好专心算账。

记忆处理储存的关键要素"海马回"位于大脑两侧的颞叶中。海马回和下丘脑、丘脑都属于与情绪经验和记忆储存相关的边缘系统。海马回经由扣带回（cingulate gyrus）接收来自大脑皮质的资讯，再经由脑弓传至下丘脑，经过下丘脑乳突管再到丘脑，然后回到皮质的前叶。

短期的记忆行为绝对少不了海马回。阿尔茨海默症（老年痴呆症）的患者正是因为海马回失灵而记不得前一刻还在脑中的事，但长远期的记忆却比较不受影响——起码病发初期是如此。阿尔茨海默症患者会在刚用过餐后忘记自己才吃了些什么，却能记得幼时学的儿歌和上学的地点。根据观察研究，有海马回机能障碍的病人，需要将近三年的时间才能够使短期的记忆"进驻"长期的记忆之列。病人的海马回如果受了严重损伤，就完全记不得受伤之前三年中发生的事。事情一旦进到长期记忆，就极不容易忘记。

短期记忆如何经选择而转移到长期记忆之中储存，仍无法确知。但这显然与做梦有关，也与温森称为"神经原栅门"（neuronal gating）的机制相关。具化学作用的神经传导物质能否进入大脑的某个部位，是由神经原栅门决定的。动物醒着的时候，守护海马回的神经原栅门是关闭的。等到动物入睡后，栅门渐渐打开，让适切的神经传导物质进入，把影响传到边缘系统的其他部位。睡眠进入快速眼动阶段后，所有的栅门都大开，θ 节奏于是出现。

温森认为，较低等哺乳动物有的现象，灵长目动物也会有，人类也不例外。他于 1990 年发表的《梦的含义》（*The Meaning of*

Dreams）之中说："梦显示人类的记忆处理过程可能是从较低等动物进化来的。在这过程中，关系求生的重要资讯可在快速眼动睡眠时进行后期处理。潜意识的主要部分即是由这些资讯构成。"以动物和人做的实验都可看出，做梦和记忆是相关的，缺乏快速眼动睡眠会损害记忆日常事务的能力。

因此，短期记忆若要转入长期储存，必须花三年时间借做梦进到"记忆线路"之中。观察动物的实验证明，构成这个线路的神经原及其突触的连接点会生长成为固定的交通道路，类似经常有人走的林间小径。一件记忆必须"踩过"这条路进入边缘系统，才能成为永久储存的记忆，而关键的参考资料都存在大脑新皮质里。

新皮质虽有数十亿个细胞，体积却不是无限增长的。如果要把所有事物和经历都放进长期记忆的永久记录里，新皮质可能大到必须另备一个手推车才能载运呢。可见储入永久记忆之前必须经过一番分类整理，选出重要的、"值得记忆的"，淘汰不重要的、可抛弃的。梦是否也参与这个过程？克里克和米奇森的回答是"是"，但他俩强调的是梦将已知的事忘记的"抛弃"功能。其他研究者大多认为，挑选保留重要记忆的过程中，梦也脱不了关系。要点在于是凭什么标准而挑选，怎么样决定某个经验是否重要得足以储入永久记忆，以便哺乳动物日常随时取用？温森的回答是：由该种动物集体的"种族发展记忆"来决定。换言之，做梦是一种有选择功用的处理方法，时时将最近的记忆与储存在中枢神经系统里的化为密码的资讯对照监控。这套密码化的资讯是数百万年进化过程中辛苦累积成的，提供一套必要的规则，作为记忆取舍的根据。

温森讲到大脑体积、记忆储存、做梦的作用，举针鼹为例来证实他的论点。针鼹为食蚁动物的一种，是少数仅存的单孔目动物之一，也是一亿八千万年前从爬虫类进化而来的卵生哺乳动物。按我们的观点，针鼹最值得注意的地方是，它体积虽小，大脑新皮质却非常大（竟然和人类的一样大），而且没有快速眼动睡眠。由于针鼹不会做梦，它必须有特大的大脑皮质来装载一生中收集的全部资讯。

物种进化到了这个阶段似乎就停止了。但几百万年后又出现了胎生的哺乳动物，极不平常的新现象也发生了。这是因为头的体积不能无限度地扩大（因为大脑皮质在不断扩大），否则初生儿就无法顺利通过母亲的骨盆而存活了。为了兼顾头颅大小和大脑功能，大自然煞费苦心，好不容易才想到一个空前新颖的法子：快速眼动睡眠。

我们若将有关动物与人类做梦的研究结果比较一下，会发现一个很重要的差异。动物的梦显然比我们的梦更与物种发展的考量相关。我们的梦虽然会表述人类生活的原型主题，却不是每梦皆然。实验中的动物以行动表演的梦境却必然涉及生存的大问题。这无疑显示，我们当初与哺乳类远祖分道扬镳的时候已另有进化发展——如学会用语言和符号。因为有这一步发展，人类的意识比较不会甩不脱原型的影子。我们能根据个人过去的经验估量眼前的资讯，不至于一再回溯到集体潜意识的古老物种发展程式上去。因此，人类的个体学习过程远比其他灵长目动物和哺乳类动物都更有效率。我们要从我们的梦和文化行为中找这个优势的端倪，并不是异想天开。

温森认为"记忆处理构造"即是潜意识。按他的看法，弗洛伊德说梦有意义且是通往潜意识的捷径乃是正确的，但把潜意识比为一锅沸腾的各式欲望就错了，把梦解释为这些欲望的伪装版也是不对的。然而，温森几乎不提荣格，颇令人扼腕。因为他与茹韦提出的假说正好和荣格的想法（梦诉诸集体无意识的原型成分以促进个人对生活的适应，故而弥补意识自我不足之处）相似，而且正是荣格理论换上了现代生物学的衣装。弗洛伊德说对了一部分就得到温森的称赞，荣格显然全部说对了，温森和茹韦却都没什么表示，实在是一大讽刺。

梦过即忘

"戴维,我这记性忘起事来可快了。"

——史蒂文森(Robert Louis Stevenson,1850—1894)《绑架》(*Kidnapped*)

既然梦这么重要,又和记忆储存的关系如此密切,为什么绝大多数人记不得自己做过的梦?这是我们不得不说明的矛盾点。可能的原因有二:

1. 假设克里克和米奇森的"逆向学习"论点是对的,把梦记住就会造成反效果,因为梦的本意是要我们忘记。不过这个假设很难找到支持助力。有些人习惯记得自己的梦,他们并不曾因而有心智受损的状况,反倒似乎能从中获益。

2. 学会分辨梦中的经历与清醒时的真实经历,是我们必经的过程。所以,这可能是自然界为我们方便而作的安排。梦做过就忘,可以保护那些没有能力分辨真假的做梦者——动物和儿童。例如,一只兔子如果连着几晚梦到有一群猎犬在它的洞穴外守着,而它醒后如果还记着这个梦,并且把梦当成事实,它可能因为不敢出洞觅食而饿死。因此,兔子能把梦忘了,同时因为受梦的刺激而提高警觉,才是对它有益的。既然做梦是经历长期进化过程的适应机制,健忘的特性当然可能是机能系统固有的部分。

梦对于哺乳类所有其他动物有什么作用,对我们也有同样作用。我们若是因同样的缘故做了梦即忘,并不值得大惊小怪。动物如果记住梦不忘,而且把梦当真,等于完全抹煞做梦的用意,因为梦导致它的行为对环境适应不但无益反而有害,这种行为也会显得它已经精神错乱了。人类不会因为不忘梦境而陷入精神错乱，要点在于人能够分辨梦与真实。

以上两种解释，自然是第二种较为可取。

原型在大脑的地位优先

> 我们会希望能像借比较解剖学认识人体那样理解人类心灵的发展与结构。
>
> ——荣格

首先我们得知道，人脑是一个阶层分明的系统，从这个阶层系统可以看出大脑的筑构式样、进化过程、复杂无比的多种功能。整个大脑分为两个半球体，两边各有皮质盘旋覆盖，整个大脑包含将近两百亿个神经细胞，其中有百分之七十五属于皮质。皮质是比较晚近才有的部分，皮质下面是旧有的部分，其功用依然完整如昔。奥尔兹（James Olds，1922—1976）多年前曾经用"热"脑与"冷"脑指称旧有的与后来的两部分。"热"脑指的是中脑，这个部分大致等于弗洛伊德所说的"原我"，似乎完全遵照"快感原则"行事，冲动、轻率、贪得无厌。"热"脑是我行我素而不达目的不肯罢休的。"冷"脑即大脑皮质，是比较理性而受社会制约的，它按弗洛伊德的"现实原则"充当"热"脑激情与环境的中介，使激情承受必要的约束。

美国神经科学家麦克莱恩于1960年代提出更为精密且便于实验研究的划分法，将大脑想象为三合一的结构，三部分各有不同的物种发展历史，"各有其独特的智能、独特的记忆、各自的时间空间感，以及个别的动力功能。"图二所示即是麦克莱恩所谓的大脑三体（triune brain）。另一位美籍神经科学家亨利（Jim Henry）认为，优势的左脑半球乃是人类特有的第四个也是物种发展资历最浅的一个系统。

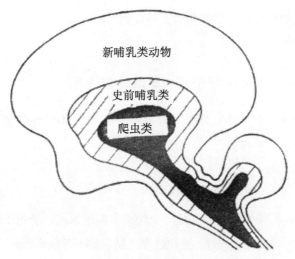

图二　麦克莱恩的大脑三体

按以上各论点，大脑的进化可能分为四阶段：

爬虫类的大脑　即脑干，是从脊髓向上生长的部分，也是大脑最原始的部分。所有脊椎动物的脑部都有这个部分，人类即便经过亿万年的进化，这个部分却没有什么改变。维持生命不可或缺的神经核就在这里面，心血管与呼吸等系统都是由它主控。这一个部分也包含网脉活化系统（reticular activating system），主管警觉与维持意识清醒的功能，也主管快速眼动睡眠。数以百万计的神经原投射从这儿向前脑、海马回、颞叶扁桃核结构发散，这些都是与记忆和做梦相关的部位。此外，脊椎动物专注于新奇的外界刺激之时会完全停止身体的动作，这种"定向反应"也是由网脉活化系统的中介作用促成的。

爬虫类大脑代表的早期进化阶段中，情绪尚未产生，评估未来与过去经历的认知能力也未出现。这个阶段的行为反应多听命于本能，显然是比较不受意志支配的。占据并保护领域、争夺支配地位、威吓敌手等典型的爬虫类行为，都在这个阶段表露。贝利（K. Bailey）在《人类的古心理学》（*Human Paleopsychology*，1987）之中指出："我们的冲动欲望、内在主观感受、幻想、思绪都经过 R 综合体（即指爬虫类大脑）的散发物彻底制约。人类行为中一些不由自主的、强迫性的状况，多半是爬虫阶段的余留成分所致。在此种状况下，自由意志退让，人会做出不得不做的行为，而且往往边做边鄙视自己表现的恨意、偏见、顺服、虚伪、狡诈。"

史前哺乳动物的大脑　由统称为中脑的皮肤下的组织构成。最重要的部分即是边缘系统，其中包括海马回、下丘脑、丘脑，以及控制体内所有内分泌腺活动的垂体。边缘系统是维持体内平衡的绝佳机制：不但能仔细控制激素平衡，还能协调饿与饱、性的欲求与满足、渴与水分存量、睡与醒等之间的平衡。此外，边缘系统也是记忆储存过程中不可缺席的要角。

在这个进化阶段中，恐惧和愤怒等主要情绪已经出现，爱与相依的情绪，以及逃窜、搏斗、相互扶持、交配等相关的行为反应模式也出现了。意识的自觉比较突显了，行为不再完全听命于本能，但出于本能的行为依旧明显可见。边缘系统包括大脑皮质中最古老最原始的部分，即所谓的"古皮质"。

因此，所有哺乳类动物（包括人类）的中脑都是极端复杂的结构体，兼顾身心的基本反应、面对周遭环境的态度，都由中脑控管。动物若被切除了大脑皮质，仍能行动自如、吃、喝、避免痛苦的刺激，却无法明白事情的含义。例如，有掠食者在附近，它会看见，却不明白掠食者代表危险。中脑与有助于求生和适应的一切基本行为模式有如此密切的关系，可见这个部位与原型性的功能是有重要关联的。

新哺乳动物的大脑　即大脑新皮质，主管认知以及各种精密的理解过程。

人类的大脑　功能向左右脑偏侧的现象出现，左脑主管理性和经验的思考以及语言的运用。

因为要将神经生理学与人种学整合为一体，中脑既可促进物种特有行为模式，就成为极热门的研究课题。麦克莱恩便曾发表专文，证实许多原始行为——如依恋母亲、求偶、情爱行为，以及相关的情绪——都是被中脑的神经原系统活动左右的，边缘系统的影响力更不在话下。

麦克莱恩的推断大多以动物的研究为依据。弗罗亨利（P. Flor-Henry）和施瓦茨（G. E. Schwartz）等人士的研究则显示，麦克莱恩的推断也适用于人类。按他们发现，连接边缘系统与右脑皮质顶骨区及前叶区的神经原通道，是人类情绪反应的发号施令所。而且，这整个的右脑半球似乎是由左前叶的皮质控制的，这意味"冷"的优势半球的任务是抑制"热"的史前哺乳动物大脑的情绪性活动。

当初荣格猜测，集体无意识的原型式系统的神经原基质一定是在大脑中最原始的发展部位。从以上的研究结果看来，他猜的正对。如果要指出某一种原型的确切位置在哪儿，当然是不可能的。涉及原型行为的中脑构造必有极复杂且枝杈范围很广的神经源头，牵涉脑干或边缘系统（原型的本能性或生物性一端）和左右脑半球（心灵或精神的一端）之中数以百万计的神经细胞。

原型是梦境的要角

我们在梦里应可找到全人类生命中一切具有重要意义的事物。

——荣格

大脑的分层结构也可以从行为模式之建立看出来。人种学家认为，行为模式是凭"固定举动"（fixed acts）建立，而固定举动是动物求生与繁殖必须做的行为之中最基本的定型动作。这些在行为模式中必备的举动，在梦中也是照例出现的。例如，典型的被追而奔逃的梦有防御行为，打架的梦有攻击行为，情色的梦有贪欲行为。固定举动的四个 F 是 feeding（喂食）、fighting（搏斗）、fleeing（逃窜）、fornication（交媾）。假如快速眼动睡眠的确是"预演遗传决定的行为"，做梦的重大意义应该就是因为可使动物在尚未接受味觉、危难、性欲的刺激之前就能做适当的反应：在需要做出某一行为之前，行为举措的神经程式已经安置好了。

霍布森在《做梦的脑》之中表示，人类和其他哺乳类动物确有上述的情形。即便是行为已经（或多或少）听从意志的发展完全的人，只要加以诱发导引，某些行为仍可能表现固定举动的特质。霍布森的结论是："梦证实这些'本能式'举动的全套本事都呈现在中枢神经系统之内。梦经验具有的特殊可塑性包括把重要行为作浓烈的过度表演，如恐惧、侵犯、防御、袭击、进逼或退避、性。我们在心理经验的层面可找到这全套剧码的证据。"

霍尔和诺德比的研究也证明，有关侵犯行为、被人追赶、性等的典型梦境是人人皆有的。一项研究大学生一般梦境的实验证明，久远的物种发展背景一直是人类梦中的要角。学生们叙述的梦境主题，按出现频繁度递减的顺序排列为：跌坠、被追赶或袭击、一再试图做一件事、与学校课业相关的经验、性。除了学校课业的梦之外，这些类型的梦与人类物种进化的关联都相当明显。例如，进化早期曾在树上生活的动物，难免会在从高处跌落的梦中抒发焦虑。同理，原始远祖既经历过捕猎、搏斗、争主宰地位的冲突，难免会有被追赶被袭击的噩梦。除此之外，掌握环境变迁、学会体能技巧、执行宗教的、社会的仪式等要务，都是必须一再努力学会的。至于性行为对于物种繁衍生存之重要性，更是不必多说的了。

两种基本的原型模式：笑容与皱眉

许多人试过按梦中发生的事——尤其是社会性质的事——来将梦分类。结果大多是列出一长串类别，却找不出分类的统一原则。但一般来讲，人们渐渐同意，可按两组主要且对比的行为反应模式分类。一组是相互扶持依赖的行为，一组是冲突争胜的行为。其实我们和灵长目其他动物一样，也和所有哺乳类动物一样，既相依附又相互敌视，又要忠诚的情感又要地位（本性既为弗洛伊德论又是阿德勒论）。伯明罕社会制度学院的钱斯（Michael Chance）在研究中，将两种不同类型的社会模式形容为享乐的（hedonic）与争胜的（agonic）。享乐模式的特征是群体的依附行为，其成员是彼此支持的；争胜模式在阶级分明的群体中出现，其成员为维护各自的地位着想，不允许他人对自己构成威胁。

我们可以从多种文化中找到证据：一些与享乐模式和争胜模式相关的面部表情——如微笑、皱眉、不屑——是由基因决定的。尤其有意思的是，这些行为的发展显然和快速眼动睡眠状态有关系。如人类婴儿尚未发展醒时的微笑社会行为之前，已会在快速眼动睡眠状态中微笑了（有人称此时的微笑是"对天使微笑"）。此外，生气、困惑、鄙夷时常有的一些复杂的表情，最初也是在快速眼动睡眠状态中出现。换言之，这些社会行为在梦中预演要比醒时实际做早上几星期。茹韦正是根据这类发现而推论，快速眼动睡眠状态与人类特有的本能行为发展大有关系。第六章将谈到做梦与游戏在发展重要求生能力中的类似本能性关联。

幼儿期的原型梦境

父母亲并不明白让柔弱的婴儿独自在黑暗中入睡是什么行为。

——蓝姆（Charles Lamb，1775—1834）

有一个我们免不了要问的问题：假如胎儿和新生儿把大部分时间耗在做梦上，他们究竟在梦些什么？按荣格的理论，他们的梦应该完全是原型的。大脑组织开始发育以后，基本的心理构思能力和相关的意象也开始出现轮廓了。研究证明，幼年儿童的梦的确大都充满原型含义。例如尼德兰德（W. G. Niederland）的一项研究中，一名小男孩说在梦里"我还有一个爸爸"，随即又对他的爸爸说："那个爸爸比你高。"这令我想起幼年时也做过相似的梦，正好是我父亲刚出差回家的一天，我竟然当着他的面急急对母亲讲"我那个爸爸"的种种。荣格认为，每个儿童都有"另一个爸爸"，也就是原型的父亲，是儿童心目中父亲形象的基础，由原型的父亲和自己的父亲的形象浓缩构成。由于荣格发现自己童年的梦境包含一些不可能是亲身体验过的成分，因而推断梦境有其原型的基础。

每个人童年皆有的恐惧，如怕黑、怕陌生人、怕快速迫近的物体，都是"远古的残余物"。因为人类远祖经常处于潜伏危险的环境，早期进化便安排了这种警示机制。童年的梦境老是有要攻击人的怪物和"可怕的东西"，如果是在黑暗中做这种梦，会更加可怕。这是因为人类的夜间视力不良，而大型猫科动物却在夜晚捕猎。这种担心"可怕的东西"袭击的感觉是与生俱来的，幼儿对于与这东西可能有关的线索会特别敏感。所以，许多儿童的恐惧和梦魇中明显存有掠食者原型。曾有一则实验记录一名一岁半的幼儿害怕其母亲的一只张了嘴的旧鞋，母亲不得不把这只鞋藏起来。

一年半后这孩子再看见这只鞋时才说："我怕它会把我吃掉。"

原型与神经系统科学

> 心灵是一个能够自我调节的系统，像身体一样可维持其平衡。
>
> ——荣格

我们必须承认，现在神经系统科学的各项发现，以及与这些发现搭配的理论概念，都与荣格在 20 世纪初期完成的原型理论十分相符。麦克莱恩的大脑三体概念虽然是在荣格逝世数年后才提出，但荣格在世时已经指出，哺乳类动物和爬虫类的梦可能与大脑中进化早期发展的哺乳类及爬虫类结构部分有关。"从梦中分辨心灵的进化分层比从有意识的思维中分辨得更清楚。在梦里，心灵用意象说话，任本能流露，本能是从人性最原始的层次衍生的。因此，借着吸收潜意识的内容，短暂的意识生命可以再度与自然界的法则相融；病人也可被带回他个人生命的自然法则。"荣格当时只是凭直觉而产生这个看法，却毅然坚持下去，在这个基础上建立他所理解的人类精神病理学，设计了一套治疗方法。在他看来，人类遭遇的主要问题——不分神经病症的、精神病的、变态人格的、政治的——都是因为与"储存在我们内心的那些古老的智慧"断绝了联系。**我们如果希望重建与这人类潜能的大宝库的联系，只有一条路可走：注意我们的梦。**

心理分析案例之中有极多动物梦。例如，有一位相当胆怯的女子，对于脾气不好且要求严格的上司感到害怕。她在梦中看见一条大黑狗站在笼子里瞪着她看，有个声音说："他很固执，但你若好好待他，他会非常温柔听话。"起初她自己检讨这个梦，以为这条狗代表的是她的上司。第二次与心理分析师面谈时，她才发现这狗代表的是她不曾表现出来的固执而具攻击性的一面。以后几星期中，她确实没有辜负这个梦的启示，只要上司不"好好待她"，她就敢表露固执与攻击性。这是有弥补作用的梦，教做梦者发挥不自知具有的潜能。这位女士借哺乳动物形象发现自己的固执与攻击性，显示她自觉的人格尚未充分吸收这些特质，故不会在梦中以人的模样呈现。

记得现在：巴特利特与艾德曼

> 我不禁记起这些事，
> 那是我最宝贵的。
>
> ——莎士比亚

现在神经科学也证实了另一位先驱人物的理论。此人即是剑桥大学心理学家巴特利特爵士（Sir Frederic Bartlett，1886—1969），他在经典著作《记得》（*Remembering*，1932）之中说："记忆并不是将无数固定的、没生气的、片断的痕迹再一次翻出来。而是一种发挥想象力的重组行为或组构行为，凭我们看待过往一次次反应或经验的态度而建组。"记忆是一种主动的、有活力的过程，与领悟、体认、想象相似，以过去的经验为基础，但也把眼前的处境和需求列入考量。

巴特利特不同意在他以前盛行的原子论式联想论的（atomistic-associationist）心理学，这一派所持的"记忆痕迹"观念太过机械化了。他首创的较富弹性的"图式"（schema）概念，借自神经生理学家海德（Henry Head，1861—1940）。巴特利特所谓的图式是指经过相当一段时间建立的一种心理结构。过往经验根据眼前的事实而主动作调整，便是由这个结构负责。洛克菲勒大学神经科学研究所的艾德曼赞同这个论点，并且予以扩大详论。艾德曼称自己的生物学心智论为神经系统达尔文主义（Neural Darwinism），又称为神经细胞群体选择论（简称 TNGS），曾引起热烈反响。从他撰写的一本书的标题《被记忆的现在》（*The Remembered Present*，1989）就可看出这个理论的端倪。

从出生的那一刻起，渐渐成长的动物就必须将传进来的知觉资讯辨认、分类、归档，以便逐步建构起一个像样的世界模型。这项任务是通过个人进化过程完成的，此一过程类似达尔文所说的"自然淘汰"，艾德曼称之为"躯体淘汰"。自然淘汰导致特定的生理或行为特征遗传后代，使下一代变得与上一代不同。躯体淘汰则导致大脑的某些细胞或细胞群特别受偏爱。

各人独特的神经细胞布局在胎儿期便确立，经验对这个布局的影响导致某些细胞群被选中，其他的则被淘汰，被选中的细胞群之间的关系随之巩固。估计大脑中约有一亿个这种细胞群，每群约有五十至一万个神经细胞不等。整串整串的神经细胞群相互关联起来，对于"动作"或"颜色"等特定类别作选择性的反应。艾德曼称这些细胞群系列为"图谱"。建构了图谱，我们才可能创造自己的感知能力。在躯体淘汰的干预下，图谱经历了"适者生存"考验——与有效的感知能力（感知最接近"真实"者）相配的图谱会被加强，无效的图谱会减弱或停止活动。

某些图谱的不断交互作用，加上各个系列图谱之间的持续互动，可促成艾德曼所谓的"复进讯号作用"（re-entrant signalling）——各图谱之间沟通不断可使大脑组出一个知觉对象。假设这个知觉对象是"狗"。抚摸狗会使一组图谱活动起来，看见狗追球活动另一组，听见狗吠又活动另一组。不同的各组图谱之间的复进讯号作用，可以综合成功"在玩耍的狗"的知觉对象。

艾德曼认为，因为有复进讯号作用，我们可以把来源不同的繁复知觉资讯作一番归纳概括,这种能力就是心理发展的基础。在进化层次较低的动物——如鸟类——身上,这种能力也可发挥惊人的效用。不论哪一种动物的学习过程中都少不了要作归纳与分类,这种活动也一直在进行。艾德曼的看法和巴特利特相同,认为这些过程并不只是把知觉的讯息按既有的类别归档,而是重新归类到正在不断形成的新的知觉对象之下。艾德曼认为这永不终止的重新归类就是记忆,也是意识的基本成分。他还将神经细胞群体选择论扩大到适用于心智的一切"较高"层次,包括概念形成、语言以及意识本身。

艾德曼将意识分为初级的(primary)与较高等级的(higher-order)两类。初级意识即是"对于世间事物在心理上有所知觉的状态,是对现在有心理意象的状态,但不伴随有身为一个过去与未来的人的任何感觉"。初级意识是复进讯号作用将多项分类行为集成一个"场景"所产生的结果。这意味"发生的事情若可能对一个动物过去的学习行为具有重要意义,就可以与新的事情产生关联"。艾德曼强调,这种将过去事件同化到现在之中的过程是深具主观性的,它不是基于真实世界中客观确立的"事实"而作用,却是凭这个动物以往经验过的"价值"或"意义"而作用。我认为,梦中发生的极私密而主观的经验正是这么一回事。

从梦到意识

> 意识的最高层次的活动可以溯源到大脑的生理现象,正如最美妙的旋律也不至崇高到不能用音符表达一样。
>
> ——毛姆(W. Somerset Maugham,1874—1965)

艾德曼认为,哺乳类、鸟类以及某些爬虫类动物,因为具备创作场景的初级意识而能适应非常复杂的环境。爬虫类的、哺乳类的、鸟类的意识与高等级的意识都不一样，"高等级意识牵涉到思想主体对自己的行为与感情的认知。它体现的模型是个人的，不但包含现在，也包含过去与未来。"这个等级的意识只有人类有，猿类也略有一些，因为高等级意识的先决条件是进化到能使用语言与符号，有能力作归纳与反省，有自我意识，这些都与人类大脑左半球的发展有关。初级意识本身必须接受重新归类，意识才会有自觉。

艾德曼用两个复进过程来说明意识如何产生：

1. 初级记忆（"价值与分类"的记忆）借着一种"知觉的'靴襻自引法'"（perceptual "bootstrapping"），与眼前的知觉连接起来，导致初级意识产生。

2. 借"语意的'靴襻自引法'"（semantic "bootstrapping"），使负责符号记忆的中枢与负责概念形成的中枢相连接，导致高等级意识产生。

当遗传的变异体出现，使动物有了复进通路，可以连接"价值与分类"的记忆，这时候就可能进化产生意识，在这一刻"记忆变成意识的基础与仆人"。按艾德曼的这个论点，我可以假设，梦也是在这时候产生，并且成为意识与记忆的仆人。

艾德曼的研究成果启发了一种新的构念：相互关联的各式图谱之间那种不停的复进讯号作用的一团乱，正好可以综括称为潜意识。大堆图谱作用齐奏的当儿，意识会从中干预。大乐团里的各个乐师都是相互有关联的：各人按自己的意思演奏音乐，同时却导引别人的音调配合自己，也让自己的音调配合别人。音乐是集体创造出来的，没有谁的奏法是总领全局的。按古典的理论，大脑里有个小人在那儿"估量"知觉对象、"接收"意象。取而代之的新观念是复进讯号作用，所有各个群体和图谱演奏各自的音乐，汇集而成为奏出有意义音符的大交响乐。

艾德曼的理论有一点十分重要：生命体在探索的过程中不断寻找意义并加诸意义。从各式不同的神经细胞群之中选出来的图谱乃是意义的图谱。高等级的意识要靠符号系统构成，而符号系统是根据意义而建立的。这是概念上的重大突破，也是"心智回归原始禀性"的趋势之中的又一推力。以往，神经科学与人工智能的研究都主张，智能和语言可以凭纯粹逻辑设计成功，毋需假定有像"意义"这么邈邈的东西存在。现在这个理论既已不能成立，研究者不得不同意，意义是生物学的基础概念。自然界似乎不能没有意义而运作。因此故，做梦、记忆、意识都是生物学的大成就。

结　　论

做梦本身即是进化的工作坊。

——费伦奇（Sandor Ferenczi，1873—1933）

英国性研究先驱蔼理斯（Havelock Ellis，1859—1939）认为，梦呈现"大量情绪与未完成思想构成的原始世界"。弗洛伊德也说过，我们可能从梦的研究中发现心理生活进化的原始阶段。我们似乎会在夜晚时分进到一个原型的世界，在那儿参与人类物种发展的程式，把我们日间经验的那一丁点也贡献出去。我们可将梦科学研究的证据总括如下：

1.一亿三千万年前出现的有梦睡眠，持续存留在多类物种的进化中。从生物学观点看，此乃是最具重要意义的神经心理活动。

2.以脑电图仪记录大脑皮质被切除的猫与脑部机能严重障碍的人的睡眠，显示快速眼动睡眠的低电压快速起伏是从早期进化的脑干中枢产生的。

3. 中脑的史前哺乳动物结构也在快速眼动睡眠中活跃，同时也引起脉搏与呼吸速率、血压、阴茎尺寸、阴道充血、情绪状态、体温等的相关改变。

4. 负责维持快速眼动睡眠期间身体静止的大脑中枢如果被去除或抑制，动物会"表演"自己物种典型的且是求生所必需的行为模式。

5. 以上的发现证明，大脑之中进化资格最老的结构与做梦有关，因此为以下两种假说提供有力证据：（1）与人类行为图式（荣格的原型）最密切相关的神经细胞群位于这个区域；（2）必要的行为与经验的原型模式有种系发展上的连续性，从爬虫类经哺乳类而延续到人类。

6. 脑电图仪记录到的 θ 节奏是从海马回（史前哺乳动物脑结构的一部分）产生的，它与执行重要求生行为、记忆储存、快速眼动睡眠都有关系。因此可以证明，动物（包括人类）在做梦的睡眠中会根据各自经验与物种特有经验潜能而更新其求生策略。

弗洛伊德的梦理论于是被推翻：梦不是性欲、压抑的欲望等激起的。梦是可以预测的片断现象，与中枢神经系统的周期性功能相关，而且有生物学上的依据。如霍布森所说，梦是大脑中"一幅遗传因素决定的、富于活络功能的蓝图"的产物，梦的功能是"筑构并测试潜存吾人行为之下的大脑线路"。霍布森相信，这个测试程序是大脑与心智正常运作必要的，但不一定要记得梦才能从中获益。不过他也承认，付出心力去记忆梦，可使获益增多。我们尽可赞同罗西（Ernest Rossi）的简明结论：**做梦是"一种内源发生的心理上的成长、改变、转型过程"，梦本身则成为"试验吾人心灵生命改变的一个实验室"。**

第五章

意识与潜意识，个人的与集体的

> 我的好伙伴，你倒下了，但我必须往前走。
>
> —— 荣格

1913年12月18日这天，荣格做了一个令他不知是否该开枪自裁的梦：

> 我与一个我不认识的、棕色皮肤的野蛮人一起，在一片孤寂崎岖的山野中。黎明将近，东边天际已经亮起来，星光正在淡去。然后我便听见齐格飞的号角声响遍群山，我晓得我们得把他杀死。我们带着步枪，躲在岩石中的狭小山路边等着。
> 齐格飞随即在旭日的第一道光芒中出现在高高的顶峰上。他驾着用死人骨造的战车，疾速冲下陡峻的斜坡。他转弯之时，我们朝他开了枪，他骤然跌翻，当下

毙命。

　　我杀害了这么伟大俊美的人物，满腹憎恶与悔恨，我撒腿就逃，恐怕这谋杀的罪行被人发现。但突然下起倾盆暴雨，我晓得罪状的痕迹会被冲刷得干干净净。我逃过了被人发现的危险，以后可以若无其事过日子了，但难堪的罪恶感却还在。

——《回忆·梦·省思》

　　我们仍照前面分析荣格的海关稽查梦那样，分三个脉络来探讨这个梦，以便"放大"其中的含义。

　　个人脉络　荣格与弗洛伊德的书信往来中措辞逐渐趋于尖锐之际，荣格写了一封言辞最激烈不逊的信给弗洛伊德。他做梦这天正是信寄出满一整年的日子。信的内容大致如下：

　　　　弗洛伊德教授阁下：
　　　　我能否说几句诚意的话？我承认我对您的感想是有矛盾存在的。……我却要指出，您把学生当病人看待是一种笨拙的错误手段。……您在自己四周嗅个不停，要找出所有突显症状的举动，从而把每个人降格成为羞红着脸承认自己犯错的儿子和女儿。而您却高高在上如父亲一般，占着有利的地位。……教授，您可知，只要您搞这一套，我根本不在乎我的突显症状的举动，它们比起您的只知责人不知自省，简直微不足道。……等哪一天您完全甩开您的那些情结，不再扮演您眼中的儿子们的父亲，不再老是盯着他们的弱点，改成回头看看您自己的弱点，那时候我就会改变我的态度了。……我这种表示善意的方式一定会惹得您大怒，不过这还是于您有益的。

——《弗洛伊德/荣格书信集》

从两人绝交到齐格飞梦发生的这一年，荣格是在严重的压力与不安之中度过的，有一段时间还濒临精神崩溃。他仿佛看到北欧洲淹没在血海之中，然后又梦到整个欧洲大陆被冰冷的寒潮冻住了。接着又产生一连串的幻想："我经常处在紧绷状态中，时常觉得好像有硕大的石块朝着我滚下来。暴雷一个接一个来。我能熬过来是靠蛮力硬撑。别人——尼采、荷尔德林（Friedrich Hölderlin，1770—1843），以及许多其他人士——都曾被击垮。但我内里有'神灵'（daemon）的力量，打从头我就确知一定要从我在经历的这些幻想之中找出意义。在我承受潜意识这些袭击的当儿，我坚定不移地相信我在遵从一个更高层次的意志，那种感觉一直支撑着我，到我驾御了这桩苦差事为止。"

这一切都是因为与弗洛伊德决裂而起。他梦到杀死齐格飞的时候还正困在这些风暴之中。"我从梦中醒来后，思索这梦的意思，却不得其解。因此我试图再睡着，心中却有个声音在说：'你必须明白这梦的意思，立刻就弄明白！'内在的急迫愈逼愈紧，终于在可怕的一刹那，这个声音说：'你如果不懂这梦的意思，你就得开枪打自己！'我床边的小几抽屉放着一把装了子弹的手枪，我不禁害怕起来。于是我又开始思索，突然间便明白了梦的含义。……它在告诉我，齐格飞代表的大英雄形象已经不适合我了，所以必须把它除掉。"

从弗洛伊德和荣格的个性可以看出，两人大吵一架是迟早的事。前奏是荣格于1911年发表《里比多的转化与象征》（*Transformations and symbols of the Libido*）的第一卷（当时荣格写信给弗洛伊德说："鸡蛋要比母鸡聪明是很冒险的。可是鸡蛋里面的东西总得勇敢地爬出来。"），终于爆发则是1912年第二卷发表之时（荣格在写给弗洛伊德的信中引用了查拉图斯特拉的话："徒弟如果只知当徒弟，就是对师父不起。"）。荣格的这部作品以及1912年9月在纽约的一系列演讲,都详述了背离弗洛伊德论调的立场。他认为,里比多是意义远比弗洛伊德说得宽广的概念,它可能呈"结晶状"成为普世统一的象征符号,或成为人类的神话中明显可见的"原始意象"。荣格特别强调英雄的原型,神话中一再出现的英雄斩妖龙的主题,乃是青春期自我想要脱离母亲钳制的挣扎。因此,他诠释的俄狄浦斯情结和乱伦禁忌也与弗洛伊德说的很不一样。(荣格认为,小孩依恋母亲的原因不是把母亲当作乱伦情欲的对象,而是因为母亲是供给爱与照顾的人。鲍尔比于四十年后掀起的理论革命,应已在此一论点意料之中。)

齐格飞斩龙的传奇对于荣格还有重要的个人意义。1909年3月间,他在写给弗洛伊德的信中承认,"有情结在跟我捣鬼:有位女病人,几年前我不惜心力把她从难缠的精神官能症中拉出来,她却以想象可及最丢人的手法污蔑了我的自信与友情。只为我不肯享受给她一个孩子之乐,她就宣扬起卑鄙的丑闻。"(见《弗/荣书信集》)

这位女病人是萨比娜·施皮尔林(Sabina Spielrein),1904年开始接受荣格诊治。她的"难缠的精神官能症"乃是荣格按照弗洛伊德路线处理的第一个这种病症,效果好得出奇。不料,在深入的分析医病关系过程中,两人坠入情网,施皮尔林渐渐产生注定要为荣格生儿子的幻想,这儿子将取名为齐格飞。

齐格飞将是个奇迹般的孩子,要在灵光一闪之中使弗、荣二人的歧见冰释,使犹太与外邦的心理学立场和解。荣格将是他生理上的父亲,弗洛伊德将是他精神上的父亲。当时丑闻闹到可能危及荣格的事业前途,幸而弗洛伊德帮忙解了危。施皮尔林在荣格鼓励之下进了医学院,修得了医学士,离开苏黎世到维也纳接受心理分析师训练。她学习的成绩优异,对弗洛伊德和荣格心悦诚服,对于发扬心理分析也全心投入。弗、荣二人决裂以后,她曾煞费苦心要使两人和好。

荣格在梦中杀死齐格飞,也粉碎了与弗洛伊德和好的幻想。得州农工大学的罗森（David Rosen）称之为"弑杀自我"（egocide），荣格的"创造患病期"也从此渐渐结束。

"这桩行为以后，一股悲悯之心汹涌而来，如同我自己被射杀了一般——这显示我心中暗暗自比为齐格飞，也证实被迫牺牲自己理想与自觉立场的人有多么痛苦。这种自况与英雄主义的理想追寻必须放弃，因为还有比自我意志更崇高的事，那才是必须顺从的。"（摘自《回忆·梦·省思》）

文化脉络 弗洛伊德和荣格的友情主要是以通信经营的。弗洛伊德经常埋怨荣格回信太慢也太少。荣格的信有许多是以道歉开头的，说是因为工作太忙才迟迟未回信。他做的工作不如弗洛伊德期望的那么有益于促进精神分析发展，而是他自己的神话、比较宗教、文学等方面的研究。他私下在设法厘清自己与弗洛伊德意见不合的缘故，并撰写《里比多的转化与象征》。起初弗洛伊德鼓励他去作研究，因为希望他把形诸宗教与神话的表达背后的潜意识动机简化为性欲与恋母情结。岂知荣格却以神话为解释病人梦境、幻觉、幻想的依据。

荣格这本书有四百多页篇幅是在分析阐发一位年轻美籍女子的幻想，书中给她的化名是"弗兰克·米勒小姐"（Miss Frank Miller）。她在做梦中或睡前似醒非醒的状态下创作了诗和剧本。有一首诗名为《蛾与太阳》，标题为《契万多佩》的剧本描写古代印加民族（或阿兹特克族）一位英雄人物的冒险故事。这种潜意识自发的创作行为，乃是精神分裂者将陷入崩溃状态的先兆。《契》剧之中的契万多佩曾哀号道："悲啊！没有一个人了解我，没有一个人和我相像，没有一个人的心灵与我的情同姊妹。"荣格说明："米勒小姐声明，这一段表达的情操最近似齐格飞对布伦希尔德（Brünhilde）的感情。"这也极近似荣格对弗洛伊德的感想。

瓦格纳的歌剧原作（是荣格和施皮尔林都熟悉且喜爱的）之中，

齐格飞是齐格蒙（Siegmund）和齐格琳（Sieglinde）兄妹乱伦所生之子，布伦希尔德却赞同这种结合。假如施皮尔林的幻想成真，生下一个名叫齐格飞的儿子，必然犯下"心理上的乱伦"（分析者和病人的性关系），也违背了专业上的"乱伦禁忌"。弗洛伊德则必须以默契共谋或帮忙，才不至于闹出丑闻或立即使弗、荣的关系产生裂痕。

荣格对米勒小姐的剧作还有以下的讲评："齐格琳虽然是他的亲生母亲，布伦希尔德却扮演了'精神上的母亲'。"读者勿忘施皮尔林曾说，荣格将是齐格飞的亲生父亲，弗洛伊德将是他的精神父亲。荣格指出："齐格飞之母的妹妹兼妻子身份，突显他具有荷鲁斯（Horus，埃及的太阳神，是兄妹神奥西里斯［Osiris］和伊西斯［Isis］所生之子）的特征，是再生的太阳神，是老去的太阳神的转世。少年的太阳是半神半人，是神与人相配所生的后代，但他们其实只是表达宇宙象征符号的媒介。所以精神母亲提供了保护，她让有孕在身的齐格琳在夜晚的海上往东方航行……"施皮尔林幻想生了儿子将可使弗、荣和好，可为心理分析开拓前途以及往东方的路（她后来在俄罗斯开设了一家精神分析诊所），其潜意识背景多少可以从这里看出来。荣格做梦的文化背景也可以从这儿看出一些。

原型脉络　荣格在《里比多》的导论中称赞弗洛伊德的《梦之解析》，并且说，读者只要：

让这本不寻常的书平静而无偏见地带动想象，就必会深深佩服弗洛伊德所说，有一种个人的冲突——他称之为乱伦的幻想——原在古代伟大的俄狄浦斯的传奇故事的根里埋着。这简单的一句话给人的印象可以这样形容：我们正置身一条现代都市大街的嘈杂匆忙之中，却突然看见某件古代遗迹——希腊石柱或碑铭的残片，这时我们会觉得有一股诡异的感觉袭来。前一刻我们还沉湎在那时当下的忙乱片刻之中，后一刻却有什么悠远奇怪的东西闪过脑际，把我们的目光带到另一个层次上。我们从当下的大团混乱转开，瞥见了历史更高层次的延续。我们突然记起，就在我们匆匆来去的这个地方，两千年前也有类似的生活与动作上演，只差在形态上稍有不同；同样的热情激动过以前的人类，他们也和我们一样自认生命独特；……我觉得，弗洛伊德论及俄狄浦斯传奇的地方正是这样。就在我们正被个人心灵反复无常的混乱印象弄得糊涂不明之际，突然从希腊戏剧最精华的俄狄浦斯悲剧中瞥见了简明与壮丽。我们的眼界如此一经开阔而获得了启示。

这段文字显然可与荣格的十字军武士梦参照，也指出荣格是从弗洛伊德这儿得到灵感才投入神话研究，对于人类经验的原型的兴趣也因而始终不减。荣格在这本书中用米勒小姐的幻想引路，带他穿过相似象征符号的大迷宫，走过"我们若想确立原型脉络意义就绝对必须越过的那些附加阐述"。但他承认："一旦这些相似的象征被厘清了，它们就占据一个大得惊人的空间，阐述个案史之所以如此难办，正是为这个缘故。但这是意料中事：愈往深处走，愈可见地基之宽广。"

这本书后来修订改名为《转化的象征》（*Symbols of Transformation*），荣格在1950年的再版本中坦承，他一直对这本书感到不满意："是我在医疗业务繁忙紧迫中以最快速度赶出来的，时间和方法都不能斟酌。我把找到的资料匆匆集在一起，连整理都来不及。我也没机会让想法慢慢成熟。整件事像山崩似地没法停下来。我后来才明白其中隐含的那份紧迫性。那是在弗洛伊德心理学的紧压的氛围与狭窄视角之中无处安身、无法呼吸的所有心灵意念爆发了。我无意诋毁弗洛伊德，也无意减损他探索个人心理方面的不凡成就。但我觉得他为心理现象筑构的框架窄得教人受不了。"因为他是急就章写成的,难怪许多读者觉得这本书不易懂。这印证了格言所说的:"不费力写的最难读。"

若要把梦放在原型的架构之中来讨论,首先必须熟知原型的象征意义。齐格飞之梦与荣格的大多数梦境一样,含有丰富的象征意义。此处篇幅不多(第十章有进一步详论),只能循序细看梦的每一部分:

"**我与一个我不认识的、棕色皮肤的野蛮人一起**":此人是初始的人,是我们每个人内在的那个两百万岁的人,是积极的暗示;换言之,是荣格生命尚未实现的自我潜能,是潜意识的创造力。

"**在一片孤寂崎岖的山野中**":孤寂是荣格生命中复现的主题,与弗洛伊德决裂意味着他又再度落单。("与弗洛伊德决裂后,我的朋友和旧识都渐渐离我而去。……但我已预料自己会被孤立,不会妄想这些所谓的朋友会有别种反应。这一点是我早已仔细考虑过的。")这片山野是施展雄心壮志的领域,是可高可低的地方。就这个梦而言,山是上演争胜行为戏码的恰当场景。

"**黎明将近,东边天际已经亮起来**":生命的另一阶段正展开。齐格飞吹响号角,宣布他将参与这新的一天。但他并不能如愿。他的鼎盛时期已经告终了,刚开端的新秩序里没有他的份儿。

"**在旭日的第一道光芒中**":自我的生命的另一个阶段;个体化过程中的新一章。

"**驾着用死人骨造的战车**":这令人想起荣格梦到的那个房子的地窖里有两个骷髅头,荣格认为它们代表人类的共同先祖(即集体潜意识)。

"**疾速冲下陡峻的斜坡**":齐格飞快速下坠,和初升的旭日相反,他在衰亡。这个意象可与荣格将后半生开端指为中年危机的说法相呼应（见第三章"文化脉络"析梦："正午钟响的那一刻起便是往下坠了。往下坠意指上午曾抱持的理想与价值观的逆转"）。荣格在开始固定实行"积极想象"后的第六天就做了这个梦。"我坐在书桌前……细想我的恐惧，然后把自己放掉。突然，我脚下的地面好像陷下去，我便坠入黑暗深处。"他天天这样做，并记录说明脑中有自动浮现的幻想。"为了捕捉幻想，我经常想象急剧的下坠。甚至有几次试图一直坠到底。第一次下坠，我降到大约一千尺的深度；第二次我降到宇宙深渊的边缘。那就像月球之旅，或像坠入虚无太空。起初出现火山口的形象，我觉得自己似乎到了阴间。那是幽冥世界的氛围。"后来他称这是"以潜意识作实验"。

"**他转弯**"：就在他转弯要进入生命的另一个阶段的那一刻，他被击倒在地。

"**满腹憎恶与悔恨**"：弗洛伊德一向认为荣格有弑父的罪恶感，有两次因为表露得特别明显，弗洛伊德都曾昏厥。

"**我撒腿就逃**"：恐惧之下自然反应的行为。

"**这谋杀的罪行被人发现**"：被谁发现？也许是原型的父亲、定律法的人、超我，或理性的象征者，这个人会追究凶手的责任。

"**下起倾盆暴雨**"：积极的灌溉行为，从天上（父）降雨到地上（母），从（男性）意识到（女性）潜意识。天降大水具有涤清与治疗的意义，也有创造生机的意义，把过去冲刷干净，也把罪恶痕迹消除，开启生命另一个充满发展可能的阶段。

"**我逃过了被人发现的危险**"：他犯了过却幸免受责，但"罪恶感还在"。这是激烈的手段，从那些言语不留余地的信中可以看出荣格自认必须做到多么绝。生活可以回到常态了，但罪恶感从此会跟着他。起初荣格以为这个梦呈现的是大战爆发前的1913年世界局势。"我以为齐格飞代表德国人想要达到的目的，大胆无畏地强行其所愿。'有志者事竟成！'我也曾想这样做。现在却不可能了。"荣格倒忘了，这也代表弗洛伊德想要做的——大胆无畏地强行其所愿，那也是不可能的事了。荣格终于在这个梦里牺牲了弗洛伊德原来的英雄角色模型，取而代之的是他自愿下坠到阴间。做了这个梦之后，"我内在涌现新的力量，使我能把潜意识的实验做完。"

总结以上，齐格飞这个形象之中压缩了多重意义：1.英雄式的导师——弗洛伊德；2.年少的太阳神，衰老的太阳神之子，"继位者"，"王储"；3.有力量化解两个男人歧见的一个超越的象征。齐格飞之死意味荣格终于把过去的一切搁诸脑后，投入他的发展，去发现自己的心理学事实。

我详细讨论这个梦，不只是因为它包含重要的历史意义，也因为**它证明一个梦竟有这么大的转化力量，不但能扭转人生方向，简直就是命运的至上利器。**

原型假说之兴起

我全心投入一个危险的工程，不只是为我自己。

——荣格

吉尔伽美什的史诗，维吉尔（Virgil，公元前70—前19）的《埃涅阿斯纪》（*Aeneid*），但丁的《神曲》（*Divine Comedy*），都有降到阴间（再回来）的主题。荣格从米勒小姐的案例中也发现"弃绝现世"的迹象（连带有里比多内倾与压抑的现象），随后又有"接纳现世"（连带有里比多外向现象，以及较成熟的适应事实的方式）。但是，最有意思的还是可与荣格"用潜意识作实验"相比拟的一件事：弗洛伊德曾经于1890年代精神崩溃，后来靠他的自我分析与弗里斯的密切交往把自己的病症治好，并且在自疗的过程中发现了精神分析的基本原理。

荣格在1913—1918年间经历的精神病态十分严重，几乎使他发疯。那期间，他像个小孩似地在庭院里玩耍，脑中响着说话声，走来走去和他幻想存在的人谈话，甚而有一次认为房子里挤满了幽灵。毕竟，天生我材必有用，他把这次劫难视为在他身上的一桩实验。精神病医生自己精神崩溃，岂不是作研究的大好机会！他可以探索自己的亲身经历，再用来帮助病人。"我全心投入一个危险的工程，不只是为我自己，也为我的病人。这个意念帮我度过了好几次严重的状况。……我自己身为精神分析医师，却在实验的每一步骤中遭遇和精神失常与疯狂本质相同的素材，确实是一大讽刺。就是潜意识储存的这些意象在扰乱精神有病的人。但这也是已经从我们这理性的时代消逝的创造神话的想象基质。"

荣格借潜意识实验证明的乃是他先前从病人身上已经观察到的现象：个人心灵是建立在人类心灵的集体基质之上的。

从这共同的基质产生而出现在幻想、梦、神话、精神病幻觉之中的意象，起初荣格称之为"初始意象"（1912），然后改称"优势性状"（1917），最后才称为"原型"（1919）。各种原型集体组成"人类的原始遗产"。按荣格的描述，集体潜意识的内容是从人类过往历史产生的"初始意象"。如此一来，他就难免被扣上拉马克主义（Lamarckism）的帽子，因为他等于承认个人后天经验形成的特征可以遗传给后代。一直等到1946年，荣格明确区分了深沉潜在而不可知的原型，以及从原型本身产生的原型式意象、意念、行为，才算完全甩掉了这个帽子。原型本身（产生某些意象或经验的倾向）是遗传的，经验则不是。

原型与生物学

> 原型的这个面向，这纯粹生物学的层面，乃是科学心理学名正言顺的领域。
>
> ——荣格

荣格的这个想法有大半个世纪的时间是被拒在学院心理学家的大门之外的。学院里面遵从的是与行为主义和学习理论密切相连的前达尔文"白板"说（tabula rasa，白板指人出生时未受外界或自身经验影响的纯净空白状态）。我曾在《原型：本我的自然史》（*Archetype: A Natural History of the Self*, 1982）之中驳斥这种立场，肯定原型与集体潜意识的假说。我根据比较新兴的生物科学——动物行为学——的研究指出，集体潜意识包含的全套固有适应技能（原型）都是特别设计的，在环境有变数之时启动，负责带领个人逐步走过人的生命起伏。

继我之后又有一群观念革新的心理学家和认知科学家采取相同的立场。他们认为动物的"生活史"是凭其"适应策略"而完成的，有了好策略才能够在资源竞争中获胜，从而度完其寿命。他们也大谈"达尔文式计算系统"（Darwinian algorithms），这是"特殊化的学习机能，此种机能会把经验编组成为具有生存适应意义的图式（shema）或架构"。因为这些计算系统与远古环境中的繁殖有关，所以和原型一样是历经自然淘汰过来的。每种计算系统各有特定的功能"范围"，如选择配偶、分配资源给子女与血亲、躲避掠食者、选择居处、学习使用语言等。

不论称这些为心理适应原型或计算系统，认知科学和原型心理学都认为这些是固有的臆断，假定某些典型的身份（如母亲、子女、伴侣、闯入者）与物相（水、避难安居处所、可食用的东西）是在群居与生态环境中遇上的。当然，这些臆断（以及幻想成真的情景）都是我们梦中的常客。

动物行为学观点的进化理论在 20 世纪中叶开始受到注意，首先问世的是丁伯根（Niko Tinbergen，1907—1988）所著的《本能之研究》(*The Study of Instincts*, 1951)。书中指出，每种动物会有多少行为，取决于进化过程在其中枢神经系统中形成的构造。丁伯根称这些构造为"先天释放机制"（innate releasing mechanism，简称 IRM）。每个 IRM 都作好准备，环境中只要出现适当的刺激——即符号刺激（sign stimulus），就活动起来。这种刺激出现，先天的机制释放开来，动物就以典型的行为模式反应，这行为模式是在进化适应中形成的。我们若将人类适应弹性更大的条件列入考量，丁伯根的论点就与荣格所说的原型之本质十分相近了。

首先试将这个概念应用到心理学上且应用成功的，是英国心理分析专家兼精神科医师鲍尔比，也就是曾在本书开头所述的梦中出现的那一位。鲍尔比说：雌绿头鸭一见雄鸭的美丽绿头就心动，母羊舔去小羊的胎膜的同时就对小羊产生怜爱，同理，人类母亲初见婴儿的无助之状以及婴儿对她之需要，就会涌起关爱。这些反应模式（鲍尔比的用语是"行为系统"）都是生来就有的，不需要用拉马克主义来解释其原委。

与原型论并行的类似观念

> 原型种类之多，多如生活中的各种状况。
>
> ——荣格

原型假说重要到什么程度，可以从已出现的各式版本之多看出来。如果要以自称是首创某概念的人的数目来算这概念的重要性，原型假说一定就是 20 世纪最重要的概念之一了。以下表中各项是影响力较广的一些可与荣格原型论对照比较的观点：

表一：与荣格原型论相比拟的观点

动物行为学	丁伯根	先天释放机制
心理学	鲍尔比	行为系统
人类学	列维·斯特劳斯	列维·斯特劳斯
语言学	乔姆斯基（Noam Chomsky, 1928— ）	深层结构
社会生物学	威尔逊（E. O. Wilson, 1929— ）	基因遗传反应的策略，胚胎渐成原则
精神病学	吉尔伯特（Paul Gilbert）	心理反应模式
	加德纳（Russell Gardner）	神经结构异种同源
认知科学	高斯	达尔文主义计算系统

列维·斯特劳斯与法国的结构人类学派人士认为，人类的一切习俗制度都可以溯源到潜意识的基础结构。心理语言学专家则指出，各种语言的文法虽然各不相同，其基本形式——乔姆斯基称之为"深层结构"（deep Structures）——却是普世共通的（在神经心理的最深层结构之中存在着所有文法据为基础的共同的〔或原型的〕文法）。

社会生物学的立论原则是：所有群居物种——包括人类——的典型行为模式是由基因遗传决定的，这套预定的反应策略乃是针对各个物种在进化过程中发挥最大适应能力而设计的。社会生物学的另一主张是：物种成员的个别发展是循胚胎渐成原则（epigenetic rules）进行的。

吉尔伯特所说的心理反应模式（psychobiological response

patterns）与加德纳所说的深层同源神经结构（deeply homologous neural structrues），都是精神病学从动物行为学着眼的比较晚近的研究方向。二人所说的原则和模式，足以决定个别病人面对社会环境发生变迁之时能否健康地调适。这些概念，都可与早几十年几乎无人理会的荣格原型论搭配。

心理学的"量子论"

> 各式原型是重大的决定力量，是它们导致真实发生的事，而不是我们推理与实践的智能。……原型的意象左右了人的命运。
>
> —— 荣格

荣格此话的要点是：我们一出生就带来全套的原型潜能，我们的梦以及一切方面都深受这原型潜能的影响。集体潜意识的各种原型要担当导引并控制人类生命过程的重任——出生、受母亲照顾、探索环境、提防陌生人、与同侪嬉戏、成为社群成人一员、确立在社会阶层中的地位、与其他男性合力狩猎并与他人团体敌对、求偶、成婚、生育子女、参与宗教仪式、承担长者的社会职责、为面对死亡作准备。所以荣格有一句名言说：**每个个体生命最终也是整个物种的永恒生命。**

各个文化都有许多证据可支持这个论点，默多克（George Murdock，1897—1985）与福克斯（Robin Fox）先后于1945年和1975年将人类文化的典型特征分类，列出两性关系、宗教仪式、治病方法、解梦、拥有财产、制作工具与武器、问候致意的礼节、待客之道、社会地位尊卑、合作行为等包含的多样不同的规则与行为。按荣格的看法，这些统一的模式都证明原型在发生作用。换言之，我们的一生不是如弗洛伊德所说完全由个人经历决定，而是同时也受隐含在集体潜意识里的全人类经历的影响。

荣格的论点其实就是可供建构心理学这门科学的一个基础概念。它的潜在重要性不输物理学之中的量子论。**荣格认为，正如物理学家要研究粒子与波长，生物学家要研究遗传基因，心理学家也应该以研究集体潜意识和其中的功能单元为本分**，这是"我们人人相同的心灵构造"，形成了"人类的古老遗产"。梦的功能就是要将这"古老遗产"整合到做梦者个人的生命之中。

生命的原型阶段

> 汝为女子，汝为男子。
> 汝亦为少年与少女，
> 汝如老者扶杖蹒跚，
> 汝既降生必面临诸方。
> ——《湿婆多史弗陀罗奥义书》(Shvetashvatara Upanishad)

我们每夜入梦都在从事一种生物史的仪式，我们个人的生活经验借这个仪式而被"外在的"全人类的经验渗透。我们该如何解释这种不寻常的过程？按荣格的说法，原型自身满载能量，有各自的目标程式，在心灵中（形诸意象、象征符号、神话）、人格中（形诸情结）、外在事实中（形诸行为）将目标完成。原型借此实现生存的生物性目标，一切适于生存的条件、适应环境、成长，荣格把这些目标都用一个心理学术语总括之——个体化（individuation，任何生物——不论构造多么简单或复杂——变成其生长之初注定要变成的模样，此种生物过程即是"个体化"）。

我们从摇篮一路走到坟墓，按照各自的独特行进模式。每个阶段都是设定的，由一组原型规定的必要需求中介促成。每组规定对于环境都有一定的要求，假如环境不能满足要求，个人的发展就会遭受我所谓的"原型意图之受挫"。梦的作用即是整理这不顺遂，动员原型资源来克服挫折。荣格是这么说的：

> 按我们的思考方式看，世事虽然多变得难测，其变动的样式却不会超出本来一定的限度，大约总是以典型的模式一再重复。潜意识的原型结构与事态发展动向是相当的。一个人遭遇的改变不会是无限多样的，那都是一些典型事态的变奏，样式是有限的。所以，每当恼人的情况出现，相关的原型就会在潜意识之中集结（形成情意结）。由于原型是"令人敬畏的"（numinous）——有特定能量的，会把意识的内涵牵引过来，有意识的概念便使原型成为可觉察的，从而可被意识付诸实行。

原型的集结作用

诸位，要学习做梦。

——克库勒（Friedrich Kekulé，1829—1996）

克库勒为了要解开苯的分子结构这个关键疑问，经年累月埋首研究仍找不着答案，灰心得几乎要发狂。结果却在 1865 年做了一个醒梦（将睡之前似醒非醒的经验），梦中看见碳原子和氢原子串成一个圆圈，好似一条蛇咬着自己的尾巴之状，呈现的是古代的首尾相连之蛇（uroboros）的符号。他猛然惊醒，据他自己说，"就像被闪电击中似的"。他立即明白过来，苯的分子必是六个碳原子相连成一个环。如此一来，当时已知的有机化学事实变得一目了然，近代的构造理论的基础也于是奠定。克库勒在一项科学会议中报告这次发现经过，他说："诸位，我们要学习做梦，然后我们也许会发现真理。"

我在为这本书拟大纲的期间，也有一次有趣却不寻常的原型群集的经验。那天傍晚我出席了一个紧张且具有破坏力的会议——我们精神分析业界似乎每隔一阵子就要来上一次。会后我因为把自己的立场处理得不妥当而沮丧，带着气馁的心情就寝。结果我梦到自己从一所教堂的大厅走出来，这大厅颇像当天开会的会场。我逝世多年的父亲迎面走来，向我周围的人说："这是我儿子，他是我喜悦的。"我醒来时心中既感动又安慰。我个人的父亲在梦中对我说了话，用的却是原型父亲（上帝）的言语。换言之，这是个疗伤的梦，我的沮丧心情集结了父亲情结，产生了补偿作用，使我睡醒后能面对第二天。这个梦也告诉我，前晚的不愉快经验使我好似受了某种"洗礼"，但我不可自认从此就脱胎换骨了。

发现综合情结

民间传说的妖精夜晚来扰得家宅不宁。

——荣格

荣格在苏黎世的布尔戈兹里医院工作期间，因研究字词联想（word-association）的测试而首创了 complex（情结）这个用语。这个测试本来是高尔顿（Francis Galton，1822—1911）设计的，方法是将一连串的字词念给受试者听，受试者每听一个字词，就把脑中浮现的第一个字词说出来。按高尔顿的发现，受试者反应的字词全都是刺激的字词引起的意念、感觉、记忆的联想未经思索的表达。荣格按高尔顿的方式经验，发现这些意念、感觉、记忆会组成一群群动态的"有情感基调的情结"。他便将这些发现与"分裂的人格"作比较。

多重人格自古就是引起人们兴趣的研究题目。古代人认为这是有魔鬼或亡灵附身所致，甚至到现代，此种症状仍是交给驱魔赶鬼的人处理。荣格在巴黎曾经师事的雅内将"同时并存的心理状态"指为与"潜意识的固定意念"相关。按荣格的看法，多重人格与他从字词联想实验中发现的情结综合是一模一样的。后来终于推断，**集体潜意识虽是各式原型组成的，个人的潜意识却是情结综合成的，情结能发挥潜在人格的功能，在梦与幻想里"扮演"角色**。荣格记得，雅内曾经证实："每个片断人格有其特有的个性与各自的记忆。这些片断彼此各行其是，而且随时可以取他者而代之，可见每个片断有相当高的自主性。我在情结方面的发现确证此种心理分裂的可能性。因为，基本上，人格片断和情结的原则并无不同。"

"情结"很快就通行于德语和英语之中。荣格于1934年检讨情结理论时表示："如今无人不知人人'拥有情结'。理论上更具重要性的事却不这么普遍为人所知，那就是：情结可以拥有我们。"荣格和弗洛伊德都一再提醒读者，**情结是不受意志支配的，能在我们不知不觉中左右我们的意识**。荣格指出：

　　活动的情结会使我们暂时受束缚，处于强迫思维和行为的状况。

　　此种状况只有一个法律名词适用：精神耗弱而不能负刑事全责。……情结会教你说偏不该说的话，让你在正要介绍某人时把他的名字忘掉，在音乐会上钢琴演奏者弹出最轻柔音符的那一刻令你喉咙发痒，它教蹑手蹑脚的迟到者踢中椅子发出巨响。……它们是我们梦境中的演员。……愈往其本质深处看——不妨说往其生物层面看，就愈能看出其中的碎片心灵（splinter psyches）的特征。梦的心理学显示得再清楚不过，如果施予压抑的意识不在，情结就会化成人形，正如民间传说的妖精夜晚来扰得家宅不宁。各种情结"吵闹"起来，以具有个别性格的"说话声音"出现在某些精神病人身上之时，我们也会看到这种现象。

许多人以为情结基本上是病态的，其实不然。神经质的心理和精神错乱的心理有情结存在，健康的心理也有。荣格说得很清楚，各种情结是组成个人心理的多种功能单元。换言之，情结就是在心灵中付诸实现的原型。

从原型到情结："出头的典范"

> 假如我的分析不错，巫师逻辑的两大原则其实只是意念联结的两种不同的误用。顺势疗法的魔力来自按相似性进行的意念联结；感染魔力来自按时近性进行的意念联结。
> ——弗雷泽（J. G. Frazer, 1854—1941）

上述的"付诸实现"是怎样的一个过程呢？荣格认为，情结是按19世纪末学院心理学家所说"意念联结律"而形成的。联结律包含相似律（law of similarity）与时近律（law of contiguity），只要能同时符合二律，正常情结便形成。我们姑且以母亲原型为例来说明。前文说过，荣格认为小孩子的心智配备很能适应他降生的这个世界（弗洛伊德并不这么认为）。鲍尔比与其工作同僚也已证实，小孩子觉知体验母亲关爱需要用到的神经生理构造，以及与供给关爱者（多半为母亲）互动必需的一套行为，都是因为有先天的"行为系统"（母亲原型）在发生作用而逐渐成熟的。荣格说过，母亲原型是个人逐步发展的母亲情结的主要起点。起初原型本身是无意识的；随着孩子在母亲身边成长，母亲原型预先决定的这些行为、感情、知觉都一一"释放"出来，同时，孩子心理内在的母亲情结，以及在外界事实中母子互动行为的协调，也一并发展。按此，小孩在成长初期觉察其个人母亲具备与母性原型固有期望"相似"的母性特质，而且有"时近性"（时时在身旁），正常的母亲情结便可形成。反之，如果不能充分符合相似律和时近律的要求，例如，母亲的母性行为有重要缺失，或母亲长期缺席，就会形成病态的母亲情结。父亲情结发展的情况亦然。

所以，**情结是个人心灵（个体发展）与集体心灵（物种发展）之间的桥梁**，是原型提供的物种发展"骨架"之上覆盖的个体发展的"肉"。病态的情结必然与原型潜能被抹煞或不能实现有关，这种情结往往导致终生追寻可取代父亲或母亲的人，以便这些被辜负的潜能制造出来的渴望经由这些人得到满足。童年时期未得到父母充分关爱的人，通常会在梦中遇见以前未被发现的父母亲。

多重人格虽然是比较少见的临床案例，若说我们在梦境和幻想中都是多重人格，却是实在话。我们没有一个人是统一体，人人都是一个群众。这群众人格都是固有的禀性凭经验互动下的产物，我们每晚做梦都会遇见这群众中的一些分子。

荣格的情结理论再度证明他的想法经得起时间考验。吉尔伯特在《人性与苦难》（*Human Nature and Suffering*，1989）之中回顾精神医学应用进化论概念的发展，发现"结果出头的典范是：人类心智为混合各种特定功用的处理能力、智能、才华的零碎组合结构"。它们彼此"分隔"，"由经验塑造成为感情的模式与认知的模式"。吉尔伯特指出:"激发感情的程度愈高,愈难用逻辑推理。"

　　吉尔伯特所指的自然是荣格说的情结,和雅内说的会在梦里扮演角色的潜意识固定观念。说到激发的"感情模式"会使理性无用武之地,也令我们想起荣格的妙语:**不是我们有情结,是情结有我们**。现在各家理论渐渐一致同意,心智大脑是由具有不同特定功能的单元组成的,奥恩斯泰因(R. Ornstein)名之为"小心智"(small minds),福多尔(J. A. Fodor)称之为"模"(modules),加德纳用的名称是"特殊智能"(special intelligences),都呼应荣格所创的情结概念。

原型,情结,梦

> 通往潜意识的捷径并不如弗洛伊德所想是梦,而是情结。情结即是梦与症状的工程师。
>
> ——荣格

　　原型与情结之类的概念怎能帮我们了解梦呢?我们来举例说明。

　　曾有一位三十出头的、漂亮且有艺术才华的女士,因为与伴侣相处有问题来向我咨询。这位伴侣是与她同龄的女子,两人已同居三年,但关系逐渐紧绷。我这位病人不明白其中缘故,也担心这会导致两人分手。第一次就诊时她叙述了以下的梦:

> 我坐在厨房桌旁等着吃饭。我以前的老师戴里小姐正在用一只大钵在煮着什么东西。我说我饿了,问她还要多久才煮好。她叹气说她已经尽量快了,要我学习耐着性子。我觉得这话伤了我,心里很气,却没说什么。她随即从炉边转过身,把煮钵拿到

桌前。她把钵放在垫子上的时候，我注意到钵上有一些古老的、相当原始式的装饰。她掀起盖子，厨房里弥漫着怡人的香味。然后她笑着对我说："只要肯等，必能遂愿。"

这位做梦者的童年很不快乐，三岁时父母便离异。母亲虽和蔼却很自私，不曾给她母爱。六岁时她便进了寄宿学校，戴里老师对她很好，成为她最敬爱的老师，并且成为她十四岁时迷恋的对象。她在中学和大学里，以及出了校门以后，有过几次激烈的同性恋情，但每次恋爱都是几个月就结束。她自己坦承，对方总说她："要求太苛了。"

她的问题（以及解决之道）都在上述的梦中概念化了。她迫不及待要得到滋养，一位比她年长的和善女子未能立刻满足她的要求，她就觉得受了伤而生气。这是她童年时期与母亲之间关系的重演。每次她与女性有亲密的关系，她的母亲情结就再度启动。因为她追求母亲爱哺的需求太强，愿望不能立刻满足时她又深感受伤，以致把本来可能满足她的人逼走了。她在追寻的是一位能体现母亲原型的女性，从而修复她那有缺陷的母亲情结。梦中那散发可口香味的古老煮钵即是能滋育子女的母亲原型的象征。按我的分析，她必须正视自己心中这种需求，肩负起责任，"学习耐着性子"，才不至于要求伴侣超出对方所能付出的。

一个梦就把做梦者心理活动的问题交代清楚，是成绩斐然的，但并不罕见。正是基于这个原因，许多心理分析医师特别重视最初的梦——通常是病人第一次就诊的前一晚做的梦。我根据多年工作经验确知，**梦境不但能评估做梦者遭遇的难题，而且能提供解决的办法**。上述的梦只是例子之一，其他实例将于第八、第十章讨论。

做梦的目的：个体化与意识

潜意识包含了意识缺少的一切。

—— 荣格

个体的生命凭借做梦而与整个物种的生命紧密结合。做梦的目的在于促进适应、生长、意识。意识为什么是必要的？我们没有它不能正常运作吗？假如我们真的如认知科学家期望那样成为电脑，结果会如何？假如我们只是精密的机器人，按着程式设定的样子生活而不自知在生活，那样的处境会不如我们现在吗？按生物学观点看，答案是：会不如现在。

意识进化是有重要原因的：使有意识的个体在淘汰过程中占到优势。因此故，像人类和海豚这样有高度意识力的动物，就比蜥蜴和螃蟹等意识弱的动物占优势。**意识使生命个体能监控环境中的状况，知道发生的事情的性质，领会其中的意义**。就好像创造万物到第六天的上帝，我们看到周遭发生的一切，知道都甚好 —— 或不好。按圣奥古斯丁所说：**我们既存在，也知道自己存在，并且为存在与自知存在而喜悦**。

心灵虽然有丰富的精神层面，却是生物演化的成果，它和个体化的原理一样，是生物性"愿望"的体现。（生命体变成其生长之初注定要变成的模样，此一过程即是个体化。）人类的个体化注定要有意识，此乃是自然界的安排。

但是意识有程度上的不同，不但不同的物种会有不同程度的意识，同一物种的个体之间也有差别，甚至个体自身也有。荣格认为，我们是否把梦当一回事，能否因留意梦而使潜意识的变为意识的，都影响意识灵敏的程度。我们借着研究理解梦境，可以"创造灵魂"，可以对全面的处境"觉醒"，"变得有意识"，达到"完整境界"。面对意识科学的研究发现，荣格这种论点如何自处呢？堪称这个领域举足轻重人物的艾德曼认为，意识是因为有无数相互连接的神经细胞群在大合奏而产生的。人的大脑包含的个别成分至少有两百亿个，每一个都在发出讯息，速度约在每秒钟一百至三百个讯号不等。按亨特描述："我们的大脑心智之中有两百亿公民，每个至少都有一次同时和至少一万个在交谈，频繁度是至少每秒一百次。既有这么庞大的一群讲个没完的人在那儿，我简直想不透这个系统怎会没有自己的知觉，也想不透它怎会有。……做梦的睡眠中活动之多并不亚于醒着的时候。换言之，人做梦时这系统是在自言自语。"他也用了音乐的比喻："我们脑袋里这个银河系演奏的'天体之音'即是意识。意识即是数以百亿计活动中的细胞持续的主观知觉，这些活动以每秒许多次的速度进行，瞬间与数以万计的邻居往来沟通。"（以上摘自亨特著《梦之多样：记忆、想象、意识》[*The Multiplicity of Dreams*：*Memory*，*Imagination and Consciousness*，1989]）难怪许多人说，我们大多数人一生之中只用了潜能的极小一部分。

　　亨特所说的意识综合结构与普里布拉姆（Karl Pribram）构想的大脑形态相似。普里布拉姆认为，一有状况，不同的感觉体（modalities）就立即予以"接收"，以便构成一幅交叉知觉模式的"全息图"。亨特则说，视觉、嗅觉、触觉、动觉（肌肉等的运动感觉）的感觉能力和知觉对象，都在不断地汇集，彼此相互影响，融合再融合，如此而形成意识。心智乃是"一个复杂的联觉（synesthesia）"，按亨特指出，这个观念源于亚里士多德所说的 census communis（多种不同知觉的共同内在知觉）。亚里士多德认为这共同内在知觉的位置在心脏，自觉、意象、梦都由此而生。18世纪英国的散文家艾迪生（Joseph Addison）与黑兹利特（William Hazlitt）承袭这个观念，认为知觉的多重互动导致"完整印象"产生，这个印象大于知觉互动的总和。意识本身为"完形"（Gestalt）的论点也许是从这儿开始的。

有意思的是，亨特为了阐述自己的观点，也求诸神话，引用了埃及玉米神奥西里斯被其兄弟邪神塞特（Set）残害的典故。奥西里斯是最漂亮的神话人物之一，象征一切欣欣向荣的生机与大自然的生生不息。由于他教导人类种植谷物和葡萄，制作面包和酒，建造市集、城镇、神庙，所以也代表人类从狩猎采集转为务农的进步。他的种种功业不是借暴力完成的，而是借着温柔教诲、唱歌、奏乐器，以及以身作则成就的。然而，他却被阴谋篡位的塞特害死了。塞特把他放在钉死的木箱里，把箱子扔进尼罗河。河水将木箱冲到海中，流经腓尼基海岸的毕伯洛斯，在一棵柽柳树脚下停住。

伊西斯（奥西里斯的妻子与妹妹）得知此事，就到腓尼基来收尸。她把尸体藏在尼罗河三角洲的沼泽中，以瞒过塞特。一天晚上，塞特在月色中打猎时发现了尸首。他便用刀子把尸体切成十四块，分别丢在相距很远的地方。伊西斯也不罢休，又把尸块一一找回来，但独缺阴茎。她把尸体拼回原状，做了历史上首创的防腐处理，使奥西里斯恢复不朽。阴茎则是用一根巨柱代替，象征永不衰退的繁殖力。

奥西里斯是地位极重要的神，象征死亡与重生的意义，代表玉米、葡萄、树木的新生。因为他是死亡之神，膜拜者最多，信徒寄望死后到极乐世界享永生，受公正仁慈的王治理。基督教神话的某些重要部分也是脱胎自奥西里斯神话的。如奥西里斯暂时困在箱子里、他与树的关系、他能担保永生，可以与耶稣困在墓穴中而后复活、十字架受苦、升入天堂相互呼应。**出生、化身、再生都是原型的观念，所以在人类的故事中一直不断出现。**

按亨特的解释，塞特代表醒着的意识的认知功能，是"人工智能中轻易仿造成的一切"。奥西里斯却代表生殖力与创造力，他是冥界与永恒复活的神。"他的身体被切割后四散丢弃，却被妹妹伊西斯组合回原状而恢复生命，把繁殖力和更新力带进创造与想象的夜之世界。没有交叉知觉意识的创造性综合，心智就如同被分尸的奥西里斯，分离的模件和框架不听意志支配而各自孤立。活跃的做梦行为正是凭着整合知觉的各个分支而释出体会意义之感，这从来就是创造力悟性（与生活）的标记。"

亨特的想法大致与荣格一致：**心灵是多样的人格部分组合成的，个体化的过程便是为了将分置的人格部分组合成完整状态**。阿尼玛（伊西斯）乃是负责使潜意识与意识相连的中介，必须有她从中撮合。

埃及的奥西里斯与塞特的神话，苏美尔人的吉尔伽美什与安奇度的史诗，都为每晚我们脑中发生的事提供象征。奥西里斯的神话也是自文明兴起以来的人类历史的寓言。奥西里斯是人类的典范，既代表人类，也代表整个原型的"本我"。塞特呈现的却是男性自我那不甚好看的形象，贪欲与坏心唆使他去谋篡奥西里斯的职权。西方世界过去四百年的文明发展中，奥西里斯一直在其集体潜意识的深处沉睡，塞特却在集体的意识中声威日盛。塞特与奥西里斯迥然不同，他无暇理会自然界的生命循环，为自我中心的眼前需求而颠覆一切，毫不关心生态与未来。**我们把环境破坏成这样，正是我们自处的方式直接造成的后果**。用心理学的术语讲，塞特代表自私的自我（ego），处处与无私的"本我"（Self）作对。荣格说得一针见血："**这世界只有一点不对，那就是人。**"

曾有一位务农的青年告诉我这样一个梦：他的叔父用一把剑砍死他父亲，然后把尸体埋在不会被别人发现的地方。我用奥西里斯的神话来说明这个梦，因为真实生活中他父亲和叔父的确有争执。父亲主张实行比较不合乎经济效益的"有机"农耕方法，叔父却主张用化肥和新近的科技。青年农夫按原型架构理解了梦境，从而转换了他因为父叔冲突而产生的愤怒不安。他找到走出死胡同之路，也能以客观态度超越父叔的两极化立场。这个例子显示，做梦者看出自己的心灵剧目乃是全世界都在上演的剧目的一部分。这种领悟使他更有把握解决问题。换言之，梦强化了他对整个情势的自觉。这便是把梦按原型放大的要旨所在。其作用是要增进梦运作的功能，从而促进个人成长、个体化以及意识之发展。

第六章

梦的运作

> 创造的想象是我们能理解的唯一原始现象,是真正供心灵驰骋的领域,是唯一的直观真实。
>
> ——荣格

心理学有一个困境是其他科学都没有的:我们必须用我们正在研究的系统来进行我们正在作的系统研究;我们要探索心灵所能使用的唯一仪器就是心灵。我们自己就是想要解开的谜。探索原型尤其困难,因为这是主观上无从知晓的,只能从客观的现象——全世界孩童皆在做的游戏,成年人的典型行为模式、语言的基本句法、梦——来作推断。

沃尔特(Sally Walters)曾经提出一个有趣的问题:假如原型结构在人类进化上的意义这么重要,假如原型提供个人在祖先环境中生存的主要心理适应作用,其功能为什么是潜意识的?沃尔特认为,原因一定在于"大脑里面的'运作空间'只有那么大"。始祖人类的大脑如果挤入太多资讯而导致思想零乱而不连贯，就无法正常活动、生存、繁衍后代。原型作用功能在人类未进化出现之前早就变成潜意识了，可能早在一亿三千万年前，单孔目动物进化成为哺乳动物，在快速眼动睡眠发生的同时。

本章讨论的原型现象，都是做梦行为之中与语言、诗、说故事、症状结构、魔法、仪式、游戏等活动有相似之处的方面。这些相似状况都有助于了解梦的含义与目的，发现梦是如何创造的，并且从探讨梦境中受益。

心灵二元论：梦与语言

> 你得把你的双重生命增加许多倍，使你的复杂性更加复杂。你非但不能缩窄你的世界，不能简化你的灵魂，反而要在你最后结束而休止之前把全世界收进你的灵魂，不论代价为何。
>
> —— 黑塞（Hermann Hesse，1877—1962）
>
> 《荒原狼》（Steppenwolf）

梦之谜总离不开的一些问题是：梦是从哪儿来的？什么东西创造了梦？梦的意义何在？在梦里（在言语中亦然），模糊不明的意念能够以确凿实际的形态——意象和字词——出现。做梦与说话有一点不同：我们会说出什么话来，自己多少还可控制，对于梦些什么却几乎或根本无从控制。但梦和言语都是将意念诉诸知觉的表现，意念本身是无形无声的，却可借意象和声音变成看得见、听得到。

心理学和神经学同样必须回答的重要问题是：本来这么隐蔽而私密的事怎会变得明显而公开？各家学说都用自己的术语把这种质

变概念化：隐性内容变成显性内容（弗洛伊德），原型本身变成原型的意象（荣格），先天释放机制（IRM）形诸行为模式（丁伯根），深层结构借表层结构——即言语——表达（乔姆斯基）。每家说法都指出某种基本结构，以及按一定规则发生作用而产生表面现象的活动过程。

正是因为做梦和说话都必须牵动心脑的基础结构，这两种行为都成为人们积极研究的课题。两者都是不可或缺的沟通形式——自我与自己在梦中（睡觉时）沟通，与他人在言语中（醒时）沟通。

梦的言语当然采用修辞学家界定的格式，除了隐喻和拟人化之外，也常用到明喻（以两物作比较）和夸张法。隐喻是直接将一物当作另一物的比喻法，如："他是藏在草里的蛇；她是毅力之柱。"梦的隐喻意象会格外突显被比的两者共同的特征。例如，我梦到一位好吹嘘而刚愎自用的同事趾高气扬地走来走去，又在一堆牛粪上作啄食状。他的颈部有公鸡般的肉垂。我醒后思索这个梦，看出我对这位同事的反感有多么深。他自以为是这个领域里的头头儿，神气活现地守着他自己的粪堆，我却恨不得扭断他的脖子！隐喻包含的情感与认知分量都比只有字面意义的说法来得强，我们想要申明一个要点的时候就会用到隐喻，自我在梦中用它大概也是为这个缘故。我们只需把梦看成一种隐喻，往往就能掌握梦的含义。

心灵一旦开始思索某事，就自然会从整体之中挑出不一样的各个部分。最常见的区分法是挑出相对且通常有互补性质者，如热与冷、左与右、和平与战争。心理语言学的研究方法也不例外，除了将语言（为稳定而属集体共用的系统）与言语（个人将集体语言作独特的表达）区分清楚之外，还有隐喻和转喻（metonymy）之分。转喻意指将字词作绵延连串而构成语句，隐喻式联想可能以相同的字根为原则——如 *carn*-ation（肉红色）、*carn*-al（肉欲的）、*carn*-age（大屠杀）、rein-*carn*-ation（转世），或以类比为原则——如 carnation（康乃馨）、flower（花）、violet（紫罗兰），或取其音色之相似。后文详论梦的例子中便可明显看出。

语言与言语有别的观点是各家均赞同的。如乔姆斯基的语言能力（linguistic competence，指语言）与语言表现（linguistic performance，指言语）之分；沃夫（Benjamin Lee Whorf，1897—1941）的隐秘型（crytotype，语言意义的深层结构）与表现型（phenotype，转喻用语的字面意义）之分。库格勒（Paul Kugler）在其精彩著作《谈话的魔力》（*The Alchemy of Discourse*，1982）中曾指出，沃夫的隐秘型与荣格的原型相似，也与列维·斯特劳斯的"基础结构"和拉康（J. Lacan）的象征法则（Symbolic Laws）相似。

库格勒认为，诸如此类的划分证明人类心理本来就需要两种互补的语言格式，借以表现个人内在的不同人格。按他的说法，可分为转喻的与隐喻的，理性的与非理性的，逻辑的与神话的，自我的与灵魂的。他进而比较荣格在《转化的象征》之中所说的主观心理状态（subjective psyche）与客观心理状态（objective psyche）之分，定向思考与幻想思考之分，以及在《回忆·梦·省思》之中所说的一号人格与二号人格之分。弗洛伊德也作过相似的功能区分，以"初级过程"指借着梦、症状结构、移情作的隐喻表达，以"次级过程"指借自我的理性逻辑与语法传递的事实。库格勒发现，弗洛伊德的心理治疗法包括把灵魂的隐喻言语作阐述式的翻译，译成自我的转喻语言。（所谓"本我走到哪儿，自我也跟着来"。）至于荣格的治疗法，是谨守隐喻模式的。因为荣格认为，潜意识的语言既不是原始形态的也不是幼稚期的，而是代表自然本质的。

另有其他的二分论点，参考表二。

表二：心灵二元论：认知功能的两种模式

库格勒	转喻言语 逻辑式思考	隐喻言语 神话式思考
荣格	主观心理状态 定向思考 一号人格	客观心理状态 幻想思考 二号人格
弗洛伊德	次级过程 理性思考	初级过程 非理性思考
朗格	推论的符号体系 说明的符号体系	非推论的符号体系 表演的符号体系
戴克曼	主动的模式	接受的模式
大脑	左脑半球	右脑半球

朗格二分的推论的（discursive）或说明的（representational）符号体系是指语文与数学而言，其意义存在于指明的文字和符号之中。非推论的（non-discursive）或表演的（presentational）符号体系是指表现艺术与梦而言，其意义存在于媒介物呈现的特质。

戴克曼（Arthur Deikman）的"接受的模式"乃是中介作用的特性，"主动的模式"则是行使意志与使用语言时表现的特征。以上以及其他二元区分的论点，都与大脑的左右半球区分相关，左脑与转喻的、推论的符号体系有关联，右脑与隐喻的、非推论的符号体系相关。

必须注意的是，转喻的表述是定向的、推论的思考，多半只有一个明确的意义。隐喻的表述——梦、艺术呈现的意义——却必然是有多重含义的。因此，一个梦可以作多样的解释，不可能有哪一种解

第六章　梦的运作

释是"确实无误"的。

库格勒急于确立他所说的"原型语言学"（archetypal linguistics），这乃是"属于隐喻模式的语言学"，探讨的是"诗的想象所用的语言"。他曾郑重宣示："原型语言学是研究灵魂的言语。"不谈宗教的读者看到库格勒用"灵魂"一词，也许想敬而远之。其实若把宗教意味剔除，"灵魂"是很好用的心理学术语，因为它可以包含超越的、超自然的、永恒的、种系发展的意思，甚至可以代表全套心灵运转的配备。

弗洛伊德本人对字词及其联想之中的象征含义都特别感兴趣，但他并不认为这些都是以原型为基础的。以下这个梦的解析便可证明他的这项兴趣。做梦者是弗洛伊德的一位女病人，为节省篇幅，我已将内容删简：

> 她攀越一道构造很奇怪的栅栏从高处往下爬，这栅栏本来就不是供人攀越的；她每一步都不易找着踏脚处。她庆幸自己的衣服没被钩破，所以不至于显出狼狈状。她手里拿着一个"大枝条"，其实这枝条就像一棵树，上面覆满"红色的花朵"，枝桠向外伸展开。那些也许是樱"花"，但也很像重瓣的"山茶花"。……她爬下来后，低处的"花"已经"凋谢"得很厉害了。……一名年轻的"男子"……站在庭园中；她走到他面前问他，那种"枝条"该如何"移植到她自己的园子里"。他拥抱她，她推开他，问他是什么意思，他是否以为别人可以这样拥抱她。他说这是没关系的，这样做是被容许的。（引号部分为弗洛伊德原文之中用大写字母者）

弗洛伊德用大写字母的部分都是他认为可作与性有关解释的。按他看来，这个梦代表这位病人的人生过程。她"从高处往下爬"表示她"出身高尚"。他接着说："做梦者看见自己手持仿佛开着花朵的枝条从栅栏上往下爬。这个梦象令她想到'圣母领报'画面中手持百合花束的天使——她自己的名字也叫玛利亚，也想到圣体节游行队伍中穿白袍的少女们，那一天街道上都装饰着绿色的树枝条。可见梦中的有花朵的枝条一定暗指性方面的纯真无邪。不过，这枝条上的花是红的，每朵都像山茶花。她下来后，花朵已经严重凋谢了，这儿就有很明白的月经暗示。如百合般被无邪少女拿着的枝条因此可以影射'茶花女'，而我们都晓得，茶花女平时喜欢戴白茶花，只有月经来的日子戴红茶花。同样一枝开着花的枝条却可代表性之纯真与正相反的意思。这个梦表达她为自己生活中谨守妇道而欣喜的心情，却也透露了相反思路的线索（花朵凋谢），透露她曾经犯下多项违背贞洁德行的过错（是在她童年时期）。"而这枝条，弗洛伊德指出："自那时候起就代表了男性的生殖器官；此外，这也明显影射她的姓氏。"所以，把那种枝条移植到她的花园中的意念，其实暗示她想要失去纯真而与这年轻的男子发生性关系。

弗洛伊德在1914年版的《梦之解析》中加入罗比茨克（Alfred Robitsek，与弗洛伊德为同事）记录分析的一个梦。这个梦很短，却被作了长篇大论的解析，显见正宗弗洛伊德式分析的影响。

梦是这样的：

我插花装饰生日餐宴的餐桌。

做梦的这位小姐——按罗比茨克说——并不神经质，但个性有些拘谨过了头。她已经订婚，但婚事上有些阻碍，婚礼可能延期。

罗比茨克说，他不用这位病人作联想来帮忙，只需用他所谓"通用"的象征意义——大概就是指精神分析的惯例——就能了解这个梦的意思。"梦表达她想做新娘的愿望：餐桌上装饰着插花象征她自己和她的生殖器；梦中她的愿望已实现，因为她已经一心想着孩子出生了；婚事却比她落后多了。"他不跟她提象征意义，只问她梦的各部分会令她想到什么。"当我问她梦中的花是什么花，她先答：'很贵的花，得花钱买的花。'然后才说是'铃兰（lilies of the valley）、紫罗兰（violets）、石竹（pinks）或康乃馨'。我说梦里出现 lily（原义指百合）这个字，大概不出一般所知贞洁象征的意思；她肯定我所说的，因为她把 lily 和纯洁联想在一起。valley（原义指山谷）是梦中常见的女性象征；铃兰的英文名称恰巧由这两个象征符号凑成，在梦的象征意义中用来强调她的处女贞操之宝贵——'很贵的花，得花钱买的花'，也表示她期望丈夫日后能懂得珍惜……"

"表面上看，'紫罗兰'与性无关；可是……出乎我意料，做梦者联想到英文字 violate（侵犯，强奸）。这个梦利用了紫罗兰与 violate 恰巧发音非常相似，以便'用花的语言'表达做梦者想到失去童贞过程中的暴力，可能也表达了她性格中的受虐倾向。这是通往潜意识之路跨过'语言桥梁'的贴切例子……"

"她一直把石竹说成 carnations（康乃馨），令我想到这个字和'肉欲的'的关联。做梦者从这个字却联想到'颜色'，又想到'化身'。"罗比茨克认为"颜色"是因"肉红色"的意思而来，"出于同一个情结"。做梦者说，她的未婚夫常送她康乃馨，罗比茨克因此确定其中有阴茎的含义。

"所以，这个梦里的花的象征意义包括处女的娇柔、男性的阳刚、暴力的蹂躏。值得注意的是，有性含义的花朵象征虽然经常在其他意义关系中出现，花朵却象征人类的性器官，而花朵正是植物的性器官。相恋的人以花为礼物有这一层潜意识的含义，这也许是实话。"

罗比茨克的叙述既直接又很有说服力。按原型论的观点看，还有需要补充的吗？库格勒证明的确有。他认为，以上两个梦都显示，潜意识有依据语音关联而组构梦象的倾向。弗洛伊德自己也指出："为了在梦中表述，字的拼写远不及发音重要。"

库格勒在《谈话的魔力》书中述及另一个梦。一个女学生穿着"美丽的白色晚礼服"去参加舞会。她的男友送了她一朵康乃馨，这朵花却流血了，令她十分尴尬。库格勒认为，由此可见，以花朵为女性象征和被蹂躏的象征之类的观念背后一定有某种"普遍一致的或混合的幻想"，"它属于一种联想综合体的一部分，这些联想在语音上全都指涉同一个原型的幻想。"

库格勒引用荣格在瑞士作的字词联想研究，再度肯定是根据意象与声音相似而相互参照的多重系统。"所以，当原型意象的不同层面表现在语言之中，往往会找寻相似的发声模式，并形成语音上相隶属的综合体。"他如何解释"花朵→血"的奇怪意象进展呢？他给了一个巧妙而可信服的提示：细看有相同音位模式的字，就可以毫不费力找出暴力、强奸、性、流血、重生的意象。如 *viol*-et→*viol*-ent→*viol*-ate；*carn*-ation→*carn*-al→*carn*-age→rein-*carn*-ation，两组字都是根据花、蹂躏、强暴的幻想而形成的联想综合体。

以上是英文字的音位关联，已经够令人印象深刻了。库格勒又举了德文、法文、匈牙利文的证据，指出原型意象确实在其中矣！例如，德文的 Blüten 是花朵的意思，Blut 是血，bluten 则是流血。法文的 violette 是指蓝紫色的花，viol 指强奸，violer 指侵犯。奇怪的是，不属于印欧语系的匈牙利文之中也有同样的联想综合：verág 意指花朵，vér 指血，véres 指血淋淋的。

库格勒强调，这些有趣的联想关系不是词意的、语法的、词源

第六章　梦的运作

的，而是音位的、意象的。这个论点与荣格在20世纪初提出的结论完全相符。荣格认为，"自发联想组群"（autonomous groups of associations）是凭音位的联系集结成群的，音位联系以某个心理意象为核心，因共同的感情特性而相联。

假如荣格的原型论和库格勒的语言学推论都成立，我们应可在神话中也找到这种联想综合的证据。有这种实例吗？我们且看女农神德墨忒尔（Demeter）之女珀耳塞福涅（Persephone）被冥王哈迪斯（Hades）掳走的故事。珀耳塞福涅本来在与俄刻阿诺斯（Okeanos）的女儿们采撷紫罗兰、玫瑰，以及其他花朵，大地女神盖亚（Gaia）以她从未见过的美丽花朵把她诱开。这是一朵罕见的水仙，珀耳塞福涅伸手去采它，地面却猛然裂开，只见冥王驾着战车向她冲来。他抱起她，带她回冥府，以强暴手段迫她做了冥后。后来天神宙斯（Zeus）安排了折衷办法，珀耳塞福涅于春天第一枝新芽抽出之时返回阳世，秋天开始播种之时再到冥府去。这个神话联系了花朵、强奸、自然界生殖的周期、死亡、转世再生的观念。

弗洛伊德的注意力本来全投在性与个人的意义探索上，我们却从19世纪末两位女子的梦境揭示了情结之中的集体原型根源（蹂躏、死亡、再生）。我们这一代人的梦里会有相同的象征意义，应该是在意料之中的，因为我们的个人情结核心处那些原型并没有变。花朵、暴力、死亡、再生的联想处处可见，如纪念两次世界大战亡逝者的血红色罂粟花、献在墓前的花圈、新娘步向圣坛时手中捧的花、60年代嬉皮献给军人的"爱与和平"之花，以及影星玛琳·黛德丽（Marlene Dietrich，1904—1992）口中唱出的"花儿都到何处去了？"这些例子，不论是做梦或醒来所见的事实，都在潜意识中唤起珀耳塞福涅和冥王的那幕戏，也勾起牵动我们每一个人的字词与意象联想。**我们如此追究象征符号的原型根由，可以清楚看见人类一贯未变的心**

灵本质和精神血缘。

这些原型在影响着各个文化之中创作欣赏的诗歌和故事。梦的本质和功能也可以从这儿寻出线索。

梦与诗：梦之形成

梦是一种不由自主的诗。

——里希特（Jean Paul Richter，1763—1825）

Oneiropoiesis（梦之形成）是由希腊字 oneiros（梦）与 poiesis（创造）组成的，而 poiesis 也是"诗"的字源。**一般梦的解析都太注重资讯处理，却忘了做梦是高度发挥创造力与想象力的行为。** 荣格说过："梦是灵感。"有些梦的确与灵感扯不上关系，但每个梦都能把事实变成不只是事实而已。海德格尔（Martin Heidegger，1889—1976）说："按严格意义界定的诗从来不仅仅是日常语言的较高等模式。其实正相反：日常语言是一首被遗忘且被耗竭的诗，再也发不出任何回响。"

诗与梦有一个重要的共同特征：利用模棱两可编织意义相联的网以激起感觉与气氛：

> 我将爱你，亲亲，我将爱你
> 直到中国与非洲相连，
> 河流跳越过山
> 鲑鱼在街上唱歌。
>
> 我将爱你直到大洋

折叠起来挂着晾干

七星咯咯大叫

如飞在空中的雁鸭。

一年年要像兔子般跑过，

因为在我怀中拥着

年代的花朵

还有世界的初恋。

——奥登（W. H. Auden，1907—1973）《适夜我外出散步》（*As I Walked Out One Evening*）

以上的诗行充满原型的意象——山、鱼、河流、大洋、天空、雁鸭、花朵，都是很容易写成诗的，也一样容易化入梦。荣格喜欢引用豪普特曼（Gerhart Hauptmann，1862—1946）的名言："**诗乃是让原始字语响彻一般字语的艺术。**"

诗必不可少的韵律来自宗教典礼的吟咏仪式。**诗的韵和快速眼动睡眠一样，有强化或促激大脑神经系统的功能**。图纳（Frederick Turner）和波佩尔（Ernest Poppel）曾于1983年撰文分析多种语文之中的诗文格律，结果发现一种节奏，他们称之为韵文脉搏（metric pulse）。在他们研究的每种语文中，平均的韵文脉搏为每二至四秒跳一下，每行诗平均持续二点五至三点五秒。吟诗的时候，融合语义的含义和音响节奏，可使左右大脑半球的活动同步，同时也启动大脑深层的古老结构。叙事诗可能特别容易引发这种作用，吟诗引发的作用因而与做梦时的大脑活动相似。

于是我们又可将二元论再往前推一步：**梦是诗，意识是散文**。

梦与故事

> 神话是初期人类灵魂生命的片断。……英雄的传奇记事，不分是哪个地域的，都在讲着达尔文学说定义的"适者"的故事：是遗传基因"功成名就"的蓝图。……按这蓝图，人必须先证明他是"适者"，然后必须"找远方的人结亲"。
>
> ——查特温（Bruce Chatwin，1940—1989）

有一个想法是百年来的作家们深感兴趣的：有所谓的"原型故事"，无数多的基本故事情节都包含在其中。自远古以来就引人着迷的神话、童话、传奇，的确都讲到人类生命的"大主题"。由于梦也是根据同类主题编出来的故事，两者的相似也就不言而喻。因此故，本书用了神话大师坎贝尔（Joseph Campbell，1904—1987）的名言为卷首题辞。

我们要从故事的基本布局之中找出深层结构，开始可以按场景、剧中人物、情节、荣格的提示说明、情节展开、突变、缓解的角度一一细看。然后就可能照库格勒的样子，把故事拆开来，现出梦与故事之内都有的普世意象，并且证明有共同的原型根源在其中。可惜本书的篇幅有限，不能这么做。

前文说过，睡眠思考有两种：快速眼动睡眠是故事般的叙事，好像在放电影；非快速眼动睡眠是反复思考，没有叙事。从做梦者陈述的梦的内容不难分辨是否快速眼动睡眠期间做的梦。由于快速眼动间的梦才有戏剧性的叙事形态，非快速眼动的梦似乎并未被列为"正牌"的梦。换言之，**快速眼动的梦是小说，非快速眼动的梦是非小说类的作品。**

由于人类是群居的动物，整个人生是一出戏：我们每个人都在搬演自己的连续剧。这出戏又是怎么编成的？按荣格的回答——也没有人比他答得更好——是"本我"创作的。它包含生命进展的全部程式，这程式在回应环境中的人、事、物的过程中展现，并且表现在我们的行为、思想、感情、故事、梦境之中。梦和故事的特别之处在于，可以接通生命存在的两种领域——内在的与外在的、自己与周遭环境，并且将两者整合成为更切合眼前需要的、适应性更好的反应能力。

许多人曾提出故事基本情节的分类方法。我比较赞成的方法是应该把每个情节与生活史的一个阶段连接起来，每段都是戏剧和神话的重要题材，每段都已成为一个或一个以上的治疗学派特别重视的题目。我们共分以下五种基本情节：1.英雄非凡的诞生与童年经历，他超乎常人的能力在这个时期被发现、试用过，也接受了测验；2.从无名小卒到功成名就，英雄在这个情节中战胜厄运（斩龙），赢得王国；3.英雄遇美人，从此过着幸福快乐的日子；4.光明与黑暗之战，善与恶之战，生与死之战；5.大起之后大落，身败名裂，邪恶压倒善良，美人被夺，妖龙获胜。

这些基本情节也是梦的主要题材。除表三列出的各情节之外，还有最常用于表现这些情节的文学戏剧类型，以及特别重视每种情节的各派心理分析（与精神医学）治疗法。

表三：基本情节、呈现类型和心理治疗派别

情　　节	呈现类型	心理治疗
1.英雄非凡的诞生与童年	神话、宗教	鲍尔比、弗洛伊德
2.无名小卒到功成名就，英雄战胜厄运	神话、宗教、文学	阿德勒、荣格

续表

情　　节	呈现类型	心理治疗
3. 英雄遇美人，从此幸福快乐	童话故事、传奇、喜剧	弗洛伊德
4. 光明与黑暗之战，善与恶之战	英雄传奇、神话、宗教	荣格
5. 大起之后大落，身败名裂	悲剧	传统精神医学

以上前四种故事情节可以在世界各地记录的英雄神话中看见，也是坎贝尔名著《千面英雄》(*The Hero with a Thousand Faces*, 1949)的主题。英雄神话象征童年与青春期的原型式任务，讲的是英雄如何离家，遭到种种试炼，如何通过"最后的难关"——斩龙或杀死海妖。胜利的英雄可以得到"很难获得"的报偿，即是坐上王位，娶美貌的公主为妻。现实生活中的情形也是如此：男孩必须从与父母和手足的亲密关系脱身，才能够走上冒险生涯，通过成为成人的资格测验（传统式社会几乎都要求过这一关），为自己在社会上争得一席地位（王位）。既要做到这一切，而且要赢得美人归，他必须克服仍在他潜意识中发生作用的母亲情结（与龙交战）。这等于二度自母体分娩坠地，终于切断心理上的脐带（战胜妖龙的过程往往包括英雄被吞进妖龙腹内，英雄再从里面挥剑"剖腹生产"；于是，他的儿子身份"死"了，"再生"而为一个配得上公主和王位的人）。男性青春期接受成人资格测验，可帮助男孩完成这必要的转型过程。若是通不过测验，或是打不退妖龙，就表示他摆脱不了母亲的羁绊；公主（阿尼玛）也无法从妖怪的掌握中解放出来。结果就要上演第五种情节了。

女童转为女人的过程比较简单，因为女性的性别意识并不要求认同上的彻底扭转，男性则必须从母亲的世界跳入父亲的世界。所以，女性的成人礼比较不严苛（只有骇人的切阴蒂的仪式例外），基本上只是正式肯定少女已经进入人生中可养育子女的阶段了。**似乎仪式是**

特为加强她的内向自觉 —— 体悟自己是在生命中创造生命的女人。她能进入的神圣经验领域是男人永远无法窥见的。

许多文化之中并没有表彰女性成年的仪式，启发另一阶段女性意识的任务就落在通过成年仪式的男子身上。因此产生了沉睡的女主角等待王子以吻唤醒的童话故事（这一吻也唤醒了王子本人的阿尼玛）。例如，被荆棘树丛环绕的睡美人和沉睡在主神奥丁（Odin）之火中央等待齐格飞到来的布伦希尔德。

原始社会保存成年礼，是为了帮助个人安度生命阶段转换时期的危机。除了青春期有成年礼之外，还有通过考验正式成为猎人、战士、巫师的仪式，娶嫁仪式，头胎子女出生的仪式，亲人死亡的仪式。这些仪式都有重要意义，因为可借此昭告大众有重要的改变发生了。仪式的强有力的象征意义，可以刺激集体潜意识中与这个生命阶段相当的原型成分。原型的潜在力量也就被吸收到个人的心灵之中。

故事、童话、神话也都是为这个目的而产生的。梦也能发挥相同的作用。

西方文化不再备有这些仪式了，仅余的只有男子入伍时受训、学生入学的考试。然而**我们每个人 —— 不分男女 —— 内在都有正式取得某种身份的原型需求**。许多接受分析治疗的病人会在人生的关键时期做一些充满仪式象征的梦，如在青春期、订婚、结婚、生子之时，离婚或分居时，父母或配偶死亡时，或在面对某种挑战之时。面对这种危机时刻，走到人生一个新阶段，似乎就非得体验这些仪式的象征不可。**如果社会不能提供，"自己"就会在梦中制造，以弥补这项缺憾**。我以前在别的书中举过许多例子，在开始写本书之前，我又遇上一个：

> 我在一个陌生的、相当原始的地方。有个男孩即将接受步

入生命新阶段的仪式。他恐怕自己会忍不住痛（我因而猜想是割包皮的仪式）而哭出来，失了男子汉的气概。我觉得他好可怜，就教他念一套符咒，告诉他在仪式进行时反复地念，就不会有事了。

然后主持仪式的人来了，是个大块头的威武男子，身围一块腰布，脸上刺满花纹。他手中拿着一件不怀好意的东西，我想那是割包皮用的刀。他没理会这男孩，向我走来，示意我也要接受仪式。这男子给我一种熟悉感，却又令我害怕。他发觉我在焦虑不安，就把他手中的东西举起来。那是一个怪异的十字状物，是四只婴儿手臂组成的，每条手臂的手中拿着一个苹果。

这个景象晃过，我只见一柱喷泉涌入向四面辐射的渠道之中。我醒来，感觉焦虑，但也知道已经发生了很重要的事。

当晚入梦之前，我曾在电视上看了一部讲述部落民族成年礼的影片。但这不足以解释梦的故事发展和其中的象征意义。那时候我在写一个剧本，内容讲的是弗洛伊德与荣格的关系。我觉得写不下去了，起了放弃的念头。这个梦一定与这桩事有关，而问题会以成年礼的模样出现，当然也引发我的兴致。我立刻看出来，觉得写不下去的部分原因在于心中有恐惧——恐惧失败，恐惧被批评者和同侪指为自不量力，年纪一大把了，倒想改行写起两个大人物的对白。把剧本写成并且搬上舞台，的确是走过人生另一个阶段的关卡，我当然和多数准备过关的人一样会害怕通不过试炼。

但为什么是以这样原始的模样呈现人生的基本剧目？我是 20 世纪末的一个精神医学研究者，竟然要以人类社会自古以来最传统的方式过这一关。梦中的符咒究竟是什么？那怪异的十字架又该如何解？显然是代表某种有助力的魔法。对我的文化及教育背景而言，这也是前所未闻的。

做梦的次日，我几度苦思梦中念的符咒而不得，正打算放弃就突然想起来："啊，Negrid，Negrid！"我马上坐下来进行联想，大致得到三条线索：1. nigredo——炼金术作业中的一个阶段，"成品变黑"，带有沮丧与必须面对阴影（人格中的黑暗、负面部分）的心理意涵；2. Negro——黑种人，在欧裔人的梦中是初始人类的活生生象征；3. Gertrude——莎翁名剧《哈姆雷特》中的王后乔特鲁德，"啊，乔特鲁德，乔特鲁德，不幸的事情总是接踵而来"。（第四幕，第五场）

这些联想如何帮我解释梦境和我的处境？做梦以前我一直在写弗、荣二人友谊中的正面价值，描写两人之间的各种良质的互动。此时我才明白，我迟迟不肯写两人之间未表露出来的敌意。这敌意会持续累积，到剧终之时才如雪崩般爆开，一发不可收拾。我要在舞台上呈现这一幕，势必要重翻两派理论阵营互批的旧账。这种局面是我能应付的吗？梦境暗示我能，也必须应付。

那十字架又该如何解？我想起好吹牛的阴茎崇拜者，自称阴茎大如拳握橘子的婴儿手臂。梦中以苹果代替了橘子，而苹果应与伊甸乐园有关，涌入四条河渠的喷泉亦然。赞成弗洛伊德理论的人会说，喷泉象征阴茎，代表生命之水、男性生殖力的精液。但我也注意到，花园和十字架都是曼陀罗图形，而曼陀罗象征完整一体。于是我突然明白，这代表用荣格的对策解决弗洛伊德学说的问题，问题即是：弗洛伊德认定"性理论"是解开生命的心理之谜的钥匙。性欲不是一切问题的解答，而是整体之中的一个极重要的部分。荣格与弗洛伊德交往一场，对荣格自己的个体化以及荣格心理学的发展都有重要意义。这便是我的剧本和我的梦要找的头绪。性欲理论对于我的心理发展和个体化应该也有重要意义。弗洛伊德说得不错，梦的象征意义是"由多种因素决定的"。做过这个梦后不久，我又定下心来写剧本，相当顺利地将它完成。

  故事和梦都会把人、事、物组成模式，再把模式排成一定的顺序。这似乎是心理行为的自然倾向。就好像我们随身带着一些故事情节，这些情节是一个整合的综合系统，我们遇上什么事就往系统里喂，它便发挥分类的功能。我们若检视一位做梦者几年之中做的许多梦，就可明显看出其中有这些情节或典型模式。如果要一个人专注回想刚做过的一个梦的故事情节，问他是否联想到什么情节，这种情形也会浮现。

  例如，某人梦到开车在下坡路上行驶的时候刹车失灵了。问他会因此联想到什么，他就讲起童年骑单车上学的下坡路上刹车失灵的事。再由这件事联想到在山坡上滑雪失控而出意外的事。这些连成一串的事都是同一个主题的变奏：高速冲下斜坡途中失控而面临危难。这个梦，加上梦勾起的记忆，都可解释为警告做梦者在处于类似情况时必须留神。但这也是他生活态度的一个隐喻：他可能在"下坡路"上失控。

  这种梦对心理分析而言是十分重要的。它不但可以说出做梦者当时的处境，也会透露究竟是什么隐含的模式一再影响做梦者的生活。这种梦证实，**梦会经常重现重要的记忆痕迹，将这些记忆更新。由于这些记忆痕迹常常蕴含强烈情绪，所以可能造成极大的影响。**难怪荣格说我们并不拥有情结，是情结拥有我们。奎肯（Don Kuiken）在讨论这个题目的专文中，称此种满载情结的记忆痕迹为"情感脚本"（affective scripts）。

梦与记忆

  因为昨日只是一个回忆

明日只是一个憧憬，
但今天过得好好
可使每个昨日成为快乐的回忆
每个明日成为希望的憧憬。
所以要好好看顾今天。

——摘自一首梵文诗

  荣格认为，联想和记忆能够捆成一个情结，主要是靠蕴藏情结的意象发挥作用。弗洛伊德也强调，建构梦境运用到的记忆也具有类似的动机感情导向。做梦者就寝之前因某事引发的动机和感受，会在睡眠中持续，并且激起整群类似的记忆活动，从而造成梦境。因此，弗洛伊德从给伊玛注射的梦的联想，揭示出来的记忆都围绕着他自我辩解与报复的主题打转。奎肯认为，这种在动机上、感情上相似的整群记忆，乃是"感情脚本"编好的记忆。

  我们若有机会为弗洛伊德做精神分析，也许忍不住要问他是否非得辩解报复下去不可。这难道不是需要改变的固执模式？如果我们这样干预，说不定会磨灭促成弗洛伊德毕生研究的那股动力，这世界上也许不会有精神分析这回事了。由此可见，坐在精神分析师座位上的人言行必须谨慎。

  奎肯的感情脚本论点也引用了弗洛伊德所说的梦的"压缩"机制："**记忆的成分都在压缩过程之中进行比较与配合。被比较的成分之间如果有某些相似，就会融合成为一个单独的意象，或以一个集体意象联合表述。**"前文说过，弗洛伊德使用的自由联想可以把形成某个梦的记忆群一股股理出头绪来。换言之，自由联想能解开情结的线头。

  就寝之前发生的事扰动相关的记忆结构，随后的余波可能逗留一两小时不散。所以，一夜之间连着做主题相同的梦乃是常有的事。此外，梦中激起的情感可能持续到第二天。因此，睡前事件（弗洛伊德称之为 Tagesreste，意即"日间残余"）可以使记忆重现，能刺激情结，使原本留在潜意识中的原型意象及感情进入意识。这对自我意识和自知自觉的发展都有微妙却重要的影响，而且不限于接受心理分析的人。

第四章说过，脑电图仪的 θ 节奏显示，海马回是记忆储存、原型模式建立、做梦的重要部位。原型的程式就待在这儿和其他的边缘结构里，等候切中要旨的事件来启动（连带相关的动机与感情），便组成情结和感情脚本。每天晚上，睡前事件把原型元素聚集，加以指示、巩固、调整，以保持其生物性效率不衰。我们从心理上主观经验这个错综复杂而极为重要的过程，便是做梦。

后人回顾历史时可以看出，在弗洛伊德心理学、θ 节奏、海马回功能尚未问世之前，另有从记忆的方向研究梦的先驱人物——圣丹尼斯（Hervey de Saint-Denys，1822—1892）。按圣丹尼斯的看法，梦是凭"定型记忆"（clichés-souvenirs）而产生的。定型记忆储存在记忆中，日常生活中发生的相关事件会把它勾起。定型记忆非常类似情结，一些固着的意念和意象，被一直未变的感受捆在一处，产生刻板化的特质。这种刻板的定型可能变成顽固不移，幸好有快速眼动睡眠时精力充沛的活动。过往的反应模式与经验——不论个人的或集体的——不但会累积，而且会变，以便更灵活地应对现在的要求。莎剧《麦克白》之中"把散了线的忧虑之袖编织起来的睡眠"是在利用过往存积的毛线编织一件未来可以穿用的衣服：我们的梦用"我们所有的昨天"预备明天穿的衣物。

换个方式讲，夜晚有某种文书处理工作在进行。最近的经验要按相似性分别归档。这是压缩作用展开之前必要的准备步骤，相互关联的资讯才建立一个适用的意象。这与自由联想相反（自由联想乃是把档案一页页拿出来全部摊在桌面上）。处理文书的做梦者实际要做的是：按当日收到的新指令修改一般作业通则。总而言之，快速眼动睡眠不是休止的时间，大脑此时的忙碌不逊于一天中任何时候。

梦的运作以类比的方式进行。梦境唤回过去发生的事，因为这些事情与目前发生的事相似。**梦做的不只是把新文件收进旧卷宗里，还要将新旧文件对照整合**。而且，做梦的大脑能够借潜在的或非推论式的思考，一眼看出归在不同类组的其他档案的内容，这些档案都是醒着的自我根本不会想到要查对的。

做梦的大脑深谙置换技巧，能把整个记忆系统搬到另一套系统里去，也能看透两个貌似不同的系统之内隐含的调和之处。因为技能高超，所以能听出新的变奏曲之中是否有旧主题，并且能即兴添加创新的主题。如此神乎其技，难怪我们在梦里全是画家、音乐家、剧作家、演员、大导演了。梦之所以选中某些白天的残余物来做夜晚美妙拼贴艺术的材料，是因为从前处理过这类材料，已经有了经验。由此可知，**梦并不是如许多当代梦科学研究者所说，只是把短期记忆转为长期记忆的储存过程。除了储存之外，梦也在修正记忆，整理记忆**。按此，弗洛伊德理论又显得欠周全了。因为思路惯有悲观的、简化的倾向，他认定梦绝不会带来新的东西，只会重翻以往记录的旧资料。梦最了得的本领他却看不见。**梦能发明记忆，存取记忆，把记忆翻转过来，和记忆戏耍，超越记忆。我们的梦中发生的事情会鼓动原型，运用原型的古老智慧和能量，使我们的人格在无形中转变**。

梦与游戏

人只有在游戏时才是他真正的自己。

——席勒（Johann Friedrich von Schiller，1759—1805）

梦境中的游戏成分并未被忽略。弗洛伊德曾引用诗人诺法里斯（Novalis，1772—1801，本名 F. L. Hardenberg）的话来指明："梦是抵挡生活单调乏味的一面盾牌：它们解开想象的锁链，任它随意把日常生活的所有画面混成一堆，以孩子的快乐嬉戏冲破成年人毫不松懈的庄重。"**斯泰兹（Bert O. States）认为，大脑可能是趁着身体睡着的时候以做梦取乐**，这就好像爵士乐手等到顾客都打道回府才玩正牌的爵士乐。这种论点乍看像是奇想，但我们别忘了，**游戏是所有哺乳动物的一件要务，大自然使一切求生必需的活动本身就有乐趣，如饮食、打猎、性爱、各式各样的游戏，无一例外**。幼小的动物在游戏中启发潜能，并训练生存必需的行为系统，包括群体合作与冲突，与同侪亲近、交媾、搏斗、克制侵略行为、捕猎、仪式、婚姻关系、养育子女、创造。事实上，**人生的一切原型的活动都充满游戏的可能**。席勒的这句名言也许可以改成"人做梦时更是他真正的自己"，因为我们会在梦中修改、重塑我们个人版本的人性。

赫伊津哈（Johan Huizinga，1872—1945）的名作《游戏的人》（*Homo Ludens*，1938）之中讨论的人类是一种游戏的动物。他说："游戏中有某种作用成分是超乎基本生活需求的。"游戏洋溢的过剩欢乐显然已经超出必要的程度。这是自然界的安排，整个进化过程中"游戏"不断，在梦里，在基因突变作用中，新旧材料不断试着重新编组的可能性。

突变是一种冒险的赌博，赌输乃是常事。一旦赌赢了，生物体的适应力提升，不惧环境挑战的新生命形态产生。见微知著，**梦乃是进化的缩影，做梦的大脑正是按着适应与突变的范式在运作**。

梦与心理疾病

> 症状必是有理由的,也必有其目的。
>
> ——荣格

许多权威人士曾把做梦的现象和心理疾病相提并论。康德就说过:"疯子就是醒着的做梦者。"弗洛伊德引用克劳斯(A. Krauss)于1859年说过的话:"疯狂乃是知觉清醒状况下做的梦。"意思与康德的相差无几。叔本华(Arthur Schopenhauer,1788—1860)把梦形容为短暂的疯狂,把疯狂形容为很长的梦。另一位哲学家文特(Wilhelm Wundt,1832—1930)则认为:"我们其实可以在做梦时亲身体验疯人院里可能见到的几乎所有现象。"当代研究者如霍布森,也肯定梦境与精神病有相当密切的关系。

霍布森指出梦境的五大特征,并说明心理疾病如何模仿这些特征。1.梦的内容不合逻辑,没有条理,罔顾自然律,违背人、时、地的统一性;2.情绪激烈,足以扰乱做梦者的精神状态(梦魇、焦虑梦);3.没有外在的刺激,却可产生知觉受了刺激的完整印象;4.对于看见、听见、感觉到的怪诞事态毫不质疑地接受下来;5.做过梦后记不起梦的内容。以上五大特征与精神病患者经历的定位障碍、怪诞思想模式、激烈感情状态、错觉、幻视幻听、失忆症确有明显相似之处。

如果从常态意识的立场来看,精神病和做梦最明显的共同点是:丧失洞察能力。明明是荒唐的奇想,在梦中看来却是不折不扣的真实,以致梦醒的那一刻仿佛精神病患者的一阵发作刚过去,梦醒的人顿悟自己方才惑于幻象,口称:"谢天谢地,我只是在做梦!"梦境典型的不连贯、不协调、不可能、不合理、不确定、神秘莫测、驴唇不对马嘴,都与精神分裂病人经常出现的"思绪错乱"十分相似。早在克雷珀林(Emil Kraepelin,1856—1926)的时代就已经观察到,精神分裂患者"丧失意志力"的情形与一般做梦经验的懒散无力、动作迟缓、无力做该做的事等类似。噩梦中那种无助与动弹不得的感觉,也与紧张性精神分裂症患者的僵直不动,以及各类动物在遭遇强大压力时的"僵直呆滞"与"惊恐地凝住不动",都是类似的。强烈的恐惧与兴奋情绪会影响做梦者的精神状态,临床案例的躁狂症与恐惧症产生的焦虑,也有明显相同的情形。做梦会有失忆(记不得梦的内容)而后凭空捏造的表现,研究者认为这可与柯萨可夫氏精神病(Korsakoff's psychosis)相比较,此种精神病患者在丧失记忆的同时会作相当详细的凭空虚构,以掩饰或弥补记忆之不足。此外,做梦与临床诊断的狂乱呓语症状很近似,狂乱呓语状态下典型的脑电图仪记录(快慢波重叠)也与快速眼动睡眠期的记录一样。

因此,如果说做梦是在睡眠庇护下发生的一种许可的癫狂,倒也不太离谱。这种论点对于精神病理学也有极重要的意义。还有人说,疯狂者的幻觉、错觉与正常人醒时的幻想以及梦中世界的奇幻经验,不但类似,而且可能是同源的。说这话的不是别人,就是亚里士多德。霍布森也指出,做梦和心理疾病可能是同一种心理生物学过程引起的,但后者的这个过程显然搞乱了。"这个推论使梦的科学研究有了超越做梦行为本身范围的意义:因为心理疾病的一切主要征兆都可以被正常的心智在做梦的正常状态中模仿了。探讨梦就是探讨心理疾病的典型。"

既然如此,我们还能说梦具有促进适应与创造的功能吗?假如梦是一种暂时疯狂,我们怎能说它对生活有助益?其实这得看我们用什么态度对待精神疾病了。如果把精神病的症状一律视为悲惨而无意义的病态，自然很难从与这类症状相似的梦之中看到什么长处。如果换个角度，把精神病症状看作是个人面对人生重大困境的反应，是在试图适应困境的表现，我们也就不会把梦看得那么负面了。

这也是荣格的立场。他在《回忆·梦·省思》之中说："**基本上，我们不会在精神病患者身上发现新的、从来不知道的事，我们看到的反而是我们自己本性的根源。**"荣格认为，精神病症状乃是自然的心理、生理反应被持续夸大。这个观点不但弗洛伊德赞同，应用到动物行为学概念的当代精神病学者也予以肯定。例如，斯坦福大学医学中心的温内格拉特（Brant Wenegrat）认为，一切精神病理学的症候群——不论是精神错乱的、精神官能的、人格变态的——都属于"固有反应策略"（innate response strategies，这是他用来指"原型"的术语）的一种统计学上的异常表现，是不分精神有无疾病的，而是每一个人都有的。

荣格进而踏出重要的一步，指出**症状本身即是个体化作用的产物，病症乃是一种自动创造行为，是心灵紧急必要的发展功能，以便应付反常的环境状况**。所以，精神官能症是一种适应策略——尽管是蹩脚的策略，潜在健康无虞的人用它来应对人生的要求。"因为有某种障碍存在——体质虚弱或有缺陷、接受的调教不符、经验不够、心态不适当等，所以在人生出现困境时退避……"因为发展程式不可或缺的某些原型要求未能适时达成，适应遭受挫败，个体化于是被扭曲或走上偏路。

心理疾病可能是应对人生遭遇的法子，和梦一样有其目的。我们可以用处理梦的态度，当它是发自潜意识的象征式沟通，从中发展病人陷入什么人生困境，又在如何寻找出路。我们已知梦与心理疾病有相通之处，却不必把梦看成病态的东西。弗洛伊德看出两者的关联，并不是因为梦是病态现象，而是因为梦和心理疾病都是为求适应付出的努力，来自心灵内部同一个源头。

魔法，仪式，转化

葛兰道厄：我能召唤地下的幽魂。
霍茨波：啊，这我也会，什么人都会，
可是您召唤它们的时候，它们果然会应召而来吗？
　　　　　　　　——莎士比亚《亨利四世》第一部

我们入梦之后所在的天地，可以说是一个魔法世界，任何事都可能发生，全不受自然界常律的拘束：我们在梦里能飞，能跑到遥不可及的地方，能和动物交谈，能和死去的人聊天，能看见奇特的变化。此外，梦境也经常发生奇迹般的后效，我们可能在某个梦醒之后觉得自己变了一个人，周遭世界看来也不一样，一切都不可能回复到做梦以前的原貌了。

我们做过冲击如此强大的梦以后，会感觉必然是某种超乎渺小自我以外的力量在发生作用，而自己只是输送某种超自然力量的管道。似乎生命与世界都有了一股新的活力，我们的知觉极端灵敏，好似童年时那么容易着魔陶醉。

西方文化中的儿童就像尚未发展文字的民族一般，能在魔法的世界中怡然自在，而且经常利用到魔法。荣格自述的童年也有此种经历。因为外在环境令他不快，他便躲入一个魔法与仪式的秘密世界——他自己做了小矮人藏在铅笔盒里，自己举行火祭仪式等。他特别爱做的白日梦是幻想自己是中古时代一个市镇的统治者：他住在一座有堡垒的城堡里，看守着一个不准世人知道的"大秘密"。那即是一支粗大的铜柱，柱顶上有一堆密密的毛细管，空中的精灵便是从这儿进入柱里。灵气进到柱内之后会被压缩，然后变成最美妙的金币，从柱子下端洒出来。

这个幻想有什么含义？如果按弗洛伊德派的解释，一定会说铜柱是性的象征，当它是精液产生、性器官充血、射精的隐喻。荣格却说这是心灵转化力量的隐喻，是他成年后沉迷炼金术的先兆。他后来在波林根（Bollingen）的塔楼住所之中有一个房间是不准任何人进入的，他便是在这房间里钻研炼金术。

荣格在他的城堡幻想中体验了发现"自然界珍贵且重要的秘密"之狂喜，因而明白心灵的内在世界是我们最宝贵的财产，也更确信自己生来就是要使不可知的世界成为可知的。**他极度内向的性格使他比别人更清楚地意识到，个人生存对于旧有的动物本性依赖到什么程度。**他曾经说："不是我在活，是我被活。不是我做梦，是我被梦。"他认为他的能力不是自己的，而是来自另一个超越的源头。这源头在他的梦里表露得最清楚。他若想"认识"它，就必须仔细端详他在夜晚被赋予的大量启示。

弗洛伊德认为潜意识的语言基本上是原始的、幼稚的。荣格却认为那是自然本性在说话。自然界用神话和梦境直接对我们说话。象征的、"超越的"功能也就是自然界的一种功能，是在生命全程中自主活跃的发展过程的一部分。荣格称这过程为"个体化"，诺伊曼（Erich Neumann）称之为"中心化"（centroversion），马斯洛称之为"自我实现"。荣格不改其一贯风格，把这个过程放在宇宙的范畴之中解释：自然追求自觉，我们是她的工具，她在梦境中的表白最为清楚。**个体化是驱动宇宙的那股创造力，宇宙借这个过程而产生自我意识。**

"人人皆从自然界得到生命力"，这是颇令科学界反感的话。儿童和原始民族却都是天生的泛灵论者。按他们的体会，禽兽、植物、树木、河流、风不但都有生命，而且都有自觉，它们利用潜意识"投射认同"（projective identification）的机能，借着"神秘参与"（participation mystique）而感受这种自觉。浪漫主义的诗人们崇信自然神秘主义，刻意利用这种自然的想象技巧，也大大影响了荣格构思的心灵与自然界的关系。

不论我们同意荣格的浪漫观点与否，我们确实都可以体验梦。我们只需放开自己，把梦当作充满原型能量的内在泉源，自人类直立走路以来就在提供启示。这股生命水泉流过远古的迷宫，现代的世界却挡住我们的眼与耳，让我们看不见它的美，听不见它的声音。在睡着时做梦，醒后把梦境连着做下去，这就等于再走进那永恒的迷宫，第一次看清它的模样，然后，这活起来的世界就突破藩篱而进入意识，就像我们小时候那样。

梦境中的风景和醒时真实中的风景一样令我们神往，这也许是因为——如荣格所说——它是我们生来就带着的虚像。梦中景致挑起的情绪强度可能与宗教情绪相似，经常有与季节相关的原型意象与仪式，其中的生殖含义使我们与神秘的以往衔接。这种梦的目的何在？人类为什么总会创出奥西里斯之类的生殖神，又用仪式和繁琐的崇拜簇拥着他们？理由与我们会做梦一样吗？神学、神话、崇拜仪式是我们的梦境延伸到醒时的文化生活造成的吗？做梦是这些活动由来的最原始现象吗？颇有可能。诺伊曼指出，人类的魔法宗教行为是"一切文化的源头"。人类以自然界的变化过程为蓝本而建立仪式，在自己灵魂中形成他从观察自然界所见的相同的创造能力。人类明知不举行宗教仪式作物照样生长，太阳今天西沉之后明天照样出来，自古以来世界各地的人仍旧要借宗教仪式祈求作物生长、太阳不误期，原因也在此。

所以，我们要探讨魔法之秘。诺伊曼的精彩（但却有误导：诺伊曼主张个人发展是人类进化的概述，未发展文字的人类是"无意识的"，西方意识曾经历不同于其他文明社会的淘汰压力，都是生物学上站不住脚的假说）著作《意识的来源与发展史》(The Origin and History of Consciousness, 1954)中将生殖祭典或太阳崇拜仪式与旧石器时代仪式绘画中的狩猎画面一并讨论。他认为，猎杀公鹿的仪式画可提高真正猎杀公鹿的可能性。原始时代的人相信两者之间确有关联。西方社会的成年人也许认为这种信念令人费解，小孩子却是懂得的。第二次世界大战期间还是小学生的我，在练习簿上画满德国军机被英国军机击落之状，相信这是自我为英国贡献的一份重要力量。诺伊曼指出，魔法的仪式和宗教仪式的作用方式相同，在履行仪式的人身上见效。其后果"客观地"取决于"魔法仪式的强大主观效用"。按现代的科学化观点，公鹿被杀的仪式画不大可能对公鹿产生什么客观作用，其实，"仪式的魔力是相当确凿的，全然不是虚假不实的"。其后果正如原始人类所料，捕猎会成功。但魔法是凭主体（狩猎者）见效，不是凭客体（被猎物）见效。理性的思考不能认定这类行为一概是幻想或徒劳，因为"因主体的变化而发生的效用是客观而真实的"。我们从这儿可以看出**仪式与梦有相通之处，因为两者的作用都在增进主体的能力与效率。梦乃是夜间的一种不由自主的仪式。**

第七章

象　征

> 观看自然界的事物……例如看那边的月亮，透过带露的窗玻璃朦胧闪着，我好似在寻找……一种象征语言，表达一直存在我内里的什么，而不是在观看什么新鲜事物。即便是后者，我仍旧每每有模糊的感觉，似乎这新见的现象是被遗忘了的或埋藏于我内在本性里的真实正隐约苏醒。
>
> ——柯勒律治（Samuel Taylor Coleridge，1772—1834）

从梦心理学的立场看，人类心灵最不寻常的本领就是编造意象。意象含有意义了，便成为象征符号，德文表象征符号的字 Sinnbild 即是由 sinn（意义）与 Bild（形象）组合成的。我们若追溯英文字 symbol 的希腊字源 symbolon，本来是指识别身份用的信物或符木。取兽骨或其他物件，分成两半，由两人（也许是同一秘密结社的成员）各执一半，即便两人不相识，只要出示信物并且将两半合而为一，便能证明彼此的身份无误。两人都知道自己的这一半是真的，对方的真伪则要看信物符合的精确度如何。如果合得天衣无缝，熟悉的（已知的）部分和陌生的（未知的）这部分就能突然组出一个"完形"。sym 原义是"一起"，bolon（由 ballo 转来）原义是"抛掷"，两者连接成的意思强调陌生的必须和熟悉的"抛在一起"，才可能建起连接已知与未知的桥梁，用心理学的术语讲，就是接通意识与潜意识。

象征符号之形成必须将心灵的意识与潜意识两半相合。炼金术中也有所谓"对立面的结合"（coniunctio oppositorum）。两者都少不了对方，若没有意识来规划，潜意识的意象流动不会被认可；如果与潜意识的流动断绝，意识也会枯竭。因此，我们把象征符号估成高价，当它是心灵健康及活力必需养分的提供者，并不算过分。

心灵能够筑桥，把不搭轧的作用过程统一在一个象征符号之内，荣格称这是"超越的功能"。这种功能经常以一个象征符号出现，最具启发作用的就是希腊神话信使神赫耳墨斯（Hermes）的魔杖"卡杜修斯"（caduceus），杖上盘着交缠的两条蛇。赫耳墨斯是诸神的使者，是灵魂的传送者，是上下两个世界之间与意识和潜意识两个领域之间的中介。被他的魔杖触及的人会睡着而进入梦的世界。

荣格对于梦的象征符号的理解，与弗洛伊德的理解在根本上就不同。两人看待象征的不同态度也最能显出各自的性情。弗洛伊德认为，象征是潜意识的意念或冲突、愿望的比喻式呈现，是一种替代的结构，把它呈现的真正意思巧妙地掩饰过去。例如：剑象征阴茎、剑鞘象征阴道、把剑插入鞘象征性交。按荣格的看法，弗洛伊德说的象征根本不是象征，而是标帜（sign）——"一件已知事物的简化标本"。标帜一般指已经知晓的事物，体现一个已经固定了的意义。荣格理解的象征与此大不相同，应是"一件比较未被知晓的事物可能有的最佳表征",是力求明白而不能再明白的了;是"不能改用更好方式表达的一种直观意念"。对荣格而言,象征不能再作其他解释了(弗洛伊德则不这么想):象征符号本身就是它的意义的最佳表达。

弗洛伊德把潜意识视为需要引流疏通的不健康的泥淖,起码也该把它的范围缩小。荣格却认为潜意识是不断流动的河,灌溉它流经的心灵地带。弗洛伊德认为原我和自我是扯不清的。荣格却认为自我在有益人生的影响下不断更新而重振活力。

活的与死的象征符号

象征符号对我们的思想和感情永远是一种挑战。

—— 荣格

荣格强调,象征的主要特性是:它是独立存在的,有完全属于它自己的生命周期,会诞生、兴旺、衰微、死去。"象征符号必须充满含义才是活的,一旦找到比原来认可的符号更能满足追求、期望、猜度的表呈方式,原来的象征符号就死亡。"死的象征符号只是惯例沿用的标帜。"所以,凭已知的联想创造活的象征符号(即是在自我的意识之中凭意志而发明)是颇不可能的。因为这样造出来的东西的内涵绝对不可能多于你放进去的。"每个文化中的象征符号会因实龄长幼与历史推演而活或死。童年时代很有生气的象征符号,往往在我们年龄增长之后丧失其魔力。文化的象征符号亦然,以十字架为例,以前是基督教信仰的最完美象征典范,如今对大多数人而言已经不具有启发宗教虔诚的作用了。"在某人眼中最能表现某个被忖度却未被确知事物的符号,就成为真正活的象征。于是它驱策潜意识的参与,发挥赋予生命和增进生命意义的效果。"

心理分析实务经验证明荣格所言不假。这种效果是怎么来的？荣格在《里比多》之中已详论指出，"象征乃是转化能量的心理机制"，使心灵能量从低层次变为高层次的应用。象征符号即是以活力充沛的意象进行的思考，这有含义的能量使象征符号能够影响自我的意识、导引其定位，并且为做梦者打开超乎他目前处境的新通路。心理分析过程中豁然开朗的经验，就是因这种能量转化而产生。荣格认为，象征符号若能加以"放大"，而不是予以简化分析或套入已经体验过的事件，特别容易产生此种效果。

象征符号的生命力能否突显，端看个人以何种意识立场接受它。意象本身和一般物件一样，是没有含义的，它的意义是我们赋予的。这也是心理健康与个人幸福的要件所在。生活在无意义、无价值世界里的人是有病的、沮丧的。这种人需要接受象征符号"输血"。**每个文化都有一个象征符号库。心理治疗的秘诀在于使病人有办法取用这个资源，从而获得与其所需相当的"输血"。**关键是，要明白这资源库不在体面庄重的大街上，而是在"本我"内里。

象征的由来

> 灵魂自有"逻各斯"（logos，天道，法则），它会按灵魂所需而成长。
>
> ——赫拉克利特

可叹的是，传统的精神分析方法，以及现行的多种心理治疗，都对象征符号怀有敌意，把象征概括化、捣碎、简化了。以简化分析法把事物还原成为其组成各部，确实有其功用，但我们会在这种过程中流失象征可能带来的益处。我们走在科学进步的道路上，与中古时代一元化宇宙秩序的意象渐行渐远，却又找不到足以取而代之的东西。好在我们一向擅长发明新理论、建构新的信仰系统，借以解释宇宙的道理。这个倾向也使得象征主义重获生机。

瑟洛特（J. E. Cirlot）认为，象征符号的库藏来自一个共同的源头。许多人会同意这个论点，也会和他一样不愿断言是否来自某一时地的某一群人，抑或是从进化过程在我们大脑内形成的共同结构与共同习性所产生的。最合理的说法是，原型结构和文化影响都牵涉其中。**最能历久不衰的象征符号系统和神话，极可能是最能被原型需求同化吸收者。**

人类心灵的运作大致相同，这已是不争的事实。各地的民俗、传说、迷信都有一样的主题，即是确凿的证据。东方习俗研究者、文化人类学家、荣格派分析家、美术史研究者、神话学家，以及熟知比较宗教神秘主义支派发展的人士，也都从研究中得到证据，认为多样象征形式底层有基本的"一元性"。身体语言、手势、面部表情，以及言语沟通依据的"深层结构"等方面的研究也显示，一切文化表象都有相同的原型起源。**文化提供传统，以便原型模式在个体发展过程中被吸收进去。**因此，各种神话中的物象典型与特定的文化传统相关，但物象的形态是统一的（如，似龙的怪物、半人半兽的妖精、一道道耀眼的光、曼陀罗之类的几何图形等）。

兰克（Otto Rank，1884—1939）曾说："神话是人们集体做的梦。"坎贝尔将这句话发扬成为他的名言："**神话是公众的梦，梦是私密的神话。**"既然全世界的人倾向于做相同主题的梦并且形成共通的象征符号，那么，不论文化条件如何，只要人类存在，塑造这些象征符号的文化传统和营造这些象征符号的那些原型意向都会持续下去。**一切象征符号都是集体意向和个人经验之间互动的产物，普世共通的**

特质会超越历史，个人的成分是与当下相关的，**象征符号则是两者之间的联系**。愈是古老的象征符号，其物种发展的起源愈久远，它也就愈"集体"而"普遍"。愈是特别不同的象征符号，其中的塑造者个人色彩愈浓。

神话与宗教的象征符号系统诞生，是因为人们开始反省自己在自然世界中的处境，不再盲目地得过且过。显然就在大约六万年前发生了很重要的事，人类开始有了天体生物学上的关注。人类文化从纯粹泛灵信仰和图腾崇拜的时代走过拜巨石、拜月、拜日的阶段，约在一万年前发现农耕和畜牧的方法，于是认为诸天体、数字、植物、动物都遵循着一定的法则、可预测的不规律、可知的复现节奏，并且记录下这一切，以便裨益后代子孙。与这些并行发展的还有多神教、一神教，以及后来的炼金术、道德哲学、自然科学。这一切发展都必须用象征符号来规范原则、整理秩序，在人类文化文明进展的路上产生的基本象征符号也一直延续到现在。

原型的象征符号

> 每种心理表达都是一个象征符号，如果我们假设它申述或表示的意思是比它本身还多的，且一时不为我们所知的。
>
> ——荣格

象征符号是否来自原型，要看它能否将普遍的与特殊的调和一致。每个人的指纹都是独一无二的，但人人的指纹都有共同特征，我们才会一见就知道那是指纹。同理，**一个原型模式可以有极多样的不同象征形态**。所以象征符号的比较研究非常重要，没有收集研究大量象征符号之前，不可能看出其中隐含的原型。达尔文曾经证实，生理形态学的研究结果显示，表面上多样的结构之中存在为数甚少的基本形态。文学的情节发展和梦里的象征符号也是如此。

象征意义是用类比方式表现的：黎明赶走黑暗，所以英雄破鲸鱼腹而出，自我摆脱潜意识，男孩脱离母亲的牵绊。太阳要升到头顶正中，所以英雄获得公主与王位，青年男子要成家立业。人们认为这些类比有意义，因为其中含有平行的概念，能符合瑟洛特所说的"充分同一性的原则"。不同的意象相符，"显示它们怀有同一个本质"。即便实体存在上各异，象征意义上却合一；客观的"相异"变成主观的"相合"，这种统一可以释出一股心灵能量，可以启发顿悟。**难怪亚里士多德说，最能洞悉相似性的人才是最上乘的解梦者。**

集体潜意识不断重复接触新近的事实，所以能永远不停地创造新的象征符号。原型的骨架有了象征符号为肉，才能转世再生。再抽象的原型指令也可借此变得有形有状，不拘是人形、兽形，甚或是无生命的一个方形、一个圆圈或一座桥。因此，阳刚与阴柔成分的原型关系可以用率直的男女交媾的图像为象征，或用剑与鞘相合、太阳照亮月亮的画面象征。正邪对立、光明与黑暗冲突呈现于无所不在的英雄战妖龙的故事中，结果妖龙不是被斩就是被驯。人类生命史的过程用太阳初升、日正当中、夕阳西下代表。人生的考验与磨难用通过险路或走出迷宫来代表。

民族志学者记录的神话、传奇、童话故事之中，处处可见这种意象。不但如此，现代的男女老幼的梦境中也充斥这类意象，儿童的梦中尤其多。象征符号是原型意图和需求的寓言故事和隐喻表达。每一个人、家庭、社群、国家都会产生适合各自处境的象征符号。但不论外表看来如何多样，都是以一模一样的构型为基础。例如，男性阳刚的原型必然充满可以突显男子气概的特征（如好冲锋、侵略、好竞争、武断个性、生殖力强、爱保护人），或典型的男性行为模式（如追求异性、觅求伴侣、制作工具与武器、保卫领土、执法、争胜、狩猎、打仗）。这些倾向与行为模式都有相关的象征物，男性原型在神话、梦、传奇故事之中便是借这些象征物表达：也许是集体共识的象征物，如印度教的男性生殖器塑像、奥西里斯的阴茎柱、长矛、公牛、犁具、武士、国王、耶和华；也许是个人认同的象征物，如男性可能有的笔、小刀、足球、靴子；或是一些令人联想到兄弟、父亲、男老师、军中长官的特质。男孩子在成长过程中要用这些集体的、个人的资源组成他自己的一套象征符号的点石成金术，把自己的身份与男性阳刚综合。女孩子也要以类似方式开发自己的阿尼姆斯（animus）。

象征符号是一种工具手段，我们用它把意义编成密码，化入有形事实的世界。象征符号是我们可以感知的表述式样，背后藏着有目的的意图。解析象征的窍门是把表述式样背后的用意猜出来，把它转换成文字。不过文字只能绕着意思走，不能把它抓牢。文字可以解释说明，象征符号却能挑起暗示、可能性、情绪，这都是文字的能力所不及的。所以我们要在想象中把玩、涂染、捏塑、舞动象征符号，让它们物尽其用，不要无端被文字榨干了。唯有如此，才可能体会它们起死回生的能力。

原型的蛇

再也没有比非洲充斥危险野兽更甚的地方了。

——达尔文

蛇会成为一个原型意象，缘于蛇是各地都有之物，而且会引起惊愕、着迷、恐惧等情绪。现代都市的居民既没有理由惧怕蛇，也不曾有与蛇接触的经验，为什么在动物园里看见蛇会不寒而栗，而且会梦到蛇，产生蛇的梦魇？生活在常有蛇出没地区的狩猎采集者对蛇这么敏感是情有可原的，一个生活在纽约曼哈顿区的银行职员怎会如此？显然有种系发展的因素在作祟。

我们为什么从老祖先那儿遗传到对蛇的意象特别敏锐的感受力？也许是因为人类进化起源的非洲曾经是——如今仍是——可能为害的蛇类的栖居地。见了蛇就意识到危险，这是远古时代就在人类基因中确立的印象。它显然一直以原型潜能的形态留在我们的潜意识里，以致我们现在仍然惧怕蛇（其实它已不足构成危险），但对于汽车（其实是相当可能构成危险的）却没有类似的恐惧感。**这种原型倾向是如何养成又流传下来的？荣格认为是数千年人类生存史中不断重复"刻印"在心灵上所致，其实应是自然淘汰过程确立的仪式促成的**。后代继承的不是蛇本身的原型意象，而是看见似蛇的特征——长长的、弯曲的、滑动的、有毒牙的、有分叉舌尖的——就体认到危险的原型禀性。

每个物种自有其典型的进化环境，并且会在生存过程中面临各种典型的处境。物种的个体可能由于基因突变（此乃自发且随机的现象），而得到比其他个体更能适应典型环境的条件，如对蛇状物特别警觉就是这种条件。有这个条件的个体多半能幸免淘汰，从而把新的基因传给下一代，使下一代占得生存竞争的优势，也更有机会再繁衍后代。因此，新的条件就成为这个物种的基因结构之中的标准成分。

我们的原型意向就是这样被纳入了远古生存环境中的典型处境。经过几千代数十万年重复淘汰偶发的突变，才有了现在人类的属型——也就是原型架构。这个属型既会表露在人体的构造上，当然也会表露在人的心灵结构中。

因此故，我们因先置的意向而准备好了要面对原型的人物（如母亲、子女、父亲、伴侣），原型的事情（如出生、死亡、离开父母、追求伴侣），以及原型的东西（如水、太阳、鱼、掠食性动物、蛇）。这些都是进化赋予我们的整套条件的一部分，用意在于使我们能够适应远古的生存环境。而这每一部分都在梦境、行为、神话中借心灵而表露。荣格以他一贯缺乏生物学确切度的方式作了以下的概括之论：“集体潜意识是耗时千万年才形成的宇宙图像。在这个图像里，某些特点，即原型或优势型（dominants），结晶到时序之外。它们乃是统御的势力。"

我们继承了对蛇状结构生出情绪反应的意向，而且会在梦里创造蛇的意象，可见我们的大脑里已经带着识别分类的禀赋。除了识别"蛇"的倾向——这是灵长目动物显然都有的——之外，还有其他类似的分类能力，例如，婴儿早在能认出最亲近的人的面孔之前，就能辨识"脸"这个类项。如今也有证据显示，大脑皮质确实有"觉察脸孔"的细胞。我们在将入睡的似醒非醒状态中，能看清梦象中人物的脸孔细处和性格，多少与这些细胞有关。而这些细胞很可能也是"觉察蛇"的细胞。

这原是为保护远古人类不受蛇害而安排的警报系统，为什么又被普遍化而形成以毒蛇为中心的整套象征符号呢？一个象征符号竟能表达这么多不同的意思，一定是因为这个弯曲的、滑动的图式易受其他原型图式——如与性、邪恶、疗病有关者——的感染。**内在的"本我"会用现成的图式来组构意象，正如画家会用不同的颜料调色。**以罗斯金（John Ruskin，1819—1900）的经验为例：与性有关的梦魇出现，在他而言是常有的事。1868年3月9日，他梦到自己令一位年轻的表亲琼看一条蛇，还教她摸蛇的鳞。"然后她又要我摸它，它就变成又肥又大，好像水蛭般黏住我的双手，我简直甩脱不开"。这个梦里的蛇显然是阴茎的象征，表达了罪恶感、嫌恶、恐惧，以及性欲。

克库勒梦中跃动的蛇帮他解开疑窦，伊甸乐园中的蛇却象征性的诱惑、邪恶、违抗上帝旨意的念头。以上诸例都在基本的长而弯的特征之外再添加了其他含义。

总之，毒蛇象征存于我们内在与外界的阴暗而最原始的能量中。蛇的典型构形虽然与人类的脑干和脊柱相似，却代表人类进化的爬虫阶段。沉睡在潜意识里那条头尾相连的蛇，悟道的生命力上升之路最下面这一层蜷曲，即是仍然躲在神经系统中央的爬虫生命。按修炼瑜伽的人士所说，借心灵修持，可以诱使这条蛇伸直，从尾椎向上，经过六层圆轮（chakras，即生命之轮），到达位于额头的第七层（即湿婆神的第三只眼）。这又是个体化过程的另一个隐喻，心灵能量和潜力从最低处的起点达于最高层次的表现。有趣的是，阶段的数目普遍是七——古巴比伦神塔有七层，美索不达米亚坟墓阶梯为七格，波斯密特拉教（Mithraism）仪式的七种金属，炼金术溶浴前的七步骤，等等。七的象征意义也可与七行星和基督教的七大罪连上关系（另外尚有七美德可将七大罪抵偿）。此外，神话和传奇故事之中的妖怪常常是有七个头的，斩掉六个头等于克服命运中的恶力。七的重要地位似乎与它是一个三和一个四加起来大有关系，不过这个由来仍有待进一步探讨。

另有一个个体化过程的符号与蛇也有密切关系，即是宇宙之树（Cosmic Tree）。这棵树代表个体化发展与意识增显，不可能与远古人类爬树瞭望的行为无关。不过其中的象征意义也相当复杂。树可说是似阴茎的、直立的、男性的，盘在树上的蛇则是弯曲的、依附的、女性。按这个意义来看，蛇成了莉莉丝（Lilith，古巴比伦的夜女神，或指犹太传说中亚当的第一位妻子），引诱亚当和夏娃犯罪，而夏娃也与古代腓尼基的阴间女神有关。原型意向惯将事物二分为对立的，这些象征符号也不例外：善的生命之树上面盘着本质邪恶的蛇。蛇本身也被二分：希腊医药神阿斯克勒庇俄斯的法杖被疾病与疗愈围绕，信使神赫耳墨斯的手杖上盘着两条交缠的蛇，象征善与恶、健康与生病。蛇在许多医疗文化中都有神圣意义：它能害命也能治病。顺势疗法也遵循这个原则，致病的原因本身就可以把病治好。

所有的原型象征符号的意义都因文化背景不同而各异，蛇的象征亦然。希伯来文化中的蛇代表邪恶、诱惑、性的激情，印度教的蛇却代表沙克蒂（Shakti，性力女神）、宇宙力量、大自然。不过，蛇在每个群居社会里都是能引发敬畏、恐惧、警戒之物，其蜕旧皮生新皮的特性也普遍引起复活、永生、生命延续的联想。

此外，许多神话都有蛇龙和半人形的食人魔，可见这一定是最早徘徊于人类想象之中的动物。例如，吉尔伽美什和安奇度杀死的洪巴巴（Humbaba），牛头人身的米诺陶（Minotaur，每七年要吃一顿七少男、七少女的大餐），被太阳神阿波罗制服的巨蟒（Python），蛇发女妖美杜莎（Medusa），把守冥府的刻尔柏洛斯（Cerberus，生着三个狗头，喉部有毒蛇），都可以把我们带回远古的源头。瑟洛特认为："这些都暗指形成人类精神地质最底层的基本力量。"它们的天敌是神话中的英雄，从人类物种发展史的观点看，英雄与妖怪的搏斗代表人类远祖与凶猛的掠食兽类争夺大地资源之斗。智能与语言的进化，加上人类学会制作武器，使我们有了在搏斗中获胜必需的"神奇力量"。

伏魔之战在我们的梦境中重演，因为这妖魔是"内在的妖魔"，是人类阴暗情结深处藏着的肆虐破坏的掠食者与亵渎者。**每一代必须缔造自己的英雄伏魔胜绩，因为唯有这个胜绩能担保这一代人的生存与延续。**所以各个时代都有自制的妖魔。如莎士比亚笔下的卡列班（Caliban）、萨德（Marquis de Sade, 1740—1814）描写《索多玛120天》（120 *Days of Sodom*）之中的纵欲者，雪莱夫人（Mary

Shelley，1797 — 1851）的《科学怪人》（*Frankenstein*），斯托克（Bram Stoker，1847 — 1912）的《吸血鬼》（*Dracula*），哈里斯（Norman Harris）的《沉默的羔羊》（*Silence of the Lamb*），全都是按着原型的掠食、恐惧、英雄奋斗的基调弹出来的新曲，引起我们共鸣的效能也从不衰减。像《大白鲨》和《侏罗纪公园》之类的电影，同样是在玩妖魔或掠食者与征服者的原型游戏。

蛇是值得重视的象征，因为它连接了物种发展史与符号学，不但为荣格的原型假说找到一个支点，也使原型的作用模式成为易懂而且可以运用到释梦研究上。按神经医学的观点，象征意义可以保持新皮质与边缘系统之间的交流畅通活络，促成意识与潜意识机能之间的对话。**古老的大脑构造不会使用语言，只得用象征符号达意，创造新旧大脑都能懂的"世界语"。前脑能用语言，会说故事，它把这些象征符号的讯息转换成为叙事体，结果就是我们所说的梦。**

第八章

梦与心理治疗

> 意识必会作划分，我们在梦中却装成住在原始夜晚黑暗中的那个更统一、更真确、更永恒的人的模样。他在那儿仍是完整的，整体在他之中，与自然一般无二。全无自我性。梦便是从这统一一切的深处发生，不论多么幼稚、荒诞、败德。
>
> ——荣格

释梦和心理治疗都不是一门科学，而是一种艺术，没有所谓对的或错的方法。每个学派都把自家的信条灌输给子弟，但经过一段时间的体验，每个人都发展出自己的一套方法。结果，解析梦的方法之多，多如想要理解梦的心理分析师与病人。

我自己用的方法基本上是所谓"正统荣格学派"的。下文的内容不免要谈到我自己如何分析梦，读者应有心理准备，知道我所说的只是某个角度的看法。我不敢说我的方法才是对的，甚至不能说这方法比别人的都好。这些方法仅仅是看起来最能达成我和病人认为有疗效的结果。

并非所有心理治疗师都认为析梦是治疗不可或缺的一部分。有些人把梦视为附带问题,甚而只是抵抗"真正"问题的防卫手段,是治疗师与病人之间的潜意识互动——所谓的移情与反移情关系。别人的看法我不便干涉,但我认为梦是再重要不过的。根据二十多年专业经验,我知道梦的解析比任何其他治疗法都更有把握也能更快地找出心理困境(以及解除困境)的根源。**梦表达的总比自我知道的多**。不论我把病史记得多么详细,问题问得多么深入,病人答得不论多么诚实,都必须等到听了病人讲梦以后,我才觉得认识了这个人。然后才能开始了解问题所在。我们在意识的层面上或许以为自己知道问题的真相,但我发现只有潜意识真的明白。所以,别人问荣格他们该如何自处,荣格会说他不知道,但他愿意听听他们的梦。在荣格看来,梦是"超乎有意识的心智所能控制的一种不由自主的、潜意识的心灵过程的表现。梦揭示病人的内在真相与事实的本来面目,不是我所猜度的那样,也不是他希望的那样,而是它本来的样子……"

只看梦能提供有关问题和病史的宝贵资料,就晓得梦有多么重要了。但是荣格发现梦的功用还不止于此:"梦能矫正事态,能供给欠缺的材料……"换言之,梦发掘的对策是有创造性的。一言以蔽之,有了梦提供的必要资料才能确定病史、诊断、疗程,甚至找到治愈的方法。

潜意识能得到意识的思维得不到的智慧,这种例子在神话和传奇中随处可见。**犹太民族有这么一个传说:人未降生之前,天使会让灵魂看见天地间的一切事物,也看见日后在人世的一切遭遇。可是,到了要降生人世的那一刻,天使在你鼻子上轻拍一下,原先看见明白的一切全部忘记。以后灵魂只能在夜晚逃出肉体,升入天上,再带着新生命和智慧回来,准备过新的一天。**惠特蒙特(Edward Whitmont)

认为，这显示"活力充沛的做梦在象征意义上类似'回忆'，忆起降生之前灵魂曾经知道的世事的大小片断。……这些都是个人生命深处的基本存在模式或原型动机"。

按荣格的看法，利用梦和积极想象把自我带进成型的世界，动员超越性的功能，这才是心理分析的目的。西非的民间信仰也表达了类似的概念：人降生之前要与天上的另一个自己拟定契约，降生后一切按契约行事——要活多久、在社群中担负什么任务、娶嫁什么人、生几个孩子等，无一例外。拟好契约后，你就被带到"遗忘之树"面前，你拥抱此树，立刻把契约内容忘光了。可是你在人世所做的一切都必须与契约相符，否则你就会生病。所以你得求占卜者帮忙，他会用各种方法联系天上的另一个你，问清楚有哪些项目是你没做到的。在现代西方社会里，占卜者的职务就由心理分析师代劳了。

灵魂夜夜"忆起"的事并不来自天上，而是来自"本我"，此乃是包裹在每个男人、女人、儿童的潜意识之中的人类生存纲要。"本我"的动力以落实于自身为目标，使其永恒人性体现于个人。基督教以上帝道成肉身象征这个目的，弗洛伊德把它描绘成婴儿对父母带领之渴望，荣格将它比为成就个体化之旅。

心理防御

> 勇气是我的，我便有了神秘，
> 智慧是我的，我便有了优势；
> 能免于跟随退缩世界的步伐
> 走进没有壁垒的徒然城堡。
>
> ——欧文（Wilfred Owen，1893—1918）

人的心灵又可以比为一栋房子，我们大多数人住在阁楼里，以下的房间连看也不看。所以我们过着不必那么受限的生活，我们的能力也大都荒废着不用。有时候我们会觉得，自己的生命当不止于此，把未能如愿的咎责归给外在环境——没钱或没机会，却不知道必要的资源都可从自己内在取得。如果我们跟着梦走，梦会带我们到楼下的房间和地下室去，也能带我们去看房子外面的风景。阁楼以外的事物未必都是我们喜欢的，但是只要能走出去，就能体验冒险、发现、惊奇。这个想法实践起来并不简单，因为梦不用自我能轻易懂得的语言来表达智慧。我们得从经验中学会理解这些传递讯息的隐喻、寓意、梦境，并且欣赏这些以人类生存永恒主题新编的变奏。我们基于这一点可以说心理分析是一种教育步骤，接受分析者借此学会如何避开遗忘之树和天使在鼻子上拍的那一记。

这个步骤对某些人而言可能是艰辛且痛苦的经验，因为他们住的那间阁楼根本就是个要塞，是有坚强防御工事的城堡，堡里的发号司令官叫作"压抑"与"否认"。这两个生命的亡命者在不容潜意识和外在世界进入的城堡里躲着，慢条斯理地在安全的幽禁之中用例行琐事填充日子。只有到了夜晚，他们才漫游到城墙以外的世界去。在心理分析的早期阶段中，梦可以做这样的图解：做梦者待在一所监狱或集中营里，突然发现牢营的大门多年来一直是敞开着无人把守。心理分析师该做的是，为病人提供一个够安全的环境，让她（此处用"她"其实也包括"他"，泛指所有病人。根据我多年来的统计，女性病人与男性病人的数目为六与四之比，相信其他心理分析师的经验与我的大致相仿）走出自我防卫的牢笼，开始活在这个世界里。

我们不可误以为梦一定能表达这么明确的讯息。即便经验最丰富的释梦者也会碰上解不开的谜。这种情形多半不是因为梦的本身没有意义，而是因为分析者的理解不够深入。心理分析对于分析师和病人一样具有教育功能。（许多心理治疗师已不再用"病人"一词，改用"案主"［client］或"接受心理分析者"［analysand］。这是因为许多治疗师并非医学院出身，不便认同医病关系。我既是医生，不会有此种顾虑，而我也不认为"病人"的身份比医生就低一等。反之，我认为就教于我的人有"权利"做病人。治疗者与病人的关系是一种原型关系，一旦关系形成，治疗的程序已经展开。故意避免此种关系形成乃是相当严重的错误。）

说梦，听梦

> 长久以来我已养成习惯，若有人把梦讲给我听并问我有何意见，我一定先告诉自己："我不懂这梦是什么意思。"之后我便可以着手研究这个梦了。
>
> —— 荣格

我说过，我用的方法大体上是正统荣格学派心理治疗医师都在用的。这也就是说，每次医病碰面既是专业性质的会谈，也是社交活动。对待每位病人都要亲切而有礼貌，就好像平时对待有私交的友人一样。荣格特别强调："应该当来人是正常的，以社交的方式对待。如果对方有精神官能症，乃是额外的收获。"接待病人的诊疗室应该如一般家里那样，气氛宜人，没有诊所的感觉。室内不放躺椅，分析医师和病人坐一样的椅子。椅子舒适，两人保持双方都感到自在的距离。荣格主张这种安排，反对正宗弗洛伊德派心理分析师那种刻板形象：分析者坐在躺椅一端病人看不到的地方，冷淡沉默，偶尔吐出一句权威的话，不涉入病人的心理过程。**荣格认为心理分析是一个辩证过程，是两个人之间的双向意见交换，双方参与的程度相同。**

诊疗室虽然气氛平常，却是酝酿蜕变的神圣之地（temenos），不可亵渎。在这儿工作的每一小时都是恭谨慎重的，不容许干扰打断，不接电话，旁边没有狗、猫、鱼，不许外人任意跑来敲门，这个轻松自在的氛围之中只衬着花、图画、书籍，外界的噪音减至最少。

就心理分析师的态度而言，最重要的就是不存有先入为主之见。每位病人都是独一无二的。通则、武断意见、通用程序都派不上用场。荣格曾对学生说："把理论都背熟。病人走进诊疗室之后，就把理论都忘掉。"心理分析师必须是专注的聆听者，让自己的想象把玩问诊过程中冒出来的每件事。

一开始就分析梦虽是常有的事，但通常最初的十至十五分钟都是询问身外发生的事，如果讲到一些重要的题目是病人想细谈的，就接着谈下去，否则就转到梦的方面，反正不论题目为何，梦能说出来的总比自我能说的多。

假如病人记录了好几个梦，我就请她挑其中之一念出来。她边念我就一边改用自己的措辞写下梗概，这样我比较不会漏掉梦的细节，而且写成一份清楚的备忘录。专心听写是十分重要的，因为梦的意象很容易引人入迷，稍不专心就会忘记聆听，跟着自己的想象神游去也。

病人边念我边写，我便发现梦境能把我已知的片断事实串接起来，呈现出的新形貌使我顿然有所悟。不过我不会把这些尚未成熟的领会说出来，只是本分地问病人有什么联想，或有什么积极想象的成果。我该做的不是告诉病人她怎么了，而是协助她来弄明白。正如我让病人自己挑一个梦来念，我也鼓励她从梦中挑出她觉得很重要的部分，我先不说我认为哪一部分重要。这样做往往能进一步厘清事实。接下来进行"放大"，我和病人一同探讨这梦的个人的、文化的、原型的背景。按这个方式，毋需特别解释梦的内容，梦的意义就会渐渐浮现，这意义也是医病双方有共识的。

有时候病人会把梦境的记录誊写成打字稿给我看，这样虽有用处，但我还是宁愿听他们亲口讲，因为讲的态度、语气都可能成为揭露真相的重要线索。在备有打字稿的情况下，我不必作笔记，只需在病人念的时候照稿子看一遍，一面把我认为重要的部分标示出来。这样也可以帮我集中注意力，约束我的想象。

分析者该在什么时候发表自己的意见？这也没有一定的规则可循。我们凭经验学会拿捏时间，学会分辨自己的直觉有没有道理。假如你说话的时机不对，病人通常会告诉你，也许是当下就直说，也许是用间接的方式，另讲别的梦。

一定要等到医病双方都觉得这个梦已经处理完毕，我们才会开始谈另一个梦。由于梦的长度和内容不同，有些梦可能要花三四次疗程来处理。常有的状况是，一整节问诊时间都用在谈一个意义深长的梦上，一个"重大"的梦则可能花掉好几节时间。至于一个梦该占用多少时间，应由医病双方一致的意见来决定。

病人述说的梦的质与量是因人而异的。通常只要病人投入了，梦就源源不断而来。但有时候病人会变得无梦可讲，倒不是因为她不再做梦了，而是因为她记不得梦的内容了。怎会这样呢？原因不一。也许是出于防卫心理：病人想把开始浮现的重要资料压抑下去，因为她不想面对这些部分。也许病人觉得对自己负责的担子太重了，宁愿处于被动，一切都扔给分析师（"不然我花钱找他做什么？"）。也许是因为缺乏投入的意愿，不觉得梦境的含义有多么重要。也许是一种移情作用，把严苛冷淡的父亲形象投射到心理分析师身上，病人自己不想再做听话的女儿。不论如何，无梦可讲未必都错在病人。也许是分析师反应太迟钝或对以前的梦处理不得当，以致病人觉得被泼了冷水。

病人如果变得无梦可讲，心理分析师要格外谨慎，不要让病人自觉"坏了大事"而心生愧疚。是病人自己要来求诊，诊疗的时间要如何用，要讲些什么他们认为重要的事，应该由他们自便。我通常会等病人自己问起为什么没有梦了，我才建议分析可能涉及其中的原因。

在治疗初期，无梦可说的现象可能并没有隐含的动机。梦过即忘毕竟是常见的情形，但必须设法克服这种失忆。可行的方法将于下一章中详论。只要锲而不舍，就不怕记不住。

按我习惯的做法，第一次面谈要向初次来的病人说明把梦境确实记下来的重要性，并且教他们去买一本够大且悦目的笔记本来记录梦。我请他们把每个梦发生的日期记下，将梦写在摊开的笔记本的一边，空下对面这一页供记录联想和放大分析。我也要求病人记下每次面谈过程中有何种体会感想，以免重要的领悟流失，不但不能善加利用，反而掉入潜意识的无底洞。因此，病人来面谈之前必须作不少准备功课。**荣格发现，接受心理分析成效最好的人，都是自己独立作业功夫下得最多的人。**我也确信，花在记录梦境、联想、分析感想上的时间是绝对值得的。

情结与转化

> 我在梦中与人争论，他反驳我而后启迪我，其实是我在启迪自己。
>
> ——利希滕贝格

心理治疗要应对的心理过程多半是非理性的、诉诸感情的。因此，心理分析师的言行必须兼顾理智和"现实原则"（reality principle），以及直觉和感情。理智对于情结起不了多大作用。因为情结基本上是非理性的，一旦形成，就是一堆注满情绪的记忆，紧紧包围着原型，在潜意识里反复呈现其情感模式。能够把情结带入意识而且予以改变，心理治疗就能成功了。这却不是容易做到的事。医病双方必须培养良性的工作关系，知道互动关系之中是否有移情和反移情作用发生，并且定期进行梦的分析。梦不但能打开直窥情结的门户，也能动用转化情结必需的情绪能量。就病人而言，若期望治疗见效，不但需要主动投入、发挥智慧，也必须心甘情愿舍弃自我安慰的错觉和自我防卫，学习以客观的态度看自己的问题。

我说析梦是治疗中不可或缺的，因为梦可同时配合治疗的理性与非理性目的，做梦者借此可以发现自己的情结，明白情结如何干扰自己的生活，然后凭自觉的人格整理情结，释出困在其中的有益成长适应的原型潜能。按这个方式推进，病人看事的态度、感情、行为都可能产生根本的变化，其人格也可以改头换面。我在观察这种转变的过程中发现，梦确实可以供给人格转化所需的原料和催化剂。

但这毕竟是辛苦、沉重、甚至骇人的事。因为，不论我们多么希望摆脱情结的纠缠，不论我们多么明白情结会破坏人生幸福，"我们的情结就是我们"，是构成个人心理的筋与骨，是个人塑像的中心支架。动手拆解这些结构可能危及个人生存的安全。洛克（John Locke，1632—1740）说过："我就是我所记得的那样。"所以，对大多数人而言，自我分析是再困难不过的事。若没有弗洛伊德和荣格那样的自省天才，充其量也只是瞎忙一场。多数人都需要一位有见识、思想、善意的人导引，此人必须乐意在转化发生时全神贯注。

心理分析的互动之中难免的紧张和焦虑如果是可容忍的，正向的进展就会渐渐明朗。和情结交织的情结化记忆开始松脱，情结之中的原型有了调整表达方式的希望，也于是活跃起来。新的象征符号出现，新的感情和观点也随之产生。"超越的功能"便在这个时刻施展。

举一个实例说明。一位五十五岁的家庭医生在接受分析的初期叙述了第一个连贯的梦，如下：

> 我是个农人，赶着一群牲口去市场。它们走走停停，又老是转错路口，惹得我很生气。我愈是生气，情况愈糟。后来有一位年纪颇大的警察来帮我赶，才把这一团混乱整理清楚。我醒来时又气又沮丧，几乎要哭出来。

做梦者是位工作认真而且求好心切的全科医生，因为事业婚姻两不顺才来求诊。他的血压高，酒喝得过量，而且很容易因为事情不合他意而发脾气。这种发脾气的情形渐趋频繁。起初他茫然不知自己的问题出在哪儿，也记不得自己做梦的内容。他做了上述的梦，才发现自己的情绪和行为在受强烈情结的影响。

起初他不明白这梦的意思。后来我问他，生活中是否经验过这个梦引起的那些感受，他才恍然大悟。他说，每当病人或家人不肯照着他认为他们该做的方式做，他就有挫折感，忍不住要生气。我鼓励他进一步谈这些感觉，他便细谈起来，大量情绪于是涌现。我抓住适当时刻对他说："你把他们当牲口似地赶上市场，难怪他们会反抗你，惹你烦恼。"他突然冒火，大声道："我没有把他们当牲口赶！"我问他："真的吗？梦会呈现事实的原貌，在梦里把你变成农人的是你自己。"他听进了这句话，怒气消下去，也流下了眼泪。

这个梦和梦释放出来的情绪，把我们带回他的父亲情结。他父亲是个活力充沛而富于领袖魅力的人，经商非常成功，极擅长指挥别人照他的意思行事。这位病人从小敬畏父亲，以父亲为榜样，凡事听从父亲、模仿父亲，希望借此赢得父亲的疼爱与赞赏。他梦中的赶牲口上市场的画面，是他耳濡目染学会的优势、控制、指挥的行为模式的最佳寓意。

他看清了这一层，终于能够面对梦境呈现的事实真相，了解他在用什么态度对待病人和家人。这梦境也暗示他不曾善待自己，全然用指挥别人的方式指挥自己。

析梦的工作并不是到此为止。我们还不知道那位年纪颇大的警察代表何意。梦的含义和病人解决问题的法子都要从这个人物身上来。他体现了超越的功能，所以不可忽略。我们细究之下发现，他代表两层意义：1.病人一直希望拥有却不曾有的父亲；2.病人希望自己能成为这种父亲——和蔼，体谅人，能力强，可以不慌不忙把问题解决。换言之，这年长的警察具备的原型父亲特质都是他自己的父亲没有的。这些特质一直留存在"本我"的潜意识蕴藏之中。梦境分析的任务即是把这原型的动力整合到做梦者的个人生活里。我们非常辛苦地努力了三年，结果我认为是成功的。

若要努力不落空，就必须定期与潜意识相会，经年累月的不懈努力，可能带来人格开发，意识层次提高。"本我"反复地补偿自我，这个行动足以引发梦促进适应的功能：先是自我经验了困境或冲突，潜意识以提供适应必需的材料为应对，个人因而能面对进一步的困境，潜意识又再做出补偿反应，如此周而复始。

但是，重大的转化发生之前必须确实对自己的处境有所觉醒。许多思想传统都有这种训示。如禅宗的公案即是以激发顿悟为目的，要修习者从知性的麻痹之中觉醒。俄国神秘主义者葛吉夫（G. I. Gurdjieff, 1874—1949）设计的心灵发展纲领，也主张令入门者受震撼刺激而觉悟。梦确实也有这种功能，因为梦挑起的强烈情绪是促成改变的催化剂。光凭自我层次的讨论或刻意运用意志力，不可能诱使基本人格结构蜕变，所以心理治疗少不了梦。**在梦中，思考变得更有**

弹性，情绪也变得更有动力，因此比清醒时更适合试验新的法子。也因此故，研究潜意识浮出的象征符号，与心理治疗大有关系。因为象征符号是充满能量的意念，有了象征符号提供的驱策力，心灵的构造才会从机能不良转化为适应无碍。如果没有这一番探究，情绪未被触及，也不会造成重要的改变。

经由做梦，意识的"命题"和潜意识的"反命题"成就了超越功能的"合题"，个体化的过程才能推进。此种辩证往往会导致安全感增加，有时候可使人感觉收获丰富，甚而能带来人生幸福。我从人生经验得知，与其向外追寻，不如求诸自己内在。**犹太民族的古老故事中，一位律法师为了追求"至善"而走遍全世界，最后却发现至善其实就在自己卑微的家中。**

个人的神话

神话表达人生比科学更确切，也更属于个人。

—— 荣格

我们每个人都会在从小长大的过程中形成一套个人的神话，这是从我们的文化中现行的迷思创造出来的，却能符合我们个人的心理动力需求。个人的神话和集体神话一样是一种信念系统，对于个人的作用也和集体神话对整个社会的作用相似。个人的神话可能效用良好，可能机能不彰，可能适合当前的处境，可能彻底过时。好的个人神话是用于适应的：可以促成人格结构和人生处境情绪上的调和，有益适应现实环境。机能不彰的神话却是不利于适应的信念系统，结果导致不快乐或厄运，以致不得不找心理分析医师帮忙。

病人自己还说不清楚个人神话是什么样，分析医师就已经能猜出个大概。这是因为病人久困其中,以为那就是现实的状况了。神话浮现可能是在最初几次探询病史的过程中,某些重复出现的模式可以显示病人已经被某种迷思困住。但通常都是在开始分析梦境的过程中浮现。个人的迷思往往可以用一句话总括,例如:"我这种女孩总是爱上不该爱的男人。""我这种人做事老是碰上扯后腿的。""我帮人家的事都能成功,自己却做什么都垮。""我是怀才不遇,总有一天要让人刮目相看。""我是要求最不苛的人,别人却老是达不到我的期望,教我灰心。"

我认为,多数人一辈子也不曾想过自己怀着什么样的个人迷思。假如个人神话能导向相当幸福而适应良好的人生,不想它也不要紧。如果已是机能障碍的神话,却还不检讨,就可能粉碎个人自我实现的机会了。**要认清个人神话,最有效的法子就是经常注意自己的梦**。如果做不到这一点,恐怕就要等到危机爆发迫使你非面对它不可了。危机出现通常意味个人的神话必须转化了:一套神话用得太久而不合时宜,心灵需要重建更适合已经变样的环境的另一套神话。这种改变可能引起巨大的内在冲突与压力。如果同时信仰两套相对的神话,冲突尤其严重。神话(命题)和反神话(反命题)的辩证必须走向新的"合题",如果没有梦境和分析医师从旁协助,这会是既漫长且艰苦的过程,而且结果也未必圆满。长期感到焦虑或经常陷入沮丧的人,可能正因在冲突的神话交战而左右为难的局面之中。从梦境中可以获知交战双方的强弱虚实,因为每晚梦中都有最前线的军情回报。借析梦将冲突带入意识,无异于请双方上谈判桌,先休战,再从长计议持久的和平。

客观与主观的心灵

千万别忘了,做梦本来是梦见自己,而且几乎把其他一切排除在外。

——荣格

梦的毫不含糊的客观性最足以证明，梦在用人类物种的声音说话。梦会呈现人生的细末琐事，却不改其超自然"非现实世界"的原则。梦告诉我们的那些令人不愉快的事实，换了别人来讲我们一定受不了。梦讥嘲我们最在乎的虚荣。人皆有死的事实在梦中的表现方式，令人觉得梦把个人死活看得无关紧要。梦也从不懂得尊重人，描绘配偶、上司、分析医师都是毫不客气的。**梦之诚实到了无情的地步**。在分析的过程中，潜意识摆明了不顾医病双方面子的态度，只在乎两人是否能合力找出问题的头绪。正是因为这个缘故，探索梦境是使人谦虚的经验，也是极宝贵的经验。梦是让我们看清自己本来面目的一面镜子，即便有斑有疤也一览无遗。梦教我们看见自己最大的盲点，使我们觉察最未意识到的区域，也教我们看清自己认为最聪明的时候正是最愚蠢的时候。梦会用如此客观的态度处事，是因为这些事都是他老早就见过的。梦的"记忆"远比我们的久远，百万年前的事它也记得。所以梦的视角是超个人的，而且同时具有生物性和宗教性。

荣格常指集体潜意识为"客观的心灵"，以区别个人的（主观的）心灵。主观心灵说的话发自自我的经验，客观心灵却以全人类为发言的根据。两者借梦进行对话，这种定期的交流正是个体化发展的关键。

客观心灵陪着我们走过人生的阶段，补偿我们狭隘自我的不足，纠正我们自认是一个统一体的错觉。**只要观察自己的梦一段时期，就会明白人非但不是一元的个体，而且是一堆群众——一群根本互异的人格同时存在一个心理、生理的个体之内，大家各说各话，各有自**

己的需求、愿望、意图，各有不同的过往历史。我们为了要在这种混乱中整理出秩序，会把这一大群人格极化成为彼此相对的阵营，如好的与坏的、男性的与女性的、熟悉的与陌生的。这些各式各样的阵营又发生冲突或结盟关系，有的得到支持而发展，有的被排斥而压抑，能发展的分子构成了人格面具（persona，表露给世人看的人格），被压抑的形成了阴影（shadow，不给世人看的人格）。心理分析既以成就个体化为目标，就必须将这些极化成分带入意识，肯定这些都是"完形"的一部分。各大宗教将这种体认等同觉悟，亦即与上帝合而为一的自觉。曼陀罗图形、十字架，以及基督、佛陀、穆罕默德的形象，都是这种领悟的表彰。

我们每个人都像是房东，把房子分租给形形色色的房客，有的人性情随和亲切，有的爱挑毛病而不易相处，有的根本就是不可理喻。相处之道教我们认清每个房客的为人，设法和他们相安无事，因为这些房客都是一辈子不解约的。我们必须学会欣赏矛盾，运用智慧和圆融的手腕，拿出诚实态度，在异中求同。

梦中象征符号之多样，也反映出这种多元人格并存的事实。每个分子正如麦克莱恩所说的大脑三体那样。各有自己的意识，在永不落幕的心灵戏剧中轧上一角。因此，把梦里的象征当作自己的部分模样研究，是有益无害的。我们若肯仔细看，就会发现梦的内容都是在讲自己。如果看不出梦与"自己"的关联，看不出梦是充满主观暗示的宣言，问题可就大了。

主观的释梦可以帮助病人确认被忽略压抑的那一部分自己（阴影），处理必然连带产生的罪恶感。这可以帮病人把潜意识投射到别人身上的那些心理成分收回来，也可加强病人对自己的责任感，激励自信，使病人的自我价值不再以周遭他人的肯定称赞为依凭。

有一位四十岁的女士，完全按她认为别人以什么眼光看她而形成自我评价。她梦到自己在小时候念的学校里，被老师当众辱骂。她在梦中问自己："我为什么要到这儿来？我何必如此？我为什么要忍受这种事？"她从这个梦开始明白，因为她把自己的那种"古板女教师"的超我投射到别人身上，才会使自己容易受别人的意见刺伤。她开始调整为自己负责的心态，也就能避免别人主宰她的自我概念了，并且能面对自己心理上那位好批判的父（母）亲。放弃对他人权威的依赖，发现自己的权威，是心理治疗中极重要的正向发展。依我看来，往梦里探索是促成这种发展的最上策。

批评心理分析的人士认为这是自我纵容的行为，其实不然，梦境探讨可以增进个人与他人互动的能力。"本我"为了适应社会与对于个人有重大意义的人，客观地探究主观的梦，可以从梦中发现一向惯以什么方式与人互动，找到更适宜的待人处世态度。

一位三十五岁的男老师，没有朋友。独来独往，公余的时间大都用于做饭给自己吃。他梦到一个没有面孔的男人把一些小孩子放在烹调用的搅拌机里。他细究这个梦之后，明白自己太把经验同质化，而且不把人（梦中的和梦以外的）当人看待。经过十八个月的分析，他梦到自己从一个篮子里拣出苹果，一个个擦亮，欣赏着每颗苹果的模样。做梦的同时他正好和一位年轻的女同事在交往上有进展，他确定两者一定有相关。

梦是否一定都该作主观的解释？假如我梦到一位朋友躺在地上，供别人在他身上擦鞋底，或在梦中看见这位朋友身披黑色羊皮在羊群中走，这梦的意思是指我是供人作践的受气包，我是害群之马？抑或是指这位朋友？答案是：可能是指你，可能是指他，也可能同时指你们俩。荣格认为除非梦中人相貌与做梦者现实生活中的某个人非常像，足以引起自我注意到原先未觉察的事，一般仍要先诉诸主观解释为主较为合理。例如，对丈夫既无二心也从不怀疑的妻子梦见丈夫有外遇，正派的生意人梦到同事骗他上当，查证之后都发现确有这些事。这类例子并不罕见，证明做梦者可以在梦中触发醒时不会有的直觉。但即便这类梦中也往往含有主观成分，分析者应该先让做梦者自问其内在是否可能隐藏着通奸者或骗子，再让这忠心的妻子和正派的商人指摘别人也还不迟。

通常梦境会把主客观意涵压缩在同一个人物形象之中。例如，一个男人梦到自己的妻子是娼妓，可能是因为妻子有时候举止像娼妓，但也可能是妻子在表露这男子自己有像娼妓的阿尼玛（女性意向）。他若能学会处理自己内在的娼妓，也就不会把妻子想成有这种行为。梦是主观的景象，反映的是我们看视他人的态度，但他人往往确实具备我们投射到他们身上的类似特质。如同他们准备好了钩子，专供我们把投射的意念挂上去。我们内在的造梦者好似一位拼贴画家，把外在世界拾来的零碎物用在自己的画上。为了象征自己想要呈现的内心状况，从环境中调来各式意象、事件、人物。

一位男士经商濒临破产，主要是因为他做事不知讲求效率。在他梦中，儿子学校的校长来看他，说他的儿子上课不专心，常常心不在焉，问他的问题都不会。如果这孩子再不振作，就要被退学了。这位男士醒后决定把儿子叫来好好训一顿，因为他在梦里认为校长说的都对。不过，此时他已经接受心理分析有六个月之久，下楼去用早餐的途中，他发现这梦是在讲他的儿子，也是在讲他自己。他自己也该听校长（他自己的超我）的告诫，叫心不在焉又不用功的自己振作。于是，用早餐时他和儿子有了本来不可能发生的良质恳谈，因为他承认，儿子在校表现不佳，做爸爸的也有责任。荣格曾经说过，我们要改正子女某些行为之前，该先想想是否该改正自己的什么行为。

从以上的例子可知，梦能发挥补偿功能。因为梦收纳了意识中缺少的东西，每个梦都交给自我一个未曾充分利用的潜能包裹，自我需要这些潜能来活出有意义的人生。梦交给我们的可能是丰富人生的、增进幸福的，但也可能是吓人的、令人不安的、使人沮丧的，接受的一方未必感到愉悦。但只要能忍一时之苦，报偿必是丰厚的。就我们大多数人而言，有益的人格成分在成长过程中被压抑，乃是因为家人认为这些成分是不可取的。荣格所说的阴影情结，便是由"本我"的这些遭排斥的部分组成的。若想把这些成分从潜意识里找回来，会经历内疚、羞愧、失望、焦虑，这些却是走向人格完整化的起步。**荣格曾说："对于本性而言，能有自觉理解显然比避免受苦重要。"**

阴　　影

"我大概没见过海德先生吧？"厄特森问。"一定没有的。他从来不在这儿用膳。"司膳总管答。"的确，我们在房子这一头难得见到他；他大都是从实验室那边出入的。"

——史蒂文森《化身博士》(*The Strange Case of Dr. Jekyll and Mr. Hyde*)

处理阴影梦虽然令人沮丧，不处理它的话，后果比沮丧糟得多。沮丧只是因为面对自己人格中不可取的面向而感到被"贬低"所致。其实这是补偿缺陷的良机——愈是令人感到不自在的，愈有必要予以接纳。

病人接受心理分析的最初几周之中，通常会讲这个形式的梦：做梦者自己在房子里，外面有潜在的危险或有恶人正想破门而入。做梦者惊怕之余把房子的所有门窗都锁好拴紧，却在一面关窗门的同时担心这只是白忙一场，不论如何防堵，侵入者终究会侵入。

分析医师听到这种梦，会鼓励病人弄清楚这侵入者是什么人。希望病人借自由联想和积极想象与外面这险恶的人妥协，认清那只是病人自己的一部分。这一点不大容易做到，因为，阴影具有的特质正是超我（内化了的父母权威）厌恶鄙夷的。一般人都会否认自己有这些特质，却不知不觉把它们向外投射到一些病人自认是受社会排斥的人身上。所以，梦里那些不怀好意的人都是在房子"外面"潜伏着。然而，典型的个体化过程中免不了让阴影摆脱局外人的地位而"侵入"——亦即是进到自觉的人格之中而促成完整化。

我虽然不同意弗洛伊德所说梦只是在表达被压抑的愿望，但我同意，阴影梦呈现的多属我们想逃避的问题，因为面对这些问题令我们不自在。我们每个人一定有用到自我防卫机制的时候，愈神经质的人用到它的时候愈多。但分析医师若能善加导引，阴影可以被承认而"纳入"，人格整体便可产生重要的转变，我们从此不再逃避自己人格中的攻击倾向，而是拥有它，为它负责，并且最好能把它用到正途上。

阴影情结的深处有一个"敌人"的原型。学会与"内在的敌人"保持良好关系的人，比较不会把它往别人身上投射，等于为世界和平、世人互谅贡献了一份助力。自我与阴影的互动关系是从"争胜模式"到"享乐模式"的转化过渡：自我不再控制（压抑）阴影，也不逃避（否认）它，而是与阴影展开对话，和它做朋友，终于和它建立享乐模式的依附关系，能够把它的能量供给完整的人格取用。

"本我"本来包含多个拟人化的情结——阴影、阿尼姆斯（男性意向）、阿尼玛（女性意向）、父亲、母亲、子女。若能一一认出，纳入自觉的意识，把它们当作真实的人物对待，不但可增强内在活力与和谐，也可改善个人与外在世界及他人互动的能力，不论与同性或异性相处，都会更加自在。

一般体验的阴影会是令人不安的、危险的、不怀好意的，但也不一定每每如此。只有人格中被排斥的部分会给人负面的感觉，阴影却可能含有正面的潜能，因为其中有尚未在人生中实现的"本我"，未能实现的缘故则于环境有提供施展的机会。荣格讲过的一个故事正可说明这个道理。

　　一次火车旅程中，我和两个不认识的人一同在餐车里。一个是外表体面的老绅士，另一个是相貌聪敏的中年人。我从他们的谈话听得出，两人都服过军职，可能是一位老将军和他的副官。两人沉默了好一阵子，这老人突然对他的同伴说："怪不怪，人有的时候会做梦。我昨晚做的梦很特别。我梦见自己和一群年轻军官在受阅，检阅的是我们的总司令。后来总司令走到我面前，没问我军中事务的问题，却要我说出美丽的定义。我怎么想也找不出适当的回答，羞得无地自容。他便走到下一个军官——一个刚升少校的人——面前，再问他这个问题。这家伙答得好极了，我要是能想到这么答，也会答得一样好。我实在太惊讶，就猛然醒了。"然后，完全出乎我意料，他突然对着我这个根本不认识他的人说："你觉得梦会有含义吗？"我说："有些梦的确是有含义的。""像这种梦会有什么含义呢？"他疾声问道，脸部不自然地抽动了一下。我说："你有没有看出这刚升少校的人有什么特征？他是什么模样？""他的模样像我，像我刚升少校那时候的样子。"我又说："这么看来，你刚升少校的时候本来会做一些事。后来却丢到脑后，或是不能做了。显然这个梦是要提醒你这一点。"他沉思了一会儿，突然说："对！你讲的没错！我刚升少校的时候对美术很感兴趣。后来忙公事，就荒废了这个喜好。"说完他又恢复沉默，再也没说一句话。

　　荣格后来作的结论是：这位老绅士的确是位将军，平时就爱发脾气，公务上一丝不苟到了吹毛求疵的地步。当年他若不荒废对美术的喜好，后来的他（以及部下）都可以过得愉快些。

　　从这个例子可以看出，梦借着导引注意力到被荒废的部分，可以补偿人生定位之狭隘不足。这种梦需要分析医师从旁说明，做梦者才能够获知其中的讯息。不过，话说回来，这位将军对梦念念不忘，甚至会告诉同伴，可能即便没有荣格来帮忙，他也能领会个中道理之一二。

　　每一个梦都是有补偿功能的吗？荣格似乎这么认为，我凭经验却相信他在这方面的一概而论是失当的。梦可以有补偿功用，却不是每梦皆然。按照霍尔的工作团队的详尽研究，梦境通常反映做梦者醒时生活中的行为。心理分析师常见的情形是，抑郁沮丧的人常做抑郁沮丧的梦，梦中难得有一线光明。焦虑的人也比不焦虑的人容易有焦虑的梦。**梦往往是跟着意识的心境和态度走的，好像在告诉做梦者：事实本来是如此。**梦中出现的多半是日常的活动，护士梦到护理病人，警察梦到智取罪犯，长跑选手梦到跑马拉松，这也许是为了维持做梦者机动而不疏懒。梦虽然也能发挥补偿的大作用，但必须是确实有需要补偿的时候才会发生。

　　梦的首要目的是适应环境与自我实现。补偿功能则是为了达成这些目的所用的手段。但是我们应该随时铭记，梦"可能"要补偿不均衡的意识自我。因为唯有如此警觉，我们才可能穿越先入为主的狭隘意识，看见心灵被分割出去的部分，面对荣格所说的"不是见解的见解，以及白昼不会感觉的感觉"。

人格面具

　　人格面具是自己和别人以为你是的那样，其实你不是。

——荣格

阴影梦会出现，是因为做梦者不愿面对阴影梦的含义，宁愿把自己的不可取之处隐藏起来，以免自己的地位贬低或遭到排斥。自己的阴影成分通常都藏在人格面具的后面，这面具是一副社会适应的"面具"，我们用它来面对世人。我们对于阴影感到的内疚不安愈甚，愈会制造一副人格面具来掩饰、伪装、欺骗。梦会把这种为难的心境一幕幕演出来，使做梦者有机会将阴影整合，重组一个不那么紧张戒备的、比较诚实的人格面具。

就人格面具的防卫作用而论，其实已有很悠久的物种发展历史了。借欺骗（以及识破欺骗）为手段而达到求生存的目的，几百万年以前就在实行了。有些动物利用伪装的颜色、式样、气味来引诱其他动物受死，有些动物可以凭巧妙的伪装或假死幸免被杀。人类如果用这些伎俩，却会被指为可耻，只有战时对付敌人可以例外，欺骗敌人上当乃是可赞可佩的作为。在常态的群居生活中，却只有精神不正常的人可以把骗人当作常规行为而不觉得羞愧。神经质的人是不得已而伪装欺骗，却时时担心被人"揭穿"。神经过敏的人和精神病患者都可能有被别人一眼看穿之感，会梦到自己在人前一丝不挂，梦到自己的缺陷被暴露、烟幕被人穿过、装门面的幌子被掀掉，自己的愚蠢无知让别人看得一清二楚。被迫伪装——摆出"假的自己"——的人也可能梦到自己是反间谍，是在逃亡的罪犯。强迫作假的行为之所以产生，多半是因为对别人的言行敏感到了近乎妄想的地步，或是因为自认伪装尚未被戳穿，所以必须继续骗下去。

这种人若能借析梦的过程向心理分析师吐露自己的难处，无异于找到了人生的转机。梦境既已将问题清清楚楚演出来，分析师可以用接纳与肯定的方式协助病人认清"自惭形秽的秘密"，从而找到绝境中的出路。这个过程类似宗教中的告解与赎罪。

荣格发现，病人吐露自惭形秽的秘密乃是心理治疗最重要的一刻。医病双方同盟的关系在这个时刻形成，从此可以积极展开有建设性的治疗。梦能诱发此种招供，但分析师必须有极佳的导引技巧，这是需要靠直觉的，不可以操之过急。转捩点是：病人招供了秘密却不自觉卑鄙可耻，分析师的成败就看这个时刻是否处理得当。分析师自己为人诚正乃是关键，病人必须确知分析师是可以托付秘密的对象。分析师沿用的理论和方法也必须完善可信，不能动不动就拿弗洛伊德的"抗拒"的大帽子给病人戴上。梦中既然出现阴影和人格面具的冲突，显示做梦者的人格丧失了完整性。着手修复之前，必须建立医病双方完整无缺的合作关系。

相反性情结

> 每个男人内在都带着永恒的女性塑像，不是哪一位女子的塑像，而是明确女性阴柔的概念。……女性以男性阳刚的要素为补偿，所以其潜意识中其实有着一个男性塑像的刻印。
>
> —— 荣格

梦本来是以自己为中心的，里面充斥着代表个人人格成分的形象，所以，男人的梦里有男人是不足为怪的。然而，每个人在梦里也不免会看见异性的代表，女性的梦中尤其常见。荣格认为这可以从主观与客观两方面作解释。

帮助我们适应人生典型境况的各种原型系统之中，以涉及异性的原型最为重要。荣格称女性的这种相反性原型（contrasexual archetype）为 animus（阿尼姆斯），男性的则是 anima（阿尼玛）。**男性的女性面和女性的男性面，在两性的潜意识里以相反的功能影响着男性与女性的互动。**

荣格也发现，阿尼姆斯和阿尼玛在梦和想象中都能担任潜意识和自我之间的斡旋者，提供个人内在与外在适应的方法。他把两种意向形容为"灵魂塑像"（soulimages）和"非我"（not-I），因为它们带来的经验是神秘而超自然的，具有极强的影响力。个人对于这种意向愈是不察，就愈有可能将它投射出去，从而产生"坠入情网"的经验。因此荣格称"相反性情结"（contrasexual complex）为"促成投射作用的因素"。

阿尼玛和阿尼姆斯是人类进化的宝贵遗产，是人类生存必备的条件。异性间亲密关系的展开与维持都要靠这两种意向。它们在梦中进行这种生物心理学的作用，应该从客观的角度解释。就人格发展而论，它们是心灵的构成元素，又是主观的表现。**相反性原型常在成长过程中被忽略或压抑，结果不免被阴影感染**。在道德意义上，女性特质本来是中性的。即便如此，一般的教养方式却认定女性特质于男性"不宜"。女性内在的男性特质也一样会被压抑。于是，个人的相反性特质若被发现，必然产生罪恶感。在荣格所处的那种父权社会风气下，这种情形在所难免。如今虽然有改善，但抵触了性别刻板印象的男性和女性仍在承受罪恶感。

如果在环境压力下不得不主动否认或压抑阿尼玛（或阿尼姆斯），这种负面处理可能使个人与异性的互动关系变质，也会扰乱内在平衡，阻碍创造力发挥。所以，在实行个体化的过程中，必须面对这些被压抑的相反性情结，并且予以消化。

异性的图像——不拘是否情色因素引起的——象征自觉意识最无法用到的能量，虚心努力的心理分析却可以调动这项重要资源供心灵使用。另一性一旦成为自觉人格的可用资源，男性的"逻各斯"（Logos，理性）和女性的"爱欲"（Eros，生的本能）都可以得到互补。

心理分析实务遭遇到的最尖锐、最激烈的梦,有不少涉及自我与"本我"的相反性层面互动。例如,一位四十多岁的、抑郁寡欢的生意人,他梦到有个流浪儿似的瘦女孩病入膏肓了,他坐在她的病榻旁淌泪,握着她的手,希望她别死。做梦的这个人以前曾是突击队员,因英勇表现获颁勋章,结过三次婚。他是"浑身男子气概"的人,内在的阿尼玛被忽略、冷落,已经营养不良到快要消失殆尽。所以他情绪沮丧,与异性的关系也一直无法持久。这个梦使他开始注意自己这个浑然不察的部分——敏感、同情、有爱心、专一的奉献。这病得快要死的可怜流浪儿是他的灵魂塑像,他不能再忽略她,必须救助她、保护她,让她健壮起来。

再举一个阿尼姆斯被阴影遮蔽的例子。做梦的是一位三十八岁的单身女士,是一家规模颇大的法律事务所的老板之一,却患着恐惧空旷症(或陌生环境恐惧症)。梦境如下:

> 我知道有个流浪汉躲在我下班开车回家路旁的一个沟坑里等着我。我想到的唯一对策是,经过他埋伏处加速驶走。不料,快要到那儿之时,他从坑里站起身子,跟跄走到我前面的道路上,两手挥着要我停下。我吓坏了。我只能往前直驶,逼他跳开。可是他动作太慢了,一声令人毛骨悚然的碾轧响,我的车子从他身上驶过。我从后视镜看见他躺在路面上,痛苦地抽搐而死。我只觉自己的生命了结,受着内疚的折磨,我就开车到附近的派出所去叫救护车,并且以过失杀人的罪名自首。

这个梦显示她有意识的人格已经距离内在的另一性情结非常遥远,所以她认为男人是不怀好意而险恶的,宁愿尽量避开他们。整个问题肇因于她童年时期与父亲相处的关系,原来她父亲是个喜怒无常的酒徒，性关系十分随便。她咨询一位男性的心理分析师，经过两年努力，她梦中开始出现对她较为友善的男性图像，她也较能与这一类人相处。同时，实际生活中与男性同事及客户的互动关系也渐渐改善了。

"本我"

> 本我乃是将意识与潜意识环绕在内的整个圆周，不只是其圆心；它是这整体的中心，正如自我是意识的中心。
>
> ——荣格

在整体人格中心处总领全局的元神，荣格称之为"本我"，用大写的 Self 表示，与小写的 self 有别。后者用于指自我（ego）或人格面具（persona）。"本我"包含了每个人天赋带来的全部原型，"本我"要负责将生命蓝图在每个生命阶段中贯彻，并且促成个人环境条件许可的最佳适应。**"本我"的存在目的是要完成个体化。"本我"显然必须达成生物性的目标，同时也要从艺术和宗教中追求精神层面的满足，实现心灵和梦的内在生命**。因此，我们体验"本我"的感觉会是一种莫测的奥秘、秘密的资源，甚至如同上帝在内心的显现。

许多文化将这"本我"设想为神性的，并且以各式象征符号呈现，如圆形或正方形（见于藏传佛教的曼陀罗和印度教的生命之轮），无价珍宝（大钻石形、伊斯兰教的"神圣珍珠"、佛教的"因陀罗宝网"），玫瑰或莲花（道教的金花），神圣器皿或瓮，四个成一组（四个人、突显四的构图），尊贵的王与后（代表男女性相对特质之融合，阴与阳成双），神话人物或伟大的史实人物（如克里希纳、佛陀、耶稣、穆罕默德），以及其他。荣格认为，**"本我"**提供的个人

适应之道不只是适应社会环境而已，也包括与上帝、宇宙、精神生命之共通处。所以他称"本我"是原型中的原型。

往往是在自我陷入惶惑或危机的时候，"本我"最有可能在梦中以有条理而结构清楚的样子出现。例如，一位男士的妻子变了心，带着年幼的女儿离他而去，他梦见自己在瑞士一个山区游览胜地观看日出，看着看着，太阳变成一个大钟面，上面的数字是很大的罗马字体，针跑得又快又稳，好像雷达幕上的扫描动作。他说出这个梦之后，我们俩都确定这是个意义重大的梦，整节问诊时间都用在讨论这个梦上。梦的讯息是：虽然妻女弃他而去，他的生命意义仍在，人生另一阶段正露出曙光，时间可以为他疗伤止痛，他的视野（意识）会扩大（雷达扫描），他的个体化可在心理分析后继续下去（瑞士是荣格的老家，山意味振作的抱负）。这个梦带给他继续走人生之路必需的勇气和前瞻的眼光，不可谓不重要。

"本我"偶尔会以神秘式象征形态出现，但无疑是恒在的，因为每个梦都可能为促成个体化助力。把各个梦单独看不易发现它，如果检视几个月之中做的一系列梦，"本我"的恒在就显而易见了。"本我"的待确定的、未实现的部分会一再在梦中表露。因此，若要使"本我"的潜能充分发挥，并且成就人格的完整性，就必须定期而持续地探索梦境。愈常实习，愈能掌握梦中的人格面向，意义重大的梦愈能经常出现，强烈的情绪得以抒发，醒后也更能确信梦中发生了重要的事。唯有亲身体验过，才知复现的梦境中有多么值得探索的内在财富。

自我主宰的世界是褊狭的，所以必须借梦境见识人生经验的全貌，发现爱与恨、智慧与愚昧、欣喜与绝望等相对的原型集结的力场。此事实行起来并不容易，一旦投入却会发现，这是太重要的心灵激荡，根本不能逃避。要走到这一步之前，必须把冠冕堂皇的理论假说全部击碎。原型将不再是假设的概念，会变成如古代神祇般的超自然力，主宰着整个人生命运。像这样强不可当的情绪，不是个人每每自创的东西，而是预定的模式，在原型能量被激起的那一刻将里面注满的情绪释出。开始处理潜意识的人会发现，有比小小的自我大得多的东西存在，至于自我，只是在海面上漂着的一个软木塞。荣格说："自我之于'本我'，恰似被推动者与推动者。"以下的这个梦可以证明。

"我走在一条穿过起伏地形的小路上，阳光晴明，视线往四面八方都可以望得很远。我来到路旁一个小教堂前，门没有拴，我便走进去。奇怪的是，圣坛上没有圣母像，也没有十字架，只有一束插得很好看的花。但我随即看见，圣坛前的地板上坐着一位瑜伽修行者，面向着我，跌坐着在冥想。我近前去打量他，发现他的面孔竟然就是我的。我吓了一大跳，醒后想：'原来就是他在冥想我。他做了一个梦，我就是那个梦。'我知道，他一旦醒过来，我便会逝去。"

荣格觉得，这瑜伽修行者在冥想他的尘世形体。十四年后的另一个梦又以不同方式象征了这个想法，梦中荣格的形体好似一盏神灯，如 UFO 般发射。他认为这两个梦都是寓意，显示"本我"为了体验三度空间的存在而化为人形，其动力即是潜意识："我们潜意识的生命存在才是真实的，意识的世界是一种假相。……这种情形很类似东方的摩耶（Maya，虚幻女神）的概念。因此我认为，潜意识的完整性才是一切生物的心灵现象的真正元气。"

走上个体化的旅程意味"以永恒的样式"活出生命。这并不表示要被动地听从"本我"，而是要求自我对于其遇事的反应方式负全责。"谋事在潜意识，成事在自我。"着手处理象征符号就是处理"本我"的意图，要跨越已知到未知的桥，但走过去了还得回来。潜意识发出了什么，自我就予以回应，这样一来一往的对话可以导向一个新境地。**意识和潜意识分居平衡系统的两极，借由梦探索可以促成两者之间更平衡且更自觉的关系**。两极互动产生的心灵状态，比只以一边意图为准的心态更丰富且广博。最终的结果不是两者孰居主位，而是两者同时得到恰如其分肯定的第三种立场。荣格所说心灵的超越功能，就是指这种成果而言。

由于荣格毕生关注这超越的价值，被人指为不必认真理会的神秘主义者，言下似乎表示神秘主义是不值得重视的。其实，只要以严肃态度探索梦境一段时间，产生某种程度的神秘意识并非难事。因为梦会显得愈来愈深奥，愈来愈有神话性，"宗教意味"会愈来愈浓，使做梦者感觉自己的经验的的确确是超个人的，是"超越的"。单调的日常生活模式从这儿得到焕发的光彩，如"有神"一般。以严肃的态度入梦，就有机会一窥那令人既敬畏又向往的境界。这不是基本教义派在宣教，而是要教你领会在永恒中生存的意义。

移情与反移情

> 受伤的军医挥动着钢刀
> 细心探究发病的部位；
> 在淌血的双手下我们感觉到
> 医生满怀强烈同情的技艺
> 在揭开体温图表之谜。
> ——艾略特（T. S. Eliot, 1888—1965）《四个四重奏》(*Four Quartets*)

接受心理分析的病人时常会梦到心理分析师，分析师梦到病人也是常有的事。这类的梦相当重要，因为可以从中发现医病双方对于分析过程各怀有什么期望。弗洛伊德创出"移情作用"一词，形容病人把自己过去对某人抱持的感想和态度投射到分析师身上。这种作用会引起所谓的移情关系（transference relationship），这与"分析关系"和"治疗同盟"是不一样的。

以往一般都认为，分析师既是训练有素的，就该清楚自己从过去带来潜意识的包袱，所以不至于把它往病人身上移。然而，许多分析师从多年经验中得知，事实并非如此。而为了不让治疗的同盟关系扭曲成为非计划中的形态，也必须监控病人释出的潜意识反应。分析师对病人的潜意识投射，亦即是一般所知的"反移情"。

荣格将弗洛伊德的移情理论作了引申详论。医生与病人的关系是有史以来就存在的，心理分析过程中难免引动原型意象，一旦投射到分析师身上，可能赋予他极强的治疗能力或破坏力。根据荣格自己的经验，巫师、巫医、魔法师、睿智长者等，都是常被投射到分析师身上的原型塑像。同样地，病人也可能在分析师心中搅起强大的原型，影响他看视与回应病人的态度。小孩子、红颜祸水、处女、灵媒、灵感来源、母亲，都是可能投射到女病人身上的塑像。

心理分析各学派一致认为，应当把移情与反移情的感受带到意识层面，才有利于治疗进展。但有些学派主张不必梦来帮忙（只需分析解读在进行分析中表露的行为与感觉），我认为这是错误的。因为医病双方此时产生的原型塑像，可能在梦中清清楚楚地透露出来。

我的一位四十多岁的女病人曾有以下的梦：

> 我和给我看病的医生在进行心理分析。他的体格魁梧，态度咄咄逼人。他指出我在用心理学和哲学作防御而阻碍分析进程。他说："我们这下可要弄清楚你的真面目！"我就好像被当成只是完全在"装蒜"，一下子被剥得什么也不剩了。然后，一些

高高兴兴的女人出现了,她们言语嘈杂,很性感,都化着浓妆,其中的一个吻了我的嘴。

她讲完之后,我和她都认为这分析医生和那群女人都是她自己造出来的。因为我的体格不魁梧,对待病人也不会咄咄逼人(我会老实说出我的想法,但不会霸道吓唬人)。她自己也不认识什么人像梦中那个轻佻、活泼、吻她嘴唇的女人那样。这些人物是她自己也不太清楚的剧情之中的配角。

那魁梧、咄咄逼人的分析师是她对我的感想吗?她细想之后说不是。她父亲像不像这一型?梦中的医生是否有她从前转移到他身上的特征?回答都是否定的。她父亲是温文的和平主义者,信仰斯韦登堡(Emmanuel Swedenborg)的神学思想,她很敬爱父亲。由此可见,这魁梧而凶巴巴的人是她不曾遇过的父亲/分析师。梦里为什么会有这么一个人?他拆毁她的防卫,令她痛苦难堪,但这也带出很有意思的发展:引来一群外向、性感、活泼的女人,其中一个吻了她。

此时我必须想想这个梦要告诉我什么。我是否曾经向她表示她会用心理学和哲学当作防卫?我的确觉察她有这样做的倾向,但也许没有明说。那外向的女人和那一吻又该作何解?梦中与同性有性爱接触通常表示,做梦者有心要拥有或融入梦中人物代表的那些特质。因为意识无从触及这些特质,它们与个人的人格面具是截然相反的。

她的人格面具相当突出,甚至可以说是好得令人难以相信:"沉稳、有大家风范、温柔、感觉敏锐、非常体谅别人。她的头发从来都整整齐齐,衣服合身笔挺、整洁无瑕且式样得体。这些完全合乎她敬爱的父亲期望的那样:一位淑女模范。

她来做心理分析,是为了要补偿片面的人格面具之不足,成为一个完整的人。为了达到这个目标,她必须有放下防卫武装的心理准备，并且必须把她的正向阴影（活泼外向的女人）整合到人格之中。但她必须先运用她的阿尼姆斯（魁梧、坚决、不留情面的分析师）肯定自己，并面对问题。因此她做了这个梦。魁梧的分析师浓缩了五个成分：1. 她父亲的阴影；2. 她的分析师的阴影；3. 她父亲未能形成的男性原型，这原型已被分析师引动；4. 她的阿尼姆斯；5. 她的分析师性格。此外我也必须承认，有时候她优雅的人格面具也会搅起我内在魁梧的、正面冲突的男性，但我一直刻意把这些挡了下来。也许以后我可以拿出比较"直率"的态度来。

分析师本人做的梦也可以启发一些他在病人身上未看出或未察觉的客观事实。有一次我梦到另一位病人，她是个颇抑郁的人，婚姻不幸福，在当地社区中却是以品行端正出了名的。我梦见我的诊疗室里的贵重物品不见了，是被她偷走的。

这个梦该从主观还是客观角度来看？这是不是我内在的小偷成分——我的惯好小偷小窃的阿尼玛？这是个补偿作用的梦吗？我是否高估了她的人格面具，太不注意她的阴影？是否我的潜意识发现了一些我有意疏忽的事？我决定暂时保留全部的可能性，一切等时间来揭示。结果，几星期后，她对我招供，她经常在商店里顺手牵羊，如此偷窃已有几年时间。

病人肯如此招供，通常可促成强固的治疗同盟关系，这一次也不例外。总之，目前分析工作进行顺畅。我们很快就发现她顺手牵羊的原因：丈夫不给她足够的爱与关注，她觉得受了不公的对待，就借偷窃得来的"礼物"补偿丈夫该给她而未给的。

我该在做了那个梦的时候告诉她吗？我想是不必的。那是在医病关系初期，我必须培养她的安全感，让她觉得被接纳。如果我告诉她了，她可能觉得受了攻击或批判，从而破坏医病关系。后来她对我产生充分的信赖，才把她从未告诉任何人的"自惭形秽的秘密"向我吐露。我虽未告诉她这个梦境,却可以借这个梦有所警觉,注意到她的阴影面,从而营造促使她主动坦白的氛围。这是她的治疗中的转捩点,此后她知道了行窃的原因,也就能改以比较正向的方法重建自我价值。现在回顾此事,我知道当初的做法是对的。假如她在未对我招供之前就在行窃时被捕而送法办,又得另当别论了。我也许会后悔没有及早处理这个问题。分析师要把一个决定作得不顾此失彼,的确是件难事。

意识的道德规范

潜意识的意象给予我们极大的责任。

—— 荣格

有一位男性病人,自小生长在严谨的天主教环境中,地狱之火的恐怖是他幼年就耳熟能详的。他在心理分析的初期做了以下的梦:

他在家人一向去望弥撒的教堂中的橡木之间飞来飞去。下面有些对他不利的人想要抓住他的脚,他奋力往上,他们才没抓到。北边的门口一进去的地方有个很大的石雕容器,是有盖子的。每隔一会儿,就有一只手掀起盖子。把人的身体投进熊熊烈火之中。每次总是先有片刻停顿,等人体烧着了,就会冒起一阵可怖的火焰。他一边挣扎着不要掉下去,一边想道:"我要是不来做心理分析,就不会遇上这种事。都是心理分析害的。当初不惹这麻烦的话,一切都会是老样子的!"他的两臂迟早会飞到精疲力竭,那时他必将"堕落"到毁灭的境地。

荣格记录的一个十六岁少年的梦与这个梦颇相似。

少年在梦中走在一条陌生的街上。天色已黑，他听见身后有脚步声传来。他心中害怕，就加快步伐。脚步声更近了，他也更加恐惧。他迈开步跑起来，这脚步声似乎已经追上他。他终于回过头，竟看见了魔鬼。惊恐之下，他向空中跃起，就悬在空中了。

这位少年患有严重的强迫性精神官能症。荣格也指出："众所周知，强迫性精神官能症本来就是过于一丝不苟与拘谨，不仅外表看来是心理问题，其实它也充满不人道的虐待和残酷的恶行，脆弱敏感的人格必须拼命挣扎以抵抗同化。"这位病人的超我严厉得令他受不了，所以他得处在纯净无瑕的状态中——梦中即以悬在半空中象征。荣格认为："这个梦告诉他，如果想再脚踏实地，就得与邪恶妥协。"

以上两例中，做梦者都不得不面对阴影，明白他们不能逃避邪恶——不得不应对将要把自己拖垮的超我，否则人格无从趋于完整。个人的勇气和分析师的协助都可以帮他们做到这一点，可是问题不会消失，只会从集体的（宗教的）层次转入个人的（道德的）层次。

心理分析的目的在于借探索潜意识而促成人格与意识的发展。这些目的达成也会带来道德责任的重担。**荣格的主要宇宙论观点即是：我们的自觉意识愈清楚，就愈得负起责任，这不仅仅是为自己负责，也是为人类、为全地球以及最终为全宇宙负责。**大自然既无自觉也没有道德观，不会拿出公义、同情、关怀来对待那些受折磨的人和易受伤害的人。大自然盲目地按照其法则行事，自定目标，对于后果不会有道德上的考虑。**霍姆斯（J.H.Holmes，1879 — 1964）曾说："宇宙既无敌意也不友善，它不过是冷漠而已。"**

我们的梦境和梦魇中那些色调、主题、动物、人，都是自然界的原型产物。我们将这些带入意识之后，就成为它们的看管者，它们如果为害就该由我们负责。因此荣格说，从潜意识产生的意象、能力、人格作意识的整合，必然"转变成为一种道德责任"。阴影被整合，超我也按同等比例而衰退。个人的道德行为从此不再是盲目的（不是受道德条律强制而不自觉的），而是合乎道德的（是听从自觉意识的），所以就是负责的。取得了潜意识释出的力量却不负起道德责任，其后果可能是绝对之恶，希特勒（Adolf Hitler）就是实例。

以往的超我是一种神学式的构念，其是非观带着神圣奖惩的特征，其良知是上帝的声音。"上帝死亡"的宣告却摘掉了一切道德确定，是非标准成为可以作合理化解释、可公开辩论、可以见仁见智的事。基督教式的超我（压抑性欲与积极的自我肯定）已经被心理分析颠覆，再也不能为我们挡住邪恶之害。**心理分析是一条布满险阻的路，途中会遇到被古人锁在地狱里的一切罪过、羞耻、残酷，以及无谓的小奸小恶。这是成就完整人格不可避免的艰苦试炼。**

第九章

实行梦的运作

> 你自己未成为道路之前,不能走在道路上。
>
> ——瞿昙佛陀

本章主旨是提供梦的运作的概要指南,是根据我个人人生体验与工作实务而归纳的一些切实有效的方法。

记忆与记录

> 这儿发生了一些事
> 你可知道是什么事吗,
> 你知道吗,琼斯先生?
> ——鲍勃·狄伦(Bob Dylan, 1941—)

绝大多数的梦都被忘记,一般人只能偶尔记得。有不少人以为自己是从不做梦的。所以我们首先得承认,梦过能记起梦的内容是少之又少的,一般而言都是梦过即忘。似乎大自然赋予我们这份厚礼颇觉不舍，所以不让白昼的意识看见它。

刻意要记得梦境是件辛苦的事，因为这是违反自然的，没有充足动机很难成功。第一步，也是首要的，即是培养必要的心理"定势"——记忆并记录梦的明确意图，养成习惯晚上就寝时想着梦而入睡，早晨醒来想的第一件事也是梦。入睡前可以这样告诉自己："我今晚会做梦，明天早上我会记得。"

这么简单的步骤，往往就足以产生醒时记得梦的效用。醒来的那一刻不妨自问："我做了什么梦？"如果什么也想不起，不要就此放弃。先别想别的事，不要想这一天有些什么事。闭着眼睛静静躺着，把注意力集中在脑里正在转的意念。这些意念出现之前你在想什么？再往前又在想什么？如此往回退，梦的情景可能就会浮现。

你既已买了一本漂亮的梦日志簿，就把它和一支圆珠笔一起放在床旁的桌台上。灯的开关应该在伸手可及之处，以免你夜半梦醒时要记录还得下床去开灯。假如你有共枕的伴侣，当然得轻手轻脚，最好用柔和一点的灯，或者买一支附带手电筒的笔，照明的范围只有你书写的纸页那么大。

假如你是独眠的人，不妨考虑买一个语声操作的录音机。这样可以避免完全醒来与开灯的动作，你可以停留在与梦境有亲近接触的状态。你直接讲方才的梦，录音机自动开始录下，这比你意识完全清醒提笔记录更能深入。但这个法子也有缺点。由于录音机不会过滤声响，咳嗽、喷嚏、打鼾、床的吱咯响，都可能启动录音。这种录音很不容易听出头绪，你还必须每天早上整理，不能偷懒。否则连日录下的一大堆呻吟、叹气、咕哝，放得愈久愈听不出什么所以然。无意中录下来的内容有时候可能暴露重要线索，习惯说梦话的人尤其可能录到可听的内容。梦中发出类似巫师乩童在恍惚状态下的奇特语声，并不是罕见的事。这种事例显示潜意识中确实可能有不同人格成分在作用。

假如你醒来时想不起做过什么梦，不妨写下你醒来那一刻脑中存着的意念。每天早上都该记下一点东西，切勿写"没做梦"、"无事可记"之类。你醒来的那一刻总会有些什么事发生。把它有条理而清楚地记下来，有助于培养自省的习惯，也能磨炼感受梦象的灵敏度。

如果以上的方法做了都无效，只剩下一个办法：在快速眼动睡眠的时段中醒过来。你可以拜托伴侣，夜间一发现你在做梦（从观察你的呼吸和不由自主的动作看出来）就把你叫醒。否则你就自拨闹钟，时间定在比你早上通常醒来的时间早半小时。这可以把你从最后一阶段的快速眼动睡眠唤醒。最好不要用收音机闹钟，因为收音机的节目一播出，就会把你的注意力从梦境这边拉走了。

只要记得梦的内容，不论多么片断，都把它记下来，并且力求详尽。详细记录也可以帮你记起一些忘掉的部分。想起什么，你就记下什么，其发生的先后顺序可留待稍后整理。要点是，养成每天早上记录梦境的固定习惯。这是熟能生巧的工作。但你得认清，作出完美无缺的梦记录是不可能的，因为做梦和记梦是两种截然不同的经验。做梦若是搬演一出戏，记录梦就如同你看过戏的次日向朋友作转述。你必须练就上乘记忆力、不漏细节的注意力，才能说出够正确的全剧概要。但你的本事再强，还是会忘掉某些部分，不知不觉改动情节，或穿插不相干的成分。每个梦都以三种形态存在：1. 你梦的梦境；2. 你能记得的梦境；3. 你转述给分析师或朋友听的梦境。第二、三这两种版本可能会有弗洛伊德所说的"二次修订"（secondary revision），这种与原版偏离的情形虽然难免，却可以设法减至最少。

联想与放大

大苦大乐的心理经验初次得以表露无遗，是从梦而来的回响。

——德昆西（Thomas de Quinecy，1785—1859）

　　作记录的时候，将梦境写在摊开的簿子左（或右）边的这页，对面的这页空下来，专供记录与梦境主题和象征相关的联想。如果要描述梦中凸出人物的造像，要画出梦中地点的场景，或任何其他似乎相关的事物，也都可以记在这儿。这页写完了，还可续至下一页。为了力求详尽就不能节省空间，反正簿子用完了可以再买一本。设法在记录时重温梦的氛围，让做梦当时的感受自然流露于纸上。

　　记录完毕之后，把梦境的每一部分——每个人物、动物、地点、物件、情况、意念——从头到尾查核一遍。同时问自己："这一点会引起什么想法、感觉、念头、记忆、反应？"你要记录脑中掠过的每件事物，但也不要联想到太远的地方去，随时记得要回归原点。一个部分阐发得差不多了，再进到下一部分。应注意的是，思路不要有特定方向，不要刻意导引或压制，也不要挑拣，想到什么就记什么。不久你就会发现，个人的潜意识是一个相互参照的系统，你的联想功课可以形成一个意义网络，提供你的梦境的个人背景资料。这是不可或缺的第一步骤。

　　你的联想有哪些能派上用场？全部都能。哪个联想最能帮你理解梦？你可以凭直觉判断。有时候灵光乍现，你顿时看出其中的关联："原来是这么一回事！"这时候能量会释出，悟性也大为灵敏。

　　顿悟是令人陶醉的时刻，很容易忘形而忘了记录。但错失了这种记录就太可惜了。千万要立即写下来，以供日后有需要时查阅。

　　若要建立梦的个人背景脉络，必须参考主观心灵的内在资料库。若要建立文化的、原型的脉络架构，就不得不往艺术、历史、文学里面去找材料，要把神话、民俗学、比较宗教的资料库翻遍。神话、宗教、童话故事都和梦境一样，充满原型意向的象征式表现。个人与集体凭这些提供的联系而结合，自古以来便是如此。原型的能量透过我们而实现。我们则把原型化入自己的生理、心理生命，我们乃是为原型执行指令的办事员。

每个原型，不论是母亲、调皮的妖精、掠食者、敌人、君王、神祇，各有各的象征表达，我们看多了就能学会辨认。有兴趣的人也可以参考《荣格全集》的索引之中无所不包的神话典故。广泛参考可以避免纯粹个人联想造成的狭窄单一化释义。让想象与神话式主题互动，等于拓广梦的参照脉络。你的视野会开阔，你的经验也可以嫁接到全人类的经验上——这其实也就是做梦的用意所在。

放大该到什么程度为止，也没有一定的原则可循。分析师和病人的选择难免武断，如果穷追不舍，可能弄得本末倒置，反而把活生生的象征扼杀。阐发放大不是科学手续，而是寓意性质的，是以主观心态寻找具有集体意涵的比拟和隐喻。把一个梦放大，才好找出梦与原型式想象的渊源。一旦找到，我们也会有"原来如此"之叹。

解　　读

> 梦境和一切心理结构一样，照例都有不只一个含义。
>
> ——弗洛伊德

从未分析过梦的人误以为，解读梦境是具有专门知识的权威人士做的事，似乎分析师得是神探福尔摩斯或神谕传达者之流。其实这是一件做来极辛苦的解构与重构工作。分析师可能会初听病人诉说梦就凭直觉听出苗头，但是，不下一番功夫探索做梦者的联想，不仔细将梦的主题和象征符号阐发放大，根本不可能掌握梦的全部含义。梦和含义会在分析过程中渐渐构成"完形"。

　　探索梦的人就好像考古学家，必须检视尚未被破解的古文手稿。如果弄不清这一大堆符号原有意义脉络可循，就必然会一头雾水。梦的意象是相互关联的，我们得看出这些意象循什么脉络交织成网，梦的整体意义才会渐渐浮现。初学者常问："我怎么晓得哪种解读法是否正确？"**其实问题不在该如何解读才"正确"，而在能否让梦自己说话，把意思都表达出来。**老实说，只有一种解读法是不正确的，那即是遵照一个理论假说推断的单一解释。理解梦境的要诀是：顾及象征意义的多义性。

　　在此必须提醒读者，你要解读一个梦，就是在应对一股自发的自然力。你最好能以审慎恭谨的态度面对，因为你根本料不到会释放出什么来。假如你处于消沉或易受伤害的状况，最好不要单人独骑探入未知之旅，应该请一位经验丰富的帮手。只凭自己一人来剖析梦境是不稳当的做法。因为潜意识中埋伏着不好对付的力量，而个人看不见自己的盲点，自我分析就得碰运气了。此外，你可能只肯采纳与自我一贯作风契合的"领悟"，不愿接受比较客观且有批判性的观点。如果能找一位你信赖的朋友讨论有疑难的梦境，这些问题或许可以克服。另一个方法是加入析梦小组，和一些同伴共谋解决。你选择倾吐梦境的对象必须谨慎，因为，对方麻木不仁的反应可能刺伤你，甚至留下长久不能平复的伤痕。你应该切记，梦里的你是赤裸裸的、未受保护的，而且是你的真正面目。别把自己暴露在危险之中。

　　你既已决定要析梦，就仔细看看你的记录，是否不出以下几类：

1. 梦境上演的地点、境况、建筑物、地理景观；
2. 剧中人物，各个人物的特征、背景、态度；
3. 这些人物表现的信念系统，以及做梦者的想法；
4. 这些人物都做了些什么；

5. 梦中若有动物出现，每个动物的象征意义及其典型行为模式；

6. 具有象征意义的物件——如戒指、笔、剑、陶壶等，以及交通工具，如马、汽车、脚踏车；

7. 梦进展过程中引发的情绪、心境、氛围；

8. 对做梦者含有象征意义的数字、颜色、几何图形。

以上诸项必须一一细究，才可能彻底理解梦的意思。你必须有耐心，不要匆忙下结论。不要轻易把哪一项剔除，这些都是你的不同方面，有的是你早已自知的，有些却令你觉得困惑且陌生。正是那些你感到陌生的意象需要特别注意。希尔曼认为，这种意象乃是你的老师，你得克制自下注脚的冲动，"听"它怎么说，再从其中发现你自己。

举个例子。假设你梦见了一头猪。你作好记录之后，想想这头猪在梦中扮演什么角色，有什么样的行为。更重要的是，它有什么感觉？你也许会忍不住去翻阅动物寓言故事集，查明猪有什么象征意义。其实你不必往外去找，猪在你的梦中出现，可能是因为你的自我欠缺猪的特质，也许你的自我需要向猪学习。荣格曾说："我们对于猪这种动物的认识完全错误。我们不能凭外表作判断。外表看来，猪身上沾着泥，爱在脏东西里打滚。……你看来是脏的，猪未必觉得脏。你应该设想自己是猪。"每种动物都是它那个物种的代表，也是在你梦境现状中担任一个角色的个体。这是原型的启示，是物种发展意识的一小片，想要与你的自我合一。因此，否认、蔑视、逃避它都不是办法。应该以善意回应，肯定它是同类，接纳它与自己为一家。用这个方法，你可认识自己"做梦也想不到"的本领，可将这股能量解放出来，把它纳入心灵的整体。然后，你才开始真正掌握自己。

这可能不容易做到。因为我们似乎常在梦里做些我们清醒时会觉得丢脸的事——欺骗朋友、对同事撒谎、抢劫银行等。你义正辞严地说："我绝不会做出这种事！"也许你被自己骗了，梦已经把你当场逮到。坦白且必需的回应是：检讨自己在心理上、在生活中什么时候做了这种事。梦把你坏的一面呈现出来，你能勇敢面对，这就是人格与智慧成长的表现。

为了要突显要旨，梦往往会用夸大手法。它会把你的行为、心态、想法描绘成粗俗的漫画，让你看清自己有多荒谬。因此，梦最好是作主观解读，因为它对主体——你——之客观是近乎无情的。

解读的过程中，有时候会发生意义相互冲突或模棱两可的情形。你最好不要只选一个对的保留，不妨静观其变，容忍意义不明的紧绷局面。千万要相信"本我"，自我必须先学会谦虚，才会理解真相。

另一种常见的情形是，一个梦的许多部分似乎各有不同层次的多种意义可解。这时候你也不必从其中选出正确的解释法，应该估量哪一种解释对于自我理解和人生是最有意义的。记得在想法出现的时候写下来，再在纸上总结哪些意义是最显而易见的。

以上的各点都做过之后，再问自己，这个梦究竟在说什么？它的基本主题是什么？这就好像朋友问你看的某部影片或小说主要内容是什么，你也许会说："内容是讲一个女孩子被她爱上的男人亏待了。"而梦说的可能是你的人生故事。在此教你一个小妙方：给每个梦附上概述内容的标题，类似报纸新闻的标题，如："酪农牛只暴毙"，"悍警反败为胜"。这可以加强梦的冲击力，也可加深你的印象。

想象的仪式

现象活起来，带领灵魂穿越我们对现象的狂野想象。

——希尔曼

梦的分析如果一直是纯粹用脑力的活动，成绩恐怕有限。梦必须是凭感觉体会的，梦的讯息必须化入生活。顿悟来临的时候，人可能惊愕莫名，人生却也从此改变。如第四章举过的德门特医生梦见自己即将死于肺癌，这种经验自然会引发剧变，当事人只能听从到底。一般而言，梦的讯息不会那么来势汹汹，析梦者还得想办法加强其影响力。鉴于梦而行事是我们对"自己"的一种心理责任。这也许是实际行动，也许只是具有象征意义的仪式。

按以下三阶段行事，可以使梦的功能物尽其用：

1. 基本梦的运作，借联想和放大建立梦的个人的、文化的、原型的脉络，以便洞悉其中含义。

2. 详细记下梦的要义与你的生活有何关系，将要义说明，用塑形、绘画或其他方式摸索其中的主要象征符号，赋予实有形体。

3. 以梦为基础作发挥，运用其中的能量，把其含义嵌入生活，可以直接运用到人际关系上，或借仪式、积极想象、心理剧（psychodrama）、完形塑造等方法作象征性的运用。

这三个阶段都需要培养个人的想象力，内容再实际的梦也不例外。第四章举过一位秘书怕上司的例子。析梦以后，她可以凭想象自己是顽固而有攻击性的好狗，就不会再受上司欺负了。她先理解清楚梦的意义（阶段一、二），然后便可在有需要时予以利用（阶段三）。这基本上是应对的实务技巧，却少不了想象力之助。

再举一个例子。假设你梦见一位多年未见面也未想到的男性友人。你要理解他在你梦中出现的原因，先用联想的方法确定他在你的自我之中代表何义。你的潜意识为什么在此刻把这个人物叫出来？也许是因为你需要他来补偿自觉意识上的某些不足。他可能代表着你本身需要培养的某种特质。运气好的话，你凭直觉就找到了答案。假如你仍猜不透，就可以：1. 以这位朋友为起点展开积极的想象；2. 把他当作客观上的真实人物，想想你是否应该对他有所行动？你是否不该荒疏了彼此的交谊？该不该和他联络？看他现况如何，是否仍在意这份交情？人生苦短，我们哪个人的朋友也没有多到可以随手丢弃的程度。这个梦的讯息可能是：你们彼此需要对方，该把友情恢复起来。

此外，你可能梦见自己在做平时从来没想到要做的事，例如：滑雪冲下山坡、画油画、塑一个陶罐、莳花弄草、驾驶飞机。你可以探究其中的象征含义，但也不妨考虑真的去做做看。梦往往提醒我们注意自己还有哪些尚未活出来的潜能，你既梦到它，也许正是到了把它活出来的时候了。

但大多数的梦不能派上实际用场，必须从象征意义上吸收其影响力。所以，借想象实现仪式也是极为重要的经验。许多人认为这是很困难的事，因为他们虽然同意梦境可以启发行事的良方，却回避诉诸仪式的做法。在现代人的观念中，仪式是件令人尴尬的事，因为仪式的用意等于公然与科学的唯物观对立。其实不然。绝大多数的社会仪式都对于个人和群体发挥了极重要的作用。仪式提供了强效的手段，便于我们达到重申事实、重振文化的永恒价值、运用原型的能量，以及顺利度过转型阶段而步入新的角色。但是，在精神层次贫乏的现代西方文化中，传统被败坏，集体的象征符号被嘲讽，仪式的神圣性已经多半丧失，没有多少人知道什么叫作"触及神性"。荣格称这种主观的荒芜状态是"我们这个时代普遍存在的精神官能症"。他认为，在缺乏集体认同的仪式的情况下，我们只得往内在自行设计，释出"本我"的资源，借想象仪式导入生活中。约翰逊（Robert A. Johnson）曾经举出许多可行的方法，我只需要举一个例子即可。

一位三十二岁的女士做了一个梦之后，才发现自己一向把丈夫当作自己的父亲般对待。她该如何区分生命中这两个占有重要地位的男人？她只决定停止原有的态度是不够的，必须有所积极行动，否则这个经验一旦淡去，她又会回复老样子。接受了心理分析之后，她明白自己把父亲特征投射到丈夫身上，自己面对丈夫则是在扮演女儿的角色。她决定用仪式把这种投射行为和角色扮演献祭。于是，她把自五年前结婚以来收集的那些挤满卧室的洋娃娃和填充玩具全部堆在一处，举行了火葬仪式。对她而言，这是意义重大的象征行为。虽然，一把火并不能立刻消除她的恋父情结（Electra complex），却是她解决问题的重要第一步。此外，每当与丈夫共处，她总一再提醒自己："这个男人不是我父亲，我爱的是他这个人。"这个自我暗示的仪式和火葬仪式都源于她对梦境之理解。（她的梦中，丈夫因为她"好乖"而送了一个礼物给她，并且说这是他送她的最后一个礼物了。礼物是个很大的洋娃娃——它的乳房会分泌真正的乳汁。）

这种仪式可能是汲取梦境价值的强效方法，却也因为有强效而有危险性。玩具的火葬仪式可能切断她内在儿童情结的创造力与活力来源，她可能因此在情绪上、精神上受折损。因此我们必须使她与内在本来有的"孩子"常保联系，舍弃她对洋娃娃的呆板依恋，以更具想象力的、好玩的态度对待丈夫。他们的夫妇关系本来已经是定型而无趣的，以后她可利用发挥童心的创意为生活带来新的气氛，不必再把时间耗在整理玩具、扮演女儿上面了。

如果梦是潜意识搬演的象征戏剧，仪式便是有意识而做的象征行为。仪式可以将内在的、精神上的东西转变为外在的、实质的，从而提增它对意识的冲击力。因此，创造仪式完全是理性的、妥当的行为，并没有任何疯癫怪异的成分。只有疯癫而不自知的西方社会认为仪式是疯癫。

积极想象意指：在有意识而无导向的幻想中，应对自己的各个不同方面的过程。事实证明这也是有实际功效的。积极想象如同醒着做梦，但不同于白日梦，因为你随时留意有什么事发生，与浮现的人物互动，和他们交谈，聆听他们的回答。这也类似清明梦（lucid dream，做梦者意识清明到自知在做梦的程度），所差的只在一醒一睡。平常做梦时你觉得梦像一出戏，你在其中可能有戏份，也可能没有，但你无力影响剧情发展。反观积极想象，你可以积极参与，注意情节发展和剧中人物，以批判的眼光审视他们。你不是处于被动地听演员们供出证词，而是主动地盘问他们。

从事这项活动也与执行仪式一样会令人不好意思。因为西方文化惯以"做梦"、"想象"为贬辞，你必须有勇气漠视这种偏见。如果我们顽固地认定想象是空泛的、不着边际的、不能发生效用的、无意义的，心灵的努力成果必然胎死腹中。我们该明白，建筑空中楼阁不是丢脸的事，它可能比某些建筑在坚实地基上的东西还耐久些。

梦境和积极想象中浮现的人物，都是我们自己的某些真实部分，它们的存在与力量都是自主的。我们应该当它们是外在世界中真实人物一般对待，但互动的程度比与真实的人互动更深入、更坦白。**内在的探索不必顾及礼貌和情面，唯有全心全意投入，才可能真正参与"本我"的动力。**

介乎意识与潜意识之间的无人之境，是我们平时不得其门而入的领域，养成随时去一游的习惯也殊非易事。能够轻易养成这种习惯的人通常是内向而与内在生命密切联系的，性格外向的人会觉得做来不易，只好放弃了。能养成积极想象习惯的人，也能动用超越的功能，获得内在的一统、力量、确定感。但须切记不可以轻率的态度从事这种心灵活动。其中有潜在的危险，因为这无异于自行导致的精神病发作。易受感染的人如果自我不够坚定，与现实的接触若即若离，最好不要从事，以免以"梦"为真而无法自拔。总而言之，积极想象应限于正在接受正规心理分析的人，万一需要帮助，随时可以咨询专业的人。

你必须确定有充分的宁静、隐私、时间，才可以进行积极想象。最好是每天空出一段时间来做，清早的时间很适合，但你若喜欢等到别人都入睡的夜晚也无不可。如果有旁人在，你不可能进到想象的私密之中，所以进行想象的时段必须是完全独处的，不可以被人或工作打断。

你需要用一个"进场的仪式"展开。荣格用的法子，是假想自己降下一个洞穴。而我常用的是古希腊的悲剧大师埃斯库罗斯（Aeschylus，公元前525？—前456）在《复仇女神》（Eumenides）之中提出的说法：当吾人跨入回忆或梦乡，双眼转向内，将灵魂照亮，以便我们看清白昼时所不能见之真相。我们要做到的是，停留在睡与醒之间的"界限"状态。起初只能停留短短几分钟，熟练以后，时间可以拉长，端看你转向内的双眼之前的幻景是否真正值得你专注。

一开始可以召来最近一个梦中的人物。假定这是位女性。仔细凝想她的形象，尽量把每个细节都想到。然后问自己一些有关她的问题。她是什么人？她是什么模样？年纪多大？结婚了吗？配偶是谁？有小孩吗？她对什么感兴趣？她怎样安排她自己？她对你和梦中其他人物是什么态度？她要你做什么？你一边作答，一边会"感觉"怎样答是对的，你似乎本来就知道答案。答案从哪儿来？也许和这个梦中人物是从同一个地方来的。也许过一阵子她甚至能讲出她的意思，这样你就可以和她展开对话了。

从许多方面看来，积极想象都类似小说家的构思过程。有些小说家停留在针对故事人物提出问题再自行想象答案的阶段。有些小说家笔下的人物会渐渐活起来，摆出她自己的姿态，自己选择衣着和环境，自己在那儿说话，小说家就在一旁作笔录。创作过程到达这个境地就很像积极想象了，感觉和情绪愈投入，体会也愈深刻。

另一种展开的方式是，把注意力集中在令你不安或困惑的心情上。要点是进到心境之内，让它抓住你的想象力，形诸画面和文字。一位男士感到说不出来的悲伤，却又不知是为什么而悲伤。于是他静下来作了一番积极想象，立刻看见一堵红砖墙浴在暖阳之中。这令他想起九岁时被送到寄宿学校去，他难过极了，非常想念母亲，却觉得父母亲都很不喜欢他才会把他送到这么可怕的地方来。他的宿舍窗口面对着一道红砖墙，夕阳照在墙上引起他一阵难耐的辛酸。这令他想到母亲，强烈渴望回家。这个景象，加上它勾起的记忆，使他明白那天早起就觉得悲伤莫名，是因为有被人抛弃受陷害的感觉。见到分析医师后，他便将这些感觉提出详论。

我们任由想象驰骋，后来可能越过个人的问题而及于人类生命的原型主题。 同样的主题常会一再出现，想象也会反复从同一个人物在同一个情境中开始。有一位男士的积极想象多年来都是以独行骑士经过平原走向森林开始。没走到森林之前很少有事情发生，可是，一旦进入森林，几乎可能遇上任何事。森林世界是无始无终的世界，骑士在那儿遇见的也都是亘古以来就存在的人，有的可怕，有的睿智，有的非常性感。有时候骑士进去了就不想出来。危险就出在这里。

另一个展开想象的方法是，到一个可以激荡回忆的地方去。我有一位女病人会回到她度过孤独童年的康瓦尔河口，在那儿一边看潮起潮落，下了锚的船随波起伏，海鸥飞掠而过，一边任由想象奔驰。退入回忆可以帮她解放想象的活力。

积极想象的经过应该据实记录。进入想象之前先准备纸笔或打字机、录音机，摆在你可以舒舒服服记录的位置。多数人习惯先闭上眼睛，等到想象进入状况再张开眼睛作记录。如果使用录音机或触摸式的打字机，就可持续合眼想象。想象中冒出来的东西不会全是令人愉悦的或有趣的，而且往往是一些你宁愿略过不理的景象、人物、感觉。但既已开始了，你就得照单全收。**别忘了，你最软弱、最晦涩、**

最卑劣的部分正是成长潜力最大的部分。忽视自己的短处，等于阻碍自己发展。

假如一点动静都没有，你又该如何？别急，慢慢就会有的。想象不爱真空，迟早会用景象、人物、意念、声音来填充。等它们进来了，你就记录。如果它们又退去了，你也不必慌张。静静等候，它们又会回来。

意象或内在人格成分一旦定下来，想象的"积极"部分也于是展开：你和它们啮合，开始对话。你要当它们是有来历、有意志、有生命的活的人物。它们和你一样真实，你应该尊重它们。你可以发问，但必须仔细听它们说些什么，也许会有意想不到的收获。但切记要把彼此的一问一答都记录下来。一切内在探索工作的关键都在于写成白纸黑字（你要作彩色记录也无妨）。你用什么方式进行并不重要，重要的是记录下来。没有作成记录之前，一切只是空谈。

一旦进入情况，首要之务就是你的全心投入。你愈能以同情之心对待你遇见的这些人，就愈在意它们给你的回答，这些回答对你的意义也就愈深长。积极想象并不是一种抽象思考磨炼，而是触及你灵魂深处经历的过程。但是你也不可被想象冲击得把持不住自我的立足点。你对于想象的内容有何感想？你从这个经验学到了什么？你同意其中表达的看法吗？你能赞同其中指出的方向吗？它对于你现在与未来的生活有什么意义可言？如果有声音教你去做某事，你必须让自我来决定该不该做，可不要成为受幻想摆布的傀儡。但你也应当肯定你的这些观点自有道理，而且可能相当明智而正确。如果它们与你最重视的价值观或成见有所冲突，你更不可一味排斥。

你作的记录不必在句法、标点、措辞上太讲究，反正这是记给你自己看的。重要的是赶快记，记得愈详细愈好。如果某次功课之中有重要的或有趣的资料，你可于事后再详加评注并誊写到另一专供保留特殊记录的簿子里（荣格本人就备有红簿子和黑簿子）。假如你习惯用录音机立即记录——如同球赛的现场转播，则可在事后再将重要部分登录到簿子里。这整套的记录是你的心灵文件，应该是绝对隐私的。平时最好收在安全上锁的地方，只有真心为你着想的人——如知交、爱侣或分析医师——才可以看它。

开始实行积极想象的人常说，他们觉得似乎是"自己在瞎编"，就算记录下来也是无用之物。假如你有这种感觉，不要气馁。在想象过程中发生的一切都是"本我"活动下的产物，但你必须多花一点时间在练习上，才会有愈来愈自发的成果。要诀在于耐心与有恒。有人觉得自己在"瞎编"，是因为他启动得太早了。幻想成形是欲速则不达的事。等它成形了，你再与它互动也还不迟。一旦你开始问问题，并且得到了回答，你就是在进行积极想象了。曾有一位学数学的男士（几何学乃是他的最爱）对我发牢骚，说这样做毫无意义可言，做来太容易，不可能有价值。我劝他说："你是在和你自己对话。这项操练的用意就在这儿。你在对'本我'说话，'本我'也在对答。这就是积极想象。"他用疑问的目光看着我，我就说："QED（证明完毕）。"他才心服。

探索梦境本身即是有意义的活动，不一定限于正规心理分析需要做才有价值。完全理解每一个梦是不可能的事，但我们至少可以做到给予全部的注意力，把它整个带到亮处，敞开自己来接纳它的神话，并且如荣格所说，把这神话在生活中继续梦下去。我们可以接近并跨越"界限"——一切根本的转变都在这儿发生，遭遇原型的人性，进入远比日常生活丰富的领域。达成"本我"的要求，就是成就"被注定"之感，也是肯定有某种超越的力量在个人存在的生命中的作用。**每天拨出时间仔细思索梦境乃是执行一种仪式。借着这个仪式，灵魂的愿望和意图可使一成不变的单调生活多彩多姿。**

第十章

常见的梦

> 生活在西方文化中的所有人都会在一生之中做这样的梦,有的梦还会反复出现。
>
> ——霍尔与诺德比

梦的分类学仍在发展的幼稚阶段。许多研究者企图根据详尽的内容分析来分类,类别包括主题(跌落、飞、参加考试、错过火车等),情感(焦虑梦、沮丧梦、梦魇、性与侵犯行为等),人生大事(诞生、成年礼、结婚、死亡等)。这是类似植物分类法的原则。我们却需要一个达尔文式的进化说明参照架构,才可以把所有类型的梦连贯起来。我不敢自命有提供这种架构的能耐。把梦归类就好像把水银分隔到一个个小格里,每个梦都有太多滑溜的关系,哪一个类别也留不住它。我在本章之中所做的,不过是讨论一些经常在心理分析案例中遇到的类型,并且审视原型习性如何与日间意念的残余在夜梦中共谋适应环境的策略。

我们观察一般人最常有的梦境，很容易看出物种发展的古老结构占有多么重要的地位。第三章曾提及，霍尔与诺德比收集了世界各地许多受试者一共五万多个梦的例子。其中的典型内容包括侵犯行为、掠食动物、飞、跌落、被陌生的恶人追、风景、遭遇不幸、性爱、结婚生子、考试或类似的磨难、旅途跋涉（步行、骑马、开车、乘飞机或船）、游泳或浸在水中、看见火烧、被拘禁在地面以下的地方。霍、诺二人的结论是："这些典型梦境表达了所有做梦者共通的关切、挂虑、兴趣。可说是构成了人类心灵的普遍常数。"即便霍、诺二人并未提及荣格的集体潜意识假说，这个结论已是十分有力的证据。

大约在二人进行研究的同时，美国的格里菲斯博士（Richard Griffith）和日本的三宅（O. Miyagi）和太五（A. Tago）两位博士，分别收集肯塔基州二百五十名大学生和东京的二百二十三名大学生的七千个梦作了比较，要找出某些梦境发生的频率多寡。结果发现，两组学生的梦境有明显的相似之处，而且，反复出现的主题也与霍、诺二人叙述的类似。

似乎梦境总离不开与古今全世界人类有关的那些主题——我们称之为"原型"的主题。

争胜与享乐

> 爱占了上风，就没有争权的意愿；权力重于一切，爱就不足。两者互为彼此的阴影。
>
> ——荣格

我虽然没有数字为证，凭问诊实务却可以感觉到，近年来的梦比以前的梦暴力多了。部分原因可能在于新闻媒体的技术日趋先进，暴力影像不断送进一般家庭。但社会的暴力甚于以往也是毫无疑问的。教会和政府这两大和解象征受尊重的程度大不如前，家庭单元解体，毒品易于取得，与毒品相关的犯罪行为增多，下层社会扩大，怨愤情绪增强，都是导致社会暴力化的因素。媒体突显争胜行为（为争地位、财物、性伴侣而产生的冲突），却轻视同情心、理解心、爱心等享乐模式行为，等于火上浇油。最常见的梦境联想开端是："那很像我就寝之前看的一个电视节目……"电视暴力既已钻进我们的梦里，一定会在不知不觉中影响我们的心境和行为，青少年尤其难挡这种影响。糟糕的是，吸引青少年影迷的电影也大多涉及争胜之斗，其呈现的形态不会导向与对手对话和解，而是要将对手击败、毁灭、"除掉"。

单纯的内容分析显示，争胜模式的梦较常见于各年龄层的男性，享乐模式的梦则以女性较多，但两性都有这两种模式的梦。比性别因素影响更明显的是个人成长的家庭环境。以前，深层心理学误以为攻击行为是一种单一的动机力或本能。民族学兴起以后，一般都相信，攻击行为与社会环境和个人背景有直接的关系。梦中的暴力和现实生活中的暴力一样，既有生理的起因（身体构造、大脑结构、内分泌、神经传导物质），也有繁殖策略、社会地位、领土防卫的进化由来。此外还与个体发展中的影响（早期家庭环境、父母的示范等）、典型人格模式、社会经济因素（能运用的金钱、教育、社会势力之多寡）有一定的关联。电影、电视的暴力画面助长攻击行为，这个说法也许并不适用于所有人，主要应是指那些早年就已被播下暴力种子的人而言。童年受暴力沾染的影响可能持续冲击到后代。暴力的景象，以及此种景象引发的梦境，对于已经被生活刺激的潜意识倾向会有增强的作用。

享乐的、相互依附的倾向是在充满爱、忠诚、相互支持的家庭中形成，同样会因为类似的景象与梦境而得到增强。我们每个人都可能产生这两种模式的行为。因为爱和权势地位都太重要了，梦使我们警觉，提防爱被负心的行为破坏，或地位遭到攻击。来自安定和乐背景的人如果自觉工作或婚姻有受威胁之虞，往往会有很激烈的争胜梦。个人在梦中与女性（或男性）意向的关系从享乐模式转为争胜模式，也多半是婚姻出问题的第一个警讯。这种梦显示，做梦者的态度从欣赏配偶的优点转变为指责配偶的缺点。在这个时候析梦是非常有用的，做梦者可以趁此了解事态的严重性——双方关系是否渐渐趋于破坏性，负面的期望是否被强化，感激、欣赏、爱情是否被愤怒、失望、争权夺利所取代。如果想要挽救婚姻，就必须设法用正向的心态防堵负向的心态，把关系模式从争胜转回享乐。

　　生长于争胜模式环境且经常为争胜梦境所苦的人，在接受心理治疗的过程中必须设法将模式扭转。这种病人因为地位长期遭受攻击，自我评价都很低，自认不配得到他人尊重或喜爱。如果对这种病人补充父爱或母爱，只会导致他们在感情上持续依赖他人。正确的方法是帮他们肯定自己的能力与价值。病人若能信赖治疗师，加上医病携手合作的享乐模式行为，都有助于营造治疗成功的条件基础。

　　不幸的是，童年如果未经过爱来"训练"依附系统，长大后接受心理治疗也会成为不合作的病人。因为这种人不能和分析医师建立亲密或信赖的关系，而且会把分析医师的见解当成人身攻击。分析医师必须发掘病人过去曾有的享乐模式经验，使病人在梦中的医病关系上渐渐培养依附的模式，并且在依附模式出现时以爱心和肯定予以"放大"。

　　但是，心理分析不会使争胜模式永远消失。阶级、地位、支配、顺从，这些全是原型键盘上的按键，不可能永远不按到。在一个凭阶级层次组成的社会里，总得有相当程度的自我监控与自我保护的警觉，才不至于丧失个人立足之地。自从人类懂得农耕与累积剩余物资以来，剥削主与被剥削的奴仆之间就形成不对等的关系，这种关系也一直是政治哲学的重要话题。到了我们这个时代，要求社会平等的政治口号把这种冲突地下化，变成极端主张的政治运动，以及施虐受虐狂（Sado-masochism）的性欲仪式。事实上，我们不论在这个议题上采取什么立场，支配—顺从的元素还是会在我们的梦中浮现，因为这是一个原型，凡是群居的哺乳类动物都避免不了这个行为倾向。

　　神经质的病人自信不足，是因为长期忧惧被别人看不起，从他们的梦境可以明显看出。这种病人经常在梦中接受自我测验，以预防自我价值受社会意见的威胁。享乐模式的基础是彼此扶助信赖，争胜模式的基础却是彼此猜疑提防。享乐模式诱发松弛与友好，争胜模式诱发的则是紧绷和疏远。因此，所有神经质的病例都表露出十分明显的争胜模式。反观享乐模式，则是有益健康和人生幸福的。心理分析师该强化哪一种模式，是显而易见的。病人有暴力的、敌意的梦境，应当予以接纳，要以友爱支持的互动方式接纳。

　　支配与顺从的冲突不但在人群互动中发生，也在人格之内进行，因为有些人的超我非常严厉，面对顽强难改的人格面会使出高压手段。在梦中，在抑郁而自我苛责者的自言自语态度上，这种情形都是明显可见的。费尔斯通（R. W. Firestone）曾记录过病人这样的内在训斥："少啰嗦。闭上嘴，不讲话又不会死。你讲的我通通不要听。"吉尔伯特认为，这种自我咒骂如同自体免疫疾病，是身体在找自己的麻烦。心理和身体的自我攻击都是自我的一部分在打压另一部分，好似同种的爬虫要把侵入自己领域一角的同类赶出去。

　　性欲取向有明显施虐—受虐特征的人，也会有类似的表现。这些人的幻想和梦境也有明显的补偿作用迹象。有受虐癖的人否认自己原有的好竞争与攻击倾向，并把这些特质投射到他们的施虐主身上。有施虐癖的人则是否认自己对他人表现抚慰关爱的能力，而将这种特质投射到受虐奴隶身上。然而，受虐癖和施虐癖的梦境中，被否认的特质俨然是未整合到心灵之中的成分，经由析梦可以加以培养，进而纳入自觉的人格。

观察争胜模式和享乐模式的梦境，不但有助于理解哪些原型结构促成人类的社会适应，也提供了心理治疗的宝贵资料，以便社会适应发生问题时给予帮助。

焦虑梦与梦魇

呵，我这一夜好难熬过，真不是味，
噩梦做不完，奇形怪状都呈现在我眼前，
我虽然是个笃信基督的人，
也不愿再度过这样一夜，
那种阴森恐怖的景象确实难当，
哪怕能换得无边欢乐的日子也是受不了的。

——莎士比亚《理查三世》(*Richard* Ⅲ)

依据观察，所有哺乳类动物都会表露恐惧与焦虑。观察哺乳类动物在快速眼动睡眠期间的行为，导致恐惧与焦虑的情境显然也在它们的梦境中出现。产生焦虑是生物性的适应能力，少了这项能力，任何哺乳类动物——包括人类——都不可能在野外环境中生存。

观察人类的实验显示，焦虑梦十分常见，其功能可能是要警告我们提防危险。焦虑梦使做梦者警惕、作准备、产生动机，与我们醒时经验的焦虑功能一样。容易焦虑的人产生焦虑梦的几率大于性格镇定的人，这似乎证明荣格的理论有误，因为荣格说梦补偿意识。如果按弗洛伊德的说法，压抑作用一旦失效，欲望进入梦的意识，焦虑梦也就发生，这样的解释还是和大多数的焦虑梦不符。梦中引起焦虑的景况通常是在现实生活中也会引发焦虑的。此外，如果我们在该审慎的时候糊涂松懈，焦虑梦确实可以发挥补偿不足的功能。本来你该为考试或重要会议、演说作好准备，你非但准备不足，还认为"到时候不会有问题"，结果就梦见在毫无准备的状况下进入考场、走上讲台。这种典型的"考试"梦或"当众忘词"梦，都有很清楚的动机功能。考试梦也可能隐喻做梦者尚未面对也未作好应对准备的别种人生试炼。这些梦究竟在警示什么事，必须花一番工夫分析理解。

　　按生物学的观点看，焦虑是一种警觉。动物要在处处是危险的世界中生存，必须留意环境中的任何变化，以便随时应变。巴甫洛夫（I. P. Pavlov, 1849—1936）认为这是一种本能反应，他称之为"怎么回事"反应。警觉和"怎么回事"反应都不一定会引起焦虑。觉察到了可能临头的威胁或危险，警觉就会转变成焦虑。警戒可以分为五个渐进阶段，先是警觉（vigilance），然后是焦虑（anxiety）、惧怕（fear）、惊慌（panic）、恐怖（terror），每个阶段都有其相关的情绪及生理反应。生理上出现的心跳加快、呼吸困难、颤抖、冒汗、肚子痛等，都是交感神经系统的作用和肾上腺素进入血流所引起的。这些显著变化的作用是，让生物体准备拼死一搏或赶紧逃命。焦虑梦有时候也会引发这种战斗或逃命（fight or flight）的反应，梦魇则是每梦必然。

　　人人都曾有梦魇，儿童的梦魇尤其频繁。梦魇的特征大同小异，做梦者面对险恶而不知所措，并且经验极强的焦虑感与恐惧。梦魇的英文字 nightmare 源于盎格鲁撒克逊古语 mare，意指恶魔。再往上溯源是梵文 mara（毁灭者），可能是从 mar（挤压）转来的。因此，梦魇的含义是"被恶魔毁灭者挤压或捣毁的梦境"。以前人们以为梦魇是真有"夜妖"附身造成的，后来才知道是做梦者内在产生且是做梦者自己引发的。弗洛伊德认为所有的梦都是愿望之实现，照这样讲，梦魇也是愿望之实现，而做梦者并不知道自己有这个愿望。弗洛伊德甚而强调，我们其实暗暗希望能经验梦魇中发生的可怖景况。这种解说简直就是让信条牵着道理的鼻子走。

　　恐怖电影和惊险的云霄飞车不愁没有票房，证明人们确实偶尔想要害一回怕，这一点我们必须承认。但这种自愿受惊吓乃是为证明自己不会被吓倒。而且，影片和飞车尽管吓人，我们都知道那是安全的，不会"真的"出事。梦魇却大不相同，做梦者经历的可怖状况是非常真实的，而且根本无处可逃。有过梦魇的人不但不会想要重温一次相同的梦魇，反而会因为怕再做噩梦而不敢睡觉。

　　从物种发展的观点解释，比弗洛伊德的合理些。梦魇无疑是与人类生存的问题有关的，它能增强"战斗或逃命"的反应，教我们准备在危难发生时应对。在适应能力随环境条件进化的过程之中，掠食动物和不怀好意的陌生人构成主要的威胁。在现代人的梦魇中，这些威胁依旧在，另外还有各种隐含险恶的情境，如在空旷处而没有遮蔽物、陷在无法逃离的幽闭地方、独处在黑暗之中、居于高处快要掉下来。一般人会区别焦虑梦和梦魇，这与精神病学之区分"无明显原因"的焦虑（可能因多种不同的情况而引起）和恐惧症的焦虑（只限于某一情况）是相呼应的。如果细究现代人的各式各样的恐惧症，就会发现这其实一点也不现代，都是将人类远祖对生存环境中的物件、野兽、情境产生的恐惧夸大而成的。

　　这乃是因为与求生相关的遗传基因发生偏差，所以，明明是现代文明环境里的一些没有危险存在的情境，也会引起恐惧反应。有人害怕待在挤满了陌生人的商店里，有人害怕蜿蜒在草坪上的浇花水管，一般人会觉得不可思议。如果从生物学的观点看，这些反应是原始人类固有反应模式的体现，是可以理解的。常有梦魇的人也犯了类似的反应过敏的毛病，把一些在人类原型环境中与危险相关的迹象夸大了。

不同类型的精神病患者会有不同的梦魇。例如，强迫症病人会梦到完全失控的状况。人格分裂症、自闭症、精神分裂症的患者常梦到的是被迫害、被吞噬、被取而代之、被人控制。人格分裂者会畏避人群，自愿退到社会藩篱之外，却也因此更易受"敌人"之害。所以，此种人的阴影原型会发生作用，导致现实与梦境中的严重妄想狂。

因为梦魇有物种发展史的渊源，所以其基本特征并不是凭视觉和听觉的学习形成。这点可从观察盲人和聋人的梦境得到证据。例如，海伦·凯勒（Helen Keller，1880—1968）幼年时梦见一头狼"似乎要扑向我，用它凶残的牙齿咬进我的身体。我说不出话（其实我只能用手指拼字），想要喊叫，嘴里却发不出声音"。

梦魇和焦虑梦经常发生是极端可厌的事，但其中确有重要的学习与成长的机会。做梦者一向未能面对的严重问题，可能借梦魇和焦虑梦而突显。分析这种梦可能成为当务之急，以便做梦者体认问题何在而及早准备对策。有时候析梦也可以使做梦者在下一次梦境出现时保持"神智清明"，敢于正面与险恶相抗。若再梦到有人持枪相逼，做梦者不但不试图逃跑然后吓醒过来，反而站定了问持枪人："你有毛病吗？"如此一来，做梦者的自信可增强，这个噩梦也不会再出现。儿童用这个方式消除噩梦尤其有效。

儿童的梦

"他想知道你要把那蛇的事情怎么办。……他说，早上它又变成绳子样的东西挂在树枝上，不知道今儿晚上能不能再来？"

——戈尔丁（William Golding，1911—1993）《蝇王》(Lord of the Flies)

儿童的梦境把做梦的功用和目的说得再清楚不过。按理论，人刚出生时的心理状态应该几乎完全是集体的潜意识，此后渐渐成长，梦中才会将逐步增多的个人资料与原型资料融合。内在心灵和行为能力的发展，使幼儿慢慢能与周遭环境互动，也能做益趋复杂的事务。学习使用语言，依附双亲与同侪，自我意识，竞争与合作模式的游戏，都可逐步提供健全社会适应必需的技能。梦境和游戏同样可以便于发展中的自我、环境、"本我"三者进行详细的交谈。这是个体化的开端，也可成为日后成年个人的人格基础。

幼儿常有分不清梦境与现实的情形，但大多到五六岁时就能分辨清楚了。瑞士发展心理学家皮亚杰（Jean Piaget，1896—1980）作了以下三阶段的划分：

1.三四岁以前的幼儿分不清梦境与现实生活。例如，幼儿从噩梦中醒来后会以为巫婆躲在床底下。父母如果说："你做梦啦，没关系的。"也许是无用的。必须证明床底下确实没有巫婆躲着，才会使幼儿放心。

2.四至六岁的儿童开始能分辨梦境与外在事实，但仍不理解梦中的事物完全来自内在，与外界事实没有直接关联。

3.五至八岁的儿童能理解梦境是纯粹内在的现象。"清明梦"约于这个时期开始发生。

分析儿童诉说的梦境，会发现令人不安的较多，令人愉悦的较少。马伦（Brenda Mallon）发表的《做梦的儿童》（*Children Dreaming*，1989）之中指出，许多儿童都对她说从未做过快乐的梦。这与弗洛伊德所说童年梦境都是单纯的愿望实现是恰恰相反的。弗洛伊德的追随者常常引用的两个例子，一是他的侄儿赫曼的梦，一是他女儿安娜的梦。赫曼只有一岁十个月大的时候，正逢弗洛伊德过生日，大家派他代表送上一篮樱桃为礼物。到了要送的时刻，他却舍不得放手，很费了大人们一番哄劝的工夫。弗洛伊德在《梦之解析》中写道："在生日大牺牲的次日，他醒后报告一个好消息——这一定是梦中得来的：'赫曼把樱桃吃光光！'"安娜是弗洛伊德的幺女，当时是十九个月大，因为早上呕吐了，一整天都不让她吃东西。"饿了一整天，她夜晚大声说着梦话：'安娜，草莓莓、蛋饼饼、布丁！'"

儿童的梦境有些的确实现了最渴切的愿望，但这种梦似乎相当少。更多的梦是充满焦虑和恐惧的。真正有意思的是，这些恐惧正适合生活在进化适应力的环境里的儿童，包括恐惧被抛弃、被抓走或绑架、被掠食动物追赶，以及怕被妖怪吃掉。更有趣的是，儿童梦中的恐惧可以与典型狩猎采集社会的忧惧相呼应，如害怕巫术、鬼、恶灵，幼儿会自然而然将梦归因于外界的影响力——上帝、神仙、妖精，这一点也和我们的老祖先相同。至于儿童为什么常做噩梦，可能是因为他们与人类的原型恐惧更接近，换言之，他们仍未摆脱怕陌生人、怕掠食兽、怕独处在黑暗中的原型。减少儿童噩梦的最有效对策是父母在近旁，给予适当抚慰，开一盏夜灯。

按原型理论，神秘主题的梦会随年龄增长而递减。克卢格（H. Y. Kluger）的统计显示，六岁以前的幼儿梦境有神话主题者占百分之四十七，九岁以下儿童约占百分之三十六，成人梦境仅百分之二十六有神话主题。

马伦研究儿童梦境最引人注意的发现，是儿童对于梦的本质与功用表达的看法。这些童言童语简直比饱学的心理分析专家和研究者说的还明智，而且往往更有诗意。例如，四岁的伊芙形容自己的梦是"我枕头里面的图画"。十一岁的埃林说："我们做梦是因为我们有麻烦，然后梦就教我们高兴起来。"明白说出了梦的补偿作用。至于梦与记忆的关系，有两个孩子说得很好。十三岁的萝丝玛丽说："做梦可以帮我们到内心去找很久以前想的事。"七岁的亚当说："我们做梦就是把记忆的带子倒转。"七岁的阿尔文把阿德勒的观点作了极妙的表达："你要是想做什么，就得先做梦，然后你就知道该怎么做了。"十三岁的布莱恩表达了梦可以有娱乐功能的看法："我们做梦，睡觉的时候才不会烦死。"

荣格对于儿童的梦特别感兴趣，因为他从自己的童年经验得知，儿时的梦对于日后的发展影响至深。我们能记得的最久以前的儿时梦境，往往给人近似成人的感觉。这也许是因为其中有很浓的原型成分或父母亲的影响。荣格就曾指出，小孩梦见的问题属于父母而与自己无关乃是常事。

我们应该以体谅关注的态度处理儿童的梦，但荣格反对把它们分析得太细，因为，注意焦点太过集中于原型相象上，可能损害孩子对社会环境之适应。同样地，成年人太沉湎于内在世界探索而轻忽对外的人际关系，也是很危险的。

诊断与预后

某人梦见天空被粉碎。后来他就死了。

—— 阿特米德洛斯

我们偶尔会遇到暗示身体器官罹病的梦。这种梦可能提供真正生病的最初线索，所以应当予以重视。霍尔（James A. Hall）曾经有个案说梦见"有什么东西在体内爆炸了"，后来就诊断出患了主动脉瘤。我有一位病人从一个很长的梦醒来之时感到下腹痛，梦中她用各种方法想把堵塞的排水管打通，却一再失败。后来她才发现自己患了胆结石。博斯有一位女病人，连续两夜梦见"一个巴厘岛的瘟魔强迫她坐在过热的中央暖气管上"，她坐下后两腿间都有严重灼痛，但梦醒后灼痛也立即消失。第三晚她又做了这个梦，这一次醒来后痛感没有消失，她发现自己发烧了。经过医生看诊，断定她患了膀胱炎。

梦境确实可能引发病情。这并不奇怪，因为自主功能和激素作用的明显起伏正好是与快速眼动睡眠同时的。研究报告指出，曾有心律不整、偏头痛、夜间气喘在不愉快的梦境后立即发生的实例。高血压患者的梦境出现敌意状况的例子也比血压正常的人多。

荣格的一位病人是个绝佳的例子。这位男士学识丰富，四十岁，担任瑞士一所著名小学的校长，也是一位冯特学派的心理学权威。他来找荣格，说自己不时发作莫名其妙的眩晕，还伴随着心跳加剧、恶心、虚弱感、疲累无力感。荣格立刻想到这些都是模仿高山症的症状。这种病在瑞士很常见，多是因为迅速登上高山不能适应高度所引起的。

这位校长叙述了他的三个梦境。第一个梦中：

> 病人发现置身于瑞士一个小村子里。他穿着黑色长大衣，十分庄严，一手夹着几本厚书。有一群小男孩，他认出那是他以前的同学。他们看着他说："这家伙很少在这儿出现。"

荣格指出："病人的地位受人钦羡，受过非常良好的科学化教育。其实他出身卑微，全凭个人努力才有如今的成就。他的父母亲是贫苦的农民，他一直努力半工半读。他是有雄心大志的人，希望自己不断更上层楼。他就好像一天之内从海平面攀登到了六千英尺的高度，却又望见上面还有一万二千英尺高的峰顶。"他只想继续爬，却不知道自己的体力已经不济。"缺乏自知乃是他出现高山症症状的原因。这个梦使他认清确实的心理状况。"他忘了自己是如何努力才有今日的成就，一心只想未来当上大学教授。梦提醒他回顾自己的出身，以免他自不量力。

第二个梦中：

　　他知道该去参加一个重要的讨论会，也已拿出公事包。但他发现时间有些晚了，火车快要开了，所以他陷入人人熟知的忙乱又怕迟到的心情。他想把衣物装好，却找不到帽子，外套也不在平常放的地方。于是他在房子内上上下下到处找："东西都到哪儿去了？"终于他把衣物带妥，跑到大门外，才发现忘了带公事包。又冲进去拿，一看表，时间更晚了。他便往火车站跑，可是道路很软，就如同走在泥塘里，他的脚简直动弹不得。好不容易赶到火车站，火车却刚开走。

　　火车是很长的一列，他看着火车绕过弯路，心中想着："但愿火车司机不至于笨到以全速前进，否则后面还在转弯处的车厢就会出轨。"这时候火车司机却拉起油阀加速前进，车厢果然出轨翻覆。他也"从噩梦般的恐惧"之中醒来。

梦见迟到而不断有障碍阻挡，是常有的事，处事太认真或有强迫性倾向的人尤其容易做这种梦。荣格曾说："最令人生气的是，你晓得自己非常想要什么，一个你看不见的魔鬼却一直在阻挠。"做梦者的雄心催促他赶快动身，却有潜在的抗拒。他是那位火车司机，以为可以不等后面车厢转过弯道就向前冲。荣格指这种行为如同体力不济却想攀一万二千英尺的高峰。自我是心理生命的先锋，却不能忘记后面拖的尾巴必须跟得上。

荣格认为这位病人的第三个梦是意义重大的。

> 我在乡下,和一位母亲似的老年农妇在一间简朴的农舍里。我跟她讲我正计划一次长途旅行:从瑞士徒步到莱比锡。她赞佩不已,这令我十分高兴。这时候我往窗外看见农民们在田原中收集干草。然后场景变了。背景中出现一只大得可怖的螃蟹蜥蜴。它先往左移,再往右移,我就如同站在一把张开的剪刀中间的角度里。然后我手里拿到一根小棍或木杖,我用小棍轻轻一触这只妖怪,就把它杀死了。然后我站着思量这妖怪,想了许久。

这一回做梦者又回到他最初的环境里,和农家母亲共处。他在第一个梦中以长大衣和厚厚的书引来村童们钦佩的目光,这个梦里又以莱比锡之行(他希望在那儿谋得教授职位)令农妇赞叹。荣格要他说出有关"简朴的农舍"的联想,他答道:"是巴塞尔附近的圣雅各麻风病院。"荣格立刻循文化脉络加以放大。圣雅各麻风病院位于1444年战役发生的所在,这场战役中,一千三百名瑞士兵击退了勃艮第公爵率领的三万余大军。本来瑞士军的统帅命令他们等待援军,先不要发动攻击,但敌军一迫近,瑞士兵众就迎上前去,结果全部战死了。但他们的骁勇表现也挡住了勃艮第大军的前进。荣格指出:"这又是只顾前冲而不理会后段尾巴,结果必然遭殃。……病人的心态是引起高山症症状的原因。他爬得太高,他未作好到这个高度的准备,他忘了自己是从哪儿开始的。"

至于原型的含义,可以从病人离不开的英雄主题看出来。他一直处于英雄的幻想之中,如身着长大衣而有光明前程的大人物,在圣雅各光荣战场上牺牲生命的英雄战士,制服妖怪(螃蟹蜥蜴)的英雄挑战者。做梦者本人也肯定这一点,他作联想时曾说:"我觉得像要与妖龙决战的英雄般受包围。"荣格则说:"英雄主题一定有妖龙主题相随。妖龙与斩妖龙的英雄是同一个神话的两个人物。"

因为此处的妖物不是龙,而是螃蟹和蜥蜴的混合体,荣格又作了神经解剖学的解析:蜥蜴与脑干和脊髓的爬虫部分相关,螃蟹的自主神经系统特别发达,与交感神经以及副交感神经的功能有关。根据这一点,荣格警告这位病人,他的自觉意识与他的心理安宁有所冲突,如果他执意不改作风,将遭受他自己的中枢神经系统的威逼攻击。类似高山症的种种不适就是此种攻击的开端。

病人却不同意荣格的解释。因为他用魔杖已经制服了妖怪,所以不必再担心螃蟹蜥蜴的不利影响。荣格指出他这是一相情愿,因为魔杖不是致命武器,妖怪不会怕它的。"你思量这妖怪,想了很久,原因何在呢?"荣格问他,"你的梦中含有警告。你的行为就像那火车司机,也像不等援军来就胡乱冲上去迎敌的瑞士兵。你如果态度不改,就会落入不好的下场。"

病人不听劝,还是去了莱比锡,结果很不愉快。荣格没有明说他后来究竟怎样了,但是从螃蟹蜥蜴的象征意义来看,恐怕和癌症有关(cancer 可以解为"巨蟹"或"癌")。这三个梦本来可以发挥治疗的作用,但错在做梦者不肯听从梦的警告。

从高处跌落与飞行

> 轻轻摇,宝贝,在树顶上,
> 风一刮起摇篮就晃,
> 树枝断了,摇篮就掉下
> 宝贝、摇篮一股脑儿都摔下来。
>
> ——童谣

梦境警示从高处跌落之危险，应该有物种发展史的由来。不但远祖的猿类在树上高来高去必须慎防跌落，原始人类为了躲避掠食兽或瞭望方便而爬树，也一样必须谨慎。到了现代，梦境仍在提醒我们居于高处之危险，不论就实际行为或象征意义而言，爬得高都跌得重。

梦中在飞的进化根据较不明显，但人类向来为鸟类着迷，鸟儿既是猎物，也是符号、象征、图腾中不可少的。鸟类的飞行能力、季节迁徙、灵敏的目力，都是人类羡慕与认同的。早在飞行世纪未到来之前，神话、民间传说、童话故事便已流露出人类想如鸟儿般翱翔天空的渴望。所以，在梦里飞成为最愉快不过的经验，任谁都喜欢这暂时陶醉在超越状态而绝对无拘无束的感觉。这感觉从不可能持久，所以一旦发生也格外令人愉悦。

上升与下降，"起"与"落"的象征意义都含有道德意味。希腊神话中伊卡拉斯的故事就说出飞得太高（hubris，狂妄）必将跌落（nemesis，天谴）的道理。爬得高跌得重，不知站稳自己脚跟——失掉立足地位——的人必然要"栽大跟头"。

时时为担心事态失控而焦虑的人，也会重复经验害怕从高处跌落的梦。如果能借析梦理解了真正的问题所在，并且在下一次梦中许可自己跌落，可能使个人应对事情的心态产生极大改变。前文提过的那位梦中把病人当牲口赶的医生，曾经一再梦见自己挂在悬崖边缘上将要跌下去。他在梦中感觉自己双手渐渐没了力气，知道自己撑不了多久了。就在将要掉下去的那一刻，他全身冷汗惊醒过来。一旦他理解了这个梦境的象征意义，我便鼓励他下次再做这种梦的时候放手让自己掉下去。他花了几个月时间才做成功，结果他只往下掉了一公尺左右，掉进浅浅的水里，醒后立刻觉得如释重负。这位医生在进行梦境分析的同时也培养出对自己、对病人、对家人较为随和、放松的态度。

梦见风景

> 世界将是什么样，一旦少了
> 潮气和野性？让它们留下，
> 让它们留下吧，野性和潮气；
> 愿杂草和旷野也长存。
>
> ——霍普金斯（Gerard Manley Hopkins，1844—1889）

梦中的风景可能是详细的、激动情感的，而且富于象征的含义。这与原型或适应能力的进化有什么关系？奥里安（Gordon Orians）和黑尔瓦根（Judith Heerwagen）合撰的论文《面对风景的进化反应》（*Evolved Responses to Landscape*，1992）指出，我们对于风景的审美反应至少有一部分来自远祖的心理结构。这种心理结构的进化对于狩猎采集为生的人有益，因为他们时常要改换栖居地，必须判断何时搬迁、搬迁到何处、在不同的栖居地该做些什么。老祖先的需求和我们一样——有挡风遮雨的住处、食物和水、不受掠食兽和恶人侵害。我们现在生活的环境虽然大不同于原始时代，就基因产生明显突变而言，我们与那个时代相隔得还不够久远，所以我们对于环境的反应与选择和原始时代的相差不大。奥里安和黑尔瓦根认为，环境虽然变了，在远古环境中进化形成的反应模式却依旧对我们的反应方式产生潜在影响。

在适应能力必须进化的环境中，夜晚梦见风景可以加深日间行路或狩猎时发现的重要印象，也可促进次日的适应能力。在现代化的世界里，我们仍然必须应对自然环境，衡量行动的凶险，到我们必须去的地方，再安然返回。也从事风景研究的卡普兰（stephen Kaplan）

指出，人类一向是"靠搜集资讯求生的动物"，始终在为了明了自己的周遭环境而努力。现代人的求生行为依然和远古进化环境中的求生一样，要靠原型指示我们去探索并组构自然环境的"认知地图"。这种行为是极重要的适应力锻炼，难怪我们在梦中花那么多时间做这件事。**只要白天发现了什么新资讯，我们就会在夜梦中把认知地图加以更新。**

人们在梦中最喜欢的风景是什么？一些研究显示，我们觉得置身其中最自在的是热带非洲稀树草原一类的地方，这也正是人类的发源地。原因可能在于稀树草原可以供给我们一向所需的东西：不虞匮乏的食物、可遮蔽烈阳并且供躲避掠食兽的树木、一望无际的视野，以及空间适应所需的山坡、谷地、平原。

巴林（J. D. Balling）与法尔克（J. H. Falk）曾以不同年龄层的受试者作研究，放映风景幻灯片给他们看，风景包括热带雨林、落叶森林、针叶森林、东非稀树草原、沙漠，要他们选出最中意的风景。结果发现，八岁的儿童一贯喜欢东非稀树草原，都说这是他们最喜欢的风景，想到那儿去游玩居住。十五岁以上的人对于稀树草原、落叶森林、针叶森林的中意度不相上下，对于这三者的喜好度都高于热带雨林和沙漠。所有年龄层最不中意的环境都是沙漠，最受欢迎的稀树草原的两张幻灯片，又以翠绿色生长季节的一张比干燥季节的一张得分高。这与风景在梦中引发的情感正相符，沙漠是贫瘠、孤立、绝望的象征，富饶的风景象征希望与更新。

尤其值得注意的是，巴林和法尔克实验的受试者之中没有一个人去过热带稀树草原。偏巧幼年的儿童一律最爱这从未去过的环境，所以巴、法二人推断，风景评价是有发展模式可循的。我们先天就被设定了要回应类似稀树草原的生物群落区，渐长以后，会因经验生活的环境而改变态度，如巴、法的受试者对于美国东部的落叶森林最感亲切。经验对于审美反应虽然有很大影响,却不至于完全掩盖先天的反应模式,实验中八岁儿童的表现就是证据。

　　这项发现与我们的题旨大有关系。选择什么地方栖居对于生存与繁衍后代成功与否有极大影响,所以,相关的心理与行为机制数十万年来承受了沉重的淘汰压力。作选择之前,环境中的重要特征会引起情绪反应,导致要放弃、探查或安居的不同感觉。

　　对大多数动物而言,探查行为似乎是积极的认知与情绪经验,可能也是研究、好奇、好新鲜、想旅行的根本起因。但是,探查也可能带来祸患。灌木丛太深、缺乏遮蔽处都可能隐含危险,此外,恶劣气候、森林火灾、地震、雪崩、塌方也都是探查过程中的危险征兆。这些现象都是梦境中的要角,也有丰富的情绪与象征暗示。

　　假如把梦全当作单纯的"处理资讯"的手段,不免会认为梦见风景不过是为了更新认知地图。这种观点却完全忽略了风景梦激荡深层情绪而发挥的象征作用。原始的泛灵论一直存留在我们的潜意识里,我们听从它的权威而使组构梦境的那些树、山、河、谷有了心理上的生命力。

清　明　梦

　　对于做清明梦的人而言,没有不可能的事!

—— 拉贝奇（Stephen LaBerge）

　　所谓清明梦,是指做梦者自知在做梦的梦。这个术语由荷兰精神病学家范·埃登（Frederik Willelms van Eeden）于1913年在伦敦的"精神研究学会"发表的论文中首次提出。论文依据的是他于1898—1912年间做的三百五十二个清明梦。他将第一个清明梦描述如下："我梦见自己飘过一片有光秃树木的景致，我知道是四月天，我注意到大小树枝的透视角度改变得十分自然。于是我在睡梦中思索，我的幻想绝不可能虚构或塑造出飘过的小枝桠那么复杂的透视移动景象。"大脑似乎能在梦中合成我们在电脑游戏中看见的那样详细的透视移动。令范·埃登惊奇的不只是他能够自觉在做梦，更是他能导引自己的注意力，而且能做出一些自由意志的行为。

他按圣丹尼的先例，用实验方法处理自己的梦。"1904 年 9 月 9 日，我梦见我站在窗前的一张桌子旁。桌上有多样物件。我确知自己在做梦，想着可以做什么样的实验。……我拿起桌上一只喝红酒用的玻璃杯，使出全力用拳头打它，一边想着如果不是做梦，这样打该有多危险，这玻璃杯却完好如初。可是，我过了一会儿再看它，它破了。"

玻璃杯好像"没接上台词的演员"，顿了一会儿才破，这给范·埃登"很奇怪的感觉，好像置身伪造的世界，模仿得虽然巧妙，却有小瑕疵"。在这个梦里，他接着便把破的玻璃杯扔到窗外，想听听它砸在下面的街道上会不会有叮当声。"结果我真的听到响声，甚至看见两条狗相当自然地跑开。我当时想，这滑稽的假世界模仿得可真好。"

许多人都知道，在梦中变得清醒是令人兴奋的经验。笔名福克斯（Oliver Fox）的卡洛韦（Hugh Calloway），就是因为学生时代的一个清明梦引发兴趣，而以梦的研究为一生志业。他在《灵魂投射》（*Astral Projection*，1962）之中描写那重要的一刻：

> 顿时，生命变得活跃百倍。海、天和树木从未闪耀如此迷人之美；甚至普普通通的房屋似乎也活起来，有着神秘的美感。我从来不曾感到这么确确实实的健康，头脑这么清楚，这么无以名

状的自由！那种感受微妙得无法用言语形容，但只持续了两三分钟，我便醒了。

有清明梦经验的人同意范·埃登所说的：在这种状况下可能多少控制一下梦的内容和走向。在清醒生活中不敢采取的对策——迎向扑过来的狮子而不逃跑，也可以在这时候一试。你可以在梦境中看出某些怪异人物其实是你自己的不同侧面，你可以招呼他们，和他们交谈，和他们达成妥协。你也可以逃出你在梦中扮演的角色，批评它，把它改个样子。换言之，**一般析梦只能间接进行的事，可能在清明梦中直接做，而促成转变的幅度可能更大。**

清明梦、积极想象、催眠与灵媒的恍惚状态，这三者的性质显然类似，且都是某种形态的急性精神失常，三者也都能为亲身经历者带来永久的改变。三者都是意识与潜意识互动的界限状态。三者之中，催眠的恍惚状态最受到研究者的注意。而研究也证明，在深度恍惚中可以促成极大的身心变化，例如，可使出血停止，可抑止过敏反应，可产生麻醉效果。用这种方法抑止某些癌细胞扩散也是可能的。可惜只有百分之十的人能够进入深度催眠的恍惚，这种能力显然也不是可以学得来的。清明梦的治病潜力虽未被充分研究，却是可以学习的，日后应可大大发挥效用。

拉贝奇在斯坦福大学"睡眠实验所"完成研究的时候，清明梦的实验探讨算是达到成熟阶段。拉贝奇不但训练自己和学生们成为清明梦的熟手，并且率先教导受试者以眼睛的垂直动作表示自知正在睡眠中做梦，以便观察者记录。这个方法促成了一些重要的发现，例如，梦见某些事情所需的时间，与现实生活中经历这些事所需的时间差不多。

我根据分析实务发现，病人若能成为清明梦的熟手，治疗的进展也可加快。这情形类似能在梦中运用积极想象，因而也使整个经验的意义大增。

清明梦可能不由自主地发生，但这种情形十分少见。如果想学习自主地产生清明梦，倒也不很困难。这与记得做过的梦一样，关键都在动机够不够强。要诀在于培养必需的心理"定势"——想要在梦中觉察自己的梦境。首先要练习记忆梦境：你对自己的梦境愈熟悉，愈容易在梦境出现时有所觉察。德国心理学家托莱（Paul Tholey）主张练习以"批判反思的态度"看待自己的意识状态。养成习惯在清醒的时候自问："我是在做梦吗？"每天白天至少自问十次。入睡之前与睡醒之后更一定要问。据托莱说，通常可在如此实行不满一个月的时候出现清明梦。有些人实行一天的当晚就有清明梦了。拉贝奇认为，最重要的是"在身体入睡的时候保持头脑清醒"。他提供了一个数数入眠的方法："一，我在做梦，二，我在做梦"。也许就在你数到"四十二，我在做梦"的那一刻，你发现自己的确入梦，而且能够自觉在做梦了。

俄国哲学家邬斯宾斯基（Piotr D. Ouspensky, 1878—1947）和美国心理学家拉波特（Nathan Rapport）主张全神贯注于将入睡之前半醒半睡的印象：不断追忆已经掠过脑际的印象，经过相当的练习，可以在进入当晚第一个梦之际保持意识的内省。

然而，这些技巧不大可能在入睡之始奏效，因为通常要先有一段非快速眼动睡眠，然后才进入快速眼动睡眠阶段。如果能在下午先午睡一会儿，比较可能直接进入快速眼动睡眠，清明梦发生的几率也增高。以我为例，最有把握"孵育"梦境的时候，也是清明梦最明白的时候。有一次，我和一位希腊心理学家一同到阿堤卡鲜有人知的医疗神阿斯克勒庇俄斯神庙。当天中午饱餐了一顿乡村美食，葡萄酒、羊乳酪、橄榄一应俱全。我在躺椅上躺下，告诉同伴说，我要去梦阿斯克勒庇俄斯了。不过几分钟我便睡着，阿斯克勒庇俄斯也立刻出现。他快步走到我面前，带着恼怒的表情对我说："你听着，我请你别到这儿来浪费我的时间！"说完他便匆匆离去。我也醒过来，很为自己以这么随便的态度对待医疗神庙这样神圣的所在感到惭愧。

加菲尔德（Patricia Garfield）在其畅销著作《创意的做梦》（*Creative Dreaming*，1976）之中指出，自我暗示是诱发清明梦的有效良方。按她所述，可在睡前重复对自己说："今天晚上我'会'有清明梦。"她自己用这个方法，结果形成"典型的学习曲线，发生长时间清明梦的频率每星期从零的基线增加至三"。

一旦有了第一次的清明梦，以后再出现就比较容易。这就如同概念的障碍被突破了。1954年以前，没人相信四分钟之内可能跑完一英里，等到班尼斯特（Roger Bannister, 1929— ）创下纪录，随后就有数以百计的人越过这个障碍。清明梦的情况亦然。

假如梦境太真实，你也许一时不易相信自己是在做梦。他也许会猜想自己是在梦中（清醒的第一步骤），但不完全相信。如何可以确定呢？必须测试一下。你得做一件现实生活中不可能做的事——不借助于外力，凭自己的手脚飞起来。步骤大致如下：我是在梦中吗？大概是吧。好，我来飞飞看。准备起飞，飞！飞起来了吗？真的飞起来了。我能飞，所以我是在做梦。

预示未来的梦

梦境预告、宣告、警示的某些情状往往早在实际发生之前。这不一定是奇迹或未卜先知。多数的危机……都有很长的酝酿期。

——荣格

预示未来的梦不可与超感官能力的预言梦或未卜先知的梦混为一谈。荣格认为："把预示未来的梦称为预言梦是错的。因为它根本不会比医疗诊断或气象预报更有预言性。这种梦只是多种可能性提前作成的组合，可能正巧与事态符合。"因为"将会发生的一切都是以已经发生过的为基础"，所以预示未来的梦会发生并不奇怪。

心理分析师会对于预示未来的梦特别感兴趣，乃是因为病人向分析师说起的第一个梦就可能是这一类型的。荣格曾经记录同一个病人的三个预示未来的梦，她先后找了三位心理分析师治疗，三个梦都是在治疗开始的期间发生的。第一个梦是：

  我必须越过边境到另一个国度去，可是我找不着边境，没人能告诉我边境在哪儿。

第一次的治疗成效不佳，只作了很短一段时间就结束了。换了第二位心理分析师，她的梦如下：

  我必须越过边境，但夜晚一片漆黑，我找不到海关。找了许久，我看见远远有一小点亮光，就猜想边境该是在那儿。我要是想过去，就必须穿过一个山谷和一个黑暗树林。我在林中迷了路。然后我发现有人在我近旁，他突然像疯了似地紧抓住我，我吓得醒了过来。

第二次的治疗也提早结束了，因为分析医师与病人太过认同，渐渐丧失了治疗的客观性。

第三位分析医师便是荣格。她的梦是：

我必须越过一个边境，应该说我已经越过边境了，发现自己置身在一处瑞士海关里。我只带了一个手提包，所以我以为没有什么可申报的。不料，海关人员伸手到我的手提包里，竟然拉出两张一对的单人床。

荣格指出，如果按简化还原或因果关系的原则来解释三个梦，等于没有领会梦的要点。"梦提供有关分析情况的清楚无误的资讯，进行治疗中理解这些资讯是极重要的。"从第三个梦可以看出，病人来找荣格应是已经"越过边境"，可能就要处理她婚姻中性关系的问题，以及其他问题。

生物学理论和阿德勒都说，梦为做梦者次日遭遇的事预作准备。 荣格同意这一点，但反对把预示未来的梦当作神谕般的玄奥。自我一定要作批判的评估，否则"可能被误导而以为梦是一种心理炫耀，以为它既有知的优势，必可毫无谬误地将生命导入正确方向"。

我们不妨用大脑结构作一比较。前脑如同普罗米修斯（Prometheus，原义"事前而知者"），普罗米修斯带来光明（教人类使用火，光明即意识）与先见之明。大脑的古旧部分如同厄毗米修斯（Epimetheus，原义"事后而知者"），是间接带来黑暗（潜意识的人）的，由于妻子潘朵拉（Pandora）打开装满祸害的盒子，厄毗米修斯也成为引来邪恶的从犯。梦的预知能力来自前脑的普罗米修斯式的本领，既有预期性，也受原型智慧的影响。但预示未来的梦不是绝对真理，只是将未来的可能性预作提示。

性欲的梦

如果说没有哪一组概念是不可能表达性的事实与愿望的，

是相当公允的话。

——弗洛伊德

与性行为和性伴侣亲密有关的原型系统，既支配着个人的生活，也确保人类能继续生存。以这些题目为主的梦占所有类型梦境的最大宗，因此弗洛伊德认为，把大量事物简化成为假定的男女性器官象征，是有充分理由的。

一切长条状的物件，如棍子、树干、伞，都可代表男性器官（张开的伞象征勃起），另外，凡是长的、尖的武器，如刀、匕首、长矛，也是一样。另一个常见的象征物并不难理解，即是指甲锉刀——可能是因为它来回摩擦的用法。盒子、箱子、抽屉、柜橱、炉子代表子宫，其他中空的物件如船、各种容器亦然。梦中的房间通常代表女子，如果有显示房间的各种进出方式，这种解释简直毋庸置疑。……梦见穿过一组房间乃是妓院梦或后宫梦。……台阶、梯子、楼梯，或是在这些东西上走上走下，都代表性交行为。

男人梦中的领带时常是阴茎的象征，……一切武器和工具都毫无疑问是男性器官的象征，例如犁、锤子、步枪、手枪、短刀、刺刀，等等。

这种解释法之陈腐简化，剥夺了这些象征符号可能有的其他含义。其实与性有关的梦并不如弗洛伊德所说都是伪装与简化的，其内容通常都很直言无讳，其中的意图通常是用直截了当的景象表达，不会诉诸拐弯抹角的象征。现代人做性欲梦根本不必在楼梯上跑上跑下，不必插剑入鞘，也不必把长而直的东西塞进圆形的容纳器，这多少要归因于弗洛伊德解放性观念的功劳。

弗洛伊德列举的象征物当然都有可能代表人的生殖器官，但也可能代表许多别的意思。荣格曾经挖苦地指出，连阴茎都是阳具崇拜的象征。阴茎代表男性，而显然大自然本意也要以阴茎代表力量与生殖能力。人类的阴茎比例是其他灵长目动物的三倍，其原因在此。

男性、女性本质的概念化表达之中，最古老也最微妙的之一即是中国道家的阳与阴，这两个概念是一切事实的基本力量，在男性与女性身上都是并存而活跃的。阳的特征是有活力、有冲劲，其特质是热与光亮（以太阳和阳光象征），其领域是天与精神，就其阴茎的穿透作用看，它能激励、促成结果、创造，其攻击力代表争斗与破坏，其性向基本上是外向的，它是积极而冲动的，同时也是自制而耐苦的。

阴是被动而包容的（以月亮和洞穴象征），其领域是大地、自然界、子宫，因为阴的主要用意就在孕育，赋予阳活力以形体，从黑暗中引出生命，其动向基本上是向内的。

西方文化也把冲劲、有形的攻击行为、破坏力归为男性特质，把酝酿、滋育、爱护生命归为女性特质。这种划分都有充分的生物学根据，而且普遍见于全世界。这种普遍性正可证明其由来是原型的。

两性合一的根本象征即是炼金术士念念不忘的"对立面的结合"，这也是炼金术士追求的目标。但这个象征符号并不是性交行为作了伪装的替身，应该说性交行为只是"结合"的象征意义之一。"对立"者的结合代表心灵经历转变的过程。结合之后所生的孩子也在象征意义上融合相反本质而荟萃成为新个体。炼金术浴器中的国王和王后、床上的一男一女、天上的太阳和月亮、田野中的公牛和母牛，都是两性结合意义的表彰，这个神秘仪式是永存的。

在此必须强调，渴望与相反者合一未必限于异性。**人会渴望得到他眼中看来是与自己相反的本质，他需要这些相反特质使自己臻于完**

整。这渴求的相反特质可能在一位同性的身上流露，也可能由某种动物、神话中的人或物来呈现，或任何得着它才自觉完整的东西。柏拉图述及的一则神话为这种欲望作了注解。按他说，人本来是完整的，却被神一分为两半，这两个半边的人便不断寻找另一半，期望能再合而为一。早期的占星术信仰之中的天与地合一，童话故事里的王子与公主成婚，炼金术的日月合一，都是从集体潜意识而来的"结合"的象征。这类象征意义在现代人梦中之丰富多样，一如人类远祖曾有的梦境。

第十一章

梦与创造力

> 这一切的创造、制作，都在一个愉快活泼的梦之中发生。
>
> ——莫扎特（Wolfgang Amadeus Mozart，1756—1791）

弗洛伊德梦理论的一大缺失，是未能说明梦的创造潜能。他在著作中大量引用前人有关梦的论述，却又认为这些理论大多是无用之物。他在《梦之解析》中对于希尔德布兰特（F. W. Hildebrandt）之类的理论家表示格外不屑，因为这些人赞扬梦的精湛创造力。《梦》书引了大段希尔德布兰特的文字如下：

> 我们大家根据个人经验大概都可以确定，有时候梦的创造编构的技巧显露的情感之深度与贴切、感觉之温柔、见解之清晰、观察之入微、隽智之精彩，都是我们在醒着的生活中不敢有确定把握的。梦

里存在着美妙的诗，聪智的寓言、绝顶的幽默、出类拔萃的反讽。梦从奇特的理想主义观点看这世界，时常因深刻了解它所见事物的本质而提增其效能。它将世间之美描画成天堂的灿烂，用至高的威仪妆点自尊，把我们日常的忧惧呈现成最可怖的形状，把我们的消遣乐趣变成最尖刻的笑话。有时候，当我们醒着，上述几类经验的冲击仍未消退，我们不禁觉得，真实世界的生活绝不可能给我们等量的体会。

弗洛伊德指这种言论是过时的，来自"人类心智仍被哲学支配而未受精确自然科学指引"的时代。19世纪的舒伯特提出的梦理论，也被他照样奚落了一番："按舒伯特的意见，梦是精神从外在自然界力量得到的解放，是灵魂摆脱了知觉的束缚，……梦变成心智生命到达更高层次的提升。这种理论令我们莫名其妙，如今只有神秘主义者和教士还在念这一套。"

弗洛伊德的化约论心态，以及他之深恶潜意识有另外独到功能的观点，在此最能表露无遗。按他的理论，梦是一个封闭系统的产物，只不过是与童年愿望相系的潜伏本能在作表达。这却不足以解释梦对于文化演进的不凡贡献，哲学、艺术、科学、政治、运动，无一不是受惠者。

霍布森根据他既有的资料作出结论：

在快速眼动睡眠时段中，大脑及其思维似乎处于奇妙创造的过程。显而易见，我们的梦并不只是重温过去的经验而已。反之，我们其实常常在编造全然新奇的经验。新念头和新的感觉，对于旧问题产生的新看法，都可能在梦中兴起。这些可以被带入意识的思维，或是留在潜意识里，供作进一步创造的取材。快速眼动睡眠有积极功用的新理论达于顶峰,这与我们肯定神经系统不只是复印机有关。神经系统确实仰赖外界资讯来完成它的世界概念图,但它显然也用这资讯来创造世界的图像,以这图像为测试真实的依据。

所以,人人的大脑基本上都是有艺术性的。我们看见子女画的画,都明白这一点,却不相信成年的自己有此气质。……我们每个人在夜晚做梦时都是超现实主义大师,每人都是毕加索、达利、费里尼——可爱与恐怖的彻底混合。

——《做梦的脑》

过去五十年盛行研究创造力,其中以墨菲(Gardner Murphy)的四阶段创造过程理论最为精辟。四阶段包括:1. 浸淫(immersion),潜心研究资料数据;2. 合并巩固(consolidation),将资讯和经验纳入"仓库"或记忆库,这是意识不能直接取用的(也是酝酿阶段);3. 启迪(illumination),在长久沉浸和酝酿之后的恍然大悟;4. 核实(verification),针对启迪阶段得到的领悟进行测试评估。

恍然大悟可能直接在梦中发生,可能在析梦之后发生,也可能在意识完全清醒的状态中不由自主——当然也是不请自来——而发生。第一、四这两个阶段主要是靠意识与逻辑思考,二、三阶段则是以潜意识、象征意义、情绪的活动为主。梦对于中间的这两个阶段助益最多。我们正好可用德波诺(Edward de Bono)的区分方法来说明。他将思考分为垂直的(vertical,亦即逻辑的)与横向的(lateral,亦即创造的、联想的)两种。垂直思考作直线进展,一步一步顺理成章;横向思考把既有的资料重组成不同的模式,以便激发新的、出人意料的领悟。两种模式哪个比较重要,各家说法不一。多数权威之论都认为,潜意识确实参与创造过程,却也有人说这是夸大之词。

解决问题和创造行为可能都用得着垂直思考和横向思考，不至于用了一种模式就不能用另一种。此外，墨菲的四阶段也不一定是一个结束了，下一个才发生，些许程度的重叠是常有的事。总之，已有太多实例证明墨菲和德波诺的分析无误，我们不可否认二人对于理解创造悟力方面的贡献。

克库勒描述发现苯分子结构有如灵光乍现的经验，是"启迪"时刻到来的典型表现。他写道："我把椅子转向壁炉，沉入半睡。一个个原子在我眼前掠过，……像蛇似地扭着转着。再看，怎么回事？其中有一条蛇咬住它自己的尾巴，那影像轻蔑地在我眼前旋转。我只觉有闪电一击，便醒了过来。当晚所余的时间我全部用来解释苯环的假说。"

药理学家勒维（Otto Loewi，1873 — 1961）发现神经冲动的化学传递而获诺贝尔奖，这个概念似乎是在 1920 年间一次非快速眼动睡眠的梦中得来的："那年复活节周日的前一晚，我睡醒了，便开了灯，匆匆在一小张薄纸上写了一些笔记。然后我又睡了。第二天早上六点，我想起夜晚曾写了一些重要的东西，可是我看不懂潦草的字迹写的是什么。"以下是他的友人杰拉德（R. W. Gerard）的叙述："第二天是苦不堪言的，他看不出潦草的笔记写的是什么，也记不起解式，只记得他本来是晓得解式的。当晚更是痛苦，结果，清早三点钟，闪电再度当头一亮。这一回他不敢大意了，立刻赶到实验室展开实验。"

数学家高斯（Karl F. Gauss，1777 — 1855）练就在似醒非醒的出神状态解释复杂数学问题的本领。据他说，解答经常就像"猝发的一道闪光"般降临。然而，恍然大悟的闪光不会无缘无故跑来，必须先有墨菲前两个阶段的苦思功夫做好"充电"。克库勒和勒维会突然头脑清澈透明，是因为已经把问题钻研了好几个月。法国哲学家孔多塞（Marquis de Condorcet，1743—1794）苦思一个数学式几天而不得其解，后来却在梦中得到解答而醒来。诗人布雷克花了数月时间开发新的版画技巧，结果在梦中获得已故的兄弟指点，醒来后用这个方式，一试就成功。

由于浸淫、合并这两个阶段的努力，潜意识得以取用库存的资讯，这些资讯在看似不由自主且无意的重组之后，才产生突如其来的创造悟性。吉尔福德（J. P. Guilford）说，储备的资讯的价值与其未来的用途成正比，这是无可辩驳的话。创造力靠的既是顿然领悟的直觉，也要靠在记忆库中"搜寻"相关资讯的本事。为什么答案会突然"冒出来"？吉尔福德用了 convergent（聚合的，求同的）与 divergent（分散的，求异的）两种方式来解释。利用储备的资讯进行聚合的答案制作，即是找出唯一的正确答案，满足范围限定的要求（如"西班牙的首都是什么地方？"）。如果是分散的答案制作，就得搜寻较广范围的相关意念（如"你能说出几个以 M 字母开头的首都？"）。这种区分与德波诺的垂直思考和横向思考有明显类似之处。意识的思维较常用到垂直的思考模式，对于储备资讯的运用也较常诉诸聚合的方式（比较重字面意思、合逻辑、精确、严肃、连贯）。做梦的思维却较常运用横向思考与分散方式来表达意图（较倾向于重喻义、含糊、似是而非、幽默、变化无常）。

横向思考与分散方式之所以能成功，关键在于思维大脑能够辨识"完形"。 每当我们遇见未见过的构形，会拿它与以前见过的相似构形作对照比较，以便归类或作推断。医生看病人的时候会这样做，以便完成诊断：他会把新病人的身体表征和症状与以往诊病储存下来的疾病知识作比对，模式一旦相符，便可以看出"完形"，从而得到"原来如此"的领悟。

做梦中发生的记忆库扫描，大多是为了要从过往经验里找出可以与当前经验吻合的资讯。不但要找相关的认知经验,也要找情绪经验。这个被找出来的"相似性",也许会令意识的思维觉得荒唐可笑,因为它可能在一般看来毫不相干的类项之间搭上隐喻的联系——如克库勒的蛇和苯分子,以及门捷列夫(Dimitri Mendeleyev, 1834—1907)的化学元素和室内乐。门捷列夫是俄罗斯的化学家,投注了极大心力要找出基本化学元素之间的次序关系。一天下午,他坐在椅子上打盹,家人在隔壁房间奏室内乐。他在梦中突然明白,基本元素之间的关系和乐曲的主题与乐句的安排方式是相通的。他醒后立刻抓过一张纸,写下了奠定现代化学基础的整个周期表。

五十年后,丹麦物理学家玻尔(Niels Bohr, 1885—1962)把门捷列夫的领悟再往前推了一步。玻尔自问:究竟为什么会有基本元素存在?这些元素彼此如何区分?它们如何维持稳定?氢和氦之间为什么没有一个过渡元素?他苦思了几个月,有一天做了一个梦,梦中自己正在赛马场上。场内一条条跑道是用白灰画出来的,参赛的马匹可以换跑道,但彼此必须保持一定距离。马儿如果跑在白线上扬起白灰,就会被取消资格。

梦醒后,玻尔发现这个"跑道规则"象征着他要寻找的答案。电子绕着原子核转,必须跑在各自被指定的轨道上,正如赛马必须跑在跑道内。电子该循什么轨道跑,是由能的"量子"决定,元素能够维持稳定的原因就是这么简单的事实。玻尔根据这个经验建立了量子论,也因而获得诺贝尔物理奖。

另一个改写科学史的梦是爱因斯坦(Albert Einstein, 1879—1955)年轻时期做的梦。梦中他正乘着雪橇快速冲下陡峭的山坡,速度愈来愈快,快要接近光速之际,他发现头顶上的星星正把光折射成为他从未见过的颜色系列。这个景象是他永志不忘的,据他说,他的全部科学成就都来自于沉思这个梦境。从这个梦中,他得到"思维实验"（Gedankenexperiment）的基础，成就了后来的相对论。

以上这些例子中，如果先前没有墨菲所说的浸淫、合并两阶段的长久努力，这决定成败的启迪时刻是不会到来的。事前必须将资料收集好、整理妥当、反复思索、一一吸收，逻辑上的一切可能性都要考虑到，并且一试再试。然后，令人兴奋的启迪时刻才会发生。梦境"孵育"的要义就在此。泰勒在《在人会飞、水往上流的世界》（*Where People Fly and Water Runs Uphill*，1992）之中说："我们自问有关人生的诚实问题，就是在提供梦境发展的条件。只要我们以乐意坦然的态度接受梦的疗愈讯息和创造讯息，就可以触摸到编织在每夜梦中的原型创造冲动。"

泰勒说得不错，成败关键在于事前"全心投入"的程度。当我们在醒着的生活中对于某件事务念念不忘，极有可能启动原型结构，并释出其中塞满的生命力。**泰勒认为，就这层意义而言，我们永远在"孵"梦，即便我们并未意识到自己在这么做**。他并且指出，全心投入就是促进意识、个体化、生活的最重要的动力。"我渐渐发现，对于生命中的人与事能够全心投入，怀有真正的热诚与关注，是影响进化与个体化最重要的因素，比全心投入的事本身的影响还大。不论事情看来多么微不足道，热诚与全心关注都可以增进真正的心灵发展。反之，如果以伶俐而虚有其表的巧妙方式参与，事情本身的意义再深刻重大，终将因为心不在焉、注意力分散而无益于心灵发展。"

这种想法可以与生物学的发现兼容吗？我曾说过，梦的生物性功能是：处理日间曾萦绕脑际的事，用有创造性的方式在夜间予以回应。在人类露宿野外的时代，萦绕脑际的是生存的问题，对于继续生存构成威胁愈大的事，会成为梦愈加努力回应的问题。这就是"全心投入"的妙用。因此，我们如果想引用潜意识的助力来处理与自己有关的问题，就该有意地投注心力在这件事上，把它当成攸关生死的事一般。梦会帮助懂得自助的自我。我们得把意识的勤奋本领搬到意识里来耕作、播种、施肥，潜意识才会为我们所用。而潜意识的能耐，如冯特所说，"如同一个我们不认识的生命在为我们创造生产，终于把成熟的果实扔进我们怀里。"

数学家普安卡雷（J. Henri Poincaré，1854—1912）的自同构函数便是这样发现的。他说："我们要解困难的问题，起初往往是毫无进展的。这时候我们会让自己先或多或少休息一下，然后再在书桌前坐下。开始的半小时仍旧是什么也想不出来，接着，那关键的意念突然自己跑出来。……也许休息的时候潜意识还在继续工作，这努力的成果后来就展现给解数学题的人看。"

由此可见，**潜意识的活动醒时睡时都在进行。梦的孵育和艺术灵感的关联也可以由此得到证实**。莫扎特写给"P男爵"的一封信中，描述了他的作曲方式："当我完全是自己，全然独处，心情愉快——假设是在乘马车出游，或在吃了一顿美食后散步，或夜晚无法入眠；就是在这种时候，我的思绪最流畅、最丰富。它们从哪儿来、怎么来，我并不知道；我也不能强迫它们。令我愉悦的念头我会留在记忆中，而我也习惯——别人告诉过我——自己哼着它。……这一切令我的灵魂发热，假如没人来打扰我，我的主题就会自己扩大，有条有理，清清楚楚，哪怕曲子很长，它也是整个在我脑中列出，像一幅精致的图画或优美的雕像，供我一眼扫过。我在想象中不会听见各部依序奏出，却似乎同时听见它的整体。我说不出这是何等的喜悦！这一切的创造、制作，都在一个愉快活泼的梦之中发生。不过，实际听到整个曲子毕竟是最好的。如此创作出来的东西我不会轻易忘记。这也许是神圣造物之主赐给我的最佳礼物。"

有人认为这封信的可信度不高，内容所说却完全符合这位首屈一指的音乐天才表现的无所不能的多才、多艺、多产。柴可夫斯基（Peter Tchaikovsky）、瓦格纳、贝多芬（Ludwig van Beethoven），也都有在近似千里眼的灵感刺激中作曲的体验。普契尼（Giacomo Puccini，1858—1924）曾说，歌剧《蝴蝶夫人》的音乐"是上帝口授给我的，我做的只是把它写在纸上"。斯特拉汶斯基（Igor Stravinsky，1882—1971）的《春之祭》芭蕾乐曲则是在一个幻象之后创作的。幻象中"一群睿智长者围坐成一圈，看着一位少女跳着赎罪之舞至力竭而死"。音乐在他处于极端疲惫与兴奋的状态中降临，"我把耳中听见的写下来。我只是神圣灵感流过的器皿。"

美国内战期间，朱莉娅·豪（Julia Ward Howe，1819—1910）和友伴前往华盛顿探视军队后，归途中一起唱着通俗歌曲《约翰·布朗的身体》。友伴之一问她何不把歌词改一改。当晚她睡得很好，次日醒得却很早，她躺着等天亮，歌词就在她脑中浮起："我已眼见主临之荣耀……"。按她的传记中所载，"她一动也不动地躺着，歌词一句一句，一段一段，踏着合节合拍的前进步伐，毫不停顿地、不可抵挡地涌来。她看着一长条文字排成一行一行，听见全国的声音用她的嘴说话。她一直等到声音完全归于沉寂，等到最后一句歌词结束，便立即从床上跳起来，抓起纸笔，在昏暗的晨曦中写下了《共和国战歌》的歌词。"

塔蒂尼（Giuseppe Tartini，1692—1770）创作《魔鬼颤音奏鸣曲》也是梦中完成作曲的著名例子。他于老年时告诉友人，他曾在一次梦中把灵魂卖给魔鬼，并且将自己的小提琴交给魔鬼处置。"我却大吃一惊，因为我听见他以极致的技巧拉出连我最狂妄的梦想也望尘莫及的美妙奏鸣曲。我欣喜、激动、入迷，在急促呼吸中醒来。我一把拿起小提琴，想要拉出我听到的曲调。可是我做不到。我谱写的《魔鬼颤音》是我所有作品中最好的一首，但它却远远不及我在梦中听到的那一首。"

英格利斯（Brian Inglis）所著的《不知名的访客》（*The Unknown Guest*, 1987）收集了许多实例，非常值得参考。英格利斯在威斯特（Ruth West）的协助下，整理了"似乎超越一般事实"的情事，却"有规划，好似舞台两侧的提词人在我们的潜意识思维中运作"。这个提词的人也就是"不知名的访客"，与荣格说的"两百万岁的自我"或"第二号人格"相符。在实行积极想象的人内心，这个"人物"如同一位熟稔的伙伴，正像荣格说的"菲洛蒙"（Philemon）。苏格拉底（Socrates）虽然没听说过这种想象行为，却显然已经在力行了。他曾说过："我以往惯常听取的预言之声一向是我时刻不离的伴侣。不论多么细琐的事，只要我走错了路，他必反对。"他称这是他的"神灵"。我们从色诺芬（Xenophon，公元前431—前355）和柏拉图留下的著作中可以看见，苏格拉底的确认为自己的思想灵感来自神启，借内在之耳接收诸神的讯息——即所谓的"神听"（clairaudience）经验，他听取这些讯息传递的态度与倾听一般交谈的态度完全相同。

苏格拉底并不自认这个本领是他独一无二的，他认为伟大的诗人也能如此。"他们吟出美妙诗歌是在受启示的状态，好似被不是他们自己的灵附体。"真正的创造力应是从着魔般的状态而生，"因为人只要保有一点那叫作理智的东西，他就绝无能力创造出诗来。"他必须进入一种"神性的迷乱"状态（亦即我们说的"界限"状态），缪斯才能够掌握他的创造能力。旁人证实，苏格拉底有时候会进入恍惚状态，神情痴迷地思索着，浑然不觉周遭的一切。

下一章将详论这种被"导引"的感觉，有这种经验的人具有很强的个人魅力，对于追随者的影响力极大，被视为英雄救星的原型。这种人似乎能随意往来于意识和潜意识的领域，可以恒常居于界限状态，也能引来他人的大量投射。

丘吉尔（Winston Churchill，1874—1965）和希特勒都认为自己一生中经常接待这位"不知名的访客"。1943年间，丘吉尔对矿工们讲话时说："我有时候有一种感觉——这感觉非常强烈，我觉得受到外力干预。我觉得有一只导引的手介入了。"他相信这个保护者不但导引他的政治生涯向前，而且还救过他的命。例如，波尔战争（Boer War，1899—1902）期间他被俘后逃亡成功，第二次世界大战期间又躲过一次炸弹之灾。丘吉尔是开创力极强的人，面对任何政治问题都能想出多种不同的对策。

另一人凭灵感启示度过生涯的历史人物是圣女贞德（Joan of Arc，1412—1431）。以她的年龄与出身背景，竟表现出如此的智慧和谋略，是极不寻常的。她相信自己是受上帝启示要来打败英军拯救法国的，她认为自己是听从圣凯瑟琳（St. Katherine）、圣玛格丽特（St. Margaret）、圣米迦勒（St. Michael）的直接指示而行事。据灵媒普赖斯沃克（Hélène Preiswerk）告诉荣格，"控制"她的灵是绝对真实的，即便平时这些灵都是用话语和她沟通，但她却看得见、摸得着它们。圣女贞德的情形应当也是如此，她确信自己听见了上帝和圣徒说话。否则，明知在审讯中这样招供必被判为异端邪说，她何苦坚决不改口？

灵媒为亡魂代言的恍惚状态，确实可以与诗人、作曲家、画家在灵感激励下创作的心理状态相提并论。叔本华曾经否认他自己想出来的逻辑假设是他自己做成的，反而说那是另有来处的，这种说话的语气正像灵媒。许多有过此种创作经验的人把这种状态形容为"被附身"、"着魔"。**其实梦也可以说是一种被附身的状态——积极想象也是**。17世纪神秘主义者盖恩夫人（Madame Guyon，1648—1717）宣称，她要写一节经文注释之前全然不知自己要写什么，"但是我动手写的时候发现，我在写我从来不晓得的事。在显灵的这段时间里，我得着光，心中有着我不自知拥有的知识宝藏与理解。"小说家沃尔夫（Thomas Wolfe，1900—1938）叙述他写作第一本书的经过："我实在不能说这本书是被写成的。是有某种力量抓住了我，占据了我，直到我把它弄完——我是说，直到我终于得到完成的第一部分，似乎是有谁在帮我把它做完。"尼采的《查拉图斯特拉如是说》(*Thus Spake Zarathustra*)是获得启示而写的，"我所谓得到启示，是指深刻震撼扰动的力量，它突然变得清清楚楚、可见可闻，明确无比。这是你会听到的——不是寻求得来的；只需接受——毋需问是谁给的。"诗人缪塞（Louis Charles Alfred de Musset，1810—1857）也表达过相似的感想："你不用苦苦努力——只要聆听——等它来。"

作家、音乐家，以及各类艺术的创作者的相似亲身经历也是屡见不鲜。在这种经验中创作出来的成品令创作者本人也感到惊异。小说家萨克雷（William Thackeray，1811—1863）说："我笔下的人物不时有出乎我意料的言行。似乎有种神秘的力量在牵动我的笔。"在这类情况下，创作者会毫不抗拒地领受来自潜意识的力量指挥。

想要成为作家的人——尤其是生性懒惰的人——十分向往灵感带来的文思泉源。这些人也许不曾想到，灵感启发与痛苦流汗（inspiration：perspiration）可能是成正比的。柯勒律治的名作《忽必烈汗》(*Kubla Khan*)是在他吸食鸦片堕入白日梦之后醒来一挥而就的。据他说，这首诗之所以没有写完，是因为有某地来的人造访打断了他的文思，事后再要续下去也无能为力。我却常想，他当时何不将此人打发走？也许他巴不得有人来打断他，因为创作力往往是难以承担的重压，被灵感启发的人宁愿早早解脱。

得到这种灵感青睐的并不仅限于艺术家和作家，《运动竞技的心灵感应》(*The Psychic Side of Sports*，1978；Michael Murphy 与 Rhea H. White 合著）列举了许多各类运动员的亲身经历，无一不是感觉被某种力量附身似地，做出超乎常人体能的表现。球王贝利（Pelé，1940— ）第一次参加世界杯足球争霸战是在1958年，当时他踢这整场球"是在一种恍惚的状态中，他似乎是以事不关己的眼光看见未来在他面前展演"。巴尼斯特描述自己如何在近似恍惚的状态中创下四分钟跑完一英里的纪录："我有完全超然的冷漠感。"高尔夫名将也常谈及如何在巅峰体能状况中冷静下来打困难的推杆，并且确知球必进洞。演奏家完成精彩演出之后，也曾表示事前就有类似的冷静把握。甚至赌徒自知"手气顺"的时候也有同样的信心。

在上述这些时刻中，显然是储存在潜意识里的知识经验都变成自我现成可用之物，意识与潜意识的界限消失了。这时候出现的恍惚状态是一种分离作用，跳脱一切现实，只顾及当下要做的这件事。潜意识的力量掌握全局，个人经历一种变异的意识状态（altered state of consciousness），从而产生极强的自信与无比的能力。

由此可见，**我们每个人的潜意识心灵中都有现成可用的创造能力，我们只需学会取用它的方法**。就我所知，**刻意培养这种能力的最有效方法就是梦的运作和积极想象**。其实，每当我们全神贯注于一个问题，然后搁下它留待以后解决，我们已经调动了潜意识之中的创造者。又如，有时候我们心中虽有一直不得其解的问题，却不会整夜呆坐苦思，反而倒头大睡一场，第二天醒来往往能得到前一天想不到的良策。美国作家霍姆斯（Oliver Wendell Holmes，1809—1894）谈到一般常见的想不起某人名字或某本书名的经验，与这种状况也有雷同之处："凭意志是不可能想起来的。但我们会说：'先等一等，过一会儿它就会跑出来。'同时继续跟别人谈话。不久，也许是几分钟之后，我们原先在想的名字突然浮现脑中，像一个你预付贷款买的包裹被送到了，搁在意识的门口，就像装在篮子里的弃婴。它怎么会跑来，连我们也不知道。"

另一个广为人知的取用潜意识的方法是：把它当闹钟来用。假如你打算早上 6 点醒来，只需在睡前以脑袋轻敲床头六下，大概准能在 6 点醒来。我曾有过这样的经验——早上醒来不知道几点了，却仿佛看见一幅指出确切时间的钟面景象，再开灯看手表，果然不差。心理学家詹姆斯（William James，1842 — 1910）在《心理学原理》（*Principles of Psychology*，1890）之中述及幻觉的部分这样写道："每个幻觉都是一种知觉洞察，和真正有知觉标的物存在的情况一样真实。所差的不过是，幻觉里的标的物并不存在。"

克库勒的指令——"诸位，要学习做梦"——在幻想、幻觉方面同样适用。理论家何不练习运用潜在思考，在逻辑的、理性的自我努力过后，让富足的潜意识把成熟的果实扔个满怀。

第十二章

名人的梦

> 大的梦感觉非同小可。
> 大的梦是总统做的那种梦。
> 他醒后把梦告诉给秘书,
> 他们再一同告知内阁,
> 你还没弄清怎么回事,战争已经开打了。
> ——辛普森(Louis Simpson,1923—)

过往的大事,战争与革命、文化运动与社会改革、经济与政治的危机,历史学家只从理性的原因上探讨其始末,是不够周到的。这只是片面的观点,因为它漏掉了其中涉及的潜意识的与生物性的因素。**历史乃是集体的作用力透过个人运作而酿成的,这些个人凭地位、才干、群众魅力而突出于他人之上。其中又以心理本质就能安于界限状态的人的影响力特别大。**这些人可能是先知、预言家、独裁者、煽动者,是有本领感动百万群众的神话创造者。他们呼风唤雨似的魔力强到可以持续千年以上不衰，驱使庞大群众走向大善或大恶。

是摩西、耶稣、佛陀、穆罕默德、甘地也罢，是希特勒、列宁、墨索里尼、成吉思汗也罢，他们都超越了单纯个人的处境地位，能把原型的作用力灌输到包围着他们的群众身上。这些都是历史叙事之中的"巨大个人"（Great Individuals），他们对准各自的时代精神，成为时代精神的代言人与动因，宣布他们自己要为一个更高层次的目标服务，要执行具有历史意义的使命，要替天行道。他们成为神话的主角，而这种神话是不寻常的幻象和梦境组成的。不幸的是，这些现象的真正含义未必都被解释明白，其后果难免极糟。数以百万计的众人命运可能完全系于大人物身边占梦者的智慧。亚历山大大帝的一个梦解得恰当，可以导致推罗城被攻陷（见第三章）。薛西斯（见第二章）和汉尼拔（Hannibal，公元前247—前183）却不如他幸运了。

迦太基大将军汉尼拔在罗马与迦太基第二次战争未爆发前不久做了一个梦，梦中卡比托山神殿的朱庇特（Jupiter）神像召他前去攻打罗马。他决定欣然应承，结果是使迦太基军遭受比薛西斯军队更惨的败绩。只因他太恨罗马人，也太急于要消灭罗马帝国，根本没想到朱庇特乃是罗马的守护神，不可能以迦太基的利害为虑。他只想到拿这个梦作为他好战野心的借口。假使汉尼拔好好析解这个梦，也许就不会发动铸成大错的攻势，也许可以处理一下自己的自毁冲动。

纵观20世纪，有一个受群众膜拜的人物，他一手造成的苦难之大是所有同类都难望其项背的。他自知能从界限状态中发挥主宰力，自称是由上帝牵引而前进的梦游者。他便是希特勒。他能用自己的界限状态腐化德国民众，使他们无力抵抗心灵的传染病，祸害了整个欧洲大陆。

第十二章　名人的梦

希特勒的幻象与梦

> 我以梦游者的把握走上帝指示的路。
>
> —— 希特勒

希特勒认为，他曾有的一个梦境和一个幻象证实命运之神给他预备了特别崇高的位子。

梦发生于1917年，当时他还是驻守在索姆河畔的巴伐利亚步兵团的一名下士班长。这其实是个噩梦：他梦见自己被埋在崩塌的一大堆泥土和铸铁下面。醒后他觉得需要透气，就走出他睡觉的地下掩体，跨出战壕的胸墙，往空旷处走去。这简直是不要命的愚蠢举动，可是他自觉不是出于自由意志这么做——他觉得像个机器人或梦游者。

突然，敌军的炮开火了，他扑倒在地上。只有一声炸响，但已经足够把他惊醒而恢复理性。他急忙跑回战友这边来，战壕已经面目全非。一大堆泥土堵住了入口，掩体所在的位置只剩一个大坑。队上的战友全不见了。一记正中目标的炮弹把他们都炸成碎片或掩埋掉了。从这一天起，希特勒对于自己被托付神圣使命就深信不疑了。

幻象发生于1938年3月13日。这是德军占领奥地利的次日，希特勒站在维也纳皇宫的阳台上，接受大群民众歇斯底里的欢呼。在情绪昂扬的状态下，他仰望天空，看见十分清楚的一个幻象，是日耳曼民族的战神奥丁，正低头看着这幅狂热景象，并且傲然指向东方。希特勒认为战神显灵乃是批准他入侵俄罗斯的计划。他和汉尼拔一样，未能推敲出这个幻象的深层含义，结果使德军落入比迦太基军更惨的下场。假如希特勒仔细思索过，也许会想起，奥丁未必是一位可以依靠到底的神。对于虔诚膜拜者，奥丁可能先赐予光荣胜利，随后却在败亡降临之际弃之不顾。假如希特勒想到这一层，或许有机会检讨他想征服全世界的狂妄野心的由来，或许人类可以幸免一场大灾难。但是他既没有客观地思考，又欠缺谦逊之心，所以只看得见上帝给他选定的那一条路，终于带着德国人走向毁灭，并且连累数以百万计的无辜者一同遭殃。

至于那个梦的含义，也并不如希特勒所想的那么确定。梦境有可能预示了他的真正最终下场——在激烈轰炸下的防空洞中死亡毁灭。然而，他却因为这一梦而更加相信自己负有特殊使命，而且是刀枪不入的。这种信念也感染了别人，以致每有希特勒在场，周围的人都说"绝对不会出事"。此后，他自信生涯的每一阶段都是神意，对于自己的直觉更有十足的信心，因为他确信直觉都是神意的启示。他用兵经常与参谋将领们的意见背道而驰，却能大获全胜，更足以证明一切都是天意。

此外，他一再死里逃生，简直有如奇迹一般。例如。第二次世界大战将要爆发之前，他在慕尼黑的纳粹党部啤酒窖发表演说。事后，按常例他会和忠诚党徒交谈一番，当时他却突然决定离去。他才走了没几分钟，炸弹爆炸，炸死了八名老资格的党员，受伤的也有数十人。1943年3月，希特勒从东部前线乘飞机回柏林，预先放置在飞机上的一枚炸弹应爆而未爆。几天后他出席一个展览会，又突然决定提早离去，以致另一次行刺计划也落空。1944年夏天，希特勒得到了他认为是命运之神在庇佑的最佳证据。这一次是在开会，冯·施陶芬贝格伯爵（Count von Stauffenberg）把装有炸弹的公事包放在希特勒的会议室中，却被一位将军随手挪到一张有厚重木头底座的桌子下面，桌面上有地图，希特勒就站在桌前。结果，这位将军非刻意的干预又救了希特勒一命。最后一回，希特勒的工程师兼战斗部部长施佩尔（Albert Speer）计划从地下掩体的通风口引入毒气杀死希特勒，希特勒却在施佩尔未付诸行动之前命令人就通风管采取安全措施。

这些不寻常的事，都属于荣格所谓的"同步现象"：当某种强大的原型作用力在某人身上集结，外在事件似乎会自动改变而配合这个力量。希特勒深信自己是神意选定的民族英雄兼救星，再加上他自认在为光明对抗黑暗之战奋斗，似乎带给他每赌必赢的好手气，一直到他的敌人集结力量将他摧毁为止。

他还有一个超乎常人的本领：在对人讲话的同时把自己放进界限状态，所以能使听他演说的人好似被催眠般如醉如痴。据他说，初次发现自己有这个能耐是在青年时代。那天他看了一场《里恩济》（*Rienzi*）的演出，故事主人翁里恩济是14世纪意大利的造反领袖，后来担任保民官，却因与百姓疏离遭误解而死于暴乱中。当时希特勒少年时代唯一的朋友库比思克（August Kubizek）也在场，两人在看过这场有瓦格纳气势的表演后一同散步，按库比思克叙述："他滔滔不绝地说话，如同冲溃堤防的洪水。他用宏伟的、吸引人的比喻描述他自己与同胞们的未来。"三十年后，库比思克与希特勒在拜罗伊特（Bayreuth）重逢，希特勒告诉他："就是从那一刻开始的。"

在希特勒的启发下，整个纳粹党带上一种拟宗教的色彩，有仪式，有游行，有醒目的党徽。德国群众简直就把希特勒当成弥赛亚，他们"当他是救世主一般"，一位当时的人士曾说。曾经是希特勒亲从、尔后却流落到集中营的吕德克（Kurt Luedecke）描述希特勒的口才如何对他产生魔力："不久我的批判能力就被一扫而空……我不知道该怎么形容我听这个人讲话时冲击我的那些情绪……他的热切真诚似乎从他身上流向我。我体验的那种亢奋只有皈依宗教的感受可以比拟。"

以一个政党而言，纳粹党其实没有完整连贯的政治纲领，有的只是一套偏执见解，源于希特勒的个人神话以及他对自己人格中的阴影的否认与投射。1930年代盛行的一个笑话说，国社党（即纳粹党）的意识形态是"只有意志，不要思想"。希特勒世界观的精髓就是：日耳曼民族主义以拼个你死我活的精神与黑暗的力量战斗到底。另有一个他始终挥之不去的意念是：病毒、白蚁、梅毒螺旋体将传布成世界疾病。他信奉赫尔宾格（Hörbinger）的"世界冰理论"。按此论，宇宙处处都有火与冰之间永无休止的搏斗，最终将是宇宙大毁灭。"我们也许会灭亡，"他曾说，"但是我们会带着全世界一起走。大家同归于尽。"

荣格曾被诬指为纳粹的同路人，其实他早在1936年就预知纳粹德国的下场。日耳曼民族的神话与所有其他神话不同的是，众神后来被黑暗的力量推翻。整个神话故事的结局是瓦尔哈拉殿（valhalla）被火烧尽，世界毁灭，这正像1945年的纳粹德国。荣格认为："德国这个现象之不寻常，在于一个显然'着魔'的人竟能把一国人感染到这么深的程度，以致一切都开动了，在指向万劫不复的路上步步前进。"当然，凡尔赛条约、1920年代的通货膨胀、1930年代的经济萧条，都是促成希特勒掌权的因素。这是历史学家告诉我们的。然而，假如希特勒没有这种可怕的能耐，不曾把集体潜意识之中最可畏的原型集结在他自己和那些不幸而追随他的人们身上，他的兴起不可能那么快，他的政权也不可能维持那么久。希特勒能够随意进出界限状态，他大权在握却完全背弃相对的道德责任，两种特质集于一身的结果是，只凭一个人就可以为害全世界。

笛卡儿的"大梦"

  若非灵魂在跳跃闪耀，人早已被他的最爱——懒散——腐化了。

——荣格

1619年11月10日，笛卡儿（René Descartes，1596—1650）做

了一个影响后世西方文化至深的梦。这个梦有三部分（笛卡儿于每一部分结束后都醒来过），被他形容为一生中"最重要的一件事"，这一梦使他确认了自己选定的哲学方向。笛卡儿哲学是文艺复兴以后最具影响力的思想体系，也是公认的理性主义的本质，却深受一个梦的影响，说来十分吊诡。崇尚理性的近代哲学思想竟然与非理性的梦脱不了关系，着实令哲学家们感到尴尬。

笛卡儿有记录自己梦境的习惯，用的是一本羊皮纸装订的小簿子，他命名为《奥林匹卡》（*Olympica*）。这本记录簿不幸于17世纪时遗失。但好在巴耶神父（Abbé Adrien Baillet）曾经阅读过其内容，并且在1691年发表的《笛卡儿先生传》（*La Vie de M. Descartes*）之中转述了11月10日之梦，后世才得以知晓。

1619年，"三十年战争"爆发的次年，笛卡儿在参加奥地利的斐迪南二世（Ferdinand Ⅱ）的加冕典礼之后，暂时停留在德境的乌尔姆（Ulm）一带。他于1641年记录当时的情形如下："我参加了（神圣罗马帝国）皇帝的加冕礼之后，在返回军营的途中，被冬天降临阻断了行程。我待的地区既无人谈话可解闷，亦无烦恼或热情来搅扰。我整日闭门独处于暖热的室内，在不被打断的悠闲中思索。"

他似乎是在这儿作成一项重要决定，并且获得极重大的新发现。这项决定是：此后不再不假思索地相信任何事。除了政治和宗教以外，一切事物都要凭他自己思考，完全靠自己的思想过程，不会因为某位有声望的"权威人士"说了些话而接受——这一点是违背当时社会根深蒂固的一贯传统的。至于重大的发现，就在他做梦之前完成。他发现，一切科学都可以用数学析解，可还原成为一种"共通之数学"。笛卡儿认为，这项发现为新的"奇妙的科学"提供了基础。他便在满怀热忱的心情中就寝，于是发生了巴耶神父记述的梦境：

入睡之后，他想象自己看见了鬼群，被他们吓着了。他感觉身体右边非常虚弱无力，他似乎是在街道上走着，不得不往左边倾着身子，才能够继续向前。

他不好意思以这种模样步行，就努力站直，却被一阵强烈的风所挫，风刮得他以左脚支地转了三四圈。

他万分辛苦地前行，每走一步都可能会跌倒。他随即看见一所敞着门的学院，便走进去，希望能稍事休息。他想走到学院的教堂去祷告，途中发现有一个相识的人走过，彼此却没打招呼。他想要折回去向此人致意，却又被风刮得往教堂方向前进。走到了学院的方形中庭中央，他看见另一个人，此人礼貌地称呼他的名字，并告诉他，如果要找 N 先生，请他带一件礼物给 N。这礼物好像是一个从外地带来的甜瓜。

令他惊讶的是，聚集在此人周围相互交谈的人们都能稳稳地站直身子，只有他必须佝偻着身子蹒跚而行，其实风已经变小了。

这时候，他怕邪恶鬼灵想要把他带入歧途，在疼痛中醒了过来。先前他是身体向左侧卧而睡的，此时他转向右边，并且祷告上帝庇佑他勿为做梦的恶果所害，勿因罪恶之惩罚而受折磨。他在世人眼中虽是颇无过错的，却自知罪恶足堪招致天国之怒。他醒着躺了两小时，想着善与恶的问题，然后又入睡了。

他立即进入梦乡，似乎听见一声剧烈爆响，他认为是在打雷，惊得醒过来。张开眼睛，他发现屋内到处是火点般的亮光。他以前也常有这种体验。半夜醒来发现自己的眼睛闪亮得可以看见最靠近身边的东西，这在他是常有的事。他恢复平静，再度入睡。

梦中他看见桌上有一本书，却不知是谁把书放在这儿的。

他翻开书，欣然发现是一本字典，希望它对自己有用。接着又出现一本书，同样不知是怎么来的。这是一本有多位作者的诗集，书名是《诗作大全》。他想看看内容，翻开书就看见一行拉丁文"我该选择哪种生活方式（Quod vitae sectaboriter）？"这时候，一个他不认识的男子出现，指着以"是与否"开头的一首诗，赞美这是佳作。笛卡儿说看过这首诗，它是奥索尼厄斯（Ausonius, 310—395）的田园叙事诗之一，收在他桌上那个厚本的诗集里。他要证明给此人看，就在书页中翻找，夸口说自己非常熟悉这本书的编排次序。他一边找，这个人就问他书是从哪儿来的。笛卡儿答不知道，一秒钟前他手上还拿着另一本书，那本书却不见了，他既不知那本书是怎么来的，也不知谁又把它拿走了。

他话还没说完，那本书又出现在桌子的另一端。他翻阅之后发现，这本字典已不完整。同时，他在《诗作大全》中找到奥索尼厄斯的选录部分，但找不到以"是与否"开头的那一首。他便告诉这位陌生人，他晓得奥索尼厄斯另外有一首诗比这首还美，开头是"我该选择哪种生活方式"。这个人求笛卡儿找出这首给他看。笛卡儿努力地找着，却翻到了几幅肖像画——是铜板的版画，他不禁赞叹这本书之美，但这并不是他熟知的那个版本。

这时候，那陌生人和书都不见了。但笛卡儿并未醒过来。不寻常的是，他不确知这是梦还是幻象，就在睡梦中断定这是梦，而且在未醒来之前解读了这个梦。他认为字典意指一切科学，《诗作大全》十分明白地指向哲学与智慧的密切结合。他认为，诗人的作品即便看似无谓的消遣，如果其中表现了比哲学家的著述更深刻、更明智、更贴切的思想，他并不会感到惊讶。这是因为诗人用神圣的热忱和强大的想象力促使智慧的种子（存在每个人心中，如火花之存在所有燧石之中）滋长，比哲学家用"理性"要来得轻易，甚而更为卓越。笛卡儿于是在睡梦中作成结论：以"我该选择哪种生活方式"开端的这首诗意指睿智者的告诫，甚或指道德神学而言。

他在仍不确定是在梦中或是在沉思的状态下平静地醒来，睁着眼睛继续解读梦的含义。他把作品收入集子之中的诗人们解释为给予他的启示与热忱。那首"是与否"的诗仍是一切人类知识与渎神的科学的是与非。

他见一切都解释得合乎他所愿，便大胆地相信，是真理之灵要借着梦向他启示一切科学的珍宝。只有第二本书中的小幅铜版肖像画仍有待解释。等到当日有一位意大利画师登门造访之后，连这一点也明白了。

解读早已逝世的人的梦是件难事，因为无法询问做梦者有何联想，也不能请他实验积极想象。因此故，勒鲁瓦（Maxim Leroy）撰写笛卡儿传记的时候曾经请求弗洛伊德解析这个梦，弗洛伊德却拒绝了，只说那甜瓜也许是与性相关的象征符号。

但显而易见这是一个"大"梦，其中的含义不仅对笛卡儿而言是重要的，对我们的文化亦然。为阐明其中意义而投注的力气不会白费。我要证明，我们可以借此更理解梦的作业方式，也可说明一个"文化模式的梦"提供哲学科学革新必要的灵感是如何毫不逊于神话和宗教。

虽然笛卡儿似乎已经把这个梦解释得令他自己满意了，但事实远比他所见的多。我们若按惯常的步骤来分析，就可以看出来。我理解这个梦多方借助于科尔（John R. Cole）的研究资料，以及析梦学前

第十二章 名人的梦

辈冯·弗朗兹博士（Marie-Louise von Franz）的论述，特此致谢。

个人脉络　做这个梦的那一年，笛卡儿是二十三岁。他的父亲（Joachim des Cartes）是雷恩市（Rennes）的法院官员，他在未夭折的手足之中排行第三，母亲（Jeanne Brochard）在他出生后次年再度生产时逝世。父亲不久就再娶，每年只有在法庭休假的六个月期间会和笛卡儿见面。父亲虽然喜欢他的聪敏（曾呼他为"我的小哲学家"），却厌恶他的孱弱身体（笛卡儿自称遗传了母亲的胸腔毛病和不停的咳嗽）和孤独性格，后来索性骂他"没出息"，懒得理会了。笛卡儿八岁便被送进安茹（Anjou）地方的"皇家耶稣会学院"读书，因为身体弱，受到神父们的特别照顾。他住一个单人房间，每天都在床上躺着沉思几小时——以后这也成为他终生不改的习惯，他成为同学们捉弄的对象也就难免了。十六岁时他离开耶稣会学院，来到巴黎修读数学、音乐、哲学，并且交了一些男性朋友，却尽量避免和女子往来。

笛卡儿的私人生平不详。但根据有限的资料可以明显看出，他和大多数幼年便失去母爱的人一样，有分裂性的人格。换言之，他不爱和人往来，性格非常内向，在别人眼中是个冷漠无感情的人，活在自己知性思考与想象的世界里，回避一切亲密关系。兄弟姐姐结婚他都未出席，父亲和姐姐去世的时候也只表示"不愉快"。他确实曾与一名荷兰女仆私通，生下一个只活了五岁的女儿，但他又尽快摆脱了这段关系（他说这是"连上帝都要畏退的危险关系"）。他似乎爱过的唯一人士是荷兰哲学家、物理学家兼医生，名叫贝克曼（Issac Beeckman）。两人相识于1618年11月10日，正是笛卡儿做这个梦的整整一年之前，当时贝克曼三十二岁。贝氏虽未回报他的爱意，却与他维持了近二十年的知识交流关系。

由于人格分裂者不会对任何人或事物有依恋感，所以颇有流浪者和隐遁者的味道。这两者都是笛卡儿当得起的。1618 — 1628 年间，他在欧洲的脚步简直就没停过，先后在荷兰执政者莫里斯（Maurice of Nassau）的军中、巴伐利亚公爵军中、匈牙利皇家陆军之中任职，并且走遍了德国、法国、波兰、意大利、荷兰各地。他一生之中最稳定安居的时期是 1628 — 1649 年间，一直住在荷兰，撰写了他最重要的几部作品，但也在这二十一年之内搬了十八次家。这种定不下来的行为背后的动机，似乎是一种极力要将住址保密的强迫行为。他的住处一定是分为两个部分的，一是外面的会客室，一是内部的密室。他在密室里作实验、解剖动物尸体，并且用兔子作活体解剖。他曾说，不必理会兔子的嘎吱哀号，因为它们没有灵魂，是没有感受能力的机械。那种嘎吱叫声和拉干草的车轮未上油的嘎吱声一样无关紧要。这种全然不知同情为何物的表现，在人格分裂者之中并不是异常的例子。人格分裂者也往往易有施虐 — 受虐癖的性幻想，例如，小说家普鲁斯特（Marcel Proust，1871 — 1922）获得性满足的方式之一是用针刺老鼠。如果就神经学的观点（见第四章）来看，似乎笛卡儿的大脑新皮质（"冷"脑）在功能上与他的古哺乳动物脑（"热"脑）是不连贯的。所以他活在智能思考之中，退避人生常态的感情互动，并且从形而上学的观点把自己定义为自己的理性思考而已：Je pense donc je suis（我思故我在）。

除了分裂人格之外，笛卡儿似乎也有些躁郁症（manic-depression）的倾向。他以"忧郁"形容早上的卧床沉思，并且说，悲伤时会大睡一场，"但是如果我满怀欢喜，就不吃不睡"。他做梦之前的那股"不平常的热忱"很可能是一段轻度躁症状态。而这种发作虽不至于使他的领悟打折扣，却显示他把自己的思维能力神圣化是狂妄的。这种自我膨胀的后果从此对西方文明既有益也有害。笛卡儿自己作的解释并没有修正的作用，反而有助威的效果。他的解释确认了他追求知识的使命感，也使他深信自己的追求必然成功。

文化脉络 第三章中说过，三阶段的析梦方法常有相互重叠的情形，大人物如弗洛伊德、荣格、笛卡儿的梦境尤其如此，因为他们对西方文化的影响与他们的人生经历都有密切关联。荣格曾说："即便是在讨论经验观察的数据的当儿，我必定是在谈我自己。"至于笛卡儿，他的整个哲学成就都是他这基本上人格分裂的个性的知性表达。所以，文化脉络的这一部分要同时探讨他的个人与文化的背景。

"近代哲学之父"的名号笛卡儿是当之无愧的。他不但是推动17世纪思潮反抗中世纪经院哲学的主要催化力量，也是他死后五十年中兴起的哲学科学思想革命的枢纽。他于1619年11月10日得到的领悟——要建立一个整体统一的科学将一切知识联系成为一个总括的思想系统，乃是现今吾人所知道的"一切论"（Theory of Everything）的记诸文字的最早预言。甚至到了今天，物理学家和哲学家仍会为实现这个憧憬而感到兴奋。**拜笛卡儿之赐，怀疑成了首要的科学美德。怀疑一切未经科学证明的事，成为知识界的风尚。这个立场导致直觉与感觉在公认的领悟模式之中几乎没有立足之地**。虽然他将宗教明确地排除在讨论范围之外，却改变人们构思上帝的方式。以前的上帝是遍在世间一切现象之中的创造力，此后上帝却退居制表匠的角色，在造好宇宙时钟之后，上好发条，就随它自己去走，再也不管它了。上帝不再看顾着宇宙间的一切大小生命，麻雀一直在从空中跌下，却没人理会。"神圣的"与"世俗的"互不相涉，人类被抛在无情的宇宙里浮沉，这个宇宙却在按照数学法则不由自主地旋转着。

笛卡儿对西方文化冲击之大，无论怎么说都不至于夸张。我们现在的自我认知与宇宙观之中依然处处可见他的影响。

许多人可能会问的一个问题是：像笛卡儿这么理性的人怎么受梦的影响如此深？我凭曾替多位人格分裂的病人诊治的经验给的答案

是：这种性格的人只能在梦中体验参与投入的感觉——与他们真正在乎的事（或人）相接相连的感觉。他们唯有借梦才可能体会有灵魂的感觉是什么样（不单单是有效率的思维能力，而是做一个有肉体、有"心"的、活的、能感觉的生命）。

人格分裂者往往觉得人际关系与有形物体的外在世界是不真实的，所以面对外在世界的模样是冷漠的、心不在焉的、不动感情的、不介入的。童年时期如果遭遇过创伤——如失去母爱或年幼时被带离家庭，这种表现就格外显著。这两种创伤都是笛卡儿经历过的，结果导致他退缩到"沉思"与全心追求知识思维的世界里。自中古时代起，欧洲各国的某些社会阶级就沿袭把稚龄儿童送到外地学校的做法。这种风气在英国特别盛行，"有地位的"家庭和军官阶级多少代来都是如此。我从临床实务中得知，迫使儿童脱离家庭的安全与母亲的爱护，是造就坚忍、感情不外露、"军官与绅士"应有的礼貌分寸的重要因素。压抑柔情乃是八岁就进寄宿学校的孩子的生存守则。

儿童的成长环境中如果持续存有慈爱的母亲形象，孩子便能获得一项无价之宝——埃里克森称之为"基本信赖"（basic trust），即是认为母亲、世界、人生是可以信任依靠的那份安全感。对于发展正常的儿童而言，母亲是他探索环境的"安全基地"，随时可以奔逃回来，确定她一定还在原地守着。孩子仿佛每次探索出击都带着母亲同行，通过母亲与外面的世界接触，用他与母亲互动累积的情绪投向世界。我们因为爱我们的母亲，因为童年时代始终有母亲可靠，所以我们才会爱这世界。

笛卡儿被剥夺了这种福分，不但不懂得以同情之心待人待动物，连自己也变成与一切有形的真实分离，甚至与自己的躯体分离。他在《方法导论》（Discourse on Method）之中说："**我这个生命的全部精髓本质即是思想，这生命之存在毋需场所，不仰赖物质事物。**"因此,他可以把肉体和物质(他称之为 res extensa〔扩展实体〕)与思维和灵魂(亦即 res cogitans〔思维实体〕)完全区分开来。这种区分造成非常深远的影响,基督教教义主张的灵肉分离概念也因他的著作发表而得以完全确立。

笛卡儿认为,肉体和思维有时候的确是"混合"的,例如他以意志指挥手动,手就会动。但他强调这种结合是似真的,不是真实的。这个论点本身就欠妥,笛卡儿的追随者为了把它解释清楚,颇辛苦了一番。有一位赫林克斯(Arnold Geulincx)想出"两个时钟"的办法:肉体和思维如同两个各自独立运转的时钟,两个钟走得一样准,差别只在一个钟会每小时报时,另一个钟不报时。有人会以为这暗指不报时的钟在促使另一个钟报时,这可就错了,两个钟都是完全独立的。**我们大多数人都认为,思维与肉体之间无疑存在因果的关联,人格分裂者却说这充其量只是时间上的巧合。**赖尔(Gilbert Ryle)讥刺这是"机器里有鬼的原理"。我们这个时代的神经系统科学家努力要克服笛卡儿的心理、生理绝对二分的概念,这纯粹人为的分割却早已根深蒂固于多数人的思考方式之中,连心理学都苦苦摆脱不掉。

人格分裂者既断绝与外在现实的往来,也就不相信自己感官的证明,所以采取极为主观的看事态度。笛卡儿把这种心态提升到哲学教条的地步——即他赫赫有名的"怀疑方法":人不但应当怀疑一切,而且应当有条有理地进行怀疑。他用的方法是,想象有一个恶毒的魔鬼"用尽一切力量要欺蒙我",它挡在笛卡儿和真实之间捣乱,所以笛卡儿可能怀疑"天、地、颜色、形体,以及一切外在事物都只不过是梦中幻影……"

这种想法不能说不是人格分裂者的特征之一。一位人格分裂的病人曾说,他小时候,每当乘火车,他都认定是别人设下的圈套:火车根本没有离站,只是有人拿着风景图片在车窗外拉过,造成火车在跑的假相。笛卡儿情愿相信有个恶毒的魔鬼在作怪，他之企求证明"确实性"，既是哲学上的锻炼，也是心理上的必要。

因为他从十分主观而个人的立场观察事实，所以《方法导论》和《沉思录》(*Meditations*) 都是用第一人称写的。按他的方法，先使读者怀疑一切，然后用逻辑的辩论一步一步慢慢证明确实性。在这个怀疑求证的过程中，有一个哲学命题是不会因魔鬼干扰而被怀疑的，那即是他的思维。不论魔鬼使出多么大的诡计，"只要我为实有，他就永远不可能使我成为乌有。"他于是作成结论："我活着，我存在……我思故我在。"**唯一毫无疑问是存在的，就是"我"。这是终极的人格分裂心态。它的意思也就是说，他的思维过程比实物更确实，他的思想也比任何人的思想都确实**。我若说这是深度人格分裂者的轻度躁狂膨胀表现，应不至于有人反驳。

原型脉络　这个梦里有多个原型的象征符号：灵体、左右侧、风、陌生人（学院方场上的 N 先生、对书感兴趣的男子）、神圣地界（temenos，如学院、教堂、方形中庭）、水果（甜瓜）、善与恶、雷、光（火点般的闪光）。

笛卡儿的做法与弗洛伊德说的恰好相反，他自己记录了与这些象征和梦境其他方面有关的联想："风意指灵，与时间、生命、思想之移动……"，甜瓜象征"独处之美妙魔力"，字典代表一切科学之总和，诗乃是表示智慧、热忱、神圣的启发。

我们若要理解其他象征的含义，就不得不采用荣格的"放大"过程，同时从笛卡儿的人生、他所处的时代，以及更广的范围来审视其意义。因此我们作的阐释仍将涵盖个人与文化背景。以下按其在梦中出现的先后顺序分项阐释。

灵体　1.令他害怕的鬼群；2.恐怕要将他带入歧途的邪恶鬼灵；3.第二次醒来时屋内的火点闪光；4.暗中捉弄他的无形之手，忽而把书放在桌上，忽而把书取走。荣格一向对于鬼和幽灵之类非常感兴趣，按他解释，这些都是潜意识之中的自发情结的体现。文化本身如果相信鬼灵的确会显现，人们就易于将实有物质归因于鬼灵。笛卡儿当晚梦见鬼不仅仅是一种哲学构念，他在意识层次上确实体验了被鬼缠的感觉。

左右侧 评注这个梦的人似乎忽略了这一点：笛卡儿向左侧卧入睡，醒来感到痛，第一个反应就是转向右边侧卧。按单纯的解释，他在梦中觉察被困于一个不舒服的左侧姿势，因为想改换姿势才醒过来。梦中翻身必须用右侧的肌肉，他的右侧肌肉却麻痹了，所以梦中就以身体右边虚弱无力象征这麻痹感。以往的解释都略过这一点，或许是因为梦中身体麻痹的现象是近年来才被接受的事实。

观察多种不同的文化发现，世界各地的人们不约而同以左与右代表两类意义。不论走到哪儿，与右相关的不外乎指善的、神圣的、健康的、积极的、有知觉的意思；与左相关的多指邪恶的、渎神的、病态的、消极的、无知觉的。这种普遍共遵的区分法，与现今所知的左右脑互异的功能区分也符合。优势的左脑半球（负责指挥身体右侧，其功能在主观体验上因而属于"右"的特性）负责逻辑的、文字的、数学的、推理的思考。次优势的右脑半球（其功能在主观体验上属于"左"的特性）负责非逻辑的、非文字的、非数学的、象征符号的思考。自从斯佩里（Roger sperry，1913—1994）于1950、1960年代开始作他著名的脑分裂实验以来，大脑偏侧性的各种研究大多与弗洛伊德的区分法相符。弗洛伊德的初级心理过程（primary process，右大脑半球）思考是比较杂乱无章的、原始的、魔法的、听命于情绪的。次级心理过程（secondary process，左大脑半球）思考则是逻辑的，是伴随语言学一同发展的。

某些传统文化也以左代表大地、女性、母亲，以右指天、男性、父亲。

我们把这些资讯套入笛卡儿梦的第一部分，就会发现他对鬼与风力的恐惧剥夺了他右半边的（有知觉的、理性的、知识的、善的）力量，迫使他倾向左半边（无知觉的、非理性的、情绪的、罪恶的）。他觉得在街上被人看见向左歪的模样是丢脸的，就往学院和教堂去找藏身之处。对于一个刚发现一切科学之基础而且即将启开"理性时代"的人而言，这是有裨益的经验。此外，他担心自己会跌倒在地（大地、母亲、女性），被风刮得转了三四圈。荣格对于三和四的原型象征意义特别感兴趣，"四代表女性的、母亲的、身体的；三代表男性的、父亲的、精神的。"前文说过，笛卡儿奠立了至今未变的灵肉二分的概念，而他一生都不曾与"四"——女性——结合为一。

风 按笛卡儿自己的联想，风与灵、生命、光、认知有关。这是以风为"元神"（pneuma）和"上帝呼气"（ruach Elohim）的原型象征为依据的。入梦之前他曾有十分重大的领悟，决定甩掉经院教条的幌子，此后只相信自己的思维，故而召来这股强风。他既遇上鬼群，又被灵的力量剥夺了右边的力气而倒向左边。从这儿似乎可以看出心理上求补偿的意思。

神圣地界（学院、教堂、方形中庭） 神圣地界乃是举行授予身份仪式和成年礼的处所。笛卡儿在梦中往学院和院内方场去寻求庇护。得不到母爱的男孩通常在军队、教会、学院之类的机构中会觉得轻松自在，这些地方变成他们的家，也成为一种母亲的替代物。而且，机构里的团体生活有形式化的互动关系，提供人格分裂者一种逃避——可以避免正常家庭生活和社交中那种比较自然随意的互动方式。由于笛卡儿曾在耶稣会学院度过成长中的八个年头，学院和教堂是格外令他感到**亲切**的地方。

陌生人 梦中的陌生人有三个：N 先生，学院方形中庭上的男子、对诗文感兴趣的人。陌生人乃是阴影情结的原型核心，在梦中代表做梦者未觉察的方面，可能是因为没有实现过、已被抹煞掉，或被压抑了，才会不自知。

我们从梦境看来，N 先生代表什么意思？笛卡儿遇见他却不打招呼，但心中还是在意他的，所以才会想要折回去再向他致意。他起初为什么不理 N 先生？因为他一心只想着知性热忱的后果、自己歪向半边站不直、大风在刮。即便如此，他仍想到应该和 N 保持良好关系，也许是因为此人具备笛卡儿已经"丢在脑后"的特质，笛卡儿却需要这些特质才能像方形中庭中的其他人一样站直身子，重获平衡。他的感情上的孤立、牢固的怀疑主义、知性空想，用得着 N 先生的特质来补偿。这是什么特质呢？体验情绪、爱、投入人生的能力？我们不能请笛卡儿作联想，也就不得而知。但根据经验可以猜到，N 先生是笛卡儿的正向阴影（代表笛卡儿因以往经验所限而未能发展的特质）。

只凭笛卡儿想到要折回去向 N 先生致意这一点，可知梦境是有积极走向的。按冯·弗朗兹博士的解释，方形中庭中那个要送甜瓜给 N 先生的陌生人，代表笛卡儿受到教会安全呵护的方面。笛卡儿虽然对一切事物采取怀疑态度，却终其一生是虔诚的天主教徒。

送甜瓜者和笛卡儿都有亲近 N 先生之意，暗示被抹煞的感情多仍在学院和教会的传统精神中保存着。只有学院和教会可以替代母亲，让他取得人格中未发展的部分所需的滋养。梦境最后一部分出现的他不认识的（未意识到的）人，是来探讨人生中的"诗意"的需求。

甜瓜 弗洛伊德认为这是有关性的象征符号，冯·弗朗兹的研究却证明不仅止于此。笛卡儿应该很清楚甜瓜在《圣经》与摩尼教（Manichaeism）之中的含义。如《民数记》记载，甜瓜是以色列人留恋的埃及物产之一，"我们记得在埃及的时候，不花钱就吃鱼，也记得有黄瓜、甜瓜、韭菜、葱、蒜。现在我们的心血枯竭了，除了这吗哪以外，在我们眼前并没有别的东西。"（十一：5—6）人格分裂状态即是"灵魂枯竭"，多汁的甜瓜正是枯竭的解药。

甜瓜（melon）和苹果（apple）的字源关系也是值得注意的。希腊字 melo（意指苹果）乃是拉丁文 melon 和 melonis 的字源，英文和法文的 melon 都来自拉丁文。希腊人又以 melo-pepon（苹果甜瓜）指小的甜瓜，以区别大西瓜。因此，在耶稣会学院学过希腊文和拉丁文的人应可读出"苹果甜瓜"隐含的女性、性特征、邪恶的弦外之音。难怪笛卡儿醒后躺着想善与恶的问题有两小时之久。

冯·弗朗兹博士也指出，笛卡儿可能知道甜瓜在摩尼教（受基督教排挤的诺斯替教派［Gnosticism］一支）信徒心目中的重要意义。摩尼教徒相信，生命的全部意义与宗旨就在于保住被黑暗围困的"光明种子"，以便将它们送回原来的光明界。实践摩尼教义的人都是严格的素食者，只吃农作物和水果，因为这些食物之中含有大量光明种子，其中又以黄瓜和甜瓜为最佳。

总括以上可知，小甜瓜的象征意思偏重性的特征、善与恶，以及个人意识之萌发。笛卡儿被"打雷"惊醒后看见的点点闪光，也可以与甜瓜相关。甜瓜的性象征不仅在于其形状，由其果肉多子也可想到多产与子宫。

甜瓜是一个充满繁殖可能与生命维系力的球形，所以可象征个人的"本我"。将甜瓜切成横切片，正是一个曼陀罗形状，也是整体与圆满的原型意象。甜瓜生长在长匍匐茎的枝叶荫中，紧贴着地面，这也在暗示，笛卡儿必须脚踏实地贴近现实，才能够使人生完成个体化。这甜瓜来自遥远的异域，点出笛卡儿只重知性思维的自我已经与"本我"相去太远，竟把它当成外来之物。按荣格的解释，甜瓜也有阿尼玛（女性意向）的含义。笛卡儿虽不会想到这一层，值得注意的是，梦醒次日他发愿要朝拜意大利洛雷托（Loreto）的圣母玛利亚，后来他也实践了这个誓愿。这个梦里的甜瓜即属于荣格所谓的"超越的象征符号"，能够将心灵中相反的意向或互不相容的成分结合为一体。

善与恶　是什么罪恶压着笛卡儿，使他向左边歪，如此痛苦地忏悔？他每天独自躺在床上那么多时间在干什么？耶稣会的教诲以地狱之火伺候性爱幻想，笛卡儿大概并不陌生。科尔认为，对笛卡儿而言，甜瓜隐含的性象征不是女性的而是男性的，而暗中欲念同性引起的罪恶感也就更重。做梦的这天正是他与贝克曼——他单恋的对象——相识满一周年的日子。这份感情，以及与荷兰女仆的恋情，是他仅有的情爱互动关系，也都以失败收场。情爱失败与人格分裂的无能，可能都是受罪恶感影响。

打雷　按笛卡儿自己的解释，"真理之灵"下降而给他启示。雷向来有神话和宗教的象征用意，应与上帝的审判相关，如果梦到闪电，则意味突然觉悟与转变。笛卡儿只听见雷，没梦见闪电，却在惊醒后看见满屋火花般的亮光。

光　光是代表意识的原型意象。笛卡儿看见的亮光可能是乍从梦中醒来常会看见的一颗颗小光点。但笛卡儿的感受深刻，当它们是某种启示，所以意义应不止于此。他看见的"火点般的闪光"类似那个时代的炼金术士所知的"闪火花"（scintillae）或"鱼眼"（oculi piscum），指的是"初始原料"转变而产生"白色小火花"。荣格的解释是：潜意识向自觉的方向摸索前进之际，意识显现出来的闪烁。整个的自我与意识出现之时，周围会有渐渐合并的"多重光辉"。

按笛卡儿的体会，火点般的亮光和鬼魅、强风一样，都是超乎他自己的外力。因为这些都来势汹汹，他认为必然是自天而降的。他知道梦境启示了重大的意义，让他看清了以往从未想过的事。一种新的意识在他的内在成形。他注定要做的是发展哲学，他这么做等于是在完成上帝的旨意。隐含在万物之中的"固有光明"将借由他在人类思维中彰显——不如说是在一个人的思维中彰显，这个人的存在是笛卡儿可以确定的，也就是笛卡儿自己。

诗 梦的第三部分之中的诗直接涉及笛卡儿的处境。奥索尼厄斯是位惯表怀疑的诗人，"我该选择哪种生活方式"这首诗讲的是群居生活之无意义。一方面，"单身汉的生活苦难甚多"，然而，"战神的事工要他溅血"之时，婚姻也不能给男人安全保障。一切友情都应避免，因为友情会成仇恨。"有此一惧，万勿交友，雅典的泰门（Timon）便是铸成此错而遭乱石击。"诗的结尾是一句希腊名言："不降生人世是幸运的，若不幸降生，则早死是幸运的。"

第二首诗"是与否"讲的是疑惑与确定，以及人与人之间——尤其是哲学家之间——的冲突与和睦。我们怎能确定有亮光时一定是白昼？"亮光常从火把或闪电而来，那却是夜晚之光，不是白昼。"诗的结尾说："人类生命其实多么可悲，永远在这两个单音节的字的支配之下。"

这两首诗扼要阐明，诗人厌倦一切人生现象——除了思维智能之外，谨防一切情感牵连，一心一意认为必须确立什么是真实、确定、无疑惑。

肖像画 这是荷兰绘画的光辉时期，也是人物画大师伦勃朗（Rembrandt）和哈尔斯（Frans Hals，曾为笛卡儿画肖像）的时代，肖像画之着重个人特色表现乃是前所未有的。梦中出现多幅肖像画，意思和甜瓜的多子与满室火花闪亮一样，暗示笛卡儿以往想不到的各式各样可能性现在都供他取用了。冯·弗朗兹博士认为，"本我"的第一个梦象征是一元的（甜瓜），把它打开来，才呈现后两个梦中人格内在之多样（瓜的子、火花、肖像画）。

结论 如果说做梦的目的在于促进做梦者的个体化，笛卡儿的大梦就是成败参半的了。这个梦确定了他原有的信念——他的思维意识有办法解开宇宙之奥秘，并且从数学符号中发现上帝意旨的密码。但这个梦未能把他带回现实的人生，未能教他动员"本我"的固有潜能而恢复心理上、情绪上的完整。而且，由于笛卡儿的影响深远，西方文化中既有的理性与非理性思考划分的距离也愈拉愈远。

因为有笛卡儿，西方人变得更坚强、更冷漠、更有决心，也更有纪律，从而促成了商业扩张、全球探险、帝国主义霸权、科学之发现、制造毁灭力强大的武器等进步以及连带发生的祸害。笛卡儿梦中惊醒所见的点点火花，集合而产生了"启蒙运动"（the Enlightenment）的辉煌成果，确立了逻辑与数学思想不为时间与历史动摇的地位。笛卡儿点燃的火把，被17世纪的另一位人格分裂的天才牛顿（Isaac Newton，1642—1727）接过，并且举得更高，人类精神也完全摆脱了中古时代迷信的黑暗。波普（Alexander Pope，1688—1744）所撰的牛顿墓志铭说：

> 自然与自然法则在黑夜中隐藏
> 上帝说了："让牛顿生！"一切便成为光明。

笛卡儿和牛顿点起的火种曾在广岛爆发过最炫目也最恐怖的燃烧，未来还可能使整个地球陷入火海。笛卡儿的梦象使后世受益匪浅，这是无可否认的，它的害处却是把我们集体拖向人格分裂。他的梦本来意在弥补他在社会互动与情绪上之退缩，并且修正他的知性思维肥大症，却由于他未能从心理学的层面进行领悟，所以看不出讯息的真意，只当它是进一步确认他在睡前为自己找到的科学使命。直到如今，西方文化仍在承担他没把此梦理解清楚的后果。

第十三章

梦与意识之艺术

> 大自然留下的不完满，艺术使之圆满。
>
> ——炼金术名言

我从本书一开始就说，**在纯粹个人自我之外，还有记录在梦中的更重要的真实。因为想要拥有这真实，才产生了心理分析**。宗教、神话、心理学、艺术，也都从这个欲望产生，都企求建构可以反映"本我"真貌的镜子，找出完成个体化的文化康庄，开辟实现"更高超"意识之路。社会风气趋向不信神，心理学又专注于老鼠研究，所以，艺术和仪式几乎已是礼赞生命奇妙的仅余方式了。

伟大艺术亘古不变的特征是，带领我们进入原型的境界，凭绝顶的造诣揭示短暂中的永恒、特例中的共相。古希腊的艺术让我们见识到，人类的生命可以被捕捉提炼得流露出终极的真实。**哲学家维特根斯坦（Ludwig Wittgenstein，1889—1951）说得**

好:"**透过永恒形相来看待的东西是艺术品,透过永恒形相来看待的世事是优质人生。这便是艺术和道德的关系所在。一般看事的方式是置身其中而看,从永恒形相着眼则是置身事外而看,以全世界为其衬底而看**。"我们探索的梦正如一件艺术品,是可以透过永恒形相来看待的事物。梦与艺术品的分别在于,**梦是人人有能力完成的自发性创作,伟大的艺术品却必须付出极大心力**。评论家康诺利(Cyril Connolly, 1903—1974)曾说:"真正的艺术品是天才的第七道波浪推上岸的,不会被时间的退潮卷回去。"

做梦和艺术却有许多确凿的相似之处。首先,两者都需要创造力和领悟力,两者是同一过程——讯息传递——的不同方面。艺术和梦一样是满载情感的、借象征符号达意的讯息传递。其次,艺术家和造梦者都不只是提供消遣而已,而是神祇派来的传信者,能够进出不寻常的超自然世界。荣格说过:"艺术家不是生来就能凭自由意志追求自己目标的人,而是让艺术借着他而实现目的的人。**做为一个人,他可能有心情、意愿、个人目标,但身为艺术家的他却是更高层次意义上的'人'——他是'集体人',能够带领并塑造人类的潜意识心灵生命**。"第三,梦对于个人能有补偿作用,艺术则是对整个社会发生相同功能。因此艺术家负有重大的文化责任,艺术家也该以每位敬业的心理分析医师自我期许的诚恳态度做自己的工作。艺术作品和神话一样,是公众集体的梦,古时的首要功用都是宗教方面的。诗人画家科克托(Jean Cocteau, 1889—1963)说:"艺术不是一种休闲,而是一种修行。"

从这个观点看,伟大艺术家的最重要的职责是做先知兼释义者,在接收了原型讯息之后把它译为当代人懂的语言,以补偿时代的缺憾。**荣格是这样说的:"艺术家回避时代的缺陷,渴求潜意识之中的原始意象,这意象才最能胜任弥补时代精神之**

不足与片面性。"

伊卡洛斯之坠落

荷兰画家老勃鲁盖尔（Pieter Brueghel the Elder，1525？—1569）所画的《伊卡洛斯之坠落》即是这种补偿愿望的例子之一。此画现存布鲁塞尔美术馆，为1558年之作，也是西方文化的重要图像。16世纪中叶是人类现世野心攀爬到现有狂妄高度的膨胀起点。当时的人已经想要征服自然环境，并且开始集合勇气、杀戮、科学才智的强大力量来掌握地球。光辉成就的纪元已经开始，会如何发展，最终结果将如何？老勃鲁盖尔这幅画是针对这些问题而作的沉思，对我们这个时代的意义比作画的当时还重要。图中的伊卡洛斯因为自不量力飞得太高，正骤然跌入大海，将面对他应得的报应——大海也是人类生命的发源地。就在他向下坠落的同时，人类生存永无休止的循环仍照常进行着，渔人捕鱼、牧人牧羊、农夫犁田，太阳也在上帝的无垠天界之中庄严地运行。诗人奥登在三百八十年后写成的一首名作中，这样描述这幅画：

> 在勃鲁盖尔的"伊卡洛斯"里，比如说：
> 一切是多么安闲地从那桩灾难转过脸：
> 农夫也许听到了堕水的声音和那绝望的呼喊，
> 但对于他，那不是了不得的失败；
> 太阳依旧照着白腿落进绿波里；
> 那华贵而精巧的船必曾看见
> 一件怪事，从天上掉下一个男孩，
> 但它有某地要去，仍静静地航行。

这幅画的取材是古老的神话，却把现代人的命运也表露无遗。逾越自己能力所及的范围，必招致祸患。这故事由来已久，比伊卡洛斯和亚当的故事还早。按传说，"大日鹰"曾经驮着国王埃特纳（King Etna）往天上飞。飞到世界最高峰之上，国王害怕了，嚷道："吾友啊，别再往上飞了！"大日鹰觉察自己竟然飞到这么高，一时胆怯，人与鹰双双跌到了地上。

这个神话主题——人的起与落——是人类演进过程的寓言。自从远祖放弃对慷慨大自然的依赖（对上帝意旨之顺从），走出了伊甸乐园，每一代人都在传讲这个寓言故事。犹太教、基督教把走出伊甸园形容为人类生命开始不免一死的时刻，其实这是人类认清自己不免一死的时刻。**人类始祖偷食禁果和普罗米修斯盗火相同，是取得自觉独立的行为。上帝未将我们逐出伊甸乐园，是我们自己住腻了要出走。自从出走以来，我们一直盼望能回去，但我们回不去了；因为我们已经把乐园毁了一大半，卖掉了园里的资源，把所得交给了国际货币基金（IMF）。**

起 与 落

上去的总得下来。

—— *谚语*

我们可以将勃鲁盖尔的这幅画按析梦的方式放大阐释，但只就文化脉络和原型脉络讨论，因为这不是某人的梦境，而是一件艺术品。

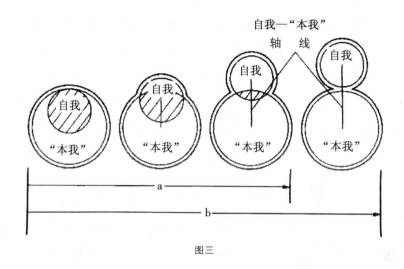

图三

　　人类未"堕落"之前，凭借"本我"的良好功能以比我们现在更直接的态度适应现实，在相当平衡的状态下群居共处，也与自然环境相安无事。那时候自我当然存在，只是发言的机会不多而已。人类一旦堕落，也发现了农耕，原来的狩猎采集的生存方式便被放弃。繁衍了几千年的那种与时间无涉的从容的社会形态消失，取而代之的是与时间环环相扣的紧迫的社会，从此卷起历史的大漩涡。这时候，自我的地位也窜升，开始令自然界为难。原始思维转变成为现代思维的同时，自我也逐渐从"本我"之中分化出来（见图三）：自我——"本我"轴线（egoSelf axis）从出生至长成的发展，a 是原始思维，b 是现代思维。起初自我只是潜存在"本我"之中的一部分。以后，自我逐渐发展，从"本我"分化出去。连接两者的垂直线，也是维持人格完整不可或缺的联系。画斜线的部分代表自我在各个发展阶段中与"本我"保持一致的程度。

　　伴随农耕而来的是愈来愈分明的时间意识，但还不是我们现在这种直线行进的时间。那是季节的时间、循环式的时间：冬季过完再从春季开始；周而复始地播种、收获、耕地，再播种。时间是绕着圈子行进的，如坎贝尔所说："根本没有进展。"埃贝尔（Gary Eberle）写的《无境地理：在后现代世界中找到本我》（*The Geography of Nowhere: Finding One's Self in the Post Modern World*，1995）之中，列出原始思维与现代思维的各种差异，我根据他作的比较列成表四。

表四：原始思维与现代思维之现象差异

	原始思维	现代思维
自我—"本我"轴线	短而集中	长而细
宇宙地位	中央	边缘
与大自然的关系	主观参与	分离，客观性
时间概念	有节奏，循环式	前进的，直线的
真实	灵质的世界	物质的世界
道德价值	绝对的	相对的
生命	永恒的	有限的
对于神话和仪式的看法	根本必需的	无意义的

在原始的思维之中，人类居于宇宙秩序的中央地位，过着密切参与大自然的生活，怀着有节奏的、循环的时间概念，以灵与鬼魂的世界为主要的真实，接受绝对的道德与价值观，认为生命是永恒的，相信神话和仪式对于身心健康活力是不可或缺的。反观现代式的思维，把人类安排在宇宙的边缘，与大自然的关系是分离而不带感情的，现代思维理解的时间是直线前进的，真实是存于物质世界的，道德价值是相对的，生命是有限的，人们认为神话和仪式与现代生活的需求扯不上关系。

自我渐渐与"本我"分离后，丧失了原有的纯真，变得崇拜英雄，不再固着于大地而想要学飞。自我学会飞以来就愈飞愈高。我们凭直觉看出来，勃鲁盖尔和古希腊人的想法没错：学飞是极端危险的举动。

犹太教、基督教把人类摆脱远祖生存环境之举视为一种"堕落"，因为，从宗教伦理的观点看，这等于是违抗上帝的律条，是从蒙恩的境界中堕落。近代的世俗观点却有相反的看法，认为这是从无知觉的状态起飞，是跳出黑暗，但也不否认其中包含的危险。危险在于我们可能过度逾越自然律，故意捣毁原有的稳定平衡，把自我——"本我"轴线拉长到了要断掉的地步，悖离原型真实太远，以致变成集体疯狂。那才是真的堕落。有人会说，我们已经坠到底了。我倒觉得还没真正到底。我们正在坠落，就如同从帝国大厦纵身跳下的人，坠到了五楼的高度时，还喃喃自语："到目前为止，情况尚佳！"正是现代伊卡洛斯的心态。

起落现象无非是要告诉我们，成长、发展、意识都必须进化，也必须内转，需要往高处走，也需要往深处去。按哲学家谢林描述，历史是"在上帝心中创作成的史诗"，而历史这出戏包含两个主要部分："第一部分描写人类从其中心点走到离中心最远的一点，第二部分描写回程。这是把《伊里亚特》和《奥德赛》的故事简化成一句格言。"马基维弗利（Niccolò Machiavelli，1469—1527）也发现，看似混乱的世事发展其实有循环的韵律在其中："……天意注定世间之事应当沧桑不断更替，一旦到达尽善尽美而不能再上升，就一定得下坠……"睡与醒也有相似的起伏更替现象，我们这一代便是靠这细微的联系与原始的自我衔接，才不致陷入疯癫。清醒与做梦的规律的一消一长，乃是成就人类自觉与生存的关键现象。

自然的心智

自然界本来是和谐自在的。

——牛顿

荣格曾经把"我们每个人内在的那个两百万岁的人"形容为"**自然心智**"（naturalmind），意思是指人类自古以来生命存在的主要动力，也是我们之所以进化为人类的依凭。这原动力仍在我们的梦境和适应行为中活跃，加强我们在疏离的现代社会中求存的能力。我们会生病、气馁、神经质，都是因为"自然心智"的基本需求受了挫；这些需求得到满足的时候，也是我们最快慰、感觉生命力最旺盛的时候。两百万岁的"本我"代表的就是自然界的本意，历经千万年进化而提炼出来的智慧，我们却甘冒集体自危之险而予以漠视。

现代人执迷不悟的幻想是：我们是空前聪敏的，现代生活与以往人类的任何经验都不一样。这种心态暴露的是空前的目光短浅，以往的任何一代都不曾如此盲目，以为凭几件人工制品——波音喷射机、电子通讯卫星、汽车，我们就可以理直气壮地否定先祖世代的影响。我们不该轻易忘记，人类心灵是经历逆境千锤百炼的，大脑边缘系统的原型本领已经存在了上百万年，承受过地球环境可能发生的一切冲击，人类大脑结构自旧石器时代至今是完全没有变的。

自十万年前的旧石器时代起，人脑只有微乎其微的进化。因为时间太短了，大脑的表现也太出色了——堪称是最具适应能力的器官。总之，**它的意识能力与伊甸乐园时代的仍然一模一样。发生"进化"的只是针对如何使用这能力而形成的文化共识**。"文化乃是大脑范围以外的记忆储存。"发明第一把弓、第一支箭并且在拉斯科（Lascaux）岩穴壁上作画的人（约公元前一万五千至一万三千年），能力绝对不输制造核子弹的人，也不输以画作装饰梵蒂冈西斯汀教堂（Sistine Chapel）的诸位大师。只因他们没有前世前代人帮他们发现、记录、留传下来的技术知识和文化后盾，所以他们没有制造电视连续剧、洗衣机、文字处理机，而把时间和才智都投注在宗教仪式、叙事诗、祈求丰饶的歌舞、释梦圆梦的方面。我们认为他们从事的这些活动是"原始"的，这些却是他们心理上、社会上的维系力。**如果我们的文化称得上是前所未有的，那是因为我们抛弃了这些古老的行事方法，并且因而种下现代生存苦境的根由。**

以往的人类社会为了使个人与集体整合、使现在与过去整合、使个人的意识思维与全人类的集体潜意识整合，都有一套方法可用。那些附带献祭、华丽服饰、吟诵的仪式和典礼，已经被我们的讲究理性而不信宗教的社会废除了。如此一来，我们也摒弃了一些最重要的求生的本领。假如我们还不能认清这项事实，又没有相应对策，人类文明——甚至人类这个物种——很可能就要走向末日。

荣格早已看出：因为我们与"自然心智"断绝联系，自然心智的需求已经不能得到满足，所以现代的世人陷于心灵贫困。他发明的治疗方法以恢复原来的联系为目的。按他发现，"原始"的意念不断冲入我们的梦境——包括居于一切世事中央地位、参与自然现象、生活在超越时间的灵质世界、进入神话世界并且从事现代人根本不做的仪式。可惜的是，荣格的"自然心智"构想不够周全。独立自足的"原始思维"存在于现代思维之内，却完全隔离封装而不受现代事物的影响，这是讲不通的。因为一切心理活动现象都是固有潜能和环境（环境的推助或阻挠）互动的结果。

荣格、诺伊曼、威尔伯（Ken Wilber）等人士都由衷地相信，自我与意识是晚近进化成功的官能。**其实意识的形成是历经上百万年进**

化的。到了人类文明的曙光时期，意识的范围又更加开阔，技能知识累积，自我也有更鲜明的自觉。这种过程持续发展的同时，"原始"的心性也不得不顺应环境，自我逐渐脱离了"本我"，个人也从集体的共同自我之中分化出来。个人影响文化发展的能力渐渐被肯定，无所不能的魅力领袖——英雄——受到崇拜，两者是相辅相成的。

受到英雄崇拜的神祇是太阳神，这绝非偶然，原因在于太阳代表上升、光明、清明意识。然而，太阳的神话也不免包含了起与落的更替节奏。大英雄在白昼中升至天界的最高点，却在夜晚时沉至大海深处，整夜与妖魔在黑暗中缠斗，每天早晨再胜利地从东方升起。诺伊曼指出："在危难、战斗、胜利的连续过程中，光明是真英雄的最主要象征。英雄永远是缔造光明的人，是光明的使者。"

如果从神经医学的观点看，英雄的胜利就是左脑半球压倒了右脑半球，也是前脑整体胜过了边缘系统和脑干。英雄神话代表左脑半球地位之至尊。英雄的黑夜旅程乃是意识的自我下降到潜意识阴暗世界之旅，打开新旧大脑交流之路，让快速眼动睡眠期间的这种典型活动热络起来。

生命存在的巨链

> 这种生命观有其壮丽之处，造物主先将多样的力量注入少数几个或一个形体，就在地球按固定的重力定律循环运动之时，无数最美丽最奇妙的形体就从如此简单的开端演化形成。
>
> ——达尔文《物种起源》

达尔文的捍卫者赫胥黎（Thomas Huxley, 1825—1895）比别人先一步发现，人类意识的进化促使自然界产生自觉。荣格于1925年旅行至东非期间也有相同的领悟。当时他站在山丘上，看着一直延伸到地平线的稀树草原，有瞪羚、羚羊、角马、斑马、疣猪在吃草、走动，如同缓流的河水，"意识的无穷含义"也变得异常清澈。如果没有人类的意识来觉察他眼前的景象，这一切将处于不存在的状态。炼金术的名言说："大自然留下的不完满，艺术使之圆满。"荣格则发现，意识赋予世界客观存在，才给这世界打上了完美的戳记。"如今我才知道个中原委，并且知道了更多：人是完成万物创造不可或缺的一员；人其实是世界的第二位创造者，完全凭着人类，这世界才有了客观存在。假如没有客观存在，不被听见，不被看见，默默地吃喝、生育、死亡，无声无息地度过亿万年，那将是到了终了也不被知晓的最晦暗的不存在状态。**人类的意识成就了客观的存在与意义，人类也找到了自己在这巨大生命过程中责无旁贷的地位。"**

荣格有了这一层领悟，认为个人意识发展之旅是在宇宙的天地和永恒的时空中进行的。人的心灵在自然界是自成一格的客观部分，既听命于约束全宇宙的那些法则，也是这些法则最重要的实现。人类心灵凭着意识提供了一面镜子，自然界才照见了自己。

荣格在七十多岁的时候对 16 世纪炼金术士铎恩（Gerard Dorn）的著述发生了兴趣。铎恩相信，唯有整个人与"一元世界"（unus mundus）达到象征式的结合，炼金的杰作才算完成。而"一元世界"是上帝创造万物的第一天的那个潜在的宇宙，那时候一切都未分开，全部是一体的。荣格说，一元世界是"一切经验存在的永恒根据地，正如'本我'是个人人格过去、现在、未来的起源与发展基础"。荣格认为铎恩说出了一切宗教信仰的根本大道理，洞察了"个人与超个人的'宇宙魂'（Atman）的关系的同一，也是个人'道'与普世'道'的同一"。

依我猜想，大多数人会在一生中的某时期发现莱布尼茨所谓的"永恒哲理",认为一切生命存在都有神秘的大前提,这种概念使人凭模糊的直觉体会一切真实之中的含义与目的。永恒哲理构成印度教、佛教、道教、苏菲主义(Sufism)、基督教神秘主义的奥义核心。甚至无神论者在深入思索宇宙运转法则的时候,也会被这种永恒哲理感动。诗人扬(Edward Young,1663—1765)曾说:"无虔敬心的天文学家是疯子。"

沉思"至高者"、"无限广大者"、"万物一体性"的知觉之巅峰,乃是"觉悟"的经验。世界上的各大宗教都备有一套磨炼、调教心灵的方法,借以诱发这种超越的意识状态。按柏拉图的描述,即是走出阴暗的洞穴而进入"生命存在之光明"。就爱因斯坦所见,这是"摆脱个别性的假相"。从这种超越的观点来看,**地球上的整个生命进化史就是意识之逐步窜升的过程,而意识的目标是要不断提高知觉悟性,以见识生命存在之本质、万物之一体性、生命存在的巨链。**

意识的本质

除了在人里面的灵,谁知道人的事?

——〈哥林多前书〉二:11

许多专家权威撰文,专论过进步的文明成就了"更高层次的意识",也详述借由探索梦境而开发意识的过程,却几乎无人试图界定意识的意义与"更高层次"之发展。因此,我们有必要说明一下这些难以表述的用语究竟所指为何。但这并不表示我们说的绝不会有错。

所谓意识,最主要的是指自知是有生命的个体,是从过去延伸、经历现在、走入未来的个人。体察时间推移与个人在时间中的延续发展,保留记忆而且利用记忆来理解现在并预期未来,这两种能力是并行的。能够立定未来的目标，并且按部就班予以达成，表示已经能凭意志克制欲望，不会一有需求就要立即满足。把注意力放在一件事情上的时间够久，也是必须凝聚意志才做得到的。

　　意识也必然包含对于意念、知觉、情绪能够辨认省思，能够领会其中的含义，能够把它们转化为语言，并且就人类心智、大脑的能力所及，尽量周详深入地理解一切事实。总之，**意识就是对于个人内在、外在所有事物进行监控的能力，对于这些事物能够衡量得失，拿捏利害，并且作出当下状况中的最适合的决定。**

　　如果刻意将体验感情和知觉的能力精炼，借以彰显生命之奇妙，意识便提升为一种艺术。

　　一旦要讨论这些多样的能力如何改善，不免会用到空间和视觉的比喻，如层次、程度、范围、复杂性。我们会听人说，借"拓广视野"而"提升"意识，从"更高层次"的立场"看"世事，等等。个人意识的视角愈高愈广，也就愈接近终极的"超越"目标。

　　进化的每个新阶段不但超越以往的所有阶段，而且补偿以往各阶段的不足之处。我们对自己的知性成就志得意满的同时，不可忘记这些成就多么倚重人类远祖的大脑。多元发生的意识进化缓慢，历经了爬虫类、哺乳类、灵长目动物的阶段，在我们的大脑中和地球的化石中都留有记录。有些人根据这些记录画出我们进化的全程——从潜意识到自我意识再到超意识（superconsciousness），推断目前"人类只走到介乎畜牲和人类之间的半途中，"前面还有很长的路要走。昆达利尼瑜伽（Kundalini yoga）也包含了类似的概念：**一切较高层次的意识都以未实现的潜能状态存在（即生命能量）**，如蛇一般蜷伏在脊椎最底部的"圆轮"。借瑜伽修行将静止的"蛇力"唤醒，使它从最低一轮的物质的、天然的生命存在向上升，经过心智与大脑的中心，直到最高的第七轮的超意识与超越存在，走过整个生命存在的巨链。

马斯洛提出的"不同等级的需求"之说，与昆达利尼瑜伽的理念颇相似。按马氏的五等需求划分，最基本的是对于食物、饮水、不受冻的生理需求。这些得到满足之后，高一等的安全、无危险、受保护的需求才会出现。再高一等的是爱、亲密关系、归属感。这些需求满足之后，进而想要得到地位、受尊重、自尊。这些较低等的需求全部得到满足了，才会产生最高等级的需求：自我实现，达到自己有能力达到的一切境界。马斯洛的第一、三、四等与昆达利尼瑜伽的下面三"轮"相同，这三轮由下而上依序与食物、性、权势有关。

本书前文曾提及的多种理论定位也有类似的需求层次区分，例如，爱与情感的需求（弗洛伊德、鲍尔比，享乐模式），自尊与地位的需求（阿德勒，争胜模式），自我实现的需求（荣格，个体化发展）。马斯洛认为，锲而不舍的"自我实现者"较常有他所谓的"巅峰经验"（peak experience）——近似神秘的领悟，"海洋般广阔的感觉"，视野延伸到一望无际地平线之感。这样的描述使巅峰经验听来很像"宇宙魂"的意识，或对于"永恒哲理"发作急性短暂的觉悟，其间会丧失纯粹个人的自我意识，取而代之的是对于一切存在的、将要存在的、曾经存在的产生的认同感。

这么有利的意识状态是如何达到的？也许是千百年来专为诱发此种经验而设计的灵修方法促成的。有些人可以借超觉静坐达到这种状态。我一生中仅在做了梦后有过大致相近的体验。

我和许多已经步入后半生有一段路的人一样，经常想到死亡。爱默生（Ralph Wald Emerson，1830—1882）说："人过三十，每天晨起都会感伤，至死的那天方休。"我的情形却是每晚就寝时感伤，因为可活的日子又去了一天，也不知剩下的日子还有多少。一天早上，我睡醒时发现自己的态度变了。显然我做过一个使整个问题改观的梦。但我不论如何苦思，也记不起梦境的任何枝节。我只觉得有什么很重要的事起了变化。是什么事呢？既然梦境已不可循，我只有一个办法可用——积极想象。我全神贯注在改变的感觉上。是关于什么事的改变？是关于我的死亡的改变？变得怎样了？变得不重要了。为什么不重要了？因为别的事更重要。什么别的事？一切都将继续存在，那比我是否活下去或我个人的生命重要得多。这带给我平静和愉快的感觉。为什么？因为我解脱了凡人必有一死这个问题的困扰。我的意识不再觉得被我有限的生命约束：我的意识延伸到一切生命存在之中了。我的梦中究竟发生了什么事？我首次得到宇宙魂意识给我的暗示。

威尔伯在《从伊甸园开始：从超个人观点看人类进化》(*Up from Eden: A Transpersonal View of Human Evolution*，1983)之中指出，这是千百年来世界各地实行的牺牲仪式的用意所在：牺牲自我的个体意识，成就所有生命永恒基础的意识。西方文化中的此种仪式即是实行了两千年的弥撒典礼：基督被牺牲（为人类赎罪），他的个人生命死亡（钉十字架），他升入天国（超越）与上帝合一，上帝是一切生命存在的起源和延续（宇宙魂意识）。望弥撒的人吃了基督的身体（面饼与酒），便将个人的自我意识与基督融合，参与从个人自我转化为超个人宇宙魂的神秘过程。

不在教堂领圣餐的人也得不到弥撒礼提供的转化力量。但是，**我们若与潜意识交流，每个人都可以在梦中得到"本我"的超个人力量**。主要的差别在于，梦的转化作用是无法预测的，什么时候发生由不得我们，也不是可以每天或每星期体验一次的——如教徒进了教堂就能得着。不过，教徒恐怕也有得不着这种体验的，即便参加了仪式，心并未受感动。宗教信仰的活力一旦耗尽每每如此，神秘力量退回潜意识，伊卡洛斯坠入大海。

灵魂究竟怎么了？

虽然我们远在内陆，
我们的灵魂却有那不朽大海的景象
引我们到这儿。

——华兹华斯（William Wordsworth，1770—1850）

社会一旦丧失对神祇的信仰，祸患便会接踵而至。因为不再拥有任何无形的依靠，文化的基础会松动坍垮。历史早已留下前车之鉴——巴比伦、埃及、迦太基、罗马……都走上同样的败亡之路。**没有神话或宗教为宇宙填上含义，人群似乎陷入只为自我效命的无意义阶段，在其中丧失了存活的意愿。**到了20世纪，许多评论家也为西方社会诊断出这个病况，巴雷特（William Barrett）称之为"灵魂之死"，埃伯尔称之为"精神破产"，荣格称之为"丧失灵魂"。荣格曾说："我的病例大约有三分之一并没有可清楚确定的精神官能症，只是因为对人生有无意义与无目标之感。如果说这是我们这个时代普遍的神精官能症，我并不反对。"

我们不再敬畏自己文化中重要的神话的、宗教的象征符号，社会制度与集体价值观使我们与原型根本脱了节，这两种现象是同时出现的。西方文明愈变得世俗化、重物质、欲罢不能的外向化，我们的人生也就愈加"无意义与无目标"。传统的制度——家庭、教会、政府与官员、法律及其代表者——走向不可逆转的衰微，社会结构渐渐解体，犯罪行为、政治腐败、环境脏乱都是每下愈况。这些问题该如何解决？尊重教会旧有的地位是行不通的，因为其象征符号已经僵死而不可能复苏。**荣格开的处方是：往内在探求，放弃一味往外在世界**

实有物体之中寻求意义的外向途径，设法接触心灵中潜在的制造象征符号的本领。我们必须下一番心理学的苦功，发现潜意识的内在财宝，从而真正成就自我之实现。**荣格凭经验得知，在这个向内探求的过程中，人生的意义和目标会重新涌现**。

荣格似乎认为，只要人人这么做，在渐渐达成个体化的同时发展出较高度的意识，就可能产生新的神话共识，恢复集体的意义感与目标感。艺术在这神话复兴的现象中将扮演不可或缺的要角。可惜目前仍不见这复兴在发生的迹象。析梦的重点全放在个人心理和人格调适的问题上，意识的提升只是附带的；至于艺术，更是几乎全然抛弃心灵与审美的主旨了。

20世纪的艺术非但不能抵消导致西方文化分崩离析的力量，反而呈现出时代病的症状。前文说过，忧郁沮丧的病人做的梦也有类似的情形，梦境并不抵消沮丧心情，却确认这沮丧状态，直到集体潜意识之中形成新的原型，才有改变的可能。

我们所见的20世纪的种种，可以说是启蒙运动和理性时代已安排好的行程的发展顶点。启蒙运动和理性时代都是由笛卡儿的梦揭开序幕，人的思维能力被抬到至高的地位，加上有科学助威，连上帝的宝座也不受重视、矮了下来，甚至被倾覆。生命中一切重要的事都与知性思维等同之后，不免把人的心灵迫入无灵魂的理性至上主义，导致哲学家马尔库塞（Herbert Marcuse，1898—1979）所说的浅薄"单向度的人"（onedimensional man）出现。艺术既反映集体价值，又日益世俗化，所以完全剔除了神话的参照与一切精神意义。思维能力用上帝的尸体养肥自己，以外向的狂妄洋洋自得，在否定美、爱、灵魂的现代艺术中表达得淋漓尽致。此后，现代主义正统容不得这些被蔑视的价值，它们只能退居梦的颠倒世界了。

造 灵 魂

我在体验潜意识中获得灵魂。

——希尔曼

20世纪的精神生活耗弱，弗洛伊德功不可没。他眯着眼从他狭隘的理论的钥匙孔窥伺我们隐匿的淫欲，鼓励我们在解释自己的行为时要尽量往最坏处想，教我们相信那才是最接近真相的。弗洛伊德门徒之中有卓见的人士，也承认这有刻意贬低之嫌。埃里克森在《青年路德：心理分析及病史研究》(*Young Man Luther: A Study in Psychoanalysis and History*, 1962) 之中写道："当我们眼见启迪的用意被扭曲为广泛的宿命论，我们感到惊愕。这观点认为人不过是他父母亲的缺点总和的加倍，是他自己先前自我的累积。我们不得不勉强承认，正当我们试图用科学的决定论设计治疗少数人的方法，我们已经被牵着去助长多数人的道德疾病了。"施特恩（Karl Stern）认为，化约论哲学是"心理分析思想最广为人们所称道的一部分。它和典型小资产阶级的平庸配合得天衣无缝，这种平庸与鄙视一切精神价值的心态结合"。

所以，从梦学的观点看来，弗洛伊德的解释法不管用未尝不是好事，因为，如果没有荣格助一臂之力，弗洛伊德可能对梦的艺术做出杜尚（Marcel Duchamp, 1887—1968）对绘画艺术做出来的事。（杜尚于1914年宣布"艺术之死"，三年后在纽约展出他的尿壶，题名《喷泉》以志艺术死亡。其实这不是正常的死亡，而是暗杀，是处心积虑要将高雅艺术赶尽杀绝。）结果，弗洛伊德的影响盛行了大半个20世纪，加强了"鄙视一切精神价值的心态"，这种心态也正是现代主义的标帜之一。

　　冷而抽象的智力活动与热而欠思考的性欲变成互不相涉的两回事，这是"典型小资产阶级式"的分裂，也使思考与感觉的功能持续分裂。马尔库塞于 1960 年代将这种概念政治化，把超我与"现实原则"（使个人甘愿延缓或放弃欲望立即满足的动机力）比为清教徒式的敬业精神，并且主张大众为支持"享乐原则"满足本我而掀起革命。马尔库塞的讯息受到年轻人的热烈欢迎，对于治疗西方文化的人格分裂伤口却没发生什么作用。莱恩（Ronnie Laing, 1927—　　）的《分裂的自我》（*The Divided Self*, 1960）本来是一部精神分裂症的专论著作，却成为红极一时的畅销书，因为一般大众发现书中描写的是我们每个人的遭遇。这是莱恩在诊断方面的贡献。荣格的贡献则是教我们认清"本我"已被分割，我们必须设法帮它再聚合。

　　荣格逝世后，他的心理治疗主张得到希尔曼的后继支持。当时，希尔曼是瑞士的荣格学院的课务主任，年纪甚轻。后来，他发表了两部重要的著作《自杀与灵魂》（*Suicide and the Soul*, 1964　）与《追寻》（*Insearch*, 1967），在两书中确定西方文明至为重要的需求是"造灵魂"（soul-making），就当时灵魂不时髦的地位而言，这是相当勇敢的建议。希尔曼所说的灵魂是指一种洞察力，不是一种实质。他构想的灵魂是一种自给的、会想象的过程，是意识的依靠，是"一种未知的成分，它使意义成为可能，使事件变成经验，借爱而传递，有宗教关怀"。他最常用灵魂一语表达的意思是："吾人本性可能发挥的想象力，借反思遐想、梦、意象、幻想来经验 —— 幻想这个经验模式基本上把一切真实都视为象征的或喻义的。"灵魂等于"心智的诗文基础"，应是"深层心理学"的首要关切。多数宗教信仰、心理探索、社会目标都是向上的发展，希尔曼却认为，心理治疗的取向应当导引我们往下探求"灵魂更深处的含义"。他用公元前 5 世纪的赫拉克利特的名言总结深层心理学："**你无法发现灵魂（心灵）的极限，即便你走遍所有的探寻之路；它的意义便是如此之深。**"在希尔曼看来，要点在于"灵魂的范围是深度（不是宽广度或高度），我们的灵魂旅行的范围是向下的"，而心理学是"灵魂之道"，在穿越灵魂的迷宫之际，"我们面对的深度必定超乎想象"。在下面（深层、黑暗）发生的，才能够揭示在上面（意识、光明）发生的究竟有何含义。

荣格认为，焦虑、抑郁、无意义之感都起因于与原型世界疏远。希尔曼也肯定这个看法无误："西方社会到处充斥——虽然已加以掩饰——的沮丧忧郁，部分出于灵魂对于其迷失的阴暗世界的反应。"探索梦境可以提供与深处重建联系所必需的仪式。阴暗世界是死亡和梦境的领域，也是先祖幽灵的住处。荷马在《伊里亚特》之中将希普诺斯（Hypnos，睡眠）和萨纳托斯（Thanatos，死亡）描写成一对双胞兄弟，冥界的统治者哈迪斯则是诸神之主宙斯的阴暗面。罗马人接收希腊神话之后，冥王哈迪斯的名字改为普鲁托（Pluto，意即"财富"）。

我们每个人夜晚入睡进到快速眼动睡眠之后，便踏上英雄的死亡国度之旅。我们渡过冥河，进入冥王之国，这儿是时间静止的原型世界。建立心灵完整性的"造灵魂"工作要从解读两个世界开始，因为白昼阳世和阴暗冥国有着密切关系，两者相互依存而共生。**希尔曼说："我们探讨梦不是为了强化自我，而是要创造心灵的真实，从死亡中看见生命的意涵，借着将想象凝固与强化而造灵魂。"**

按荣格的想法，心理治疗的要务是：使个人生根于自己的神话之中，从原型的背景中看清自己的生命故事。用希尔曼的话说，是把病人的个案史转换为个人的灵魂史。关键在于说故事。神话和童话的"很久很久以前……"的特色迷住了灵魂对故事的向往，让灵魂甘愿跟着进到没有时间的世界。心理分析的过程中，我们把自己的生命片断凑集成完整的故事，整理出故事发展的顺序，找出塑造我们的人格与命运的事件，并且透过放大阐明，将我们各自的故事与超个人的人类故事相连。这超个人的故事借神话、经文、艺术而表彰，便提供了确定感之所以产生的根据，以及"本我"、集体、宇宙、永恒的深厚联系感。灵魂便是凭这样而重建，意识的艺术从而增进。

追求完整

> 只要联系……
>
> ——弗斯特

神话、仪式、梦所做的是将心智大脑的组成系统整合。西方文化做到的却是将它拆散。这乃是拜笛卡儿之赐。启蒙时代未来到以前，"本我"、群体、宇宙的关系比较密切，因为宗教信仰把他们套在一个"轭"上。埃伯尔在《无境地理》中指出，英文字的 yoke（轭）与 yoga（瑜伽）源于同一个印欧字根，religion（宗教）与 ligament（纽带）源于同一个拉丁字根。梦、神话、心灵修持、宗教仪式都具有相同的连结维系功能。气功瑜伽的多种不同姿势就是专为连结身、心、灵于一体而设计的。如果想象它们可能具有类似的神经生理学方面的作用——故事、仪式、梦可以增进大脑新皮质与边缘系统的联系，并不算是牵强附会。这种想象如果正确，海马回就是个体发展与物种发展携手结合的地方。《薄伽梵歌》（*Bhagavad Gita*）就曾指示，一切瑜伽修行的目的都是要促成自我与众生之本的梵天重新合一。

然而，绝大多数的西方人根本不知有这些方法可用。我们在意识形态上漫无目标，对一切事都没有确定感，意识的自觉是片断的、分裂的、无所依附的。我们的集体困境可以分几个层次来看：就心理学而论，思想与感情分家，直觉脱离认知，自我远离"本我"。就文化而言，一般大众与艺术家和神职人员疏离，并且丧失对于以往重要象征符号与传统的敬重。就神经医学的观点看，大脑新皮质、边缘系统、脑干之间的通路不像以往使用得那么频繁。我们逐渐丧失独一无二的灵魂与上帝直接交流的经验，每个人在群众之中被相对化，除了各人自己——以及爱我们或依靠我们的人，不会有别人在意。人的数量愈多，每一个人的分量也相对减轻，终至全体都降格成为统计数字。在艺术方面，现代主义表现的即是这走向无意义晦涩的衰势，后现代主义则是现代主义成果的记录。

我们既然几乎抛弃了潜意识在文化上的一切表现，仅余的神话只有我们在睡梦中创造的个人神话，仅余的仪式是心理分析的私密仪式。不幸的是，重视个人神话和私密仪式只对个人心灵整合有助益，对于治疗社会的破碎却无甚作用。**现在仅有的集体神话是电视电影业者制造的成品，人们每天参与的集体仪式是看电视，而且经常是独自一人看。**电视荧屏上每天搬演的神话全无道德的或神话的含义，其目的只在娱乐、排遣时间、为业者赚钱，只有极少数的例外。

"上帝之死"与三种世俗神话的兴起是同时发生的。这三种神话即是达尔文主义、马克思主义以及进步永无止境的神话（此乃是科学唯物主义的灵感）。三者之中只有达尔文主义至今保持完整无损。第四种神话——洛夫洛克（James Lovelock, 1919—　）的盖亚假说（Gaia hypothesis, 盖亚乃是希腊的大地女神）——只引起少数知识分子注意，虽有迹象显示在流传中，至今仍未受到应有的重视。

我知道我把达尔文主义说成是神话会得罪某些生物学家。这不是我蓄意的。如果有人认为岂有此理，必是因为已经被现代的概念感染，以为神话就是假相或虚妄。达尔文提出自然淘汰的进化论，等于给了我们一个非宗教的开天辟地神话,它解释"一切怎么开始"的功能比它以前和以后的其他神话都明白。**不幸的是,进化论发挥不了神话的任何精神的或仪式的功能,反而把旧有神圣意义的神话色彩消除了,也颠覆了神祇的宝座,让灵魂找不到生存的空间。**此一举使笛卡儿创始的心灵、物质分离大功告成,宇宙涤清了精神成分,变成僵死。洛夫洛克论点的要旨即是:**因为我们不再认为盖亚是活着的,所以我们不觉得自己正在杀死她。**我们已经就笛卡儿的分裂人格怀疑主义完成最终的结论。被他合法化的是左大脑半球独裁下的思维至尊地位,只有用逻辑和数学语言规划的心灵事件,才是有普遍永恒合理性的。抱持怀疑态度的思维的关注只放在世俗事物上,对于神圣事物采取敌视。因为再也没有什么是神圣的了,我们爱用什么态度看待一切也就无所谓了。

神圣的根状茎

> 单一者留存,众多者改变而流逝……
> ——雪莱 (Percy Bysshe Shelley, 1792—1851)

我们该怎么办?大家多少会同意,现代式思维和原始式思维必须和睦相处,重新结合,以便愈合思想与感情之间的、前脑与中脑之间的、自我与"本我"之间的裂痕。我们必须有超个人的视野,原来绝对认同英雄式男性自我的榨取滥用式思考,必须调整到较属女性特质的方向,肯定既存的一切与从来存在的一切。我们必须重申一个共识:我们都是一个生态整体中的一分子,人人有责任使这整体永续。诗人波普在《论人》(*Essay on Man*)之中曾说:

一切都是一个巨大整体的部分。

大自然乃其肉体，上帝即其灵魂。

就纯粹实务面来说，我们应当恢复人类与一切其他生物之间的旧有平衡状态。我们必须大量减少世界人口，逆转胡乱破坏自然栖息地与生态系统的行径，重建以较小的、相互支持的社区为中心的生活方式，促进对世间万物的尊重，学习以大自然的仆人自居——不再自认是自然界的主人。尤其重要的是，我们的个体化发展应当从整个地球着眼。

我们既诊断出症结所在，也知道该怎么办，就必须把知识化为集体行动：**自我中心的意识必须退让，为全球意识、宇宙灵魂一体的意识效命。地球与生物的保育如果只是科学的或政治的问题，终将是徒劳一场。我们必须当它是"宗教"的问题，要把地球和一切生物视为神圣的**。唯有如此，知识才会充满热情，个人才会在集体的能量驱策下追寻超个人智慧的目标。

目前仍看不见此种转变在发生的迹象。我们只知道它没发生的原因：我们缺乏一致的梦。没有一个至高的神话来动员我们的决心，来唤起我们的热忱，我们只会坐在那儿空谈该怎么办。20世纪已经拆光了基督教世界的支柱，我们虽然巡视了废墟，却没有人心生重建的壮志。这并不是人类历史上第一次出现伟大文明没落的现象，但这一次与历史不同的是，祸患的规模空前，而且是发生在我们身上。

也许必须发生大灾祸之后，强有力的新神话才会兴起，触动我们的集体想象。历史显示，重大而必需的变迁发生之前，都有大灾祸出现。例如，佛陀仍是太子的期间，妃子瞿婆（Gopa）告知做了可怕的梦，梦中见到一连串的灾祸。佛陀安详地听她讲完才说，人世必须有混乱，才可能求解脱与觉悟。

我们却在灾祸可能发生的环境中继续造自己的命运，许多人正在人类从来不知的安乐满足之中。到目前为止，人类的基因遗传物质继续存在，人类的心神努力要适应愈来愈快的变换不定。我们每个人都在努力寻找可以安心的担保，也许可以在荣格描述的根状茎上的植物中找到："它真正的生命是看不见的，隐藏在根状茎里。地表以上的部分只能活一个夏天，之后它便枯萎——最短暂的幻影。想到生命与文明的永无止境的生长与腐朽，我们就抛不开绝对虚无之感。然而，我感觉不断的变动之下一直有生命持久不变，这感觉从未消逝。我们看见的是花朵，是会消逝的。根状茎是留着的。"全人类和全地球会陷于穷境，都是因为我们混沌不觉。荣格认为，增进自觉的潜能是我们本来有的，我们若学会"把视线从令人目盲的流行意见转开，闭上耳朵不听只喊一天就过去的口号"，就可以使用这潜能。

要以完整的自觉面对当代的问题，就必须征召集体潜意识的助力，使我们每个人能够贡献些微的一己之力，开发包纳范围更广的意识。惯从政治面看事的人会觉得这是少数小圈子里的人搞的外行人不懂的行动，起不了什么作用。其实，**所有的革命性改变，都是从少数几个人对于集体需求发表的不成熟言论开始的**。我们除此之外也别无他法，因为意识不是一种集体现象，只是我们大家都有的一种东西。意识的经验和表达都必然是个人性质的。**我们每个人都为全人类提了一盏灯**，一盏灯灭了对整体的照明没什么影响。这么多盏灯点着，有的亮度较强，有的较弱，每盏都是才点着不久就灭掉。**整体世界因而被看见、被认识，宇宙也从而自觉。**

当你看着绵延山脉、广阔海洋，或一只筑巢的燕子，那是一体的宇宙在用你的眼与心在看它们、确认它们。有时候你会发觉眼前的景象是暂时的，是借给你在地球上停留的这段时间里看的。宇宙自己却"知道"那一切都是恒常不变的。在这领悟的时刻，永恒与有限融合为一。这也是我们大多数人能与自己的那一丁点佛性最接近的时候。在这一刻，我们有幸得以一窥生命的根本。

　　这种瞬间的领悟是偶然发生的，许多人也许永远不会知道那是什么滋味。事实是，唯有借探索梦境和培养界限状态，最有可能引发这种超越的提示，并且从而领会意识的艺术。

第十四章

科学与灵魂

> 我们必须留心不可把知性思维当作我们的神；它无疑是有强壮肌肉的，却没有人格。
>
> ——爱因斯坦

第十三章写到一半的时候，我梦到自己在发表演说，现场听众包括不同种族的人。我一边讲，突然发觉自己是在梦中，演讲者代表我的自我，听众是"本我"。我的一部分在讲意识智能之中的思想，其余部分在注意听着。"分裂人格的思维想要否认其阴冥世界的本源，"我说道，"它是物种发育上的势利眼。"我又思忖着："这一定不是快速眼动睡眠，快速眼动睡眠不会这么多话。"而我又继续演讲："意识的发展既是实现下面潜伏的，也是渴望达到上面的：那是较低与较高层次潜能的逐步展现。"我又暗想："没错。确确实实不是快速眼动睡眠。来，再接再厉，进入快速眼动睡眠，试试飞起来。"我立刻飞起来，在离我家不远的德文郡海岸上空懒洋洋地飘。我看见海潮在退，大片沙滩暴露在阳光下，海藻渐渐干枯。我并没有像平时"飞行"中那样双手向下伸，反而把两臂当成翅膀般有节奏地上下摆动。我想到自己一定是只鸟了，但我是哪种鸟呢？我低头看自己的双腿，却是青蛙的腿，下面是一双巨大的蹼足。我心中想："是寓言神话中的鸟，半鸟类半两栖类。"听众中有一个声音说："是神巫教的鸟。"我情绪一振而醒，随即把这个梦记了下来。

  我的梦说得很好，借清明梦进入界限状态，就是进入鸟与两栖类的世界与寓言神话的世界，半意识半潜意识。往深处去就是飞起来。梦告诉我的道理是：假如要使相反的相融（思维与灵魂、两百万岁的与现代的相融），我们就必须培养鸟类和两栖类的技能，以便进入界限的二元世界。这确实也是神巫教的巫师一直在做的。史学家埃利亚德（Mircea Eliade，1907—1986）在其巨著《萨满信仰》（*Shamanism*，1964）之中指出，巫师入门仪式的原型模式必定会结合降入冥界与升入天堂，在仪式与梦境中完成这双重功课乃是萨满信仰的必要先决条件。"有了这层经历的人可以超越人类的凡俗处境。"换言之，这种人因为带有治病者的原型，而且能为他人营造原型，所以变成有神圣性，令他人既敬又爱。

  巫师有领袖魅力不只是因为能进入恍惚状态而已，而是因为能照自己的意愿进入恍惚。换言之，他不受恍惚状态的宰割，是恍惚状态在听他的差遣。他精通了"清明恍惚"的艺术，进出界限状态的技能已经炉火纯青。如坎贝尔所说，巫师能使别人感觉"内在有不朽者停居，这是每个神秘传统中明显存在的……这不朽者既不会死也不会生，只是往来穿梭，透过纱幕，在形体中显现而后消失"。印度的吠陀传统思想早已理解这个现象，将意识状态分为三种——醒、睡、梦，另外有第四种是超越并包含前三种的。巫师是否就是精通这第四种状态的人？

我为什么会在将要写完本书的时候做这个梦呢？我写到第十三章时，也在修改"梦科学"（第四章），并且准备一篇探讨神经系统科学的演讲和一些梦研究的实验方法。我想这个梦的意思是说：我的态度太偏重知性思维，太偏向"左脑半球"，我需要在世间一个特别喜爱的地方来一次巫师式的飞行，这地方的陆地（意识、思维、科学）与海（潜意识、神话、灵魂）相接，在潮起潮落中此进彼退。海潮似乎退得太久了，因为海藻快枯死了。就西方文化而言，确有此种情形存在。难道我自己也是如此吗？总之，梦境让我鸟瞰了我在写书期间活动的范围（是喻义的也是实际的活动范围，因为我每天都到我鸟瞰的地方去遛狗），最令我难忘的是感觉之强，那是超自然的，有宗教的深度。

我必须说明，我受的宗教教育不足。就我所知，神巫鸟飞越山峦与基督宗教的象征无关，也许只能联想到告知诺亚洪水已退的那只飞鸽（投入写书工作颇像乘方舟漂流而不确知归期）。在绝大多数的文化中，宗教信仰原型发生作用是在童年期。必须从小就生活在某个宗教或神话的环境中，周围的人都抱持相同信仰，你才会相信这宗教或神话。到了已经懂得批判的成年才初次接触某一宗教，根本不可能产生信仰，所以，不同宗教背景的人往往以轻蔑的态度看待他人的宗教信仰。

我的父母亲按开明自由的宗旨教养我，主张我长大后自行决定要接受哪一种宗教。因此我童年时得到的宗教知识十分有限。结果如何呢？对宗教的建筑、艺术、仪式只有审美的乐趣；对于有人性的上帝以及神职人员根据上帝而建筑的教条采取彻底怀疑的态度。然而，在我的梦中，以及梦后的积极想象中，我显然得到了宗教经验。

梦为什么有神圣感？是因为领会了"至上的价值"。什么是我心目中有至上价值的?生命,意识,爱,生之喜悦。这还需要梦来告诉我吗?不错,因为我把这些视为当然。这是想象力失灵了。因为没有宗教的环境以活的仪式导引我天天领会至上的价值,"本我"就用梦来帮我开窍,让我领教神圣之广大,见识"敬神的悸动",哪怕只是一两分钟。

我在有神圣气氛的地方有时候会窥见这至上的价值,可能是在哥特式的大教堂里,但多半是在没有基督教将陈腐联想加诸其传统特质的"神圣地界"——如古希腊的、日本的、印度的。但冲击力几乎都不及神巫鸟之梦。这不是我独有的感想,许多与我谈过梦的人都有同感。**我们在潜意识中都是原始的生命,可以在探索宗教含义中接近生命的奥秘。**

评论家普里斯特利(J. B. Priestley,1894—1984)在努力创作以时间为题材的剧本期间做过一个这样的梦,"我想这梦留给我的印象比我以往所知的任何经验——不论清醒或做梦——都来得深,也比我以往读过的任何一本书告诉我的都多。"梦境如下:

> 我梦见我站在一座很高的塔顶,独自一人,向下看着大群鸟儿全朝着一个方向飞,各式各样的鸟儿,世上所有的鸟儿都在。那是个壮观的景象,一条空中的鸟群之河。此时不知什么神秘的缘故,档速变了,时间加快,我便看见一代代的鸟儿,破壳而出、学飞、求偶、衰老、蹒跚、死亡。羽翼长大后只会破折;身体优美轻盈,不过一瞬间,流血,衰萎;死亡随时随处降临。这一切都盲目为生而奋斗,热切地试飞,匆忙地求偶,起飞往上冲,这么辛苦的努力有什么用?我往下望,似乎一瞥就看见每个小生命卑微的全篇兴亡史,心中一阵懊丧。宁愿它们都没有生,我们全都没有生,这生命挣扎就此永远停止。我站在我的塔上,

独自依旧，极度愁苦。此时档速又变了，时间过得更快，一掠而过，连鸟儿的动作也看不清，只见一大片散布着羽毛的平面。但这平面中有一道白的火焰在鸟群之中闪烁，颤动着，跳跃着，疾速前进。我一看见这白火焰就知道它便是生命，是生命存在的本质，我随即在火箭爆发似的狂喜中明白，一切都不重要，从来的一切都不重要，因为除了这颤动闪烁一掠而过的存在，一切都不是真实的。鸟儿、人类、其他生物都无相无色，都不重要，除了有这生命的火焰从其中穿过。它没有留下可哀悼的事；我原以为可悲的只不过是虚空或影戏；现在所有的真实感已被发现、被净化，与白火焰一同狂喜舞动。这高塔与鸟儿的梦结束时，我体会了以前未有过的喜悦。如果我未能将这喜悦留住，形成一种内在氛围和心的庇护所，那是因为我太软弱愚蠢，任由这疯狂世界进来摧毁智慧的每株绿芽。纵然如此，我已不是做梦以前的那个人。一个梦已经穿透冗冗俗务。

——《落在圣山上的雨》（*Rain Upon Godshill*，1947）

这种梦使人对于超越境界一目了然，也与印第安人的神话观点不谋而合。**按印第安神话，每一株植物、每只动物、每个人都是"奥伦达"**（orenda，即灵魂）**的携带者；动物和人类都知道，每个灵魂内含的生命能量在死后依然长存，因为它是超越纯粹现世存在之上的。于是生命的周期可以不间断地进行，一切生物相互依赖而生存，生命靠生命维持，同时也让一切生命继续**，这正是首尾相连之蛇！且看美洲野牛和人类的约定，每年在同样的地方被猎，心甘情愿被宰杀食用。生命存在的每一分子之中闪烁的能量，都为生命存在的巨链出一份力，然后回归生命的源头。这又是植物和根状茎的景象了。

我们探讨这类梦境时必须了解，是不为我们所控制的能量在推动我们。这种能量令人觉得"神圣",因为它们来自一切生命存在的生物性基础:不是我们创造它们,是它们创造我们。仪式(不分公众的或私下的,宗教的或心理分析的)可以疏导这些能量流通:在仪式中,超越个人意图的某种成分是主导力;为了集结在神话中的集体意愿,一己的意愿必须牺牲;自我之于"本我"就如同被推动者与推动者。

从我的梦可看出,处于已知与未知之间的边缘地带是最令人兴奋的。因为这儿充满不能实现的可能性,永远料不到下一步会如何。最有创造性的态度是坦然接受可能发生的事,不要拿已经确立的教条套上去,任随它们发展,静观其变。研究科学当如是,梦的分析亦当如是。可惜科学家们不一定赞成。他们一心一意追求理论上惜墨如金与实验上一丝不苟,所以研究的立场是毫不妥协的化约主义,忽略了现象的整体性。因此故,他们可以说梦是神经化学作用的无意义的副产品。这却无异于患了歇斯底里的盲目,其严重度不输那些指称大脑研究与心理分析无关的分析师。其实,梦的理论如果不能与21世纪的神经系统科学相容,也许终将渐渐湮没,连在心理学界原有的一席地位都保不住。

幸好在科学与梦的解析之间并无固有的冲突,正如科学与灵魂原本互不冲突。冲突之所以产生,是因为科学研究者妄自尊大,心理分析师却固守过了时的观念。心理学应当像宗教那样,顺应目前的发现作调整,而科学必须顺应从过去持续至今的原型需求。如果犹太教、基督教的信仰体系已经崩溃,不是因为"不合乎科学",而是因为它的基础建立在苏美尔文化的神话上,已经落后时代四千年。不能与当今宇宙哲学相容的神话会消失,不能与神经生理学的大脑知识相容的梦心理学亦然。

梦生态学

> 人类生而有理性，有创造的能力，所以能够把他原来有的增多。可是到目前为止，人没有做创造者，只做了毁灭者。森林持续消失，河流干涸，野生动植物绝迹了，气候变坏了，土地一天比一天贫瘠丑陋。
>
> ——契诃夫（Anton Chekhov，1860—1904）《万尼亚舅舅》（*Uncle Vanya*，1900）

一位病人梦见自己在一处后院，里面到处是人的粪便、聚苯乙烯的汉堡盒子、肮脏的塑胶袋。这景象令他深感凄凉。他自忖，我不该安于这么糟糕的光景吧。

回想之下，他觉得这个梦境象征他正把自己的人生搞得一团糟。但经过我和他一起探究，发现这也寓意人类集体把地球搞得一团糟。他把人生弄糟是因为一心一意只追求一个目标，把事业野心放在对家人、亲友、社区、他自己的关怀之上。而整个地球一团糟是因为我们犯了和这位病人相同的短视毛病。我们也不该安于这么糟糕的光景。

他于梦后进行积极想象，找到走出这后院的大门，进到一片有山、树、河、鸟儿的风景中，他漫步于内在的视野里，开始觉得希望和幸福又回来了。

他的问题部分归因于他受的教育。望子成龙的父母亲鼓励他在数理科目争取优异成绩，进入工学院，成为建筑师。他在事业上很成功。客户会来委托他设计建筑物，他就把每件工程当作一连串必须"解决"的"问题"处理。所以他建造的大楼都是效能良好却缺乏美感的。他的教育背景颇能代表我们这个时代：着重左脑开发而忽视右脑开发。这与古代的教育观点明显相反。**古代的教育讲究培养"整体"的人,对于音乐、舞蹈、体育、艺术的熏陶是与知性思维并重的。**

播映了四十多年的电视剧集《七点局》(*Seven-Up*),以一群社会背景不同的人物为主轴,剧情从他们七岁的时候展开,逐步描写他们十四岁、二十一岁、二十八岁、三十岁等年龄阶段的遭遇。除了极少数例外,这些人物最有趣、最有生命力的时期都是七岁,是西方教育制度和西方价值观开始发挥僵化影响力之前。节目制作人显然无意呈现这种可悲的节节倒退,明眼的观众却看得出来。两百万岁的"本我"在个个七岁大的孩童身上流露出无比丰富的想象活力,却随着剧集进展逐渐萎缩。剧中人物们的眼中透着这原始自我的困惑,他们似乎在自问:"我们是怎么一回事?我们的人生怎会这样过?"他们如同在自己生活的世界中迷失了方向,不知为何一切都走了样。他们期望的是什么?也许内在的两百万岁的人想要知道,我们为什么不再讲神话、击鼓、吟诵史诗、作画狩猎、谈论梦、歌颂神祇、祈求魔鬼别来招惹我们?剧中人尽管强打起精神对着镜头表演讨喜的陈词滥调,骨子里却有阵阵不安、不知所以、哀凄的不祥之感。

文化和基因的代代相传都是旧智慧与新知识的不断整合。神话、仪式、宗教以前都具有这种功能,梦现在仍有这种功能。神话提供统一的比喻象征,给予人们在宇宙创造的故事中一席位置。宗教提供一套行为规范,作为我们与他人和周遭世界相处的准则。**20 世纪的问题出在我们不但丧失了自己的神话,也忘了行为的规矩。**我们忘记自己只是这世界的过客,就像被宠坏的孩子,我们辜负了大自然的慈爱招待,把她为我们安排的美好客房糟蹋了。但大自然对我们的宠溺不是无止境的,她已经有不耐烦的迹象,嫌我们不知进退,有意下逐客令了。我们若想待下去,就该设法改过自新,不可耍无赖,必须拿出恭谨谦卑的态度。这也是洛夫洛克的"盖亚"神话的主旨。关键在于提高意识，但必须是冥契的意识，既有左脑意识的事实知识，也充满了做梦思维的直觉智慧。

既然梦曾经促成一些最重要的科学、哲学思想发展，我假定它有益于解除地球目前的困境并不离谱。**我们的生态环境可以反映我们的精神状况**。进入 21 世纪后，我们思考人类这个物种的方式将有一番彻底的变革，相形之下，历史上的一切革命看来不过是社区游园会的节目变动。旧的适应策略迫切需要翻新，这正是梦当仁不让的任务。

探索梦境并不是无聊的自我放纵，而是具有重要文化及生态意义的心灵仪式。塞莉亚·格林（Celia Green）的经典之作《清明梦》（*Lucid Dreams*, 1968）曾说：清明梦乃是人类心理学的"最后的边疆"，因为培养清明做梦的本事可以使我们人人成为神巫，在界限间来去自如。但我们也必须注意哈德逊（Liam Hudson）提出的警告：**梦是我们"最后的莽原"，我们应该用保护雨林、臭氧层、鲸鱼的热忱来维护它**。梦既是我们仅余的心灵活力的天然绿洲，就是我们最宝贵的资产，如果有人贬低它的价值，我们岂能甘休？

我们凭科学和技术已经在有形物质世界缔造了出色成绩，在探索意识与人格发展方面我们却才刚起步。科学家将逐步确认意识的神经医学根据，但更重要的是，**我们应以何种态度处理自己的意识才是对人类和地球最有利的，这件要务是必须借梦的帮忙才办得成的**。